カフカエスクを超えて

カフカの小篇を読む

松原好次

春風社

はじめに

前著『ことばへの気づき』（春風社、二〇二二年）で私はカフカの小篇を読みエッセイを書いた。正確に言えば、小篇を読みながら世の中を見回してみたということだろうか。その時期は新型コロナウイルス感染症によるパンデミックの二年間（二〇二〇〜二〇二二年）と重なっていた。「コロナ禍にカフカの小篇を読む」と銘打って読んだ作品は以下のとおりである。

（第一部）「ぼんやりと外を眺める」「ひとり者の不幸」「ある注釈／あきらめな」「ロビンソン・クルーソー」「橋」
（第二部）「樹木」「衣服」「走り過ぎていく者たち」「路地の窓」「サンチョ・パンサをめぐる真実」
（第三部）「おそらく私は、もっと早くから気にかけておくべきだった」「隣り村」「インディアンになりたい」「仲間どうし」「悪党の一味」「山への遠足」

カフカの小篇を読んでいく過程で気づいたことがある。それは、カフカエスク（Kafkaesque：カフカらしい／不条理な／理不尽な）ということばだけで全ての作品を読み解くことは困難であるという点だ。そこで本著では、カフカがノートや日記に文章を記すとき、どのような切り口で創作に臨んだかについて、以下三つの視座を設けてみた。

（一）　現実と非現実の境を行き交う
（二）　脇に身を置いて眺める
（三）　終わらないように終わる

カフカの小篇群を三つの視座で論じることは、「カフカエスク」という視座ひとつで断じるのと同様、危険な試みであると言えるかもしれない。一つの作品の中に複数の視座が隠されている場合もあろう。また、右記三つの視座以外にもカフカ特有の切り口があるだろう。

ともあれ、若い頃に読みあぐんだカフカの小篇群に、七〇歳を過ぎた今、再挑戦している。カフカの作品は長短のいかんにかかわらず、様々な解釈がなされてきた。私の試みも、その一つに過ぎない。確固たる証拠があって三つの視座を設定したわけではない。しかし、このような視座からカフカの小篇を読むことによって、いま世の中で起きていることの真髄が分かりかけるという瞬間が幾度もあった。自分の身の周りで起きていることについて、「ああ、そうだったのか！」と思える瞬間である。その幾つかを書き留めておきたいというのが本書の狙いである。そうした作業を続けるなかで、カフカがどのような気持ちで一つひとつの断章的小品を書いたのかが分かってくるのではないかという淡い期待を抱いている。

カフカの小品を読みながら世の中を見回している折、一冊の本に出あった。佐々木幹郎（著）『東北を聴く——民謡の原点を訪ねて』（岩波新書、二〇一四年）である。その本で佐々木氏は津軽三味線初代及び二代目奏者・高橋竹山の音楽を取り上げているのだが、かなりの部分を東日本大震災（二〇一一年）との関わり合いに割いている。一例として「新相馬節」（昭和一五〈一九四〇〉年にレコード化）の項を紹介したい。「遥か彼方は　相馬の空かヨ／相馬恋しや　なつかしや」という歌詞に触れた後、著者は他国に嫁いだ相馬出身の女性の心境を推し量る。そして、故郷を遠くから恋い慕う彼女の心情と、大震災直後、沖合に避難させた船から「遥か彼方の相馬の空を見つめる漁師の心情」とを重ね合わせる。さらに、ふるさとから避難せざるを得なかった被災者の切ない気持ちをこの歌詞に投影させる。

避難した被災者たちは、他国で「新相馬節」の「遥か彼方は　相馬の空かヨ」を聴いたとき、せつなさが込み上がってきただろうし、いまもそうであるに違いない。民謡のことばが現実として進行中なのだ。「相馬恋しや　なつかしや」は、福島県相馬市だけでなく、放射性物質の拡散被害がさらに深刻な、南隣の南相馬市、その南の双葉郡浪江町・双葉町・大熊町、西隣の相馬郡飯舘村も含めて、「野馬追」の行事に参加するかつての相馬藩（相馬中村藩とも言う）の領地に住んでいた人々の、現在の避難家族の唄でもある。

（『東北を聴く』一一一頁、傍点は引用者）

最終章で佐々木氏は、ドイツのロマン派詩人・ノヴァーリスの詩（渡邊格司（訳）『断章』岩波文庫、一九四二年）を引用する。そして、「〈見えないもの〉〈聞こえないもの〉〈感じられないもの〉に信を置き、〈考えられないもの〉のなかから、考えを育てようとする」詩人の心に衝撃を受けたと告白。そのうえで、3・11以降の現況とオーバーラップさせて、「見えない放射能汚染水の垂れ流しが続く現在を〈考える〉」ことの肝要さを以下のように指摘する。

大震災当時、津波についても、福島第一原発の事故についても、「想定外」ということばが政府からも東京電力の責任者からも聞かされ、メディアでも流行した。しかし逆に、ノヴァーリスをもじって言えば、想定できないもののなかに「付着している」ものをこそ、わたしたちは見つめねばならないし、そこでの想像力を鍛えねばならないのである。

（『東北を聴く』二〇二頁）

「民謡のことばが現実として進行中なのだ」（傍点部）という佐々木氏のことばを胸に刻み、再びカフカの小篇を読んでみる。すると、小篇のことばが現実として進行中であることに気づく。

このようなことを考えている折、私はグスタフ・ヤノーホの『カフカとの対話』を読み直してみた。ヤノーホは「日本語版によせて」（一九六七年秋）を以下の文章から始めている。

フランツ・カフカは私にこう語ったことがあります。「人は、どうあっても書かねばならぬものだけを、書かねばなりません」と。

当時私は、この言葉をよく考えもしなかったのだが、今にして、この一言のなかにまさしく深い真実がひそんでいることに気づくのです。書く、ということは、それが真の価値をもつ以上、解放の行為であります。人は個人の地平の枠を破って、超個人的な、だからそれだけより深い人間存在の視野に到達しようとするのです。

（G・ヤノーホ（著）吉田仙太郎（訳）『カフカとの対話――手記と追想（増補版）』筑摩叢書、一九七二年、三頁）

おそらくカフカは、已むにやまれぬ気持ちで創作ノートや日記に小篇を書きとめたのであろう。その「已むにやまれぬ気持ち」とは、どのような気持ちであったのか――本エッセイ集の全体を通して、この問いに対する答えを探し求めてみたい。

※以下、本書で「前著」と記す場合は『ことばへの気づき――カフカの小篇を読む』（松原好次（著）、春風社、二〇二一年）を指す。

カフカエスクを超えて——カフカの小篇を読む　目次

第一部　現実と非現実の境を行き交う

何年も前のことなので詳細は忘れてしまったが、テレビのドキュメンタリーを見て私はびっくりしてしまった。一人のハンセン病患者がマイクに向かって苦い思い出を話していたのである。療養施設内で出産した直後、我が子を窒息死させられたうえ、フォリマリン漬けにされたという。瓶に入っている新生児の映像は衝撃的だったが、それ以上に驚いたのは、ハンセン病患者を裁く法廷の様子だった。若い女性患者の結婚ないしは出産に関する裁判が、施設内の一室で行われていたのだ。ガラス窓越しに映し出された集会室らしき部屋には、大勢の人々がいて、皆が一方向を見つめていた。

なぜ裁判の映像を鮮明に覚えていたかというと、カフカの『審判』に描かれた「最初の審問」の場面に酷似していると感じたからだと思う。まさか、こんな場所で裁かれるとは・・・。若い女性患者が裁かれる映像を見ていた私は、そのような思いを強く抱いたのである。この思いは、ヨーゼフ・Kの思いそのものだったのではないか。

(付記) 最近は『審判』でなく『訴訟』という表題の日本語訳が多くなっている。ここでは、川島隆訳の『訴訟』(多和田葉子(編)『ポケットマスターピース01 カフカ』集英社文庫、二〇一五年)を参考にした。

「何も悪いことはしていないのに、ある朝、逮捕されてしまった」Kは、最初の審問に出廷するよう通知を受ける。指定された場所は、寂れた郊外の通りにある建物。何人かの住人に審問委員会の場所を尋ねるが、要領を得ない。やっとのことで辿り着いた部屋には、雑多な人々が群がっている。「こんな部屋が裁判所であるはずはない」とKは思う。しかし、「きみはペンキ屋だな?」と訊かれると、即座に「違います。大手銀行の業務代理人筆頭です」と答えてしまう。その時点で、もうすでにKの審問は始まっていたのだ。「こんな場所で裁かれるなんて・・・」という思いがKの頭の中を駆け巡っていたに違いない。まったく非現実的としか形容できない。それにもかかわらず、最初の審問はKの理解を超えた形で着々と進んでいく。法廷らしからぬ集会所も、眼前で繰り広げられる馬鹿騒ぎも、まさに現実と受け止めるしかない。

ウルリヒ・フュレボルンは長編小説『審判/訴訟』について論じる中で、「すべりゆくパラドックス」とか「現実と超現実のあいだをすべるように移行して行く」という表現を使っている(ウルリヒ・フュレボルン(著)田ノ岡弘子(訳)「個人と〈精神的世界〉——カフカの長篇小説について」クロード・ダヴィッド(編)『カフカ=コロキウム』法政大学出版局、一九八四年、一一三~一四四頁)。非日常的/非現実的/超現実的と思える事象が現実の世界に現れる——。このような現象に私たちも出くわすことがある。このことをカフカの作品は——長編、小篇にかかわらず——読者にそっと示唆してくれる。

以下(1)から(6)の各エッセイの冒頭に引用した小品の日本語訳を、まず読んでいただきたい。

すると、「現実と非現実の境を行き交う」というカフカの手法が浮かび上がってくると思う。

(1)「商人」——膝をかがめて細い鏡をのぞきこむ

カフカが初めて単行本の形で世に問うた小篇集『観察』(一九一二年刊行)の中に「商人(Der Kaufmann)」という掌編がある。執筆は一九〇七年頃と推定されているから、カフカが二四歳の時に書き留めた文章と考えられる。その翌年、文芸誌『ヒュペーリオン』創刊号に掲載されている。その後、親友マックス・ブロート(一八八四〜一九六八 プラハのドイツ語作家でカフカの遺稿編者)の計らいでクルト・ヴォルフ社からの出版が決まった際、カフカは書きためてあった小品群に書き下ろしの数篇を加え一冊に束ねた。そして、一八篇の小篇集に *Betrachtung*(『観察』)というタイトルを付けて刊行。小篇「商人」を池内紀訳で読んでみたい。

「商人」

気にかけてくれる人がいるかもしれないのだが、こちらにはちっともわからない。小さな商いなので、気苦労のたえるときがない。額やこめかみが内側からズキズキするほどだ。頭を痛めても満足のいく見通しが立つわけではない。なにしろ商いが小さいのだ。

何時間も先まわりして指示を出しておく。店の者はうっかりしがちだから、先んじて失敗を戒め、季節ごとにつぎの流行を考えておく。自分のまわりの人々の流行ではない。田舎のわけのわからない連中の好みってやつだ。

他人に金を握られている。他人のふところ事情なんてわかりっこないし、連中がどんな災難に見舞われるやら、予測がつかない。手を打っておくなんて、できっこない！　ことによると金づかいが荒くなっており、レストランの庭で宴をひらいているかもしれないし、アメリカへ逃げ出すところなのに、ちょっと宴にまぎれこんだといった手合いもいるだろう。

週日の夕方に店を閉めたりすると、急に時間ができるものだ。商売のためにあれこれとびまわらなくてもいい。そんなときは昼前から抑えていた興奮が上げ潮の大波のように感じられ、じっとしていられず、あてもなくあたふたする。

興奮しても対処のすべがわからず、ただ帰路につくばかりだ。顔も手もよごれ、汗まみれで、服にはシミがつき、ほこりっぽい。仕事用の帽子をかぶっているし、靴は荷箱でこすれたあとがある。波乗りするように歩きつつ、両手の指をポキポキ鳴らし、すれちがいざま子供の髪を一撫でしたりする。

すぐの道のりだ。あっというまにもどり着き、エレベーターのドアを開け、入りこむ。

すると急にひとりだと気がつく。階段をのぼらなくてはならない連中は、上がるうちにくたびれてきて、せわしない息をつきながら住居のドアが開くのを待たなくてはならず、となれば不機嫌で、イラついても不思議はない。やっと控えの間に入って帽子をかけ、二、三のガラス戸を開け閉めして廊下をすすみ、自分の部屋に入ってやっとひとりになる。

わたしときたら、エレベーターですでにひとりだ。膝をかがめて細い鏡をのぞきこむ。そしてエレベーターが昇りはじめると、声をかける。

「きみたち、おとなしく、ひっこんでいろ。どこがいい？　木の陰、窓のカーテンのうしろ、庭のアーチはどうなんだ？」

声に出さず、歯を動かすだけ。すりガラスすれすれに階段の手すりがかすめ、落下する水のように下がっていく。

「きみたち、飛んでいけ。翼は見たこともないが、村の谷へと運ぶだろう。行きたければパリだってよかろう。

とはいえ、三方の通りから行列がやってくるなら、窓からの眺めは楽しむべしだ。たがいに譲らず、入り乱れ、そのうちやっとしんがり組のうしろがすいてくる。ハンカチを振るんだ。驚いたり、感動したり、車で通りすぎる美しい女をほめたたえたりするがいい。

きみたち、小川の木橋を渡っていけ。水遊びしている子供たちにうなずきかけてやるんだな。遠くの巡洋艦上の水夫たちが万歳を叫んだのにびっくりする。

見ばえのしない男のあとをつけて行け。どこかの門の中へ突き入れたら、金目のものを奪いとるんだ。それから両手をポケットに入れ、そいつがトボトボと左手の路地に入っていくのを見送っていろ。

馬に乗った警官がてんでんばらばらに駆けつけ、手綱をしぼってきみたちを追い返そうとする。させておくんだ。ひとけない通りだと、やるせないのだ。それはお見とおしだ。ホラ、もう連中はくつわを並べ、ゆっくりと角を曲がり、広場をすべるようにすすんでいく」

エレベーターが着く。空いたのが下っていく。玄関のベルを鳴らすと、女中がドアを開ける。挨拶の声をかける。

（池内紀（訳）「商人」『カフカ小説全集４　変身ほか』白水社、二〇〇一年、二一〇〜二一二頁）

この作品は大きく三つのパートに分けられている。まず、小さな商いで頭を痛める「わたし」が、週日の夕方に店を閉め、いそいそと帰路につく。自分だけの時間ができたため、「わたし」はソワソワしている。次に、自宅の入っている建物のエレベーターに乗り込む。全くの独りだ。アパートに辿り着くまでの十数秒の間に、「わたし」は白昼夢というか妄想に耽る。非日常のひとときである。最後に、エレベーターから降り、玄関のベルを鳴らすと、「女中」がドアを開ける。そして、日常にもどる。

読者である私も日常にもどり、一休みしようとしてソファーに寝転び、テレビのスイッチを入れた。すると、国会中継が映し出されている。最初、ぼんやりと眺めていたが、ある答弁に来たとき、ハッとして起き上がった――。これはカフカの世界ではないか！

総務省の官僚が、しどろもどろの答弁をしている。首相の長男が勤める放送事業会社（T社）から同省幹部四人が接待をうけていた問題に関する答弁である。当初、この官僚（A情報流通行政局長）は「記憶にない」と突っぱねていたのだが、二週間後、ある雑誌の特ダネ（音声データ報道）を受けて一転、自らの国会答弁を変更。接待会食時の声は「自分だと思う」と述べたうえ、「首相長男らからBS、CS、スターチャンネルに言及する発言があった」ことを認めたのだ。その後、答弁に立ったA局長は以下のように述べたのである（二〇二一年二月一九年、NHK国会中継、衆議院予算委員会）。

一昨日の文春報道が出たとき、私自身、天を仰ぐような驚愕する思いでした。この記事を見て自分の記憶力の乏しさを恥じています。

A局長が「天を仰ぐような・・・」と言ったとき、私の頭の中にはフリードリッヒ・バイスナーのことばが駆け巡った。「実存主義的カフカ・アプローチを越えて」という一文で、粉川哲夫はバイスナーのカフカ解釈を以下のように紹介している。

カフカの作品は、読みすすめるうちに、「夢」と「現実」、「日常」と「非日常」、「正常」と「狂気」といった認識論的区別が意味をなさなくなってくるが、これは、カフカが決して「夢」を「夢」として描いたり、「現実」を「夢」のように描いたりはせず、まさに映画におけるモンタージュさながらに、質的に異なる世界を、矛盾・対立しあったまま接続し、読者に提示するからである。

（フリードリッヒ・バイスナー（著）粉川哲夫（訳編）『物語作者フランツ・カフカ』せりか書房、一九七六年、一二九頁）

さらに粉川氏はバイスナーの言う「移り目」を見落とさないよう注意喚起する。

バイスナーが――適確にも――カフカの作品には「客観的、理性的――と仮に言っておく――世界と、過労のため一面的に見られているゆがめられた世界」とがあり、この一方の世界から他方の世界への「移り目」は、明確な場合と「意識的な技巧を用いてぼかされている」場合とがある、と指摘するとき、バイスナーは自分ではそれと知らずにシュールレアリスムやモンタージュの特質にも触れているのである。

（前掲書、一二五頁）

現実から非現実・超現実へ移り変わる際の「きっかけ」をカフカは文の中に潜ませているというのだ――。おそらく書きながらニヤッと笑っていたであろう。

例えば「路地の窓」（前著一六二頁参照）という掌編の場合、「彼は何気なく、ほんの少し顔を反らせた」という文の中に「移り目」を忍ばせている。その部分を再読しておこう。「それから彼は何気なく、ほんの少し顔を反らせた。すると、何ということだ、斜め向こうから馬が何頭かやってきて、彼を下の方に連れて行くではないか。路上には馬車の座席が整っていて、あたりは巷の喧噪で溢れている。そして馬車に乗り込むと、馬は孤独な窓辺から彼を引き離し、家族や友人のところに連れて行くのだ」（松原訳）。「ほんの少し顔を反らせる」ということが「きっかけ」となって、現実の世界と非現実の世界が綯《な》い交ぜになっている。

「橋」（前著八八頁参照）では、「いつも千々にみだれ、いつもぐるぐる旋回していた」という夢の世界にいる「わたし（橋）」を、「（その人が）わたしのざんばら髪に杖の先を突っこみ」、現実の世界に引き戻す。あるいは、「ちょうど彼のあとを追って山や谷のかなたに思いをはせていた」とき、「（その人が）わたしのからだのまんなかあたりで両足でとびあがった」ため、あまりの痛さに現実にもどり「橋（わたし）」は「ふりかえる」ことになる。その結果、「橋（わたし）」は「まっさかさまに墜落したかとおもうと、こなごなにくだけた」というのだ。夢見心地でいる「わたし」が外部からの働きかけによって、現実に引き戻されている。

日常と非日常の境目を難なく飛び越える場面がカフカの作品には多く見られるのだが、その際、カフカは読者に何らかの「きっかけ」を与えているというのだ。今読んでいる小篇にも、現実から非現実に入り込むときの契機となる表現が隠されてはいまいか――。そう思って、やおらソファーから身体を起こし机に向かい「商人」を読み直してみた・・・。あった！　あるではないか、気がつかなかっただけだ。カフカは読者である私に、次のことばをひっそり忍ばせてくれていたのだ――

　わたしときたら、エレベーターですでにひとりだ。膝をかがめて細い鏡をのぞきこむ。

　仕事から解放され、しばし歩いた後、住居のエレベーターに乗り込む「わたし」。エレベーターの中には自分以外に誰もいない。まるで呪文をかける体勢のように、「わたしは・・・膝をかがめて細い鏡をのぞきこむ（Ich ... schaue, auf die Knie gestützt, in den schmalen Spiegel）」。この動作が「きっかけ」となって、誰か――「書くための翼をもった」妖精であろうか、女神であろうか、はたまた幽霊であろうか――が現れ、「わたし」の想像力を掻き立てる。「わたし」は意気揚々と次のように呼びかける――

　きみたち、飛んでいけ。翼は見たこともないが、村の谷へと運ぶだろう。行きたければパリだってよかろう。

原文：Flieget weg; *Euere Flügel*, die ich niemals gesehen habe, mögen Euch ins dörfliche Tal tragen oder nach Paris, wenn es Euch dorthin treibt.（イタリックは引用者）

（Franz Kafka, „Der Kaufmann“ *Drucke zu Lebzeiten*. Hrsg. von Wolf Kittler, Hans-Gerd Koch und Gerhard Neumann, Fischer Verlag, 1994, S. 23）

（付記）池内訳では「翼」について誰の翼かを明示していないが、円子訳では以下のように「お前たちの翼」（傍点部）と訳出しているため分かりやすい――「飛んで行け、お前たちの翼をぼくはまだ見たことはないが、その翼がお前たちを村の谷へ、それとも、お前たちが行きたいというのなら、パリへでも連れて行け」

（円子修平（訳）「商人」マックス・ブロート（編）『決定版カフカ全集1　変身、流刑地にて』新潮社、一九八〇年、二五頁）

（付記）カフカは「商人」執筆の三年後（一九一〇年）にパリへ休暇旅行に出かけたようである。つまり、執筆時点でパリはカフカにとって憧れの地であったのだろう。

すると、エレベーターが住居の階に到着するまでのわずか十数秒間に、次から次へと想像世界（アイデア）がひしめき合うように浮かんでくる。当世風に言えば、ドローンから切れ目なく送られてくる映像を「わたし」がつぶさに見ているといったところだろうか。そして、一つの映像が目に飛び込んでくると、ストーリーが次から次へと生まれ出てくるのだ。わずかの時間であるかもしれないが、気苦労の絶えない商いのことは、すっかり忘れてしまうことができる。

ところが、自宅のある階に到着して玄関のベルを鳴らすと世界は一変する。女中がドアを開けた途端、「わたし」は非日常から日常に舞い戻されてしまうのだ。バイスナーは、日常から非日常への「移り目」に注目したようだが、注意深く読むと、非日常から日常へ戻ってくる際の「きっかけ」もカフカは文中に潜ませている。「商人」の場合は、「玄関のベルを鳴らす」という表現が呪文を解く動作になっているのかもしれない。

（付記）ヴァルター・H・ゾーケルは、幻覚的なヴィジョンが「眠り込む前に、あるいは目覚めの直後に彼［カフカ］を襲い、生涯にわたって彼をひどく嘆かせた不眠の一因になっていた」と指摘している（ヴァルター・H・ゾーケル（著）「フランツ・カフカの言語理解と詩学に寄せて」クロード・ダヴィッド（編）円子修平・須永恒雄・田ノ岡弘子・岡部仁（訳）『カフカ＝コロキウム』法政大学出版局、一九八四年、二九〜五八頁）。さらにゾーケルは以下のように論じている――「彼を深く不安にし呪縛する無数のヴィジョンが彼を追跡し、責めさいなみ、そして彼にインスピレーションをあたえた。彼はこれらの幻覚を彼の〈悪魔〉〈幽霊〉〈悪霊たち〉と呼んだ」

さて、「路地の窓」「橋」「商人」を読みながら、「移り目」について考察してきたが、もう一つの例を紹介したい。「村医者／田舎医者」（一九一七年に執筆、一九一九年刊行の短編集『村医者／田舎医者』に所収）である。この小篇にカフカ自身は満足していたようだ（谷口茂（訳）『決定版カフカ全集7 日記（一九一七年九月二五日）』新潮社、一九八一年、三八一頁）。ストーリーは以下の設定で始まる――

重病人のいる家族に呼ばれ、激しい吹雪にもかかわらず「私（村医者）」は、往診鞄を手にして中庭に立ち馬車の支度が整うのを待っている。ところが、厳寒のさなか、前の晩、馬が死んでしまったという。万事休すだ。この先に注目したい――

心ここにあらずという体で、思い悩みながら、私は、もう数年来、使わぬままに放置してあった豚小屋の、もういまにも壊れそうな扉を蹴っとばした。［・・・］すると二頭の馬が、張り切った横腹をした悍馬が、足を体に密着させ、形のよい頭を駱駝のように垂れて、ただ胴をねじる力だけで、すっかり窮屈になっている扉の穴から、つぎつぎと這いずり出てきた。

（平野嘉彦（編訳）「村医者」『カフカ・セレクションI 時空／認知』ちくま文庫、二〇〇八年、九〇～九

一頁）

（付記）引用文中の（　）は原著者のもの、［　］は引用者による註記。［・・・］は省略部分を示す。

「扉を蹴っとばす」ことがきっかけとなって、豚小屋から馬が現れたのだ！　現実から超現実へのワープといってもよい。その後、村医者は馬車に乗って村人の家に向かい、その家の若者の診察にあたる。見たところ健康そのものだ。いい加減に診て帰ろうとしたとき、馬たちがいなく。そこで若者の腰あたりを見ると、手のひらほどの大きさの傷が口を開いているではないか。薔薇色の傷口の奥の方には蛆虫が這い回っている。

家族との間にゴタゴタがあった後、診察を切り上げて帰ろうと躊躇していたところ、一頭の馬が――少し前に窓の穴から首を突っ込んでいたのだが――気をきかせて窓から首を引っ込めた。村医者は、まるめた荷物を馬車に投げてから、馬に飛び乗る。そして帰路を急ぐ。「一頭の馬が窓から首を引っ込めた」ことをきっかけに、村医者の復路が始まるのだ。「私（村医者）」は、雪原で彷徨いながら、以下のように呟く――

この世の馬車で、この世ならぬ馬に導かれて、私は老いた身で、あちらこちらとさまよっている始末だ。

（「村医者」一〇一～一〇三頁、傍点は引用者）

現実の世界と夢の世界が繋ぎ目なしに往ったり来たりしているように思える。しかし繋ぎ目は、注意深く読むと文中に隠されているのだ。そのきっかけとなるのが、「扉を蹴っとばす」という「私」の動作であったり、「馬のいななき」や「一頭の馬が気をきかせて窓から首を引っ込める」という動作だったりする。気をつけないと、読み流してしまいそうな語句や文である。

さて、先ほど触れた国会中継（総務省幹部接待問題）にフラッシュバックしてみよう。「天を仰ぐような驚愕する思い」を抱いたA情報流通行政局長は更迭された。また、Y内閣広報官（高額接待出席の際は総務省総務審議官）は、首相の長男らから高額接待を受けながら、「どういった方のご子息であるかは、お付き合いに関係がない」と白を切る。その後、彼女は体調不良で入院。しばらくして内閣広報官を辞職。さらに、T社の外資規制違反について、対応した総務課長に報告したという同社側の主張と総務省側の主張に食い違いのあることが発覚。答弁席に向かうS電波部長に対して総務大臣が近くの席から囁く――「記憶がない（と言え！）」。その直後、S部長は「（外資比率二〇パーセント超に関して）T社側から違反の報告を受けた記憶はまったくございません。記録も残っておりません」と答弁。両者の主張は食い

違ったまま・・・

数日後の衆院予算委員会で野党議員から「記憶がないと言え！」と指図したかを問われた総務大臣は、「『記憶がない』と言った記憶はない」と虚偽答弁（後日、発言を認める）。この大臣は、T社との会食の有無を問われた際、「個別の事案についての答弁は差し控えさせていただきたい」とか「国民の疑念を招くような会合には出席したことはない」などと述べて答弁拒否を繰り返す（実際にはNTT幹部と会食していたことが発覚）。さらに、「本案件によって放送・通信行政がゆがめられたことはありません」と強弁（二〇二一年二月一七年、参議院、予算委員会）。度重なる高額接待がらみで総務省職員一二人が国家公務員倫理規定違反で処分された一方、政治家は誰一人として責任をとらない。

「同席したが会食ではなかった」「記憶はございません」「首相の長男とは話をしなかった」「記憶は残っていません」——このような答弁を聞いていると、カフカの作品における「移り目」を思わずにはいられない。

総務大臣は自らの記憶を意図的に喪失（?）して幻想の世界に入る際、腕を組んで頭部を後ろに反らせる（ふんぞり返ると言ったほうがよかろうか。彼にとって幸運なことに、顔の表情はマスクに覆われていて窺い知れないが・・・）。

首相会見を打ち切る際の堂々とした声が際立っていたY内閣広報官は、首相の長男との会食について釈明するとき極端に小さな声となる。この小さな声こそが「移り目」であったと思うのだが、その後、彼女は二度と会見など公の場に現れてくることはなかった。

歯切れよく虚偽答弁していたA局長は、「天を仰ぐような驚愕する思い」と述べてからは、答弁の際、うなだれたまま、決して質問者の方に目を向けない。「天を仰ぐ」という動きは虚偽答弁が発覚したため、現実に引き戻されることを拒む反射的な抵抗の動きだったのではあるまいか。

S部長は「お答え申し上げます」と早口に切り出し答弁に入る。そして最後に、「記憶はまったくございません」という釈明の部分だけを際立たせて答弁を終える。自らの虚偽答弁を振り払うため、良心の声を圧し潰す「きっかけ／まじない」として「記憶はまったく・・・」と言ったのかもしれない。

このような国会中継を見ていると、現実と非現実との間の垣根が容易に取り除かれていることに驚く。何が真実で何が虚偽／嘘なのか・・・。カフカの「商人」を読んでいる最中であったせいか、大臣、官僚、参考人の答弁の中に隠された「移り目」を無意識のうちに探し出そうとしている自分の姿に我ながら呆れかえってしまった。

（2）「天井桟敷にて」——〈止《や》めろ〉と渾身の叫びを上げるやも知れない

カフカが一九一七年一月／二月頃に執筆し、二年後の一九一九年、短編集『田舎医者』の一篇として収録した Auf der Galerie という小品がある。柴田翔訳で読んでみたい。

「天井桟敷にて」

もしも、どこかの、かよわげで、肺病やみの曲馬乗りの少女が演技場に姿を見せて、足元も危うい馬に乗り、無慈悲に笞を鳴らす親方によって飽くことを知らぬ観衆の前で何カ月も休むことなく追い立てられて、輪を描いて走りつづけ、馬上でわが身を揺らしながらキッスを投げ、腰を反らし、たわませつづけるのであるならば——そしてその曲技が、絶え間なく響きつづけるオーケストラの響きと換気装置の音のなか、消えかけてはまた高まる工業的蒸気ハンマーのような満場の拍手に伴われながら、終わりを知らぬ陰鬱な未来へと続いて行くのであったなら——もしもそうなら、天井桟敷に坐る若い観客の一人が立ち上がり、最下等席から特等席へと続く長い階段を一気に駈け降りて演技場へ転がり込み、何事にも臨機応変に対処することを知るオーケストラがそれに応えて華やかにファンファーレを鳴り響かせるさなか、「止めろ！」と渾身の叫びを上げるやも知れない。

だが、実際はそうではない。誇り高き制服の男たちが引き明ける幕の間から、白と赤の衣裳を身にまとう一人の若く美しい貴婦人が、その軽やかな姿を演技場に現すのだ。親方は献身の思いを籠めてその目を追い、身を屈して彼女を迎えて、危険な道へと旅立つ最愛の孫娘に対するかのように心を籠めて連銭葦毛の馬上へと彼女を助け上げ、開始合図の笞を鳴らすのさえも、ためらう。そしてやっとためらいを振り切って笞を打ち鳴らすと、口も半ば開いたまま馬の脇を駆けつづけて、女の跳躍を怠らず観察し、ほとんど理解を越えたその見事さに驚きつつも鋭い英語の叫びで危険を知らせようと試み、また潜り輪を支える助手たちに向かっては怒りもあらわに、どんな些事にも注意を怠るなと命じる。そして生死を賭けた大跳躍に至ると、両手を高く挙げて、全オーケストラに暫しの静粛を要請する。そして遂にすべては終わり、まだ興奮に身を震わせつづけている馬から小さな貴婦人を抱き下ろすと、満場を揺るがす拍手喝采もなおまだ不充分だとの思いとともに、彼はその両頰に口づけするのだ。そして彼女自身、親方に身を支えられながら、埃の薄く舞うなか精一杯に爪先立って、首を大きく後ろにそらし両腕をいっぱいに広げて、自らの仕合せを観客席を満たすすべての人々と分かち合おうとする——それこそが実際に起きることなのだから、かの天井桟敷の若き観客は顔をてすりに伏せて、最後の行進曲の響くなか重苦しい夢に沈み込むかのような思いで、我とも知らず涙を流すのである。

（柴田翔（訳）「天井桟敷にて」平野嘉彦（編）『カフカ・セレクションII　運動／拘束』）ちくま文庫、二〇〇

八年、二二五〜二二七頁）

「天井桟敷にて」という小品は二つのパラグラフから成り立っている。第一パラグラフ（Ⅰ）には、かよわげな少女が無慈悲な座長に強いられ、サーカスの曲馬乗りをしている様子が描かれている。そして、少女の哀しい運命を直感的に察知した若い男が、天井桟敷（最下等席）から特等席を一気に駆け降りていき、演技場に転がり込み、そこにいる少女のほうに向かって、あらん限りの大声で「止《や》めろ！」と叫ぶ。その叫びが若者特有の正義感から発せられたのか、あるいは少女に対する淡い恋心からほとばしり出たのかは定かでないが・・・。

しかし、注意して読むと、「止めろ！」という叫びは実際の音にはならず、若者の頭の中で駆け巡っている「声にならない声」であるらしい。なぜならば、「・・・であるならば（wenn ... würde）」とか「・・・続いて行くのであったなら（wenn ... sich fortsetzte）」と、接続法／叙想法の入った仮定文として描かれているからだ。帰結文も、「もしもそうなら（vielleicht ...dann）・・・『止めろ！』と渾身の叫びを上げるやも知れない（riefe ... Halt!）」となっていて、あくまでも想像上の出来事として描写されている。

次に第二パラグラフ（Ⅱ）では、眼前で繰り広げられている実際の出来事が直説法／叙実法で描かれている（例えば、ist ... hebt ... gibt ... kann ... küßt ...will ... legt ... weint など）。若い男の想像とは正反対に、サーカスの座長は少女を宝のように大事に扱っているし、少女の方も嬉々としているようだ。——この様子を目の前で見た若い男は、「止めろ！」などと叫べるはずがない。重苦しい夢に沈み込むかのように、我とも知らず涙を流す・・・。

（付記）英語学者の細江逸記は、「叙実法 vs. 叙想法」という用語で英語の法（Mood）を説明している（『動詞叙法の研究』篠崎書林、昭和七年初版、昭和四八年新版）。文法用語としては定着しなかったが、「事実を述べる vs. 想いを述べる」という対比は優れていると思う。

さて、この掌編でカフカが描きたかったことは、以下のようにまとめられるのではないだろうか。
――「眼前で繰り広げられている現実は必ずしも真実とは限らない。むしろ、若者の妄想の中にこそ真実は隠されている。つまり、IIの叙実法ではなく、Iの叙想法によってカフカは事の真実を描いているのだ」

しかし待てよ、もう一度落ち着いてIとIIで描写されている「親方」の動きを観察してみよう。Iの叙想法で描かれている親方は、「無慈悲に笞を打ち鳴らし」したり、「何カ月も休ませず（少女を）追い立て」たりしている。それに対し、IIの叙実法で描かれている親方は、愛情たっぷりな様子で少女に接している。後者（II）の親方こそ観衆／読者が捉えている親方であって、間違いようもない姿ではないか。

疑いようのない現実ではないか。それに対し、前者（I）のほうの親方は誰にも見えていない。若者の単なる妄想に過ぎないではないか。強いて言うならば、若者の妄想は一九世紀末から二〇世紀初頭にかけての社会を覆っていた思潮の反映かもしれない。

この点について三原弟平が興味深い考察をしているので、『カフカとサーカス』の第二章（曲馬嬢）から一節を紹介したい。三原氏はロートレックの「フェルナンド・サーカスの女曲馬師」という絵（一八八八年）がカフカに影響を与えたのではないかと推察し、以下のように述べている。

> ロートレックの絵［・・・］を見ると、少女のやる曲馬芸の見せ方には一つの定式というか、神話的とさえ言いたくなるようなパターンが、すなわち、近代的な悪役としての団長と、無垢で薄幸のヒロインとしての曲馬嬢というパターンがあったのではないかと思われるのだ。無機的なほどに寸分すきのない身なりをし、髭をはやし皮のブーツをはいたいかにも権威のありそうな団長がムチをふり、その下で可憐な美少女がリングをぐるぐる回りつづけることで、性的ないたぶりの幻影をも含んだ一つのいたいけなイメージを与える――つまり、カフカの作品「天井桟敷で」前半部での、ドイツ語における非現実かつ主観的な用法たる接続法で書かれた痛ましいイメージ、それが当時のこの芸の見せ方としては一般的だったのではないか。
>
> （三原弟平（著）『カフカとサーカス』白水社、一九九一年、九四頁）

このように考えると、反論の余地は残されていないようだ。先ほどの仮説を立証することなど出来るわけがない。とにもかくにも、実際に起きていることはIIであって、妄想に基づく見せ方としてのIではないからだ。IIの末尾を再度読んでいただきたい。あたかも、想っていたとおりの演技ができ、満場の観客に両手を挙げて挨拶するフィギュアスケート選手のように、少女は親方に身を支えられながら、「埃の薄く舞うなか精一杯に爪先立って、首を大きく後ろにそらし両腕をいっぱいに広げて、自らの仕合せを観客席を満たすすべての人々と分かち合おうと」しているではないか。

それにもかかわらず、カフカは読者に挑んでいるのだ。――「Iの有り様《よう》が真実なんですよ。実際に眼で見る姿や様子より、頭の中で直観的に掴んだ姿や様子のほうが、真実に近いことだってあるでしょ」、と。そして、その隠された主張を裏書きするように、カフカは親方の心理を次のように抉《えぐ》り出しているのではないか。――親方の仮面を剥がす必要もないでしょ。少女を恭しく迎え、馬上に導き、開始合図の笞《むち》を鳴らす。そして、少女と馬の跳躍に最大限の注意を払う。助手たちを叱りとばすことも厭わない。大跳躍の際にはオーケストラに演奏の中断を命じる。これは、少女が全神経を芸に集中できるようにさせるため、そして全観客が視線を一点に投じることができるようにするためなのです。無事に芸を終えた少女を宝物のように抱き下ろす。親方のこうした一挙手一投足は、ただひとえに興行を成功裡に運ぶためであって、少女を酷使していることのカムフラージュなのですよ。少女は貴婦人のような装いをしていますが、あの格好は見かけだけです。観客に媚びを売るためのお仕着せなんです。あの少女が本当に最愛の孫娘だとしたら、危険な曲馬乗りをさせておきますか、と。

しかし、眼前で繰り広げられている親方と少女の姿を見て、若者はIIの末尾で、「重苦しい夢に沈み込むかのような思いで、我とも知らず涙を流す」ことになる。なぜかというと、欺瞞を直観的に見抜いているにもかかわらず、その欺瞞を若者は言葉で上手く打ち砕くことができないからだ。Iの末尾では、「こんな酷いこと、止めろ！（Halt!）」と叫びたい。少なくとも、ハルトゥ（Halt）のHaの口の開きは準備できていたかもしれない。ところが、喉のあたりで押し潰され、声にならないのだ。

いや、実際には「止めろ！（Halt!）」と叫んでいたのかもしれない。なぜなら、カフカはIの末尾で巧妙な仕掛けを施しているではないか。「何事にも臨機応変に対処することを知るオーケストラがそれに応えて華やかにファンファーレを鳴り響かせるさなか」と記して、若者の叫びが押し潰されていることを示唆している。若者が心の中で思おうと、声に出して絶叫しようと、その思いや声はオーケストラの大音響に掻き乱され、掻き消されてしまうのだ。

さらにIIの末尾でも「最後の行進曲の響くなか」という仕掛けによって、若者の涙を気づかないところに追い遣っている。「こんなこと真っ赤な嘘だ！」と思っていても、観衆の喝采とオーケストラの勇ましいテンポに負けて、若者は為す術をもたない。だからこそ、カフカは小篇の末尾で「かの天井桟敷の若き観客は顔をてすりに伏せて、最後の行進曲の響くなか重苦しい夢に沈み込むかのような思いで、我とも知らず涙を流すのである」（傍点は引用者）と書いているのではあるまいか。

（付記）サーカス（やチンドン屋）から連想される音楽というと、私の場合、どういうわけか、「美《うるわ》しき天然／天然の美」という曲だ。ウィキペディアで調べてみると、田中穂積作曲・武島羽衣作詞で一九〇二（明治三五）年に完成と記されている。それ以来、唱歌教科書に載せられていたが、一九四九（昭和二四）年ころ学校教育から姿を消したらしい。「空にさえずる鳥の声、峯より落つる滝の音・・・」から始まるこの曲は短調のワルツ（三拍子）であって、全体として物悲しい曲調である。カフカの「天井桟敷にて」（一九一七年執筆）の末尾に描かれている「行進曲」（二拍子）との違いに興味をそそられたので、ここに付記しておく。

「天井桟敷にて」というカフカの小篇を読んで、「止めろ！」という若者の叫びが何を意味しているのか考えている最中のこと。二〇二一年一二月一五日、私の耳に聞きなれない言葉が飛び込んできた。ニンダク？　テレビの画面を見ると――「認諾」――。この言葉はどこかで聞いた（見た？）覚えがある。

そうだ、何年か前、厚生労働省に関わる事件で村木さんという女性に下された法律用語が、確か「認諾」だったような気がする。それ以来、さほど頻繁にマスメディアから発せられることのない言葉だ。今回も一人の女性の訴えに対して、国側は「認諾」したらしい。「あなたの言うことは正しかったので、国は原告であるあなたの請求を認めて賠償金を払うことにします。これをもって、国との訴訟は終了したことになります」ということらしい。原告の女性には勝訴を祝福する連絡が少なからずあったという。しかし、どうも変だと思い様々な報道に注意を払っていると、私の心に沸々と怒りの気持ちが湧いてきた。

「天井桟敷にて」の若者と、「認諾」の決定を下された女性が何やら重なってきたのだ。カフカの書き方に倣い、IとIIに分けて「認諾」の真相を追ってみたい。

（I）

その女性は赤木雅子さん。財務省の公文書改竄事件（いわゆる森友学園事件）で自ら命を絶った近畿財務局職員・赤木俊夫さんの妻だ。刑事裁判で不起訴となった事件について、雅子さんが、「夫の死についての真実を知りたい」という一念で、この決裁文書改竄事件に関与した政治家や官僚を司法の場に引きずり出し、証人請求するためには、この方法しかないと判断して民事訴訟に踏み切ったとしたら――そして、一年以上経ったある日、国家賠償請求の棄却を求めていた国側が一転して、A４判計三枚に記された文書をシラッと渡し、一億円以上の賠償金で幕引きを図り、「認諾」という奥の手を使ってきたとしたら――もしそうならば、財務大臣の記者会見の場でカメラから発せられるカシャカシャ、バシャバシャというシャッター音とフラッシュの閃光に向かって雅子さんは、呆気にとられながらも、「ふざけるな！」と渾身の叫びを上げるやも知れない。

（II）

だが、実際はそうではない。赤木俊夫氏の妻・雅子さんは、「ふざけるな！」などという下品な言葉遣いをする女性ではなく、どこから見ても立派な人物である。国家を相手取って莫大な損害賠償金を請求するような女性ではない。よしんば、民事訴訟で一億円以上もの大金を請求したとしても、それは誰かに唆されたに違いない。

一方、国側の姿勢はどうだろうか。テレビの国会中継やニュースで分かるように、今までの政権も今の政権も首尾一貫して真摯な対応を心掛けているようだ。非公開ではあるものの、原告の雅子さんとの協議の場で決定するという正式な手続きを踏んでいるではないか。たった今も、テレビの取り囲み記者会見で「認諾」を発表している財務大臣は、官僚の用意したメモを一字一句間違えないよう真摯に読んでいるではないか。国側の最終責任者である内閣総理大臣は国会で、「その旨（認諾）の報告は受けている」と真摯な答弁をしているではないか。事実、認諾の前日に報告を受けていたことが明らかになっている。また、「今後も真摯に説明責任を果たすつもりだが、前財務相の言うとおり『財務省は調査を尽くしている』のだから、第三者による再調査の必要はない」と誠実に言っているではないか。「認諾」する主体が財務相であろうと首相であろうと関係はない。そのうえ、認諾の賠償金は国民の税金からではなく、改竄を指示した人物に負担を求めよという声があるが、その必要はない。「国は個々の職員（元財務省理財局長のことであろうが）に対して求償権を有するとは考えておりません」と首相は国会で明言しているではないか。すでに賠償に充てるための予算は国会を通過しているのだ。

ＮＨＫで放映される数少ない国会中継を視聴している、これまた数少ない国民がその目で確認しているとおり、補正予算は国権の最高機関である国会で可決したところだ（二〇二一年一二月二一日）。これが現実だ。テレビの画面に映し出されたとおり、多くの議員が賛成の意思表示をし、議長が可決を宣言。これ以外の現実はないのだ。議員の退場の際、オーケストラの演奏はないのだが、「国会中継を終了します」というアナウンサーの声がテレビから聞こえる――それこそが実際に起きることなのだから、その声を聞いて雅子さんはテレビのスイッチを切る。そして、夫の遺影を見ながら、重苦しい夢に沈み込むかのような思いで、我とも知らず涙を流すのである。そして呟く――「ふざけるな、と言いたい。私はお金がほしいわけではないのに・・・。ただ改竄事件の真相を知りたいだけ。なぜ夫が自殺に追い込まれたのか、その原因と経緯を明らかにしたいだけ。夫は今まで何度となく殺されてきたけれど、この『認諾』でまた打ちのめされてしまった。今度は私も殺されたような気がする。こんな形で終わってしまうなんて・・・」

（付記）二〇二二年一一月二五日、午後五時、テレビからニュースが流れてきた――「大阪地裁、原告の請求を棄却」。裁判長は佐川宣寿・元財務省理財局長に対する雅子さん側の損害賠償請求を棄却したのだ。翌日の報道（TBS「報道特集」）によると、裁判長は佐川氏に対する証人尋問を一度もせずに――そして被告側の代表が誰ひとり出廷しないという状態で――判決を言い渡したという。全面敗訴となった雅子さんは心境を問われ、以下のように述べている――「夫は守ってもらえなかった。だけど佐川さんは法律で守ってもらえる・・・」。雅子さんは控訴する決意を表明した。

(3)「隣人」――ハラスは、いつも非常に急いでいて・・・

カフカが一九一七年三月/四月、八つ折り判ノートDに書き込み、死後マックス・ブロートにより Der Nachbar というタイトルを付され、短編集『万里の長城』(一九三一年刊行の遺稿集)に収録された小篇がある。前田敬作訳で「隣人」を読んでみたい。

「隣人」

わたしの商売は、もっぱらわたしひとりの双肩にかかっている。ふたりの女子事務員が、タイプライターと帳簿類といっしょに控えの間にいる。わたしの部屋には、事務机、金庫、商談用のテーブル、肘掛け椅子、それに電話がある――わたしの仕事道具は、これっきりである。眼をくばるのも簡単だし、指図をするのも簡単である。わたしは、まだ若いし、仕事は、むこうからころがりこんでくる。なにひとつ文句を言うことがない。

ところが、この正月から、空いていたとなりの部屋をひとりの若い男がさっさと借りてしまった。わたしが長いあいだ借りるのをぐずぐずためらっていた部屋で、控えの間のほかに台所までついていた。奥の部屋と控えの間は、わたしも使うことができる――ふたりの女子事務員は、ときおり仕事が多すぎるとこぼしていたのだ——が、台所は、どうにも使いようがないではないか。そんなくだらない思案をしていたおかげで、さっさと他人に部屋をとられてしまったのである。若い男は、いまではその部屋におさまっている。ハラスという名前だ。なにをしているのかは知らない。ドアには、〈ハラス事務所〉という札がかかっている。ちょっとさぐりを入れてみたところでは、わたしと似たような商売をしているらしい。若くてなかなかの頑張り屋で、もしかしたら今後のしてくるかもしれないが、信用取引きをしてはいけないとまでは言わないにしても、目下のところ資産があるようにも見えないから、掛け売りをすすめることはできない、ということだった。だいたい、事情を知らない人たちから聞きだせることは、これくらいのものである。

ときおり階段でハラスに会うことがある。彼は、いつも非常にいそいでいて、文字どおりわたしのそばをさっとかすめていく。つくづくと彼の顔を見たことは、まだ一度もない。部屋まで行くあいだにちゃんと鍵を手にもっていて、あっというまにドアをあけ、鼠の尻尾よろしくするりとすべりこむ。わたしは、またぞろ〈ハラス事務所〉という札のまえに立たされる。用もないのに毎度読ませられる表札である。

薄っぺらな壁というやつは、正直に働いている人間の秘密を売りわたし、不正直者に得をさせる。わたしの部屋の電話は、ハラスの部屋との仕切り壁のところにとりつけてある。こんなことをわざわざ言いだすのは、なんとも皮肉な話だからである。たとえ反対側の壁にとりつけてあったとしても、なにもかもとなりには筒抜けに聞こえてしまうだろう。それで、わたしは、得意先の名前を電話口で言わないことにしている。しかし、もちろん、言葉づかいの特徴やどうにも避けようのない言いまわしから相手の名前を推測することぐらいは、それほど悪知恵をはたらかせなくてもできることだろう。わたしは、ときどき不安にかられて、受話器を耳にあてたまま爪先でそのあたりをぐるぐる踊りまわることすらあるが、それでも秘密が洩れるのを防ぐことはできない。

こういうわけだから、わたしの商売上の決断がぐらついたり、声がふるえたりするのも、やむをえない。こちらが電話をかけているあいだ、ハラスは、どうしているのだろうか。あえて誇張して言うならば（ものごとをはっきりさせるためには、誇張もやむをえないことがあるものだ）、ハラスは、電話など要らない。わたしの電話を使っているようなものだ。ソファーを壁ぎわにもってきて、聞き耳を立てておればよいのである。これに反して、わたしのほうは、ベルが鳴ると、電話のところへとんで行って、お得意の意向をうけたまわり、重大な決断をくだし、相手を説得するために長広舌をふるわなくてはならない――しかし、なによりも困るのは、こうしているあいだにも、こころならずも壁ごしにハラスのやつに情報を提供してやっていることである。

もしかしたら、彼は、電話がおわるのも待っていないかもしれない。話の要点だけ呑みこめたら立ちあがって、いつもの調子でさっとばかりに町中を駆けぬけていく。そして、わたしが受話器を置くよりもさきに、わたしの商談をつぶす行動をはじめていないともかぎらないのである。

（マックス・ブロート（編）前田敬作（訳）「隣人」『決定版カフカ全集2　ある戦いの記録、シナの長城』新潮社、一九八一年、一〇七〜一〇八頁）

（付記）この小篇には「隣人」というタイトルが付けられているが、元来は無題であった。そのため、『批判版カフカ全集』を底本にしたテクストには、書き出しの Mein Geschäft（私の商売）を仮のタイトルにしているものがある（例えば、前掲のフィッシャー文庫『カフカ短編集』）。カフカの手稿によると、この小品はワンパラグラフで成り立っている。

前田訳を再読したとき、懐かしい名前が私の脳裏に蘇ってきた。「わたし」の隣人の名前 Harras（ハラス）である。「ハラス」は三〇年ほど前に読んだ中野孝次のエッセイに出てきた柴犬の名前だ。確か、『ハラスのいた日々』という本だったと思う。『清貧の思想』『実朝考』『贅沢なる人生』などを著したドイツ文学者が愛犬の死を悼んだ名エッセイで、失踪してしまったハラスの名を必死に呼ぶ著者の慌てふためく姿が今でも私の記憶に残っているほどだ。実は私も小学生の頃、愛犬コロを亡くしていたので、このエッセイに強い共感を覚えたのかもしれない。か弱い声で水を求めるコロに容器を差し出すと、二、三回ピチャピチャと飲んでから、グッタリして息を引き取ってしまった。哀願するコロの瞳は六〇年以上たっても忘れられない。

閑話休題。「隣人」という小篇は二つのことを読者に伝えていると思う。一つは、大規模工場生産が急速に進んでいく二〇世紀初頭、過度の競争主義や成果至上主義が人々の理性や感性を蝕んでいく様子。もう一つは、その惨憺たる様子を一歩下がって見つめ、ユーモアをまじえて語る著者の姿勢。

一つ目について考えてみたい。「私」と「隣人ハラス」の間で繰り広げられる商売上の競争——生き残りを賭けた闘い——に関する描写は、カフカの着想に基づくものであったとしても、決して全くの空想から生まれたものではないと思われる。カフカ自身の勤労体験および会社経営体験が大きく関わっているのではないだろうか。それを実証する基礎資料として、若林恵（編）の「カフカ年譜」から勤労・経営関連の事項（太字は重要項目）を拾い上げてみた。

一九〇六年（23歳）弁護士事務所で研修。六月、法学博士号授与。秋から一年間の司法実習期間。
一九〇七年（24歳）職業選択に際して、両親の家から自立できること、執筆の時間が取れることを第一に考え、プラハから離れようと目論みはしたが、結局一〇月からプラハの「一般保険会社」に見習いとして就職。〔しかし、長時間労働と激務のため執筆の時間が取れず、入社後数カ月で別の就職口を探し始める〕

一九〇八年（25歳）八月、**半官半民の「労働者傷害保険協会／労働者災害保険局」に職場を変え、八～一四時の勤務となる。**ここでカフカはチェコ人の同僚や上司に大変気に入られて、一九二二年に退職するまで勤めた。
一九〇九年（26歳）
一九一〇年（27歳）五月、**保険協会の正式な職員**になる。
一九一一年（28歳）フリートラントや北ボヘミアへ**頻繁に出張旅行**。工場労働者の危険度が適切にランクづけされているかどうか査定することがカフカの仕事。
一九一二年（29歳）一〇月、**両親にアスベスト工場での仕事を強制され**、自殺を考える。
一九一三年（30歳）**「書記官主任」に昇進。**
一九一四年（31歳）
一九一五年（32歳）
一九一六年（33歳）
一九一七年（34歳）八月初め、喀血。九月に肺結核と診断される。九月、**八カ月間の長期休暇取得。**
一九一八年（35歳）五月から**職場**（保険協会）**に復帰。**
一九一九年（36歳）
一九二〇年（37歳）**保険協会の「秘書官」に昇進。**

一九二一年（38歳）
一九二二年（39歳）「**秘書官主任**」に昇進。七月一日、**保険協会を退職**。
一九二三年（40歳）
一九二四年　　六月三日、四一歳の誕生日の一カ月前に死去。
（池内紀・若林恵（著）『カフカ事典』三省堂、二〇〇三年、二一六〜二二二頁を基に作成）

この略年譜から明らかなように、カフカは二五歳から三九歳まで――途中で長期休暇を取っているものの――一四年間にわたって、半官半民のボヘミア王国労働者傷害保険協会プラハ局（オーストリア・ハンガリー帝国を支える官僚機構の末端組織）の職員として勤務し、順調に昇進を重ねていった。特に、一九一八年（35歳）の職場復帰が見逃せない点であることを指摘しておきたい。この年には、第一次世界大戦終結とともにハプスブルク家の統治による二重帝国が瓦解し、チェコスロバキア共和国が樹立された後、チェコ労働者災害保険局（名称から「ボヘミア王国」が削除され、表記はチェコ語に変更）の公用語がドイツ語からチェコ語に切り替えられた。それにもかかわらず、ドイツ語系ユダヤ人であるカフカが継続雇用の対象となったのだ。局長を筆頭に職場における上司や同僚からの信頼度が高かったことの証左であろう。とりわけ、この書記官の「書く」能力に対する信頼が厚かったようである。保険協会の年次報告書の執筆だけでなく、地方新聞に掲載する協会の宣伝文や、上司の講演原稿の起草や出版した本の書評などにい）。

健筆を振るったのだ（池内紀（著）『カフカの生涯』新書館、二〇〇四年、一四一～一五一頁「小官吏の日常」に詳し

さて、カフカが労働者災害保険局の職員として働き始めたころ、北ボヘミアでは工業化が急速に進んでいた。職人的手工業から近代的な工場生産への切り替えが行われていた時期である。まさに「大衆化時代」が始まろうとしていた。新興富裕層をターゲットに高級小間物を商う「カフカ商会」（父ヘルマン・カフカ設立）が繁盛したゆえんである。

この時期、織物、ガラス製品、製造機器などの工場では、生産効率を上げるため新しい機械が次々と導入された。すると当然のことながら、機械に不慣れな労働者たちの間で労働災害が頻発。カフカの主要業務は、一つひとつの事故に当たったうえ、企業の危険度を査定し、保険金を決定することであった。一九一一年（28歳）の項に記されているように、カフカは頻繁に出張旅行に出たようである。その際、労働現場の苛酷さだけでなく、労働者の劣悪な生活環境も目のあたりにしたものと思われる。

ここでは労働者災害保険局の年次報告書（一九〇九年）を読んで、技術革新や競争主義の肯定面および否定面を確認しておきたい。そうすることによって、小篇「隣人」に描かれた「わたし」と「ハラス」の切羽詰まったせめぎ合いの背景が明らかになると考えるからだ。

「木材加工機械の事故防止策」と銘打った報告書の狙いは、木材切削加工用のかんな盤における丸胴の安全回転軸《シャフト》を採用するよう企業に勧告することである。従来の角胴シャフトと比較して、丸胴シャフ

トは、①防災効果が完璧であるだけでなく、②安価で、③作業コストが低く、④作業効率を向上させるからだと序文で主張。次に、各々の優位性について計八枚の図とともに理路整然と主張を裏付けている。例えば①の項では、角胴シャフトおよび欠損した指（九種類の指の中には右手の指五本を欠損したものもある）のイラストを掲げたうえ、角胴シャフトの危険性を以下のように述べている。

どれだけ用心深い作業員でも手が滑ることはあるし、片手で工作物をテーブル面に押しつけ、もう片方の手でかんな刃に送るとき、木材が躍ることは少なくない。すると手が刃口に落ちて回転刃に巻き込まれてしまう。［・・・］ひとたびそのような事故が起これば、指の一部または全部が切断されずには済まない。

（川島隆（訳）「公文書選」多和田葉子（編）『ポケットマスターピース01　カフカ』集英社文庫、二〇一五年、六一四頁）

（付記）この公文書については、翻訳者の川島氏が「カフカの《お役所仕事》を見る」という講演（二〇一六年八月二日）の中で具体的に解説している。YouTube で視聴可。

この記述に続いて、幾つかの工作機械メーカーによる技術革新の競争実態を紹介したうえ、最終的に丸胴シャフトの優位性が記されている。ここでも、丸胴シャフトおよび負傷した指（四種類の右手が掲げられているが全てかすり傷程度）のイラストを付して、説得力のある描写になっている。

年次報告書は一見、淡々と丸胴シャフトの優位性を述べているだけのように思われる。ところが注意深く読んでみると、報告者（書記官カフカ）が自らの執念を巧妙に隠しながら、いくつかの目的を実現させている点に気づく。序文の二箇所を指摘しておきたい。

（1）したがって、近い将来に丸胴が広く普及し、同型のシャフトを採用していない企業については正常な範囲を超える危険度を示すものと査定することができるようになると期待するのは根拠のないことではない。

（2）要するに、丸胴を導入させるにあたっては、事業主の側に社会福祉への理解を求める必要すらない。単に実利的な観点からしてもすでに魅力的だからである。

（『公文書選』六一二頁）

まず（1）であるが、「正常な範囲を超える危険度を示すものと査定することができるようになると期待するのは根拠のないことではない」とは、いかにも無味乾燥なお役所ことばの典型である。この回りくどい事務報告に託されたメッセージは、「労働災害発生の危険ありと査定されても仕方がありません。いずれ、丸胴シャフトを導入しなくてはいけなくなるでしょうよ」という勧告なのだ。それと同時に、「危険度が低減するよう然るべき措置を取っていただきたい」と立法当局に対して遠回しに注文をつけているのかもしれない。二重否定を使用することによって、この報告書を読む可能性のある立法者にスローカーブを投げている点にも留意したい。

次に（2）の「事業主の側に社会福祉への理解を求める必要すらない。単に実利的な観点からしてもすでに魅力的だからである」を噛み砕いてみよう。「丸胴の導入にあたって、福利厚生のための余分な経費は断じてかかりません。金銭面で損をすることはありませんよ。当局は労働者サイドに立っているのではなく、あなたがた事業主サイドに立っているのですからご安心ください」ということになろうか。つまり、「丸胴シャフトの実利的な点を勘案すれば、当然、導入しないわけにはいかないでしょうね」と忠告するふりをして命令していることになる。あるいは、「私たち労働者災害保険局としては、事業主であるあなた方、つまり、掛け金の支払者としての雇用主を第一に考えているのであって、労働者の安全を守るために、お涙頂戴的な報告をしているのではありません」と述べているのだ。

（付記）（1）および（2）に該当する原文を『批判版カフカ全集』の『公文書』で確認しておきたい。ちなみに、この一分冊（*Amtliche Schriften*）は一〇二四ページに及ぶ大部であり、カフカの日々の仕事の一端が垣間見られる。

（1）Es ist daher die begründete Hoffnung vorhanden, daß in absehbarer Zeit die runden Wellen eine derartige Verbreitung werden gewonnen haben, daß für die Einreihung eines Betriebes Nichtverwendung dieser Wellen als Merkmal für eine über das Normale erhöhte Gefahr wird bewertet werden können.

（2）（…）so daß ihre Einführung an das sozialpolitische Verständnis der Unternehmer nicht einmal Anforderungen stellt, sondern schon dem bloß praktischen Blick sich sofort empfiehlt.
（Franz Kafka, *Amtliche Schriften*. Hrsg. von Klaus Hermsdorf und Benno Wagner, Fischer Verlag, 2004, S. 194–195）

私は「木材加工機械の事故防止策」という公文書を読んで、上司がいかにカフカという書記官の「書く力」を珍重していたか納得できた。主たる読み手である事業主の心をくすぐるかのような表現を用いながら、労災保険局の方針——災害保険金の支払いを極力小さくしたい——から逸脱するようなことはしていない。しかし次が最も重要な点であるが、報告者としての自分の意思——労働者の危険を減らしたい——をオブラートに包んで公文書の中に潜ませているのだ。公文書はカフカの「文学」の一部として読んでも構わないのではなかろうか。

（付記）「採石業における事故防止」と題された年次報告書（一九一四年）も読み応えのある公文書である（『公文書選』六二二〜六六三頁）。砂利採取場における石材加工中の破片飛散による眼の負傷、砂・玉石砂利採掘抗における作業員の転落事故、岩盤の崩落による大事故、過度のアルコール摂取（酩酊状態！）が原因となった発破作業中の事故など、担当した事故の実態をカフカは生々しく、かつ冷静に（一五枚の写真とともに）報告している。この報告書の中でカフカは「体系的かつ恒常的な企業視察」が事故防止のために不可欠であることを繰り返し訴えている。

カフカ文学に占める公文書の意義を考えていたとき、ある日の日記の記述が私の先入観に揺さぶりをかけた。一九一一年一〇月四日と一九一四年一月一九日の日記を紹介したい。

ぼくには役所は我慢できないところであるように思われる。それでも役所では自分の勤めを大方果しているし、部長を満足させることに自信がもてるときはすっかり落ち着いており、そして自分の現状を恐ろしいものとは感じない。

（マックス・ブロート（編）フランツ・カフカ（著）谷口茂（訳）『決定版カフカ全集7　日記』新潮社、一九八一年、五九頁）

役所での、自信と交互に生ずる不安。ふだんはもっとしっかりしているのだが。『変身』に対するひどい嫌悪。とても読めたものじゃない結末。ほとんど底の底まで不完全だ。当時、出張旅行で邪魔されなかったら、もっとずっとよくなっていただろうに。

（『日記』二五三頁）

カフカ文学の読者（私も含めて）は、ふつう次のように考えてしまうのではないだろうか。――役所内の通常業務や出張旅行で「書く」時間が奪われてしまうため、カフカは労災保険局の仕事が嫌で嫌で仕方なかった――。ところが、発想を逆転させたら、どのようなことが見えてくるだろうか。「役所での、自信と交互に生ずる不安」（一九一四年一月一九日の日記）という文面にある後者（「不安」）ではなく、前者（「自信」）のほうに照準を合わせた場合、カフカは役所の仕事を結構楽しんでいたことが浮かび上がってこないだろうか。

確かに『日記』を通読してみても、公文書作成や出張旅行そのものについての詳細な記述はほとんどといってよいくらいない。しかし、よく考えてみると、私自身、四二年間勤続したにもかかわらず、本業として大部分の時間を費やした仕事内容についてクドクドと書き残すことはしなかった。だからといって、その仕事をいい加減にやってきたわけではない。できる限りの力を注入して仕事に当たってきたつもりだ。これはカフカにとっても同じなのではないか。年次報告書を始めとして、日常的に様々な文書を作成したカフカ。その仕事を上司が評価してくれる。そうであるからこそ、「役所での、自信・・・」と『日記』に書き込んだのであろう。

ちなみに、婚約前のフェリーツェに年次報告書を送った形跡があるか興味があったので、『フェリーツェへの手紙』を読み直したところ、一九一二年一一月三日付けの手紙に報告書の言及があった。おそらく「木材加工機械の事故防止策」と題された報告書のことであろう。いかにも得意満面なカフカの姿が目に浮かぶ。ただし、指なしの写真付き年次報告書を送りつけられた若い娘（二四歳）の気持ちがどのようなものであったのか、推し量ることは難しいのだが・・・。

円形安全鉋《かんな》回転軸についてのぼくの論文が載った役所の年次報告をさしあげましょう！　図解つきで！

（マックス・ブロート（編）城山良彦（訳）『決定版カフカ全集10　フェリーツェへの手紙（Ⅰ）』新潮社、一九八一年、一三三頁）

少し横道にそれてしまったようだ。私の言いたいことは、カフカが労働現場の苛酷さや労働者の劣悪な生活環境を直に見たうえで、気づいたことを公文書、日記、小説などに「それとなく」投げ込んでいたのではないかということである。例えば、電車でプラハの郊外ジシュコフに行った時のことを日記（一九一一年一二月一八日）に書き残している。ジシュコフはカフカ家で経営している石綿《アスベスト》工場のある区域なのだが、目に飛び込んでくる光景や工場労働者の生活実態をカフカは詳しく描いた後、次のように締めくくっている。

あまりにも違いすぎる生活条件は、その比較を不必要なものにする。［・・・］ここの人びとは、見すぼらしい、暗い、大きな堀のような溝のある街外れの暮しを送っているのだ。だからぼくはいつも、不安や、孤独や、同情や、好奇心や、思い上がりや、旅行の喜びや、男らしさの交じった感情をいだいて郊外に足を踏みいれ、くつろぎとまじめさと安らぎとを伴って帰ってくるのだ。とくにジシュコフからの帰りはそうだ。（『日記』一一九頁）

（付記）父親および義弟と共同経営していたアスベスト工場（一九一一年設立）での仕事については、『日記』の端々で不平をこぼしている。例えば、一九一五年一月一八日──「相変らず無益に六時半まで工場で働き、書類を読み、口述し、報告を聞き、報告を書いた。そしてそのあとの相変らずの無意味な満足感。頭痛、よく眠れない。精神集中を要する持続的な仕

事など、とてもできない。外の空気に当る暇もなさすぎた・・・」（『日記』三二六頁）

短編小説の場合はどうだろうか。「流刑地にて」という短編には、年次報告書の機械と同様の精密さをもって、「図案屋」と呼ばれる処刑機械の描写がなされている。この機械は、裸で腹這いに寝かされた被処刑者（囚人）の背中に、文字を自動的に刻む代物であるが、その文字は、なんと、判決文だというのだ。小説で描かれている場面は、「汝の上官を敬え！」という判決文が囚人の背中に刻み込まれるという設定である。ちなみに、囚人の罪は「不服従と上官侮辱」。精密機械の描写より、一兵士に下されたこの罪名のほうに私は興味をそそられた。

この事件に関する士官の説明を読んでみたい。

ある大尉が今朝、告発に及んだのです。この男は彼の従卒で、彼の部屋の扉の前で眠る訳ですが、それが寝過ごして服務義務違反を冒した。規定では一時間ごとに起き出し、扉に向かって敬礼の姿勢を取ることになっています。もちろん難しい義務ではありませんし、また不可欠な規定でもある。警備と服務へ敏速に対応できる活力が常にもとめられていますからね。大尉は昨晩、従卒がその義務を果たしているかどうか確かめようと思い、二時の時鐘と同時に扉を明けて、従卒が背を丸めて眠り込んでいるのを発見しました。大尉は乗馬用の鞭を手に取り、従卒の顔に打ち下ろしました。

ところが従卒は、起立して許しを乞う代わりに主人の脚にしがみついて、揺さぶり、叫んだのです。〈鞭を捨てやがれ、でなけりゃ、お前を食ってやる〉

（柴田翔（訳）「流刑地にて」平野嘉彦（編）『カフカ・セレクションII　運動／拘束』）ちくま文庫、二〇〇八年、一六一頁）

殺人や脱走でなく、上官に対する不服従と侮蔑――。この「罪」は、軍隊という組織内でのみ生じるわけではなかったと思われる。急速な近代化が進行している工場、学校、会社、その他さまざまな組織で問題視されていたはずだ。競争に勝ち残るためには、たとえ不合理だと感じていても、上からの命令・指示に従って動かなくてはいけない――。カフカは、そこにこそ私たちの注意を向けさせたかったのではあるまいか。

「変身」の場合はどうだっただろうか。確かグレーゴル・ザムザは時間に追われる生活をしていたはずだ。浅井健二郎訳で物語の前半を読み直してみたい。注文取りの旅に出るため、グレーゴルは目覚ましを早朝の四時にセットしておいた。五時の列車に乗るつもりだったのだが、もう六時半だ。グズグズしているうちに六時四五分――母親、次に父親、さらに妹が心配して声をかける。起きる気持ちはあるのだが起きることができない。もう七時だ！　グレーゴルは自分に言い聞かせる――

七時十五分を打つ前に、絶対ベッドから完全に抜け出ていなくては。それに、それまでに会社から誰かが、どうしたのかと訊きにやってくるということもあるだろう。会社は七時前に始まるんだから。

（浅井健二郎（訳）「変身」平野嘉彦（編）『カフカ・セレクションIII　異形／寓意』ちくま文庫、二〇〇八年、二二二頁）

その時、玄関のベルが鳴る。支配人がわざわざ、様子を見に来たのだ。グレーゴルは考える——

支配人がみずからやってきていた。なぜ自分だけが、こんな会社に勤めるよう運命づけられているのか、どんなに小さな怠慢にもただちに最大の嫌疑をかけるような会社に？　社員はみな、ひとり残らずくずだというのか？　朝のほんの数時間を仕事のために使わなかったというだけで、良心の呵責で気も狂わんばかりになり、ベッドから出ることすらできない・・・

（「変身」二二四頁）

「あの子ときたら仕事のこと以外何も頭にないんですから」と息子を庇う母親に向かって、支配人が言う——

われわれ商売人は――残念ながらと言うか、幸いにしてと言うかは、ひとそれぞれの気持のもち方次第ですが――少しばかり体調が悪いなんてのは、これは非常によくあることなんですが、仕事の都合をよく考えて、大騒ぎなどせずに乗り越えなくちゃあならんのです。

（「変身」二二七頁）

次に支配人はグレーゴルに向かって言う――

最近の君の業績は非常に不満足なものだった。なるほどいまは格別に取引のふえる時期ではない。そのことは認める。しかしだ、全然仕事にならない時期なんていうものはそもそもないのだ、ザムザ君、あってはならないのだよ。

（「変身」二二九頁）

この言葉を聞いて慌てふためく家族を気遣い、グレーゴルは支配人に言い返す――

ですが、支配人。もうすっかりよくなりました。ちょうどベッドから出るところです。ほんのしばらくの御辛抱を！［・・・］まさにいつだって、病気は会社を休まずに切り抜けるものだ、と思っているのです。支配人！　私の両親の心を痛めないよう、御配慮のほどを！［・・・］八時の列車ならまだ間に合うので、それで発ちます。

（「変身」二二九〜二三〇頁）

「変身」（初出は一九一五年）を読み返してみて、つくづく思う――出版から百年以上経過した今でも、私たちの心を捉えて放さない小説だ。朝起きることができず、学校や会社に遅刻しそうになった経験のある人、あるいは、登校や出勤が嫌になってしまった経験のある人なら、グレーゴルの気持ちはよく分かるのではないだろうか。虫の姿になってしまった自分――その自分が何とかして学校／会社に行こうとしている。グレーゴルと同じように、できないことは分かっているのに・・・。これほどまでに起床時刻や列車の発車時刻を気にかけさせ、グレーゴルの変身――そして生徒の不登校や会社員の引きこもり――に一役買っているのが、競争主義・成果至上主義なのだ。

さて、本題の「隣人」という小篇から読み取れる二つ目の点に移りたい。人々の置かれている苛酷な状況を描く際に、カフカがちょっとしたユーモアのセンスを働かせている点である。「隣人」の検討を始める前に、先ほど読んでいた「変身」の中にそのような一文のあることに気づいたので、その箇所を記しておきたい。七時一〇分頃のこと。なんとかベッドから這い出ようとあがくのだが上手くいかない。手助けを呼ぶべきなのか？

Trotz aller Not *konnte er* bei diesem Gedanken *ein Lächeln nicht unterdrücken.*

(Franz Kafka, „Die Verwandlung“ *Drucke zu Lebzeiten*. Hrsg. von Wolf Kittler, Hans-Gerd Koch und Gerhard Neumann, Fischer Verlag, 1994, S. 124　イタリックは引用者)

そんなことを考えているうちに、彼は、まったく困っているにもかかわらず、自分がつい微笑んでしまうのを抑えることができなかった。

(「変身」二二三頁、傍点は引用者)

玄関のドアのベルが鳴る寸前である。会社から誰かが呼びにくるはずだ——。こんな切羽詰まった状況でさえ、グレーゴルの意識は冴え渡っていて、まるで自らの不様な姿を鏡で確かめたかのように、「自分がつい微笑んでしまうのを抑えることができなかった」とカフカは書いている。この一文の直後、支配人が登場し、カフカ家は修羅場と化すのだが、「薄気味悪い虫」(変身したグレーゴル・ザムザ)は、事態を突き放して見ている。そして、「自分がつい微笑んでしまうのを抑えることができなかった」と言うのだ。

一歩下がって事態の悪化を見つめる姿勢は「隣人」にも見受けられる。例えば、第一パラグラフの末尾は「なにひとつ文句を言うことがない」と訳されているが、原文では以下のように同一文が繰り返されている。

... ich klage nicht. Ich klage nicht.

（長谷川訳）・・・私は不平をいわない。私は不平をいわない。

（長谷川四郎（訳）「隣人」『カフカ傑作短篇集』福武文庫、一九八八年、一四六頁）

前田訳と違って長谷川訳は、できる限りカフカの文体を読者が味わえるように、「わたしは不平をいわない」を繰り返しているのだ。そうすることによって、直後に生じる事態との落差を予告することに成功している。つまりich klage nichtの繰り返しを前段に置くことによって、「今年の初め、私が長いこと拙劣にも自分で借りることを躊躇していた隣りの小さな空きアパルトマンを、一人の若い男がてきぱきと借りてしまった」（長谷川訳）という事態の変化――不平を言うべき事態の発生――を読者に勘づかせようとしているのかもしれない。いわば、読者に対する「ちょっとひねくれた」メッセージ（カフカなりのユーモア）なのではなかろうか。

次に、前田訳で第三パラグラフを読み直してみたい。隣りに引っ越してきた若者は、いつも慌てていて顔すらまともに見たことがない。

部屋まで行くあいだにちゃんと鍵を手にもっていて、あっというまにドアをあけ、鼠の尻尾よろしくするりとすべりこむ。

引用文の前半、事務所に辿り着くずっと前から鍵を持っていて、中に入る準備をしているというのだ。おそらくカフカ自身がそうだったのかもしれない。実は私も帰宅する際、百メートル以上も前から鍵を準備したうえ、鍵の向きまで確認しておく。後半にもカフカのユーモアが滲み出ていないだろうか。事務所に着くやいなやドアを開け、サッと中に入る。そのとき、「鼠《ねずみ》の尻尾《しっぽ》よろしくするりとすべりこむ」というのだ。せっかちな隣人であるが、この表現に触れた途端、ハラスという若者にどこかしら憎み切れない雰囲気が漂ってきて、読者である私はニヤリとしてしまう。このようなところに、読者を巻き込むカフカのテクニック（ユーモア）が見え隠れしてはいないだろうか。

第四パラグラフには、薄っぺらな壁越しに繰り広げられる「わたし」と「隣人」との間の闘いが描かれている。「生き馬の目を抜く」ような商売上の争いが述べられているのだが、「（ときどき不安にかられて、）受話器を耳にあてたまま爪先でそのあたりをぐるぐる踊りまわることすらある」という「わたし」の動きにユーモアのセンスが感じられる。原文では以下のようになっている。

Manchmal *umtanze ich*, die Hörmuschel am Ohr, von Unruhe getachelt, auf den Fußspitzen den Apparat, …

（Franz Kafka *Nachgelassene Schriften und Fragmente I*. Hrsg. von Malcolm Pasley, Fischer Verlag, 1993, S. 371（『批判版カ

フカ全集』の一分冊『遺稿と断章Ⅰ』〕）

「爪先立ちで（auf den Fußspitzen）〔電話のまわりを〕ぐるぐる踊りまわる（*umtanze ich*：イタリックは引用者）」という表現に私は言い知れぬユーモアを感じるのだが、いかがだろうか。

第五パラグラフに描かれた「ハラス」と「わたし」の対照的な動きは、まさにコミカルな映画／芝居を観客席から見ているようだ。壁ぎわにソファーを置いて聞き耳を立てるハラスと、通話の内容が隣人に漏れないよう四苦八苦する「わたし」――。さながら、チャップリンの無声映画、あるいは吉本新喜劇の一場面と言えよう。

ただし、一箇所だけ注意深く読まなくてはいけない文がある。「ハラスは、電話など要らない・・・」という日本語訳（前田訳）である。その前段にあたる原文（『遺稿と断章Ⅰ』三七二頁）には、以下のように接続法II式の könnte（英語の could）が使われている。

so könnte ich sagen: Harras braucht kein Telephon …

（松原訳）そうであれば、次のように言うこともできよう――。ハラスには電話など要らない・・・

もちろん、この文の前には「あえて誇張して言うならば」という前置きがあるから、誤解の余地はなかろうが、第五パラグラフは、あくまでも「わたし」の想像——独りよがりの思い込み——なのだ。換言するならば、「あえて誇張して言うならば」という文言は、読者の気をそらす煙幕のはたらきをしている。この前置きによって、私たち読者は現実なのか非現実なのかの境が分からなくなってしまう。

そのように考えると、最終パラグラフも当然のことながら、事実ではなく「わたし」の妄想であると考えてよい。「もしかしたら・・・待っていないかもしれない」とか、「・・・はじめていないともかぎらない」という具合に文章の勢いが次第に弱くなっているではないか。案の定、この部分の原文には vielleicht（ひょっとしたら）という副詞が各々の文に使われている。vielleicht は英語の perhaps と同じように、「陳述内容の現実度に対する話し手の判断・評価を示す（文修飾の）副詞である」（『小学館 独和大辞典』）。つまり、ハラスの行動は、直前のパラグラフ同様、あくまでも疑心暗鬼に陥った「わたし」の頭の中で作り上げられた幻想であることを忘れてはなるまい。

そうだということは重々知りながら、読者である私は冒頭二つのパラグラフを読んだ段階で、あたかもハラスという若者や「ハラス事務所」は実在している者や物だと思い込んでしまう。そして、鼠の尻尾も、盗み聞きする隣人も、爪先でグルグル踊る「わたし」も、さらには、話の要点だけ摑んだら、さっと立ち上がって町中を駆けぬけ「わたし」の商談を壊すハラスも、まるで眼前で繰り広げられている出来事のように捉えてしまう。

まさに、カフカの思う壺ではないか。カフカは、ほくそ笑んで言うかもしれない——「もう、お気づきでしょう。これは想像上の物語なのです。しかしですね、様々な事実を直に見聞きしたうえでの話なのです。現実的でないようにお思いになるでしょうが、それでも、いや、それだからこそ、この話の中に出て来た「わたし」や隣人ハラスは実在の人物なのです。あなたの周りの人たちをご覧になれば、分かるはずです。ほら、そうでしょ・・・」

非現実的な話であると仄めかしながら、現実と非現実の境スレスレの描き方をするカフカ。そこに彼なりのユーモアが滲み出てくるのだと思う。たとえ一瞬であっても、ハラスの実在を信じて読み進めた読者がいたとしたら、カフカの術策にはまってしまったことになる。現実と非現実は画然と分かたれているのではなく、まさに背中合わせに接しているのだという真実――このギリギリの描き方でカフカは「書く」と同時に、「書いている自分自身を鏡で見る」。そして、この関係性を主人公にも投影して独りでニヤリとしていたのではないか。公文書であろうと小説であろうと、カフカは「書くこと」――誇張を恐れずに言うならば「生きること」――の意義を、このような形で見い出していたのではないだろうか。

（付記）池内紀は「鼠の尻尾」を以下のように解釈している。「『ネズミが逃げこむとき、シッポがちらっと見えるのとそっくり』は比喩ではなく、むしろこちらが事実であって、永らくの空部屋にネズミが棲みついていて不思議はない。無用の台所という、つまらないことにこだわって決断のつかない自分に、主人公は苛立っている。階段をのぼっていて、ちらっと見かけた黒いネズミから幻想がふくらんだのではあるまいか」（池内紀（著）『カフカのかなたへ』講談社学術文庫、一九九八年、五三頁）

（付記）「書いている自分自身を鏡で見る」と書いた数日後（二〇二二年一二月二日）、中村吉右衛門さんの訃報に接した。この歌舞伎俳優が生前、あるインタビュー番組で話していたことを思い出した――「同じ演目を何十年も演じていてようやく、演じている自分でなく、向こう側の観客がどのように感じているかを意識して演じることができるようになりました」。ちなみに、訃報を伝えた新聞記事（二〇二一年一二月二日『朝日新聞』）の中で、編集委員の藤谷浩二は「観客と喜怒哀楽をわかちあうことを生の原動力とした人だった」と評している。中村吉右衛門にとって「演じる」原動力となっていたものと、カフカにとって「書く」原動力となっていたものに、どこかしら共通する点があるのではないかと思い、ここに記しておきたい。

「あなたの周りを見てください」というカフカの言葉に唆されて、私は身の周りで起きていることをじっくり観察してみた。すると・・・「隣人」という小篇の提起しているポイント二つが、百年以上経った今でも、そこかしこに見受けられることに気づいた。

二〇世紀初頭と現代では、工場での生産様式や営業方法だけを取り上げてみても極めて大きな違いがあると思うのだが、競争主義や成果至上主義が形こそ変われ、基底部に残留していて、現代人の心と身体を蝕むという意味では基本的に変わりないであろう。「近代化」とは、ある意味で上からの指示どおりに動く人間の大量産出であるとも言える。学校や軍隊は、規律遵守や時間厳守を柔らかい頭に叩きこむ組織であり続けていると言っても過言ではあるまい。「流刑地にて」で囚人の背中に彫り込まれる「汝の上官を敬え！」という判決文を想起するだけで十分なはずだ。

（付記）G・ヤノーホは『カフカとの対話――手記と追想』（吉田仙太郎訳、筑摩書房、一九七二年）の中で、工場に話が及んだとき、「工場は利益を増やすための施設にすぎません。そこでわれわれすべての演ずる役割は隷属的な役割にすぎません。一番重要なのはお金と機械なのです。人間はせいぜい資本拡大のための古風な道具であり、歴史の残り滓であって、その科学的に見て不充分な能力は、間もなく何の抵抗もなしに、物を考える自動機械によって代用されることになるでしょう。［・・・］これはユートピアではありません。現にいまわれわれの目の前にのし上って来る未来の姿そのものです」とカフカが述べたことを伝えている（一五三頁）。

カレル・チャペック（チェコの作家）が戯曲『ロボット（R.U.R.）』の中で、初めて「ロボット」という語を使ったのが一九二〇年であった。カフカの「隣人」執筆と、ほぼ同時期であることに留意したい。

ヤノーホは、また、「工業における科学的能率《テーラーシステム》主義と労働分業」についてカフカが言ったことを思い起こし、次のように記している（傍点は引用者）。

> あらゆる創造の最も崇高不可侵の部分、つまり時間が、不潔な事業打算の網に搦《から》められます。そのため、創造のみならず、とりわけその構成要素である人間が、冒涜と侮辱を蒙るのです。このようなテーラー主義化された生活は怖ろしい呪いです。ここからは、富と繁栄の期待を裏切って、飢餓と悲惨が生ずるにすぎない・・・（『カフカとの対話』一七一頁）

このエッセイを締めくくるにあたって、「隣人」という小篇の中で、近代化が私たちの心を蝕んできた様子を「時間」という観点から見つめ直してみたい。

いつ見ても急いでいるハラスは、時間に追われる生活をしていた。商売敵でもあるその隣人の慌ただしさにストレスを感じ始め、「わたし」は幻覚・幻聴につきまとわれることになった。「変身」のグレーゴル・ザムザも時間の虜になっていた。しかし実のところ、現代に生きる私たちは、ハラスやグレーゴル以上に時間に追われ続けていて、「ハラス的慌ただしさ」を当然視するようになっていまいか。百分の一秒を競う各種スポーツや定刻どおりに発車する新幹線などなど——カフカが現代に生きていたら、「なんか変だな～」と呟くかもしれない。

それほどまで「時間短縮」に拘泥する必要があるのだろうか——。このことを考えさせてくれた痛ましい列車事故がある。一五年ほど前（二〇〇五年四月二五日）のことであるが、覚えておられる方も多いであろう、JR福知山線の脱線事故である。制限速度を超えて急カーブに進入し脱線した末、マンションに衝突した大事故である。乗客が百人以上死亡し、負傷者も多数出た。

運転士も即死だったようだが、事故調査委員会の報告によると、前の駅でオーバーランを起こした際、その距離を短く報告するよう車掌に頼み込んでいたという。私は、この脱線事故報道で「日勤教育」ということばを初めて知った。これは事故やミスを起こした乗務員に対する再教育の俗称で、草むしりやトイレ掃除などの懲罰的な車内教育だったらしい。事故を起こした運転士は、それ以前にもオーバーランを起こしていて、再び「日勤教育」に処せられることを恐れるあまり、列車のスピードを上げ、カーブを曲がりそこねた。九〇秒の遅れを取り戻そうとした結果、大惨事に繋がってしまったというのだ。

なぜ、この事故のことが忘れ難いか自問してみた。若い運転士が、単に懲罰的な再教育を避けたかったというだけではない。私の記憶に間違いがなければ、この運転士にはガールフレンドがいて、結婚を約束していたとのこと。日勤教育に処せられることによる減給を恐れていたという報道に接し、彼の抱えていた精神的重圧がいかに大きかったかを思い、私は胸が締め付けられたことを覚えている。

学生や会社員の「ハラス的慌ただしさ」と「日勤教育への重圧」を背負って、運転手は朝の快速列車を走らせていたのだろう。若い頃、通学・通勤で利用していた電車が二、三分遅れただけで、私はイライラしたことを覚えている。定年退職した現在――コロナ禍のステイホームの期間、めっきり電車に乗らなくなったのだが――たまに乗る機会があって遅延の知らせを聞いたとしても、通学・通勤の足として使っていた頃と違って、身を引いて全体像を眺めることができるようになった。カフカのユーモアの原点は、この辺りにあるのかもしれない。虫に変身したグレーゴル・ザムザが「つい微笑んでしまった」と描写するように、そして、大慌てで事務所に駆け込む隣人の姿を「鼠の尻尾のようだ」と「わたし」に喩えさせたように、カフカは一歩下がって窮状を見つめているのだ。

なぜそのような書き方ができたのかというと、「木材加工機械の事故防止策」に描出されている労働現場の苛酷な実態をカフカが直に観察していたからではないか。右手の指を五本とも失うという非現実的な惨状を、「現実」として見ざるを得なかったカフカ――それも、日々の仕事の一部として直視しなければいけなかったところに、カフカにとっての「書く」原点／原動力——あたかも身体全体で毒を吐き出そうとする「不随意的な」といってもよいような身体の働き——を見いだすことはできないだろうか。その働きから、「年次報告書」や「日記」、あるいは「変身」「流刑地にて」といった短編、そして「隣人」を始めとした小篇の数々が生まれ出てきたのではないだろうか。

(4)「夜に」——なぜおまえは目覚めているのだ？

カフカが創作ノート（一九二〇年八月／一二月）に書き込んだ小篇「夜に」を池内紀訳で読んでみたい。初出は、カフカの死後に刊行された短編集『ある戦いの記録』（マックス・ブロート編、一九三六年）で、タイトルの Nachts も編者が付けたもの。

「夜に」

夜に沈んでいる。ときおり首うなだれて思いに沈むように、まさにそのように夜に沈んでいる。家で、安全なベッドの中で、安全な屋根の下で、寝台の上で手足をのばし、あるいは丸まって、シーツにくるまれ、毛布をのせて眠っているとしても、それはたわいのない見せかけだ。無邪気な自己欺瞞というものだ。実際は、はるか昔と同じように、またその後とも同じように、荒涼とした野にいる。粗末なテントにいる。見わたすかぎり人また人、軍団であり、同族である。冷やかな空の下、冷たい大地の上に、かつていた所に投げ出され、腕に額をのせ、顔を地面に向けて、すやすやと眠っている。だがおまえは目覚めている。おまえは見張りの一人、薪の山から燃えさかる火をかかげて打ち振りながら次の見張りを探している。なぜおまえは目覚めているのだ？　誰かが目覚

めていなくてはならないからだ。誰かがここにいなくてはならず、（中断）
（池内紀（訳）「夜に」『カフカ小説全集6　掟の問題ほか』白水社、二〇〇二年、二五八頁）

カフカの他の小篇と同様、この作品も解釈が難しい。そこで、文章の構造という形式を探っていくことから、著者の言わんとしていることに迫りたい。その際、「ぼんやりと外を眺める」の項（前著三四頁参照）で行ったように、文の主語の移り変わりに着目してみたい。

まず、この作品を以下のとおり大きく三つのパートに分けてみることにする。

（1）夜に沈んでいる。ときおり首うなだれて思いに沈むように、まさにそのように夜に沈んでいる。（2）［前半］家で、安全なベッドの中で、安全な屋根の下で、寝台の上で手足をのばし、あるいは丸まって、シーツにくるまれ、毛布をのせて眠っているとしても、それはたわいのない見せかけだ。無邪気な自己欺瞞というものだ。（2）［後半］実際は、はるか昔と同じように、またその後とも同じように、荒涼とした野にいる。粗末なテントにいる。見わたすかぎり人また人、軍団であり、同族である。冷やかな空の下、冷たい大地の上に、かつていた所に投げ出され、腕に額をのせ、顔を地面に向けて、すやすやと眠っている。（3）だがおまえは目覚めている。おまえは見張りの一人、薪の山から燃えさかる火をかかげて打ち振りながら次の見張りを探している。なぜおまえは目覚め

ているのだ？ 誰かが目覚めていなくてはならないからだ。誰かがここにいなくてはならず、（中断）

次に、文の主語に着目して各々のパートを再読してみたい。その際、日本語訳では隠れてしまっている主語を原文（ドイツ語）で確認しておく。テクストは、フランツ・カフカ短編集 Franz Kafka, *Die Erzählungen und andere ausgewählte Prosa.* Hrsg. von Roger Hermes, Fischer Taschenbuch, 1996 を使用する。

（1）*Versunken* in die Nacht. So wie *man* manchmal den Kopf senkt, um nachzudenken, so ganz *versunken sein* in die Nacht.（イタリックは引用者）

versunken は動詞 versinken（「《物思いなどに》浸る、沈む」の意）の過去分詞形であり、第一文・第二文とも versunken の主語は明示されていない。ただし、「ときおり首うなだれて思いに沈むように（第二文の前半）」では、senkt（英語の sinks）の主語として不定代名詞の man（《一般的に》「人は」の意）が使われている。

参考として、長谷川四郎訳（「夜曲」）の書き出しを記しておく。長谷川訳は概して原文に忠実な訳となっている。

夜の中に沈潜して。時あって人が熟考するために頭を垂れるそのように、まったく夜の中に沈潜している。

（長谷川四郎（訳）「夜曲」『カフカ傑作短篇集』福武文庫、一九八八年、一六六頁、傍点は引用者）

小篇の書き出しに当たるパート（1）では主語を特定していないため、誰のことを言っているのか判別できない。夜更けまで机に向かって、「書くんだ・・・書けない・・・書くんだ」と堂々巡りをしている著者（ich＝私）の様子を描写しているのかもしれない。あるいは、そのような著者に「du＝おまえ」と呼びかけられている相手（実は著者自身）とも考えられる。さらに言えば、文章構成法上、書き出しの文で意図的に主語を明示せず、「夜の中に沈潜している人」の姿を漠然と提示することがカフカの意図だったのかもしれない。映画の撮影技法になぞらえるならば、タイトルバックの静止画面である。

そうであるならば、次のパートにおいて「人」の姿は徐々に具体性を帯びてくると予見できる。つまり、パート（1）で「夜に沈んでいる／夜の中に沈潜している」と描かれている者と、パート（2）で描かれている「人々」は異なる場合もあり得そうだ。まさにパン（カメラをゆっくり左右に動かして全景を撮る映画撮影の手法）を使ってカフカは小篇をパート（2）に導く。

（2）［前半］Ringsum schlafen *die Menschen*. Eine kleine Schauspielerei, eine unschuldige Selbsttäuschung, daß *sie* in Häusern schlafen, in festen Betten, unter festem Dach, ausgestreckt oder geduckt auf Matratzen, in

Tüchern, unter Decken, …（イタリックは引用者）

長谷川訳と池内訳を比較してみよう。

（長谷川訳）周囲では、人々が眠っている。彼らが家の中で眠っているのは、小さな喜劇、無邪気な自己欺瞞である——しっかりしたベッドの上で、蒲団の上に長くなったり、ちぢこまったりして、シーツや毛布にくるまって。

（池内訳）家で、安全なベッドの中で、安全な屋根の下で、寝台の上で手足をのばし、あるいは丸まって、シーツにくるまれ、毛布をのせて眠っているとしても、それはたわいのない見せかけだ。無邪気な自己欺瞞というものだ。

ここでも長谷川訳は原文に忠実に、「周囲では、人々が眠っている」としている。それに対し池内訳では、場所を表す副詞 Ringsum（周囲では）だけでなく、主語の die Menschen（人々）も訳出されていない（人称代名詞 sie《英語の they》の省略は別として）。両者とも文章の流れの中で重要な語である。強いて言うならば、Ringsum という副詞は、パート（1）とパート（2）の境界に立ち、場面転換の契機となる語である。この語と共にパンが始まると考えてもよい。

また、定冠詞付きでdie Menschen（人々）と書いたとき、カフカの頭の中には何らかのイメージがあったものと思われる。安全な場所で安眠していると思い込んでいる人々――。この人々を称してカフカは「小さな喜劇、無邪気な自己欺瞞」と断言している。人々は気づいていないが、著者には見えている光景があるとでも言うのだろうか。まさにカメラワークはドローンによる空撮に移ってきているようだ。赤外線カメラによって暗闇に映し出されてくるのは、果たして、人々の安眠を保障する家々の屋根だろうか。それとも・・・（2）の後半に移ろう。

（2）［後半］in Wirklichkeit haben *sie* sich zusammengefunden wie damals einmal und wie später in wüster Gegend, ein Lager im Freien, eine unübersehbare Zahl Menschen, ein Heer, ein Volk, unter kaltem Himmel auf kalter Erde, hingeworfen wo man früher stand, die Stirn auf den Arm gedrückt, das Gesicht gegen den Boden hin, ruhig atmend.（イタリックは引用者）

この部分も長谷川訳で確認しておこう。

（長谷川訳）だが実際は、彼らはかつてのようにまた今後のいつかのように、荒野に集合したのである。風にはためく露営の幕舎、数限りもない人間たち、一つの軍団、一群の民、冷たい空の下の冷たい地上で、さっきまで立っていた場所に身を投げ出し、額を腕に押しあてて顔を地面につけ、安らかに寝息をたてて。

パート（2）の前半と後半の境目に置かれている句（in Wirklichkeit）に注目したい。英語の in fact, in reality, actually に相当するこの句は、聞き手や読み手の心理的ショックを和らげる働きをもっている（英語では softener と言う）。つまり、「（まさかと思うかもしれませんが）実際には・・・／実は・・・」と切り出すことによって、情報の受け手に対し心の準備をするよう示唆することができるのだ。

そうであるならば、言わなくてはいけない厳しい事実／真実とは何か？　荒野に集合した彼ら、すなわち「人々」に関する事実である。安全な場所で安眠しているつもりでいるかもしれないが、そこは荒涼とした野に張られた粗末なテントに過ぎない――これが現実なのだ。さらに言えば、この現実は過去、現在、そして未来にわたっての真実なのだ！　つまり、in Wirklichkeit という句は、時を瞬間的に移動するフラッシュバックあるいはワープのキューになっていると言えよう。

念のため池内訳を再掲しておこう。ここでは、パート（2）の前半に描かれた die Menschen（人々）を承けた代名詞の sie（彼ら）が訳出されていないことに注目したい。「実際は・・・」の後に来る文の主語は、あくまでも前出の「人々」――安らかに眠りこけている（と自ら信じている）人々――であることを忘れないでおきたい。

(池内訳)実際は、はるか昔と同じように、またその後とも同じように、荒涼とした野にいる。粗末なテントにいる。見わたすかぎり人また人、軍団であり、同族である。冷ややかな空の下、冷たい大地の上に、かつていた所に投げ出され、腕に額をのせ、顔を地面に向けて、すやすやと眠っている。

「夜に」のこの部分を読んだとき私には二つのことが想起された。「はるか昔と同じように」からは旧約聖書(「出エジプト記」「士師記」「歴代誌」など)に描かれたユダヤ民族迫害の歴史。「その後とも同じように」からは水晶の夜(Kristallnacht)に始まってアウシュヴィッツ強制収容所に至るユダヤ人の苦境。両者とも、カフカがその一員であるユダヤ民族に対する迫害の歴史に関わることだ。

(付記)『小学館独和大辞典』は「水晶(ガラス)の夜」を以下のように説明している。「ナチがユダヤ人の商店・住宅・教会堂を破壊し、大虐殺を行った一九三八年一一月九日から一〇日にかけての夜。多くの商店のショーウインドーが破壊されたことによるシニカルな命名」

ところで、カフカが「夜に」を書いたのは一九二〇年であり、その四年後（一九二四年）に死去しているのだから、十数年先の水晶の夜やユダヤ人の強制収容を予言できるはずはないと考えられよう。しかし、この小篇の執筆当時、カフカの生きていた世界――とりわけユダヤ人を取り巻く環境――が大混乱の様相を呈していたことに思いを馳せなくてはなるまい（池内紀『カール・クラウス――闇にひとつ炬火あり』講談社学術文庫、二〇一五年を参照）。

「ある注釈／あきらめな」の項（前著六〇頁参照）に掲げた年表から明らかなように、ロシア革命（一九一七年）に引き続く赤軍蜂起から逃れて、ロシアや東欧にいたユダヤ人が大量に雪崩れ込んだ結果、ウィーンやプラハでは反ユダヤ主義が盛り上がりを見せていた。ナチスによる権力掌握（一九三三年）、そして、その帰結としてのホロコーストに至る道は一九二〇年代に整いつつあったと考えてもよいかもしれない。

さて、in Wirklichkeit に躓いてしまい、パート（2）で時間を費やしてしまった。急いでパート（3）に移りたい。カフカのカメラワークは、パンから一転してズームインの態勢となる。

（3）Und *du* wachst, bist einer der Wächter, findest den nächsten durch Schwenken des brennenden Holzes aus dem Reisighaufen neben dir. Warum wachst *du*?（イタリックは引用者）

この部分に当たる長谷川訳と池内訳を並記する（傍点は引用者）。

（長谷川訳）・・・そして眼ざめているお前、お前は不寝番《ふしんばん》の一人、お前は燃えている松明《たいまつ》を打ち振って、お前のそばに最も近くにいる者を見出すのである。なぜお前は眼をさましているのか？

（池内訳）だがおまえは目覚めている。おまえは見張りの一人、薪の山から燃えさかる火をかかげて打ち振りながら次の見張りを探している。なぜおまえは目覚めているのだ？

ここで注目すべきは、パート（3）に入って急転直下、主語が die Menschen（人々）から二人称の親称 du（おまえ）に切り替えられていることである。パート（2）からパート（3）の境目に置かれている接続詞 Und は、対比（「一方、それなのに、だが」）の意味で使われている。赤外線カメラは、荒涼とした野の夜間空撮から瞬時に切り替えられ、見張りの一人をアップで映し出す。しかも、ズームインした対象である見張りの外見ではなく、内面に迫る――「なぜおまえは目覚めているのだ？」・・・と。

長谷川訳と池内訳では den nächsten の捉え方に少々違いがある。前者が「お前のそばに最も近くにいる者（を見出すのである）」としているのに対し、後者は「次の見張り（を探している）」と捉えている。長谷川訳にある「松明」との繋がりから考えて、「お前のそばに最も近くにいる者」すなわち「次の見張り」のことを指しているのであろう。ちなみに、前田敬作訳の「夜」では、「つぎの夜番」と訳されている（マックス・ブロート（編）『決定版カフカ全集2　ある戦いの記録、シナの長城』新潮社、一九八一年、九五頁）。要するに、松明の灯火が次から次へとリレーされていくイメージをカフカは抱いたのではあるまいか。自分の掲げた松明《トーチ》を次の見張りに見い出してもらい、繋いでいってほしいと願っているのだろう。

「なぜおまえは目覚めているのだ？」とdu（おまえ）に詰問した後、著者であるカフカ自身（ich）が以下のように自問自答する——

Einer muß wachen, heißt es. Einer muß da sein,

（池内訳）誰かが目覚めていなくてはならないからだ。誰かがここにいなくてはならず、（中断）

（長谷川訳）誰か一人が眼をさましていなくてはならぬ、ということである。誰か一人がそこに出ていなくてはならないのだ。

原文の最後を確認していただきたい。ピリオドでなくカンマになっている。池内訳（二〇〇二年）では「誰かがここにいなくてはならず、」と読点で終えたうえ、「（中断）」と明記してある。池内氏はカフカの手稿に基づく『批判版カフカ全集』（S・フィッシャー社、一九八二年〜一九九七年刊行）を使用して訳したものであって、このエッセイが拠り所としてきたテクスト（*Die Erzählungen*）も『批判版』に基づいて編集されている。

ところが、今まで何度も引用してきた長谷川訳（一九八八年）は『批判版』ではなく、マックス・ブロートの編集による『カフカ全集』（S・フィッシャー社、一九五八年刊行）に基づいている。長谷川氏の訳は、カンマでなくピリオドで終わっていることに着目していただきたい。恐らく、編者による加工（雇われたタイピストの打ち間違いも含む）が施されたのであろう（「加工」という用語については、明星聖子『新しいカフカ――「編集」が変えるテクスト』慶應義塾大学出版会、二〇〇二年、六六頁を参照）。

（付記）小篇「夜」が、その前後に書き込まれた数篇の断章（国境における絶えざる紛争を描く「却下」「徴兵」「掟の問題」など）と共に「同一のモチーフのもとに生まれた」と池内氏は指摘している。そのうえで、カフカが「書き継ぎ、書き上げずに放棄した」無題の断片を「『遺稿中の短篇』として世に紹介するにあたり、ブロートは勝手にタイトルをつけ、中断をつくろい、ときにはべつの断片で補った」としている（『カフカ小説全集6』六一〇〜六一一頁）。

映画の技法になぞらえて言うと、ピリオドで終わる長谷川訳は超短編映画をフェードアウトで締めくくっているようだ。それに対し、カンマで終わる池内訳のエンディングは謎めいている。敢えて喩えるならば、8ミリフィルムのコマが切れて、一瞬のうちに炎上した後、画面が真っ白になるという具合である。

さて、「夜に」という未完結の小篇を三つのパートに分けたうえで、使用されている文主語の移り変わりを確認するとともに、著者の意図を探ってきた。パート(1)では不定詞句が使われているため、主語が不明。パート(2)に入って、主語は三人称の「人々」に。そしてパート(3)に入った途端、二人称のduが飛び込んで来る。最後の二文は心態を表す助動詞muβが使用されているため、著者の思い入れの強さが感じられる。カフカは、最終的に「中断」という形で、この小篇を未完のままにしている。

ところで、目覚めた誰かが掲げなくてはいけないモノ/コトとして、カフカは何を考えていたのだろうか——。それは「真実」ではないか。「真実/真理」と言っても、科学者、歴史家、芸術家、政治家など各々の立場から見た「真実/真理」はそれぞれ様相を異にしているかもしれない。しかし「夜に」

の中でカフカが示唆している「真実」については、以下のように捉えることができよう。
日常生活の中で見過ごしてしまいがちな物事も、新たな視角から見ることによって本当の姿が現れてくる。その真実の姿を詩作者《ディヒター》（緊密さを創る者）は追い求め、書き続けていかなくてはならない。それとともに、真実の姿を描写する手法が次の世代に引き継がれることを望みたい。

この点に関する暗示的な掌編がある。カフカが『断食芸人ノート』（一九一五年／一九二二年）に書き込んだ「夢幻騎行」である。馬術に関する小篇なのだが、この馬術を始めた男は、なんと、カフカ本人同様、肺病で死んだという設定なのだ。書き出しの部分を柴田翔訳で紹介しておきたい。

美しくて、心を揺さぶるレパートリーなのだ、我々が夢幻騎行と呼ぶ馬術は。我々がそれを観客に提供するようになってから長い年月が過ぎ、それを始めた男はもうとっくに死んだが（肺病だった）この遺産は残って、我々としては今もこの騎行をプログラムから外す理由は何もなく、それが競争者には模倣不可能な技術であれば尚更であって、一見では分からないがこれは比較を絶した馬術なのだ。

（平野嘉彦（編）柴田翔（訳）「夢幻騎行」『カフカ・セレクションII　運動／拘束』ちくま文庫、二〇〇八年、

一五頁）

カフカは遺言で原稿をすべて廃棄するようマックス・ブロートに依頼したと言われているが、この親友の手に原稿を託したのかもしれない。つまり、詩作家として自らが気づいた真実を次の世に伝えてほしい、マックスならば必ずそうしてくれると期待していたのではあるまいか。

さて脇道に逸れてしまったので、再び「夜に」に戻ろう。人々は安らかに眠っているようでいて、実際には荒野に張られたテントの中で怯えながら夜の更けるのを待っている。「すやすやと眠っている」と考えるのは「たわいのない見せかけ」であり、「無邪気な自己欺瞞」に過ぎないとカフカは言う。カフカの父親のようにキリスト教社会の中に溶け込んで裕福な生活をしているユダヤ人であろうと、ロシアや東欧から命からがら逃げて来てウィーンやプラハの裏町で隠れるように生きているユダヤ系難民であろうと、この「真実」はどのユダヤ人にも当てはまるとカフカは考えているに違いない。

ユダヤ人に限らないとまで考察は続いて行くのではあるまいか。「樹木」の項（前著一二五頁参照）で触れたように、雪上の樹木は一見安定しているようだが、ちょっと押すだけで倒れてしまうかもしれない。コロナ禍が炙り出したように、この真実は私たち人間にも当てはまる。安定しているようでいて、私たちの命や社会は実のところ脆いものなのだ。

「一見安定しているようだが実は不安定」あるいは「一見不安定に見えそうだが実は安定している」という人生の真実に自分（カフカ）は気づいてしまった。しかし実際には、その真実に気づかないまま「すやすやと眠っている人」が大勢いるではないか。その人たちを叩き起こすことはできない。そうするつもりもない。あるいは、空撮のドローンが映し出した人々の姿を見て、この人々が安眠していると思い込んでしまう者も大勢いるかもしれない。その人たちに「誤解ですよ」と言っても、そう易々と受け入れてもらえないだろう。詩作者としての自分にできることは、不寝《ねず》の番として暗闇に松明を掲げていることだけなのかもしれない・・・。このように考えながらカフカは創作ノートへの書き込みを中断したのではあるまいか――「夜に沈潜して」

（付記）安定と不安定との間の揺らぎをカフカは若い頃から晩年まで描き続けた。「夜に」と似通った作品には、前述の「樹木」（一九〇七年）の他に、「ある戦いの記録」（一九〇四年～一〇年頃）、「乗客」（一九〇七年）、「雑種」「家父の心配」（一九一七年）、「こま」（一九二〇年）、「最初の悩み」（一九二〇年頃）、「小さな寓話」（一九二〇年）、「巣穴」（一九二三年）などがある。次項で「雑種」、次々項では「家父の心配」を読んでみたい。

（5）「雑種」――半分は猫、半分は羊という変なやつだ。父からゆずられた

一九一六年から一九一七年にかけて、カフカは「八つ折判ノート」と呼ばれる創作ノートに数多くの小篇を書き残している。死後、マックス・ブロートが編者となり遺稿集として刊行したわけであるが、そのうちの一篇「雑種（Eine Kreuzung）」を池内紀訳で読んでみたい。

「雑種」

半分は猫、半分は羊という変なやつだ。父からゆずられた。変な具合になりだしたのはゆずり受けてからのことであって、以前は猫というよりもむしろ羊だった。今はちょうど半分半分といったところだ。頭と爪は猫、胴と大きさは羊である。両方の特徴を受けついで、目はたけだけしく光っている。毛なみはしなやかだし、やわらかい。忍び歩きも跳びはねるのもお手のものだ。陽当りのいい窓辺で寝そべっているときは、背中を丸めてのどを鳴らしているが、野原に出るとしゃにむに駆け出して、つかまえるのに難儀する。強そうな猫と出くわすと逃げだすくせに、おとなしそうな子羊には襲いかかる。月の夜に屋根の庇《ひさし》をのそのそ歩くのが大好きだ。ろくにニャオとも鳴けないし、ネズミには尻ごみする。鶏小屋のそばで辛抱強く待ち伏せしても、首尾よく獲物をしとめた

ことなど一度もない。

もっぱらミルクをあてがっている。甘いミルクが大好物で、牙で噛みしめるようにしてゆっくり飲む。むろん、子どもたちの人気者だ。日曜の午前に時間を限っているのだが、膝にのせた私のまわりを近所の子どもたちがぐるりと取り囲むというわけだ。

口々に質問する。子どもらしいとっ拍子もない質問で、誰だって答えられやしないだろう。どうしてこんな変てこりんな動物がいるのか、どうしておじさんとこにいるのか、前にもこんな動物がいたのか、死んだらどうなるのか、さびしがらないか、どうして赤ちゃんを生まないのか、名前はなんていうのか、といった調子である。

私はいちいち答えない。あれこれ説明抜きで、動物をじっくり見せてやるだけにしている。ときおり、子どもたちは猫をつれてくる。あるときなど羊を二頭、ひっぱってきた。ところが子どもたちの予期に反して、鼻をつきあわしても、どちらも格別うれしそうにもしないのだ。いかにも動物の目で、しずかに見つめあうだけだった。自分たちの存在を、おたがいに当然のことと認めあっているふうだった。

私の膝にいると安心らしく、獲物を追いかける気もおこさない。ぴったりへばりついているのが、一番ここちいいのだろう。育ててもらった恩は忘れないようだが、何がなんでも忠実というのでもなく、ある正確な本能をそなえている。つまり、この世に身内といったものはいくらもいるかもしれないが、血を分けた兄弟となるとまったくいないかもしれず、だからこそこのように育ててもらえるのはありがたい、とそんなふうにわきまえているようである。

ときたま、私のまわりをくんくん嗅ぎまわったり、股のあいだに這《は》いこんできたり、しきりにつきまとって離れたがらない。まったく笑いださずにいられないのだが、羊と猫ではまだ不足で、さらに犬にもなりたがっている具合なのだ――(A)そういえば、あるとき、こんなことがあった、誰にも身に覚えがあるだろう、商売がはかばかしくなく、やることなすこと手詰りの状態というやつだ、私はすっかり投げやりな気持になって、家の揺り椅子で寝そべっていた。膝には例のやつをのせていた。ふと見ると、むやみに長いそのひげをつたって涙が光っている。私の涙なのか、それともこいつの涙なのか。この猫ときたら、羊のやさしさに加えて人間の心までも持っているのか――父からろくすっぽ遺産らしいものはもらわなかったが、こいつだけはちょっとしたものだと思いなおした次第である。

どうやら猫の分と羊の分と、まるで別個の胸さわぎを覚えるらしい。いくらなんでも二匹分は多すぎる――(B)かたわらの肘掛椅子にとびのると、私の肩に前足をのせ、耳もとに鼻づらをすりよせてくる。そっと打ち明けている具合であって、実際そのつもりらしくつづいて私の顔をのぞきこみ、こちらの反応をたしかめようとする。よろこばしてやりたいものだから、私がわかった、わかったというふうにうなずくと――すると床にとび下りて、小おどりしはじめるのだ。

もしかするとこの動物にとって、肉屋の庖丁《ほうちょう》こそいちばんの救いかもしれない。だが、せっかくの遺産である、ここはひとつ相手が息を引きとるまで待つとしよう。（C）もっとも、ときおり分別くさい目でじっと見つめられたりすると、早く当然の処置をしてくれと、せっつかれているようにも思うのだが。

（池内紀（編訳）「雑種」『カフカ短篇集』岩波文庫、一九八七年、四六～四九頁、網掛けは引用者）

岩波文庫版『カフカ短篇集』で「雑種」（池内訳①）を私が読んだのは二〇数年ほど前のこと。マックス・ブロート編集のテクストに基づいた日本語訳である。「猫と羊の合いの子？　変な話だな～」と思って読み終えた記憶がある。今回、再読してみて、細部は忘れていたが、部分的に覚えている箇所があって驚いた。それは、網掛け（A）にある「ふと見ると、むやみに長いそのひげをつたって涙が光っている」という部分だ。

もう一つ驚いたことがある。網掛け部分（A）～（C）は、同じ翻訳者による白水社版『カフカ小説全集5』（カフカの手稿に基づくテクストからの翻訳）所収の「雑種」（池内訳②）には見当たらない。この部分がスッポリ抜け落ちているのだ。同様に、浅井健二郎（訳）「雑種」（平野嘉彦（編）『カフカ・セレクションIII』ちくま文庫、二〇〇八年）にも見当たらない。

遺稿集として刊行する際、編者ブロートがカフカの手稿に手を入れたのであろう。「雑種」というタイトルさえブロートによるものだという説がある。ちなみに、マックス・ブロート（編）前田敬作（訳）『決定版カフカ全集2』（新潮社、一九八一年）所収の「雑種」には、池内訳①と同様に網掛け部分に相当する箇所の日本語訳がある。網掛け部分の有無について四つの翻訳を比較すると、以下のようになる。

前田訳（新潮社、一九八一年）　有り
池内訳①（岩波文庫、一九八七年）　有り
池内訳②（白水社、二〇〇一年）　無し
浅井訳（ちくま文庫、二〇〇八年）　無し

前二者はマックス・ブロートの編集によるテクスト（普及版カフカ全集）に基づく翻訳であり、後二者がカフカの手稿によるテクスト（批判版カフカ全集）に基づく翻訳である。

（付記）池内訳①の第三パラグラフにある「どうしてこんな変てこりんな動物がいるのか・・・」から始まる子どもたちの質問については不可解な点がある。浅井訳では欠落しているのだが、池内訳②では残存している。この部分の有無について四つの翻訳を比較すると、以下のようになる。

前田訳（新潮社、一九八一年）　有り
池内訳①（岩波文庫、一九八七年）　有り
池内訳②（白水社、二〇〇一年）　有り
浅井訳（ちくま文庫、二〇〇八年）　無し

もう一つ竹峰義和訳「雑種」を参照してみた（多和田葉子（編訳）『ポケットマスターピース01 カフカ』）集英社文庫、二〇一五年、二〇五～二〇九頁）。この翻訳には浅井訳と同様、池内訳①にある網掛けA～C及び子どもたちの質問部分が欠落。したがって、池内訳②における質問部分の残存は、池内氏による「加工」であると考えられる。

さて、二〇年以上前に読んで私の記憶に残っていた箇所（「ふと見ると・・・涙が光っている」）が、カフカの手によるものでないとしたら、作品を読むうえで見逃せない変更となる。そこで、ブロートが付け加えた（と思われる）四カ所について、作品鑑賞に与える影響を考えてみたい。

まず、網掛け部分（A）について――。この箇所は、ブロートによる編集の問題点の一つとして明星聖子氏が指摘している「加工（Bearbeitung）」の代表例として挙げることができよう。明星氏によると、

「加工」とは「文章を読みやすくする、間の語りのつながりをよくする、意味をわかりやすくする、などのために、語句を付け加えたり、削除したりすること」を指す（明星聖子『新しいカフカ——「編集」が変えるテクスト』慶應義塾大学出版会、二〇〇二年、六六頁）。

池内訳①の日本語訳に即して言うならば、網掛け（A）の直前にある「羊と猫ではまだ不足で、さらに犬にもなりたがっている具合なのだ」と、網掛け（A）の直後にある「どうやら猫の分と羊の分と、まるで別個の胸さわぎを覚えるらしい」との繋がりがよくないため、ブロートはスムーズな接合を目指して、「そういえば、あるとき、こんなことがあった・・・」と加工したのであろう。その際、原文のテクストにあった「というのも、似たようなことを私が本気で信じているからである」（Ähnliches glaube ich nämlich im Ernst.）という一文を削除したと推測できる。

ブロートの加工はさらに続く。網掛け（B）は、この動物と「私」（飼い主）の間に忖度し合う関係が結ばれていることを具体的に示している。換言するならば、雑種も人間と同じ感情を持つ存在であると読者に伝えていることになろう。さらに網掛け（C）には、「猫と羊の合いの子」を処分したいと思いながら決断できない「私」をせっつくかのように、「早く始末してくれ」と哀願する雑種の姿が追加されている。

この「加工」という手入れは、読者である私たちに何らかの影響を及ぼしているにちがいない。少なくとも私にとっては大きな影響があった。「ふと見ると、むやみに長いそのひげをつたって涙が光っている」とか「この猫ときたら、羊のやさしさに加えて人間の心までも持っている」という加工された箇所が、長期にわたって私の記憶に保持されていたからだ。そうであるならば、カフカの狙いとは、かけ離れた方向に「雑種」という小篇が逸れてしまったことになるのではないか。

前述のとおり、浅井訳には池内訳②と同様に網掛け部分が欠落している。さらに第三パラグラフにある「どうしてこんな変てこりんな動物がいるのか・・・名前はなんていうのか」という質問の具体例も欠如。そして浅井訳、池内訳②の両者とも、テクストの直後に以下の小文を載せている。浅井訳の方で読んでみたい。

［カフカの八つ折り判ノート第二冊には、「雑種」に続けて次の小文が書かれている。］

ひとりの少年が、父親の死後、唯一の相続物として一匹の猫を飼っていたのだが、この猫のおかげでいまではロンドンの市長になっている。私は、自分が相続したものであるこの動物のおかげで、何になるのだろうか？　私の巨大なる都市はどこに広がっているのだろう？

（浅井訳「雑種」二二六〜二二七頁）

（付記）この伝説については、池内紀（著）『カフカのかなたへ』（講談社学術文庫、一九九八年、三〇頁）に詳述されている。概略は以下のとおり――。一五世紀初め、ペストが大流行した際、ある少年が両親を失い、残された猫を道連れにロンドンに流れ着く。貿易船に紛れ込んだ時、この猫が船内のネズミを退治する。謝礼として国王から宝を贈られる。その後、少年は成長してリチャードと改名。猫のお蔭でロンドンの歴史に名を残す市長となる。

この小文は「雑種」という小篇本体と何らかの関わりを持っているのだろうか。もしそうだとするならば、「猫と羊の合いの子」にまつわる小篇に「雑種」というタイトルを付けたとはいえ、ひょっとするとカフカは、「雑種」という側面より「相続」とか「遺産」という側面に重きを置いて書いたのではないだろうか。つまり、カフカにとっての主たる関心事は、父から一匹の動物を譲り受けたということ、そして、この動物に対してどのように向き合っていったらよいかということなのかもしれない。

とはいえ、語り手の「私」が父親から譲り受けた「動物」の特性を無視するわけにはいかない。池内訳①の網掛け部分（A）――ブロートによる加工――に描かれている雑種の姿は、加工者の思いが強く投影されているようだ。特に、「涙が光っている」や「人間の心までも持っている」という箇所は、加工の結果、あまりにも人間（この場合は話し手の「私」）の感情移入が過多になっていると考えられる。

（付記）我が家の猫（ミーちゃん）の目にも「涙が光っている」ような時がある。しかし、獣医によると、この症状は「結膜炎」だそうだ。

それに対して、カフカの手稿にある「動物」は、猫と羊の特徴を半々に受け継いでいながら、「強そうな猫と出くわすと逃げだすくせに、おとなしそうな子羊には襲いかかる」。さらに、「甘いミルクが大好物で、牙で嚙みしめるようにしてゆっくり飲む」というのだ。とりわけ、子どもたちが猫や羊を引っぱってきた時の「動物」の反応が注目に値する――

es kam aber entgegen ihrer Erwartung zu keinen Erkennungsscenen, die Tiere sahen einander ruhig aus Tieraugen an und nahmen offenbar ihr Dasein als göttliche Tatsache gegenseitig hin.

（Franz Kafka, *Die Erzählungen und andere ausgewählte Prosa.* Hrsg. von Roger Hermes, Fischer Taschenbuch, S.320-321）

ところが子どもたちの予期に反して、鼻をつきあわしても、どちらも格別うれしそうにもしないのだ。いかにも動物の目で、しずかに見つめあうだけだった。自分たちの存在を、おたがいに当然のことと認めあっているふうだった。

（池内訳①「雑種」四七頁）

連れて来られた猫や羊と「動物」との間の交流――あるいは非交流というべきか――が読者である私の心を打つ。カフカは、このような交流こそ人間同士の関係においても「あらまほし」と思い、小篇に書き込んだのではあるまいか。

次に、浅井訳も載せておきたい――

でも、子供たちの期待に反して、同類に出会ったというようなシーンにはならなかった。動物たちはお互いを落ちついて動物の目で判断し、どうやらそれぞれに相手の存在を、神の思し召しに適った事実として受け入れたようだった。

（浅井訳「雑種」二五頁）

原文に忠実な「神の思し召しに適った事実として受け入れたようだった」（浅井訳）という箇所に注目すべきであろうが、それ以上に留意すべきは双方の訳にある「動物の目で（判断し）」という表現かもしれない。今でこそ「共生」が流行り言葉になっているが、カフカが「雑種」を執筆した約百年前は、どうだったのだろうか。純血種を良しとし、交配種を悪しきものと捉える考え方が当時の社会に強く蔓延《はびこ》っていて、カフカはそのような考え方に静かな抵抗をしていたと推測したら、考え過ぎだろうか。

この小篇を何度も読み直しているうち、私には一つの思いが芽生えてきた。「半分は猫、半分は羊という変なやつ」とは、カフカ自身のことなのではないか——。カフカは自分の姿を、この動物に投影しているのではあるまいか——。父親から譲り受けた一匹の動物に対して、どのように向き合っていったらよいのか——この点こそが小篇のテーマなのではないかと先述したが、実は、何事にも中途半端で、絶えず不安に襲われている自分自身を、どのように処遇したらよいか迷いに迷っている心境をカフカは遠回しに描いているのではないだろうか。

網掛け（C）を含む最終パラグラフで、この点を検証してみたい。

（原文）Vielleicht wäre für dieses Tier das Messer des Fleischers eine Erlösung, *die* muß ich ihm aber als einem Erbstück versagen.（イタリックは引用者）

（池内訳①②）もしかするとこの動物にとって、肉屋の庖丁《ほうちょう》こそいちばんの救いかもしれない。だが、せっかくの遺産である、ここはひとつ相手が息を引きとるまで待つとしよう。

（浅井訳）ひょっとすると、この動物にとっては肉屋の包丁がひとつの救いであるのかもしれないが、相続したものであるこいつにそんな救い、、、まで与えてやることなど、私は拒否する。

池内訳①②より浅井訳のほうが原文に忠実な訳であることは一目瞭然である。関係代名詞の die は直前の名詞 Erlösung（救い）を指すから、浅井訳では「そんな救いまで（与えてやることなど、私は拒否する）」と「救い」が繰り返されている。「そんな救いを与える」とは「屠殺する」ことを意味しているのであろうが、折角譲り受けたものだから、そのようなこと――殺してしまうこと――はできないとカフカは遠回しのユーモアで、この小篇を締めくくったのだ。

ところが、ブロートは以下のように加工してカフカの遊び心を台無しにしている。

> （網掛けC）もっとも、ときおり分別くさい目でじっと見つめられたりすると、早く当然の処置をしてくれと、せっつかれているようにも思うのだが。

「分別くさい目でじっと見つめる」の部分の原文は、wie aus verständigen *Menschenaugen* ansieht となっていて、「人間の目」（イタリック）が強調されている。この加工部分がなければ――つまり、カフカの手稿に基づけば――「救いまで与えてやることなど、私は拒否する」という表現で小篇を終えたカフカの遊び心が読者に伝わるはずである。「こんな変なやつでも殺すわけにはいかないから、自分の手もとに置いておきたい」、あるいは「こんな変なやつ」を自分自身に見立てて、「こんな自分でも、まだ生きていていいのかもしれない」という含意を余韻として残しつつ小篇を終えることができたはずだ。

「猫と羊が半分半分」といった「雑種」的存在である自分は、これからどのような道を進んでいけばよいのか。同世代の作家たちが脚光を浴びているのを遠くから見て、カフカの心は焦燥感で一杯になっていただろう（「ひとり者をつづけるのは、なんとも・・・」の項〔前著四二頁〕を参照）。同時に、この頃は結核の前兆に悩んでもいただろう（「もっと早くから気にかけておくべきだった」の項〔前著二〇六頁〕を参照）。錬金術師通りに小部屋を借りたり（一九一六年一一月）、シェーンボルン・パレーに部屋を借りたり（一九一七年三月）して、家族――とりわけ父親――の頸木《くびき》から脱し、執筆活動に専念したが、保険協会の仕事との両立に難儀するカフカ。「雑種」も含めて数々の小篇や中短編を創作ノートに書き留めたのは、この時期なのだ。そうした無理が災いして、一九一七年八月の大喀血に至ったのであろう。

カフカは考えていたに違いない――漕ぎ出て行ける大海原はあるのだろうか、闊歩できる大都会は目の前に開けてくるのだろうか。ロンドン市長になった少年とは違って、自分には展望が開けているわけではない・・・。いやいや、全く無いとも限らない・・・。

このように揺れ動く息子の姿を父親の側から眺めて書いた小篇がある。「お父さんは心配なんだよ／家父の気がかり」（「雑種」の執筆時と同じ一九一七年）である（第一部の（6）で取り上げる）。この小篇において、「半分は猫、半分は羊という変なやつ」は、「オドラデク」と呼ばれる奇妙なモノ——物でもなければ者ともいえない——に変身して、父親としての立ち位置にある「私」の目の前に現れる。「ひらたい星形の糸巻きみたいな形で、星の真ん中から棒が垂直に出ていて、そこからまた直角に棒が出ている。動きがすばやくて、捕らえようがない」といった奇妙なモノなのだ（多和田葉子（訳）「お父さんは心配なんだよ」『ポケットマスターピース01　カフカ』集英社文庫、二〇一五年）。

父親は「こいつ」を冷静に観察していて、次のように語る。

そいつは、屋根裏部屋、階段の踊り場、通路、廊下と次々居場所を変えていく。何ヶ月も姿をあらわさないこともある。別の家に移り住んでしまったというわけだ。それでもまたいやおうなしに戻ってくる。（多和田訳「お父さんは心配なんだよ」二〇四頁）

「居場所を次から次へ変えて、長い間、実家に戻ってこない」と観察者の「私」は言う。この言葉を聞くと耳が痛い。筆者自身も独身時代、教職員住宅や民間のアパートを転々としていて、ときおり実家に立ち寄っても父親に話しかけることは滅多になかった。「お父さんは心配なんだよ」の「私」と同様、亡き父も淋しげな目で息子を眺めていたのだろうなと今さらながら思い起こされる。私を称して「（あいつは）けぶみたいなやつだ」と父がよく言っていたことを後に母から聞いた。「けぶ（り）」とは「す〜っといなくなってしまう煙《けむり》」を指すことばだ。おそらく、先行きのことについて長男である私と相談したいことがあったはずだ。それにもかかわらず話し相手になることもなく、父親を落胆させていたのだろう。

さて、「お父さんは心配なんだよ」という小篇にもどろう。父親である「私」の観察はさらに続く――

そいつがドアから出て来て、階段の手すりによりかかっているところなんか見かけると、つい話しかけてみたくなる。もちろん、難しい質問をするわけじゃない。身体が小さいせいか、つい子供扱いしてしまう。「君、名前は?」と訊くと、「オドラデク」という答えが返ってくる。「どこに住んでいるの?」「住所不定」と言って、そいつは笑う。でも、その笑いは、肺を使わない笑いだ。枯葉が落ちる音みたいに聞こえる。これでだいたい会話は終わってしまう。これだけの答えさえ、いつも返ってくるとは限らない。こいつは木でできているようだ。だから、まるで木のように長いこと口をきかないことがよくある。

（多和田訳「お父さんは心配なんだよ」二〇四頁）

歴史は繰り返すようだ。滅多に顔を見せない息子が実家に来たとき、あれやこれや話しかけてみたいことがあるものの、「オドラデク」化した私の息子は口をきいてくれない。職場の人間関係で神経がズタズタになっている様子は妻を通して耳に入っている。お父さんは心配なんだよ――と思っていても、面と向かうと口に出すことができない。オドラデク化した息子の方も自分からは喋ろうとしない。いずこにおいても、父親の「私」は独り呟くしかない――

　こいつはこれから一体どうなるんだろうと考えることもあるが、そんなことを私が考えても無駄だ。死ぬこともあるんだろうか。死ぬ者は死ぬ前には目的とか、活動みたいなものがあるはずだが、これもオドラデクの場合は当てはまらない。こいつが糸を背後に残しながら私の子供たちやそのまた子供たちの足下をコロコロころがっていくこともありえるんだろうか。こいつは誰に害を与えることもない。でも、私の死後もこいつは生き続けるんだと思うとそれだけでなんだか心が痛む。
（多和田訳「お父さんは心配なんだよ」二〇四頁）

　一篇のストーリーを読んで納得できなかったことが、別のストーリーを読むことによって氷解したという覚えがある。今回、まさに、この経験をしたと言えよう。「オドラデク」の存在を知って初めて、「半分は猫、半分は羊という変なやつ」のことが少し分かってきた。とりわけ、「雑種」という小篇の末尾にある「肉屋の庖丁」のくだりだ。

もしかするとこの動物にとって、肉屋の庖丁《ほうちょう》こそいちばんの救いかもしれない。だが、せっかくの遺産である、ここはひとつ相手が息を引きとるまで待つとしよう。

（池内訳①「雑種」四九頁）

「雑種」と「お父さんは心配なんだよ」は、二篇合わせて一つの真実を描こうとしている表裏一体の作品なのかもしれない。雑種の相続人は「変なやつ」を肉屋の庖丁で一息《ひといき》に始末することができない。同様に、オドラデクの父親も息子についての気がかりを一刀両断で断ち切ることができないのだ。オドラデクの父親は――そして父親としての私（筆者）も――「心痛」を抱えたまま生きていかざるを得ない。

こいつは誰に害を与えることもない。でも、私の死後もこいつは生き続けるんだと思うとそれだけでなんだか心が痛む。

（多和田訳「お父さんは心配なんだよ」二〇四頁）

さて、「雑種」と「お父さんは心配なんだよ」の両篇には、「父親」という存在が見え隠れしている。さらに「父への手紙」を読むと、カフカが不即不離の者として父親を意識していることに気づく。「わたしの書き物はあなたにかかわっており、ひとえにあなたの胸元で訴えられなかったことを訴えたのです」とまで告白している（飛鷹節（訳）「父への手紙」マックス・ブロート（編）『決定版カフカ全集3　田舎の婚礼準備、父への手紙』新潮社、一九八一年、二〇〇～二〇一頁）。

「父への手紙」の中でカフカは、父親ヘルマン・カフカと自身との間に大きな隔たり——ある時には埋めがたい深い溝——があることを縷々描いているのだが、父親から受け継いだものがあることにも触れている。叔父たちとは大いに異なる気質を父親と共有している点に言及しているのだ（傍点部参照）。

父上とぼくと、二人を比較してみてください。ぼくは、ごく簡単に表現すれば、カフカ一族の素地をもった、母方レーヴィの人間です。それも、カフカ一族の生存欲、事業欲、征服欲によってではなく、レーヴィ特有の鋭敏さによってうごめきはじめ、より秘かに、より内気に、別の方向にむかって活動し、しばしば全く休止してしまうようなたちの人間なのです。これに反して、あなたは生粋のカフカです。強さ、健康、食欲、声量、弁舌能力、自己満足、世間にたいする優越感、耐久力、沈着さ、人情の機微に通じていること、ある種の太っ腹など、みなその徴です。［・・・］叔父たちはみな、あなたより陽気で、溌剌とし、屈託がなく、楽天的でしたし、またあなたほど厳しくはありませんでした。（なおこの点で、ぼくはあなたから多くのものをうけ継ぎ、しかもそれをあまりにもみごとに保管してきました。もちろんあなたのように、それに見合うだけの必要な錘りを、自分の存在のなかに持たぬままでです。）

（飛鷹節（訳）「父への手紙」一二五頁、傍点は引用者）

さらに言えば、体型も価値観も全く正反対ではあるが、カフカがユダヤ人の血を父親から譲り受けていることは逃れられない事実なのだ。その点についてカフカ自身が強く意識していることを告白している。「父への手紙」の中の一節を紹介したい。

あなたを友人として、上司として、叔父として、祖父として、さらには（これは少したじろいでのことですが）義理の父としてもつのは幸せなことです。ただ血をわけた父親としては、わたしには強すぎました。とりわけ弟たちが幼いうちに死んでしまい、そのあとにようやく妹たちがつづいたので、あなたの自慢の息子をこちらがひとりで引き受けなくてはならず、そのためにはわたしは弱すぎました。

（池内紀（訳）「父への手紙」『カフカ小説全集5　掟の問題ほか』新潮社、二〇〇二年、一六六頁、傍点は引用者）

表向きは、互いに心を寄せ合うことができなかった父と息子。しかし、特性の幾つかを共有していた二人。「血を分けた父親」から譲り受けた「変なやつ」とはカフカ自身のことだろうし、得体の知れない「オドラデク」も父親から見たカフカなのかもしれない。この「変なやつ（雑種）／奇妙なモノ（オドラデク）」として自分は存在していいのだろうか――。この中途半端な存在として、自分は生き続けていってよいのだろうか――。少々、自虐的に、しかし、多分に将来への願いを込めながら、カフカは「雑種」と「お父さんは心配なんだよ」を書いたのではあるまいか。

再度、「雑種」の冒頭部分と「お父さんは心配なんだよ」の末尾を読んで締めくくりとしたい。

半分は猫、半分は羊という変なやつだ。父からゆずられた。変な具合になりだしたのはゆずり受けてからのことであって、以前は猫というよりもむしろ羊だった。今はちょうど半分半分といったところだ。

（池内訳①「雑種」）

こいつは誰に害を与えることもない。でも、私の死後もこいつは生き続けるんだと思うとそれだけでなんだか心が痛む。

（多和田訳「お父さんは心配なんだよ」）

（6）「家父の心配」――誰の害になるわけでないのは明らかだが・・・

前項で読んだ「雑種」の執筆年と同じ一九一七年に、カフカは「家父の心配／お父さんは心配なんだよ（Die Sorge des Hausvaters）」を執筆した。前者は創作ノートに書き留められていて、没後（一九三一年）マックス・ブロートの編集を経て遺稿集に収録。一方、後者は生前に短編集『田舎医者』（一九一九年）の一篇としてカフカ自身が発表。両篇には父親を基軸とした深い関連性があると指摘しておいたが、カフカ独特のユーモア（ドイツ語で Humor：フモール）を見いだす鍵が隠されているのではないかと考え、併読することにした。

「雑種」を読んだときは、後者の小篇を多和田葉子訳（「お父さんは心配なんだよ」）で部分的に読んだが、本項は浅井健二郎訳（「家父の心配」）で読んでみたい。

「家父の心配」

ある人びとは、オドラデクという語はスラヴ語に由来するものだ、と言い、それに基づいてこの語の成立ちを証明しようとしている。他方また別の人びとは、この語はドイツ語に由来するもので、スラヴ語からは影響を受けただけだ、と考えている。しかし、どちらの説も信頼できないことから、おそらく、どちらも正しくないと推論してよいのだろう。とくに、両説のどちらをもってしてもこの語の意味を明らかにはできないのだから、なおさらである。

もちろん、オドラデクと呼ばれる生き物が実際に存在するというのでなければ、誰もそんな語源詮索にかかずらいはしないだろう。この生き物は、さしあたり、平べったい星形の糸巻きのように見え、事実また、糸が巻きつけられているようでもある。もっとも、糸といってもそれは実にさまざまな種類、色の、古い糸切ればかりが結び合わされたものらしく、しかもひどくもつれている風なのだ。ところで、これはただの糸巻きではなく、星形部分の中心から一本の小さな棒が突き出しており、この棒に、さらにもう一本の棒が直角に組み合わされている。一方ではこの二つめの棒を、他方では星形部分のとんがりのひとつを支えにして、全体が、二本の足で立つようにまっすぐに立っていることができる。

この形態から察するに、以前は何かある目的に適ったかたちをしていたのだが、それがいまでは壊れてしまっただけなのだ、と思いたくなるところだろう。ところがそういうことではないらしい。少なくとも、そう言えるだけのしるしとなるものが何もない。そういう類《たぐい》のことを指し示すような、継ぎ足し部分や破損箇所はどこにも見当たらない。全体が、たしかに無意味ではあるが、しかしそれなりに完結しているのだ。ついでに言えば、この点についてはこれ以上のことは言えない。オドラデクは並外れて動きが活発で、捕まえるわけにはゆかないからである。

彼は、尾根裏にいるかと思えば階段吹き抜けにおり、廊下にいるかと思えば玄関の間にいる。ときおり、何か月も姿を見せないこともある。そういうときはたぶんよその家に引っ越しているのだ。それでもやはり、やがて必ず私たちの家に戻ってくる。ときおり、ドアから出てみると、ちょうど下の階段の手すりに寄りかかっていることがあり、そんなときはちょっと話しかけてやりたくなる。もちろん難しいことを訊いたりはせず――彼をちび助だということだけでもう、ついこうなるのだが――子供のように扱ってしまう。「名前はなんていうの?」と彼に訊く。「オドラデク」と彼は言う。「どこに住んでいるの?」「きまってない」と彼は言い、そして笑う。それは、しかし、肺のないひとがやっと口に出すことができるような、そんな笑いでしかない。落葉がかさかさ音を立てている、とでもいったように響くのだ。この笑いで会話はたいていおしまいである。ちなみに、こんな受け答えですらいつも返ってくるとはかぎらない。まるで木みたいに、長く黙ったままでいることもしばしばで、見た目にはなるほど木であるようだ。

彼はどうなるのだろうか、と私は無駄なことと知りながら自問してみる。彼はそもそも死ぬことができるのだろうか? 死ぬものはすべて、生きているときには、なんらかの目標、なんらかの仕事をかかえていて、そのためにいのちをすり減らしていったのだ。このことは、オドラデクの場合には当てはまらない。そうだとすると、私の子供や孫たちの足先でもまだ、彼は糸を引きずりながら、階段をころころ転げ降りたりしているのだろうか? 彼が誰の害になるわけでもないのはまったく明らかだが、しかし、彼は私よりもさらに長く生きていることになると思うと、私はもうほとんど辛いのだ。

〈訳者付記〉この作品は、生前に刊行された短編集『田舎医者』(一九一九年)に収められている(初出も一九一九年)。

(浅井健二郎(訳)「家父の心配」平野嘉彦(編)『カフカ・セレクションIII 異形/寓意』)ちくま文庫、二〇〇八年、三二一〜三二五頁)

「家父の心配」という小篇、とりわけオドラデクの正体については、様々な解釈がなされている。そのうちの一つを紹介しておきたい。坂内正は『カフカの中短篇』(福武書店、一九九二年)で、オドラデクを「作者自身とその客観的対応物であるその作品についての自己言及的な言説」(二二二頁)と捉えたうえで、以下のように論述している(二二〇〜二二六頁の要点のみを記す)。

(1) オドラデクという語の成り立ちからして、カフカは自作が東ユダヤ性とドイツ語による西欧性の混交を合わせ持つと仄めかしている。

(2) ダヴィデを連想させる星形と、十字架すなわちキリスト教を連想させる直角に交わる二本の棒に支えられているオドラデクは作者自身である。
（3）オドラデクが頻繁に居場所を変えるのは、カフカ自身の実生活を指している（作品の換喩性）。
（4）オドラデクの笑い方はカフカ自身の笑い方と見做せる（ヤノーホが『カフカとの対話』で言及）。
（5）自作について述べるとなれば、それを創出したもの、つまり父の立場にたつのは当然のこと。カフカがブロートに原稿の焼却を依頼したように、父は、オドラデクが自分より長生きするかもしれぬと想像すると、「ほとんど悲しみに似た心地にひたされる」と考えたのであろう。

「なるほど、そうかもしれないな～」と思いつつ、カフカのユーモアという視座から「雑種」と「家父の心配」を交互に読んでみた。

前項で「雑種」を読んだとき、子どもたちが猫や羊を「変なやつ」のところに連れてきた場面に心を動かされたと私は記した。「（動物たちは）お互いを落ちついて動物の目で判断し（die Tiere sahen einander ruhig aus Tieraugen an）、それぞれに相手の存在を、神の思し召しに適った事実として受け入れたようだった（und nahmen offenbar ihr Dasein als göttliche Tatsache gegenseitig hin）」という表現の中にカフカという人間の真髄を垣間見たと思ったのだ。それが言い過ぎであるならば、理想的と考える人間関係をカフカは雑種たちに託したのではないだろうか。

カフカの周りには――父親ヘルマン・カフカもその一人であろうが――おのれの尺度で他者を判断し、有無を言わさず切り捨ててしまう人間が少なからずいて、辟易することが多かったのではないか。カフカは、「猫と羊の合いの子」という変なやつを「雑種」の中で描き出し、「この動物にとって、肉屋の庖丁こそいちばんの救いかもしれない」と「私」に考えさせてはいるものの、一刀両断に始末させてはいない。「ここはひとつ相手が息を引きとるまで待つとしよう」という具合に、寄り添う姿勢を示して小篇を締めくくっている（池内紀（訳）「雑種」『カフカ短篇集』岩波文庫、一九八七年、四九頁）。

しかし、原文でこの箇所を読むことによって、カフカのユーモアが滲み出ていることに私は気づいた。原文に忠実な日本語訳である浅井訳を、カフカのユーモアという観点から読み直してみよう。

ひょっとすると、この動物にとっては肉屋の包丁がひとつの救いであるのかもしれないが、相続したものであるこいつにそんな救いまで与えてやることなど、私は拒否する。

（浅井健二郎（訳）「雑種」（平野嘉彦（編）『カフカ・セレクションIII　異形／寓意』ちくま文庫、二〇〇八年、二一六頁）

「猫と羊の合いの子」のような変な動物に「救いを与える」ということは、「肉屋の庖丁で屠殺する」ことを意味している。「そのようなことはできない――私は拒否する」とカフカは書いている。遠回しな表現の中にユーモアを含ませて小篇の結びにしている。「こんな変なやつでも殺すわけにはいかない」という寄り添う姿勢を示す際に、「そんな救いまで与えてやることなど、私は拒否する」という表現を用いているのだ。

飛躍し過ぎという批判を恐れずに言うならば、カフカは次のように呟いているのではないか――。「私のような人間でも、生きていてよいのかもしれない」。あるいは、「自分の書いたものは何の価値も無さそうだが、だからと言って今すぐ葬り去ることもないのではないか」

一方、今回の「家父の心配／お父さんは心配なんだよ」で語り手の「私」は、頼りないオドラデクを見るに見かねて声をかける。すると、オドラデクは短く答えた後、笑う――「それは、肺のないひとがやっと口に出すことができるような、そんな笑いでしかない。落葉がかさかさ音を立てている、とでもいったように響くのだ」。家父である「私」としては、オドラデクを「世の中の役に立つか立たないか」という基準でバッサリ切り捨てることができない。何の役にも立たないオドラデクを「こいつはこれから一体どうなるんだろうと考えることもあるが、そんなことを私が考えても無駄だ。［・・・］私の死後も生き続けるんだと思うとそれだけでなんだか心が痛む」と記したまま小品を終えている（多和田葉子（訳）「お父さんは心配なんだよ」『ポケットマスターピース01　カフカ』集英社文庫、二〇一五年、二〇四頁）。

雑種やオドラデクに代表される「変なやつ」を一刀両断に切り捨てず、なんとか寄り添っていこうという姿勢――この姿勢から生まれたカフカの作品をさらに二つ読んでみたい。

まず、「こうのとり」という小篇。概略は以下のとおり――

夕方、家にもどると部屋の真ん中に大きな卵。ナイフで裂くと、「こうのとりに似たやつ」が出てくる。赤むけの丸裸だが、ちょっぴり翼が生えている。ソーセージの薄切りをやっても食べない。しばらく考えた末、「私」は思いつく――。こうのとりの片割れだとするなら、魚が大好物のはず。しかし、魚は値がはるから、交換条件を出しておいたほうがよいだろうと思い、鳥のくちばしにインキを浸し、一筆入れさせる。そして、魚屋へひとっ走り・・・。さも旨そうに食べているのを見ながら、「私」は南の国への旅行を思い描く。鳥は、みるみる間に大きくなる。羽毛も生え、翼も伸びた。さあ、飛行練習をさせよう――そう思って、「私」は、母親がわりに滑空の手本を示す。こうのとりも繰り返し練習する（池内紀（編訳）「こうのとり」『カフカ寓話集』岩波文庫、一九九八年、五三～五六頁）。

十数年以上前に読んだにもかかわらず、この小篇は二つの点で私の印象に残っている。一つは、たまたま子どもたちとテレビで『ドラえもん』を観ていたとき、同じような場面があったからだ。原作者の藤子不二雄は（鳥ではなく）恐竜の卵を「タイムふろしき」で化石の前の状態に戻し、のび太に孵化させる。のび太は恐竜の子どもをピー助と名づけて自分の部屋で可愛がる。ピー助ものび太を慕って育つという設定だ（後に『ドラえもん　のび太の恐竜（短編版）』というタイトルで映画化）。

印象に残っているもう一つの理由は、カフカのユーモアに気づかせてくれた作品である点だ。例えば、魚を与える交換条件に南方旅行を持ちかけて、鳥に嘴《くちばし》で書かせた次のくだりは、カフカ独特のユーモアなのだ。

「私儀、こうのとり状の鳥は、巣立ちの日まで供された魚、蛙、青虫（あとの二つは安いので追加した）の御礼として、貴殿を背中にのせて南方の国々へお運びすることを誓います」

（「こうのとり」五五頁）

あるいは、母鳥の代わりに飛行練習の手本を示す場面——

残念ながら母鳥がいない。相手にその気がなければ、いくらコーチしても役立たないものだが、母鳥のいないぶん、かくべつの注意と努力でおぎなわなくてはならないことはわかったらしい。まずは滑空である。私が台にのぼると鳥も従った。私が両手をひろげて跳びおりると、鳥は羽ばたいて飛びおりる。

つぎは机、最後は棚から跳びおりた。飛行にあたっては、そのつど入念、かつはくり返し練習した。

（「こうのとり」五五頁）

交換条件があるとはいえ、「私」は鳥と一緒に何度も跳び下りる練習に付き合う。はたから見ると「気が狂《ふ》れた」としか言いようがない。どういうわけか、半世紀以上前に読んだ国木田独歩の短編「春の鳥」に出てくる少年の姿を思い出してしまった！　この短編の中で語り手である「私」は、「白痴」の少年・六蔵《ろくぞう》と散歩を共にする折、数の観念を教えようとしたり、物の名を教えようとしたりするが失敗する。ある日のこと、「六さん」は大好きな鳥の真似をして城山の石垣から飛び下り、死んでしまう。「私」は六蔵の墓におまいりに行く。すると、母親が先に来ている。何か独り言をいっている様子だ。

「なんだってお前は鳥のまねなんぞした、え、なんだって石垣から飛んだの？　・・・だって先生がそう言ったよ、六さんは空を飛ぶつもりで天主台の上から飛んだのだって。いくら白痴《ばか》でも、鳥のまねをする人がありますかね、」と言って少し考えて「けれどもね、お前は死んだほうがいいよ。死んだほうが幸福《しあわせ》だよ・・・」

私に気がつくや、

「ね、先生、六は死んだほうが幸福でございますよ、」と言って涙をハラハラとこぼしました。

教師である「私」は「白痴」の六さんを受け入れようと寄り添い、「苦心に苦心を積み、根気よく努める」。しかし、結末は六さんの死だった。

（国木田独歩「春の鳥」『号外・少年の悲哀、他六篇』岩波文庫、一九六八年（第二三刷）、四五～五七頁）

カフカの小篇にもどろう。「雑種」に出てきた「猫と羊の合いの子のような変なやつ」と同様、「こうのとりに似たやつ」は、そのまま放っておけば生き続けられないだろう。その姿をみて、「私」は放り出すことができず、食べ物を探し回ったり、飛行練習をさせたりする。つまり、「変なやつ」をそのまま受け入れたうえで、寄り添っていく。常識的に見れば、「変なやつ」に付き合う「私」の行動も正気の沙汰ではない。いや、狂気そのものだ。

しかし、カフカは狂気ともいえる「私」の言動を淡々と描く。あたかも「狂気の中に正気がある」と読者に囁いているようだ。そうしたカフカのスタンスに気づいたとき、カフカのユーモアがジンワリと伝わってくるのかもしれない。ジョークでもなければブラックユーモアでもない――まさにカフカのユーモア。

「変なやつ」に寄り添っていこうとするカフカの姿勢を伝えるもう一篇の作品として、「中年のひとり者ブルームフェルト」を読み直してみたい。概略は以下のとおり――

中年のひとり者ブルームフェルトは階段を上りながら考える――。犬を飼えば淋しさが紛れるかもしれない。［・・・］しかし、犬は部屋を汚してしまう、犬にはノミがつきものだ、病気にかかるかもしれない、犬だって老いていく、とにかく世話が大変だ――。そんなことを考えながら七階の部屋にたどりつき、ドアを開け電気を点けると、そこに「青い模様入りの小さな白いセルロイドのボールが二つ」跳び回っている。当初、ボールの動きが気にかかっていたが、時間の経過とともに、「別にどうということもない」と思えるようになる。「ブルームフェルトとボールとは、それなりに結ばれてはいても互いに相手を邪魔だてしない」（池内紀（編訳）「中年のひとり者ブルームフェルト」『カフカ短篇集』岩波文庫、一九八七年、一七九～二一六頁）

この短編の後半には職場におけるブルームフェルトの悩みが描かれている。二人の助手を抱えているのだが、この助手たちは毎日遅刻し、仕事中でも――白いセルロイドのボールのように――喋り合って笑いころげている。まるっきり職分を果たさないのだ。ブルームフェルトは不満でたまらない。「そこの二人、つべこべ言わずに仕事につくんだ」と注意しても、上司が決して殴らないことを知っているため、一瞬だけ従うふりをするだけだ。

「中年のひとり者ブルームフェルト」も奇想天外なストーリー展開をするが、カフカのユーモアという観点から読むと納得できるのではないか。白いセルロイドのボール二つにしても、仕事中に遊んだり笑い合ったりする二人の助手にしても、今すぐ追い払ってスッキリしたいと思える存在だ。それにもかかわらず、ブルームフェルトは、こうした不完全な存在に絶望しつつも、なんとか受け入れようとする。切り捨てはしないのである。

ブルームフェルトの愚かさや情けなさを読者である私たちは、第三者的立場から眺める。この独身者は、なんとももまあ優柔不断なんだろう、情けない、哀れな男であることか！　読者である私たちには余裕があるが、ブルームフェルト本人は懸命なのだ。舞台上で繰り広げられている悲劇に喩えてみたらどうだろうか。登場人物（特に主人公）が救い難い情況で喘いでいる一方、観客は劇作家の意図を十分承知していて、悲劇であることは分かっているが、主人公の一挙手一投足、一言半句に喜劇的なものを感じてしまう。

翻って、私たちの日常生活を見回すと、「変なやつ」と思しき人たちがいる。その中には、エキセントリックであるがゆえに尊敬される部類の人たちもいる（例えば、寝食を忘れて異次元の世界にのめり込む研究者、芸術家、宗教指導者など）。しかし、単に「普通でない」という理由で周りから忌み嫌われ、時には迫害される人たちも多い。その中でも最近とみに問題になっているのがＬＧＢＴ（性的少数者）と呼ばれる人たちだ。この人たちに対して言葉だけは「寄り添う」と繕っても、いざとなるとその人たちの権利を認めない政治家が多い。

二〇二一年の春に持ちあがった「LGBT理解増進法案」を巡る紛糾が思い出される。超党派議員連盟が法案要綱をまとめたものの、政権与党内の一部が批判したのだ。「差別は許されない」という文言を基本理念に追加することで与野党が合意したにもかかわらず、最終的には自民党内で了承が得られず頓挫（『東京新聞』二〇二一年五月一九日）。この修正に対して与党内の一部が反対したとされているが、実際には一部ではなく、かなりの部分（いわゆる「保守層」）が頑なに反対した模様である。思い起こせば数年前（二〇一八年）、自民党の女性議員が「LGBTは生産性がない」と意見表明して論議を呼んだことがあった。この論議の水脈は表面に出て来なかったが、見えないところで滔々と流れているはずだ。

（付記）二〇二二年七月八日、安倍晋三元首相が選挙演説中に銃撃され死亡。この事件によって、さまざまなことが白日の下にさらけ出された。「統一教会」から「世界平和統一家庭連合」への名称変更、あるいは「子ども庁」から「子ども家庭庁」への変更などである。「LGBT理解増進法案」を巡る紛糾も、この流れの一環であったと考えられる。

自分たちとは異なる人たちを異質性ゆえに切り捨てる——こうした言動は現代に限らず、カフカの生きた時代でも同じように起き得たことであろう。人間の性と言ってもよいかもしれない（「仲間どうし」の項を参照〔前著二七九頁〕）。確かに、他者の持つありのままの姿をそのまま受け止め認めることは、易しいようでいて難しいことだ。「猫と羊の合いの子」や「オドラデク」のような変なやつは肉屋の包丁で一刀両断してしまったほうがスッキリするかもしれない。しかし、カフカの描く小篇の登場人物には決断力がない。グズグズしているのだ。「家父の心配」に出てくる「私」もオドラデクを非難したいのだが——家父長らしくなく——優柔不断な対応を取る。

「頼りなく、役に立たない、情けない変なやつ」との共生を続けていく「私」——この「私」も日々の生活に追われ、生きていくだけで精一杯なのだ。この「私」を一歩下がって眺めたとき、ニヤッと笑いたくなる。そうなのだ！　小篇の語り手である「私」を突き放した形で描くことによって、物語作者としてのカフカは秘かに微笑んでいるのではないか。読者である私たちには、できる限り、この構図を謎めいた表現で示しながら、さらにニヤッとしているのだ。

あるいは、「読者であるあなた自身は物語の中の『変なやつ』や、その他の登場人物をちょっと離れた——安心安全な——ところから眺めているつもりだろうが、実のところ、この『変なやつ』は語り手の『私』のことであり、作者のことであり、読者であるあなた自身のことでもあるのですよ」と遠回しの表現の中に含ませているのだ。——カフカのユーモアは、こんなところにあるのかもしれない。

ここで再度、「家父の心配」に戻ってみたい。最終パラグラフで「私」はオドラデクの将来について、あれこれと心配する。この役に立たない――生産性のない――変なやつは生きている価値があるのだろうか。あいつはそもそも死ぬことができるのだろうか。私の気懸かりは、さらに大きくなっていく――

Alles, was stirbt, *hat* vorher eine Art Ziel, eine Art Tätigkeit *gehabt* und daran *hat* es sich *zerrieben*; das trifft bei Odradek nicht zu.（イタリックは引用者）

（Franz Kafka, *Die Erzählungen und andere ausgewählte Prosa.* Hrsg. von Roger Hermes, Fischer Taschenbuch, 1996, S.344）

（池内訳）死ぬものはみな、生きているあいだに目的をもち、だからこそあくせくして、いのちをすりへらす。オドラデクはそうではない。（池内紀（編訳）「父の気がかり」岩波文庫、一九八七年、一〇五頁）

（多和田訳）死ぬ者は死ぬ前には目的とか、活動みたいなものがあるはずだが、これもオドラデクの場合は当てはまらない。（多和田葉子（編訳）「お父さんは心配なんだよ」二〇四頁）

（浅井訳）死ぬものはすべて、生きているときには、なんらかの目標、なんらかの仕事をかかえていて、そのためにいのちをすり減らしていったのだ。このことは、オドラデクの場合には当てはまらない。

（「家父の心配」三五頁）

ここで注目すべきは、原文テクストのイタリック部分 hat ...gehabt と hat ...zerrieben である。浅井訳は「なんらかの目標、なんらかの仕事をかかえていて、そのためにいのちをすり減らしていったのだ」と、池内訳・多和田訳と比べて多少ぎこちない訳になっている。原文にある現在完了形を意識したのであろう。

ところで、カフカはなぜこの部分に現在形や過去形でなく、現在完了形を使ったのか——。現在形（hat と zerreibt）にすると、いかにものっぺらぼうな文章になってしまう。また、過去形（hatte と zerrieb）を使うと、口語的な響きが薄れるだけでなく、語り手の軸足が過去に移ってしまう。それに対し、現在完了形を使うことによって、「（登場人物の）私」、ひいては著者自身が日常的に経験している仕事上の辛酸が行間から滲み出てくる。生きとし生けるモノ（者・物）は、死に至るまで「なんらかの目標、なんらかの仕事をかかえて」必死に生きてきたし、今もそうしている——。それが普通のこと、当然のことなのだ。ところが、オドラデクは普通ではない。生産性がないのだ。「私」の死んだ後も生き続けていくだろう。そう考えるだけで辛くなる。心配で心配でたまらない。

彼が誰の害になるわけでもないのはまったく明らかだが・・・

オドラデクは生きる価値がないのだろうか——。果たして、普通のことは何時《いつ》でも当然のことなのだろうか——。しばし私は考え込んでしまった。「猫と羊の合いの子」「オドラデク」「こうのとりに似たやつ」、そして「中年のひとり者ブルームフェルト」と立て続けに読んで暗礁に乗り上げてしまったのだ。

そのような折、私は半世紀以上前に読んだ「虔十公園林《けんじゅうこうえんりん》」という宮澤賢治の童話を思い出した。デクノボーのような人のことが描かれていたはずだ。その男は「雨ニモマケズ」の中の「ワタシ」のように「イツモシヅカニワラッテヰル」と描かれていたような気がする。

まさか「断捨離」の対象になってはいないだろうなと心配しつつ書棚の奥の方を探す。残っていた！すぐに読み直してみる。概略は以下のとおり——

虔十は友だちからも家族からも「少し足りない」と馬鹿にされている少年だ。馬鹿にされても、「はあはあ息だけで笑っている」。畑の草むしりを始めると一日一杯ひとりで黙々とやっている。そんな虔十が、ある日、「お母《があ》、おらさ杉苗七百本　買って呉《け》ろ」と頼む。畑になっていない野原に植えるというのだ。母親も兄も反対するが、父親のひとことで決まる。「買ってやれ、買ってやれ。虔十ぁ今まで何一つだてたのんだごとぁ無ぃがったもの。買ってやれ」

虔十は兄に教わったとおり、「実にまっすぐに実に間隔正しく」杉苗の穴を掘る。すると、隣りの畑の持ち主・平二がやってきて、「やぃ。虔十、此処さ杉植るなんてやっぱり馬鹿だな。第一おらの畑ぁ日影にならな」と言って責め立てる。平二だけでなく、近所の者が声を揃えて、「馬鹿は馬鹿だ」と罵る。

何年か後、ようやくのことで杉の苗は伸び出す。ある日のこと、学校帰りの子どもたちが虔十の植えた杉の木の間を楽しそうに行進している。虔十は「杉のこっちにかくれながら口を大きくあいてはあはあと笑う」。ところが、平二がやってきて杉を伐《き》れと迫る。虔十は顔をあげて「伐らなぃ」と言う——「実にこれが虔十の一生の間のたった一つの人に対する逆らひの言だった」。虔十ごときに馬鹿にされたと思い、平二は彼の頬を「どしりどしりと殴りつける」

その秋、虔十も平二もチブスで死んでしまう。さらにその二〇年後、村を出てアメリカの大学の教授になっている若い博士が久しぶりに帰郷し、母校の子どもたちの前で向こうの国の話をする。講話後、校長と学校の周りを散歩していたとき、博士は杉林で遊んだ時のことを思い出す——

「ああさうさう、ありました、ありました。その虔十といふ人は少し足りないと私らは思ってゐたのです。この杉もみんなその人が植えたのださうです。あゝ全くたれがかしこくたれが賢くないかはわかりません。ただどこまでも十力《じふりき》の作用は不思議です。こゝはもういつまでも子供たちの美しい公園地です。どうでせう。こゝに虔十公園林と名をつけていつまでもこの通り保存するやうにしては。」

（宮澤賢治「虔十公園林」『校本　宮澤賢治全集　第九巻』筑摩書房、一九七四年、九七頁、傍点は引用者）

「あゝ全くたれがかしこくたれが賢くないかはわかりません」（傍点部）――この言葉こそ、カフカが「変なやつ」や「（語り手の）私」を通して読者に伝えたかったことなのではあるまいか。つまり、自分は普通であって、「あの人たちはおかしい」と批判する人たちに向かって、直球ではなく、スローカーブをカフカは投げているに違いない。その意図や構図がつかめたとき、カフカのユーモアが――私なりに――ほんの少し分かったような気がする。

第二部　脇に身を置いて眺める

第一部の冒頭で紹介したハンセン病療養施設内の一光景だけでなく、現実と非現実の境を行き交う経験をしたことが私にも何度かある。そのような時、「境を行き交う」自分をカフカのように眺めることができたらよいなと思った記憶がある。

一例を挙げよう。あれはグループホームに入った義母を訪ねた時のこと。花見の会への招待状を携えて、花冷えの日曜日、私は妻と郊外の施設に出かけた。義母は指定された席で前方を見つめたままじっとしている。ところが、私の顔を見た途端、隣りの女性に「兄です」と紹介。すると、その女性は、「あらま〜、あなたとよく似てらっしゃるわね〜」と応える。よく分からないまま途切れ途切れの会話が続く。時折、私も話に加わる。妻から聞いたところによると、「私」は南方で戦死しているはずなのだが・・・。義母の兄であるのか、義理の息子であるのか、よく分からなくなっている自分がそこにいる。この迷いを振り払うように私は窓の外を眺める。はらはらと桜の花びらが舞い落ちてくる。

「現実」と「非現実」の境い目は、それほどハッキリ分かたれているものではなさそうだという思いがしてくる。境い目は曖昧なのかもしれない。そこで私は片足をあちら側に、もう一方の足をこちら側に置いて、義母と女性との会話に参戦する。そうだ、「脇に身を置いて、いま出現している事態を眺める」というカフカの手法に倣う好機ではないか――。そのように考えた時、私の窮状を見かねた妻が私たちの会話を強制終了させる。ニコニコしている女性に向かって言う。「この人は兄ではないんです。私の夫です」

カフカの小篇を読むと、主人公が現実と非現実の世界を行き交うことに出くわす。そのような時、カフカは片方の世界にのみ足を置くのではなく、もう一方もリアルな世界として描く。「脇に身を置いて眺める」手法は、ともすると「不条理」と同義で捉えられがちだが、実のところ、カフカが真実を描き出そうとする時に編み出した技法なのではないか。脳裏に潜んでいるものの、通常は意識されない思いや感情を、一歩下がって観察したうえで引きずり出す技法ではないのか。

この技法に関連して三原弟平が興味深い指摘をしている。「田舎の婚礼準備」の補遺にある一文「彼はアルキメデスの点を発見した」に照準を合わせて、三原氏は以下のように述べている。

さてアルキメデスの点ですが、「そこに立つことのできる一点を与えよ。さすれば地球を動かしてみせよう」とアルキメデスが豪語したことが伝えられています。この伝説の中で重要な点は「地球外にある一点を与えよ、さすれば・・・」というところにあるのであり、カフカの言葉もあげてここにかかっていると思われます。この「彼はアルキメデスの点を発見した」という文章の持つイメージは、彼の文学における何か決定的な特徴を言い表わしているように思えてならないわけです。

（三原弟平『カフカ・エッセイ——カフカをめぐる七つの試み』平凡社、一九九〇年、一三三〜一三四頁）

余談ではあるが、長谷川櫂の著作に刺激され、私は七〇歳を過ぎてから句作を始めた。長谷川氏は『古池に蛙は飛びこんだか』（花神社、二〇〇五年）や『「奥の細道」をよむ』（ちくま新書、二〇〇七年）で、「古池や蛙飛《かはづとび》こむ水のおと」という句が長きにわたって誤解されてきたと指摘。俳句に疎い私にとって、氏の解釈は「目から鱗が落ちる」と言ってよいほど衝撃的だった。蕉風開眼の句といわれるこの句はまず「蛙飛こむ水の音」という中七、下五ができ、次に「古池や」という上五をかぶせたという。その上で長谷川氏は「古池の句は蛙が水に飛びこむ現実の音を聞いて古池という心の世界を開いた句なのだ。この現実のただ中に心の世界を打ち開いたこと、これこそが蕉風開眼と呼ばれるものだった」（『「奥の細道」をよむ』四二頁）と述べている。

さらに『俳句と人間』（岩波新書、二〇二二年）では、「あるとき人間は自分の命もやがて終わることに気づく」（『俳句と人間』i頁）という言葉から思索を始めている。長谷川氏にとっての「あるとき」は皮膚癌の告知だったという。私は引きずり込まれるように読み進め、読み終えた。ほぼ同時期に私も前立腺癌を告知されていたからである。骨転移・肺転移を告知された数カ月後、血液検査でPSA（前立腺特異抗原）の数値を医師から知らされた。病院からの帰り道、ふと閃いた一句を記しておきたい。

PSAアゲハの如く乱高下

予想に反して――幸いなことにと言うべきだろうが――数値は低い状態を保っていた。しかし、私の頭には「乱高下」という言葉が飛び込んで来た。嬉しくて嬉しくて堪らない、早く誰かにこの気持ちを伝えたい・・・。はやる心を一七文字に転換しようとしていた時、アゲハが幻影のように目の前を通り過ぎて行った。事実は「低い数値が維持されていた」ということである。ところが、「アゲハの如く乱高下」という表現を使い、我が身を現実から突き放すことによって、抑えきれない嬉しさを一層強く表現できそうに思えたのだ。

カフカの技法がどのようなものであるか定かではないが、「アルキメデスの点」と関わっているという三原氏の指摘を頼りに、そして、「現実の音や眼前の景」と「想像の世界／心の世界」を取り合わせる蕉風にヒントを得て、第二部では「脇に身を置いて眺める」という視座からカフカの小篇を七つ読んでみたい。そうすることによって、カフカの「書く技法」――あえてカフカのユーモアと呼んでもよいだろう――が見えてくるのではないかと期待しつつ・・・

(1)「小さな寓話」——この長い壁がみるまに合わさってきて

死去の四年前(一九二〇年)にカフカが執筆した小品がある。初出は『万里の長城』(一九三一年刊行の遺稿短編集)であり、編者マックス・ブロートにより Kleine Fabel(小さな寓話)というタイトルが付けられた。池内紀訳で読んでみたい。

「小さな寓話」

「やれやれ」

と鼠がいった。

「この世は日ごとにちぢんでいく。はじめは途方もなく広くて恐いほどだった。一目散に走りつづけていると、そのうち、かなたの右と左に壁が見えてきてホッとした。ところがこの長い壁がみるまに合わさってきて、いまはもう最後の仕切りで、どんづまりの隅に罠が待ちかまえている。走りこむしかないざまだ」

「方向を変えな」

と猫はいって、パクリと鼠に食いついた。

（池内紀（編訳）「小さな寓話」『カフカ寓話集』）岩波文庫、一九九八年、六四頁）

この小品には様々な解釈がなされている。例えば、「ネズミの運命はカフカ自身の運命」「この寓話はユダヤ人の宿命の象徴」「危機を回避しようとすることで死を招いてしまうという教訓」などである（池内紀・若林恵『カフカ事典』三省堂、二〇〇三年、一七九頁）。あるいは、カフカが「アフォリズム集成2及び3」で述べているように、「焦りと投げやりが人間の犯す過ちの原点」であるという解釈もある（池内紀（訳）『カフカ小説全集6　掟の問題ほか』白水社、二〇〇二年、一三五頁）。また、「可能性に溢れていた若い頃と違って、年齢とともに様々な制約が襲いかかり、人の可能性や自由が制限されていくという喩」。さらには、「関係を覆すことの不可能な超越的存在との遭遇と破滅」と解釈する評者もいる（山尾涼「フランツ・カフカの〈動物物語〉における寓話性について」『愛知大学　言語と文化24』六九頁〜八二頁）。

執筆当時に交際していたミレナ・イェセンスカとの関係が破局を迎えたという伝記的事実を暗示しているのだろうかとも考えてみた。解釈に迷って私は何度もテクストを読み直してみた。前田敬作訳の「小さな寓話」も読んでみた（『決定版カフカ全集2　ある戦いの記録、シナの長城』新潮社、一九八一年、九八頁）。繰り返し読んでいるうちに、ハッと気がついた。——私の読みはタイトルに引きずられてはいまいか？

ちなみに、『福武国語辞典』は「寓話」を以下のように定義している。「擬人化した動物や非生物を登場させ、人生の教訓・風刺などを語る話。人間を材料としないのは、素直に聞いて納得させるテクニック。真の目的は人生観を述べるにある。『イソップ物語』など」。同様に、『小学館独和大辞典』における Fabel の定義も「寓話、説話（教訓を含む短いたとえ話。特に動物を主人公とする）」になっている。

マックス・ブロートは紙片集（バラバラの紙の束）の中にこの断片を見つけ、「Kleine Fabel（小さな寓話）」というタイトルを付し短編集に収録したのだが、カフカは別の観点から鼠と猫の話を書いたのではないか——。このように考えて、同じ訳者による別の翻訳（『批判版／手稿版カフカ全集』に基づく）を読んでみた。すると、件の断章には異稿のあることが分かった。その異稿をA稿、後半をB稿（岩波文庫版とほぼ同じ）と考えて論を進めたい。

「小さな寓話」異稿（A稿）

「やれやれ」

と、鼠がいった。

「この世は日ごとにちぢんでいく。はじめは途方もなく広くて恐いほどだった。一目散に走りつづけていると、そのうち、かなたの右と左に壁が見えてホッとした。いまや——走りはじめてから、さほどの時がたってもいない——自分に定められた部屋にいて、どんづまりの隅に罠が待ちかまえている。走りこむしかないざまだ」

「方向を変えな」

と、猫は言って、ムシャムシャ鼠を食ってしまった。

・・・・・・・・・

「小さな寓話」（B稿）

「やれやれ」

と、鼠がいった。

「この世は日ごとにちぢんでいく。はじめは途方もなく広くて恐いほどだった。一目散に走りつづけていると、そのうち、かなたの右と左に壁が見えてきてホッとした。ところがこの長い壁がみるまに合わさってきた。いまはもう最後の仕切りで、どんづまりの隅に罠が待ちかまえている。走りこむしかないざまだ」

「方向を変えな」

と、猫はいうなり、パクリと鼠に食いついた。


（池内紀（訳）『カフカ小説全集6　掟の問題ほか』白水社、二〇〇二年、三三七〜三三八頁、傍点は引用者）

訳者の注記によると、「本全集5・6巻は草稿、断片をカフカの手稿そのままの形で収めていて、旧全集の編者マックス・ブロートがつけたタイトルは括弧（「　」）で示した」とある。つまり、元来、この断章にはタイトルが付けられておらず、マックス・ブロートがA稿を捨てB稿を遺稿集の一篇として収録したことが分かる。

冒頭に掲げた池内訳（岩波文庫版）は『カフカ寓話集』の中に収録されているが、ちくま文庫の『カフカ・セレクションIII』もマックス・ブロートの付けたタイトルの影響を受けているようだ。一九篇の作品を所収したこの文庫版には「異形／寓話」という副題が付けられている。白水社版の池内訳と同様、『批判版カフカ全集』からの日本語訳であるため、A稿・B稿共に「小さな寓話」というタイトルは施されていない。書き出しの一部（『ああ』、と鼠が言った／„Ach", sagte die Maus ...）が、タイトルの代用として本文の前後に記されているだけである（浅井健二郎（訳）「『ああ』、と鼠が言った」平野嘉彦（編）『カフカ・セレクションIII　異形／寓意』）ちくま文庫、二〇〇八年、九〜一〇頁）。

さて、A稿とB稿の比較を池内訳で行ってみた。再読して気づいた点は、B稿にある「この長い壁がみるまに合わさってきた（diese langen Mauern eilen so schnell auf einander zu）」という箇所（B稿日本語訳の傍点部分）である。A稿（異稿）には、この表現がなく、「いまや――走りはじめてから、さほどの時がたってもいない――自分に定められた部屋にいて・・・」となっている。A稿には躍動感がない。それに対し

B稿には、周りの壁が狭くなり、どんどん迫ってくるというスピード感がある。猛スピードで車を運転すると視野が狭くなってくるという感じ、映画やアニメを観たときのハラハラ感・ドキドキ感、あるいは、最近（執筆時点、二〇二一年四月）のポップス界で言えば、NiziUの楽曲を聴いた（見た！）ときに受けた躍動感がB稿にはあるのだ。

（付記）話は逸れるが、私は初めてNiziUというグループのMake you happy（縄跳びダンスの振り付けソング）に接したとき、このグループ名は「二重跳び」に由来するとばかり思っていた。ところが、「虹＋U」だと聞いて驚いた。さらに驚いたのは、新曲Poppin' Shakin'のミュージックビデオを見たときだ。歌っているのだが歌詞が耳に届かない。ただただ九人の少女のダンスに目が釘付けになってしまう。しかし、その軽やかなダンスによって伝えたいのが、「私たちの笑顔で、そしてダンスで周りを明るくしたい」というメッセージであることは確かだ。詞《ことば》は理解できないが、イメージは伝わってくる。このグループは、コロナ禍に咲く九輪の徒花《あだばな》（ファンの皆さま、ゴメン！）であろうが、若者の心を瞬間的に惹き付けていることは否めない。

さて、カフカ自身の手直し（A稿からB稿へ）が意味することは何だろうかと考えてみた。カフカの親友マックス・ブロートは、この断章に寓意を読み取り、短編集の一つとしてB稿を採用したのであろうが、カフカ自身は文章を推敲する過程で、別の観点を持っていたのではないか——。つまり、寓意そのものに力点を置くのではなく、映画の手法を用いることによって、ハラハラ感・ドキドキ感を表現したかったのではあるまいか——。私たち読者は、知らず知らずのうちに、ブロートのかけたマジックに取り憑かれ、「小さな寓話」という断章から何らかの寓意を探り出そうとしてしまうのではないか——。

あれやこれや思いを馳せていたとき、一冊の本に巡り会った。H・ツィシュラー（著）瀬川裕司（訳）『カフカ、映画に行く』（みすず書房、一九九八年）である。この本は一九世紀末に誕生した映画（無声映画）をカフカが熱狂的に愛した点について、日記や手紙に基づく叙述で私に様々なことを教えてくれた。

著者のツィシュラー（一九四七年、ニュルンベルク生まれ）は自身が舞台俳優・演出家・脚本家であるため、カフカがどのような映画から、どのような影響を受けたかについて実証的に描くことに成功している。特に、カフカに影響を与えた「映画の手法」を詳細に記している。以下に箇条書きで示しておきたい。

・文章によるカメラのパンやモンタージュ（八〜九頁）
・目の錯覚（一〇頁）
・夢中歩行（一二頁）

・最新技術（飛行機・キネマトグラフ・鉄道・地下鉄など）から刺激を受ける（二五頁）
・私はあらゆるものを見る、私はいたるところにいる（三五頁）
・パノラマ（四六頁）
・イメージの魅力、もしくは魅力のイメージ（五二頁）
・パースペクティブ（五三頁）
・技巧的な二重露出《オーバーラップ》（五七頁）
・現実と虚構の融合（六三頁）
・場面の脱＝現実化（六六頁）
・瞬間の観察（八一頁）
・クロースアップ撮影（八七頁）
・フェイド・オーヴァー（八七頁）
・演技法の違い（舞台俳優と映画俳優）（一一六〜七頁）
・人間の内面でのできごとの表現方法（一二〇頁）
・ワイプ（新しい映像が前の映像を徐々に覆い隠すようにしてふたつのショットを繋ぐ技法）（一四五頁）
・二重のイメージ（一五二頁）
・映画は激情を転移させるための触媒（一五七頁）

『日記』の中でカフカが映画に触れる場合、長い記述にならず、「一連のイメージを言葉を用いながらキネマトグラフのごとくに記録している」（『カフカ、映画に行く』一四五頁）。こうした例を『日記』（谷口茂（訳）『決定版カフカ全集7』新潮社、一九八一年）から探してみると——

今晩、書くことから自分を引き剥がす。国立劇場で映画を見る。仕切り席だ。あるとき聖職者につきまとわれたO嬢。彼女は冷汗をびっしょり掻いて家へ帰った。ダンツィヒ。ケルナーの生涯。馬の群。白い馬。硝煙。リュッツオー少佐率いる勇猛果敢な軍団。

（『日記』二一三頁、一九一二年九月二五日）

この日付に注目したい。カフカは、九月二二日から二三日にかけての夜、一気呵成に『判決』を書き上げ、その後、虚脱状態にあった。日記の書き込みは、その二日後である。その他にも映画に関する書き込みが散見される。

映画『黄金の奴隷』の画面に映った百万長者。彼をしっかり記憶にとどめること。落ち着いた態度、目的を意識したこせつかない動作、必要な場合には速くなる歩調、腕の急激な動き。金持で、ぜいたくに慣れ、甘やかされている。しかし彼が下男のように跳び上がったり、監禁されている森の酒場の一室を調べている様子。

（『日記』二二二頁、一九一三年七月一日）

映画を見に行った。泣いてしまった。『ロロッテ』。好人物の司祭。小さな自転車。両親の和解。限りなく楽しんだ。その前は悲劇『ドックのなかの事故』で、あとは喜劇『やっと独りで』だ。ぼくはまったく空っぽで無意味な人間だ。通りすぎる市電の方が、もっと生き生きした感じを帯びている。

（『日記』二三八頁、一九一三年一一月一八日）

この時期のカフカは、フェリーツェ・バウアー（Felice Bauer：フェリスという発音のほうが適切だと考える研究者もいる）との結婚について迷いに迷っていた。そのような心境のカフカにとって、映画は極上の精神安定剤だったようである。ツィシュラーは以下のように述べている。

「意識を失うほどの孤独」は、彼を映画館へと誘うものでもある。ちょうど彼が一年近く前に、自らを「書くことから引き剥がし」、一本の刺激的な映画――『テーオドーア・ケルナー』――によって意識を失った状態に身を委ねたときもそうだったように。この一年のうちに、彼はさらに何度も、意識を失うことを求めて映画館へとかけ込んだことだろう。彼は忘却のために映画館を訪れる。おそらく、楽しい気分をともなってそのような境地に到達するには映画館よりもふさわしい場所はなかったのであろう。

（『カフカ、映画に行く』一四四〜一四五頁）

その後の時期にあっても、頭の中に浮かんだイメージを文章に織り込む作業は、カフカにとって抗《あらが》えないものだったと思われる。それほどまでに映画がカフカに与えた影響は大きかったと思われる。

（付記）以下の作品についても、イメージの占める位置の大きさがうかがえる。「禿鷹」「こうのとり」「棺」「隣人」「皇帝の使者」「こま」「ある人生」など。

さて、再度「小さな寓話」に戻ってみよう。A稿にはなかった躍動的な表現をB稿で用いたとき、カフカは「知的な興味を与える interessant（独）interesting（英）」というより、「感覚的な楽しさを与える amusant（独）amusing（英）」という要素を付け加えたかったのではあるまいか。そうであるならば、脳内にある言語野の働きに基づく「理詰めの解釈」というより、視覚野の刺激から生まれる「感覚的な感動」をこそ私たち読者は、この小篇から期待しなくてはいけないのかもしれない。つまり、「この長い壁がみるまに合わさってきて・・」という箇所に隠されている「イメージの力」を感知する必要があるのではないか。

「この長い壁がみるまに合わさってきて・・・」の前後を原文で読むと、翻訳では見過ごしてしまいがちなカフカの意図が浮かび上がってくる。鼠の言葉の前半部分に使われていた過去時制（sagte「言った」、lief「走った」、sah「見えた」など）が、この部分に来て急に現在時制（zueilen「〜に急ぐ」、steht「〜の状態にいる」、laufe「走る」など）に切り替えられ、文末で再び過去時制（sagte「言った」、fraß「食いついた」）に戻っているのだ。動詞の現在時制――szenisches / dramatisches Präsens「劇的現在」と同様の働きをしていると言ってもよいかもしれない――を使うことによって、この場面がいかにも眼前で繰り広げられているようにカフカは描いている。読者はハッとして、窮鼠に感情移入してしまう。

カフカエスク（カフカ的）という語はカフカ文学の不条理性と結びつけられることが多いが、実は、現実世界で起こる当惑・焦燥・恐怖・絶望などを伴う事象が「映画的に」描写されることから生じる結果として、不条理と捉えられていることもあるのではないか。カフカの描き方は「舞い上がった」ものではなく、あくまでも「人間の心理に寄り添った」ものなのだと思う。

ここで少しカフカの現実生活をフェリーツェ・バウアーとの関係に絞って確認しておきたい。カフカはこの女性と婚約－婚約解消を繰り返す。婚約（一九一四年六月）、解消（一カ月後の七月）、再会（一九一五年一月）、そして、一九一六年七月、カフカは彼女と十日間、マリエンバートのホテルに滞在。その頃（七月中旬）に書かれたマックス・ブロート宛の手紙が残っている。

僕は彼女をまるで知らなかったのだよ、むろんほかにもいろいろ思案することはあったけれでも、当時の僕を妨げたのは、まさしく手紙のなかでの彼女の、その実際の姿をおそれる気持だった、彼女が大きな部屋で、婚約の接吻を受けるために僕に向かって来たとき、僕の身体を戦慄が走った、結婚を前にしてFと二人きりでいることほどに不安を覚えたことはかつてなかった。

（マックス・ブロート（編）吉田仙太郎（訳）『決定版カフカ全集9　手紙 1902-1924』新潮社、一五五～一五八頁）

この長い手紙の中で特筆すべきは以下のことばである。

Mir schien wirklich nun sei die Ratte in ihrem allerletzten Loch.

（Franz Kafka, *Briefe April 1914-1917*. Hrsg. von Hans-Gerd Koch, Fischer Verlag, 2005, S. 172）

これで鼠もどうやら最後の穴に追いつめられたと、僕は本当にそんな気がした。

（『手紙1902–1924』一五六頁）

この手紙を書いた後、二度目の婚約（一九一七年七月初め）、初めての喀血（八月初め）、そして、急転直下、再び婚約解消（一二月末）。文学作品を、その作家の現実生活と直接的に関連付けて語ることは避けなくてはならないだろう。しかし、この手紙執筆三年前の出来事はカフカの心に深い傷を負わせたと考えてもよいのではなかろうか。あるいは、カフカという作家にとっては手紙も日記も作品として扱わなくてはならないのかもしれないが。

さて、「小さな寓話」という小篇を読み直す過程で、タイトルの持つ意味合い（眩惑性）について考えさせられた。また、『カフカ、映画に行く』という本に巡りあい、ギムナジウムの生徒の頃から映画に魅了されていたカフカの姿を垣間見ることができた。さらに、友人宛の手紙に、「最後の穴に追いつめられた鼠」への言及があることも判明した。

最後に、一本の映画に言及して、この項を締めくくりたい。その映画とは、セルゲイ・エイゼンシュテイン監督の『戦艦ポチョムキン』。一九二五年、第一次ロシア革命記念式典で初上映された白黒の無声映画であるから、カフカ死去の翌年にあたる。私がこの映画を観たのは一九六八年（日本での一般公開の翌年）。半世紀前のことだ。しかし、かの有名な「オデッサの階段」のシーンは今でも鮮明に覚えている（ディテールでの間違いがあるかもしれないが・・・）。

蛆虫入りのスープがきっかけとなり、戦艦ポチョムキンの水兵たちが叛乱を起こす。首謀者が犠牲となったことを知ったオデッサの市民が、長い列をなして弔う。水兵との連帯を表明するため、市民は沖に停泊中の戦艦ポチョムキンにいる水兵のため小舟で食糧を運ぶ。その様子を大勢の人々が高台から見守る。歓喜の声と笑顔。

ところが突然、背後から帝政ロシアの軍隊が現れ、無抵抗の市民に向け一斉射撃。逃げまどう群衆。件の階段のシーンがモンタージュの技法を駆使して描かれるのは、その時である。ジリジリと市民を追い詰める銃剣部隊の軍靴が聞こえるようだ。なぎ倒された多数の死体の中に、一人の母親が銃剣に向かってスクッと立つ。後ろ手に乳母車。母親は他の市民と同様に射殺される。倒れる際、身体が乳母車に寄りかかってしまう。すると、ゆっくり乳母車は階段を下って行く。次第に速さを増す。乳母車の中にいる男の子の顔が一瞬見える。周りの人々が――そして観客である私自身も――前のめりになり乳母車を見送る。――こうしてバラバラの映像がひとつなぎになることで、観客に強いイメージを植え付ける。サイレント映画であったからこそ、イメージがこれほどまで長い間、網膜に焼き付けられたままでいるのかもしれない。

（付記）エッセイを書いてから約一年後の二〇二二年二月、ロシア軍によるウクライナ侵攻が始まった。二カ月経過後、日本のメディアは一斉に「オデッサ」（ロシア語読み）を「オデーサ」（ウクライナ語読み）に切り替えた。二〇二二年五月五日現在、連日連夜、映画の映像でなく、地獄絵さながらの現実をこれでもかこれでもかと言わんばかりにテレビが映し出している。

「オデッサの階段」と同様に、「この長い壁がみるまに合わさってきて・・・」という表現でカフカが描き出したイメージも読者の心に残る。映画やアニメの映像が氾濫する現在、わずか一行の表現は「何の変哲もない」と考えられよう。しかし、映画の黎明期である百年前に、カフカが書き残したという点にこそ注目したい。——鼠のハラハラ感・ドキドキ感が私にも伝わってきて、不整脈が起きそうだ（ちょっと大袈裟かな）。

(2)「根気だめしのおもちゃ」――球の意見によると・・・

通称『断食芸人ノート』と言われる創作ノート（一九一五年／一九二二年）の中に、Es war einmal ein Geduldspiel...（かつて根気だめしのおもちゃがあった）という書き出しの小篇がある。タイトルは付いていない。池内紀訳で読んでみたい。

「根気だめしのおもちゃ」（仮題）

かつて根気だめしのおもちゃがあった。安手の単純なしろもので、懐中時計ほどの大きさ、とりたてて目をひくような仕組みではない。赤茶色に塗ってある木片のおもてに、何本か青い迷路が刻みこんであって、小さな穴につづいている。それをかしげたり、ゆすったりして同じく青色をした球を、一つの道にころがし、それから穴に落としこむ。球が穴に入れば、遊びはそれで終わり。また新しくやりたければ、またゆすって穴から出すわけだ。全体が大きな丸味をもつガラスで覆われていて、ポケットに入れて持ち歩けるので、どこであれ取り出して遊ぶことができた。

御用のないとき、球はたいてい両手をうしろに組んで、盛り上がったところを往ったり来たりしていた。道は避けた。球の意見によると、遊びの際にたっぷり道に苦しめられたので、休みのあいだくらいは広いところで休憩するだけの権利がある。いばった歩き方で、狭い道は不向きだと主張していた。たしかに一理あって、どの道にも、どうにもならない。だが、無理な言い分でもあって、道の幅にまさにピッタリ合うようになっている。たしかに快適とは申せないだろう。そうでなくては根気だめしの遊びにならない。

（池内紀（訳）『カフカ小説全集6　掟の問題ほか』白水社、二〇〇二年、三九九〜四〇〇頁）

この小篇を読んで最も印象に残ることばは、「球の意見によると・・・（Sie war der Ansicht, daß ...）、英語では It (=The ball) was of the opinion that ...」であろう（sie は代名詞で女性名詞 die Kugel を指す）。ナント！根気だめしのおもちゃの中に入っている球が——おもちゃで遊ぶプレーヤーでなく！——自分の意見を述べているというのだ。こんな具合に言っているのだろうか——

遊ぶ時には、かしげたり、ゆすったりするから狭い道にたっぷり苦しめられたんだもの。休みのあいだくらいは、広いところで休憩したいわ。わたしにも、そのくらいの権利はあるでしょう・・・一体全体、狭い道はわたしの性に合わないのさ。

球に意思がある！　そのうえ、自分なりの意見を表明しているというのだ。なぜカフカは、ヒト以外のモノに意思を持たせ、堂々と意思表明させているのだろうか――。その疑問を念頭に置いて、『断食芸人ノート』前後の創作ノートや断片にカフカが書き留めた文章を読み直してみた（池内紀（訳）『カフカ小説全集4～6』）。すると、人間以外の物や動植物――それぞれが自らの意思を持っている――が随所に出てくることに気づく。例を挙げると、以下のように多彩である。

（物）「やがて川はうんざりして身震いし、逆流をはじめ、死者たちを生の世界へと押しもどす」や「鳥籠が鳥を捕らえにでかけた」のような文脈で使用される物の例として、ドア、唇、道、鎖、首輪、波、夢、森、歯、車、橋、両手、バケツ・・・など

（動植物）「一羽で天国を壊すことができると、カラスたちが主張する」「人魚たちは歌っていなかった。この敵にたいしては沈黙こそ有効だと考えたからなのか・・・」のような文脈で使用される動植物の例として、狼、牝犬、鳥、貂《てん》、茨のヤブ、蛇、カモメ、獣、禿鷹、猫、鼠、魚、こびと、犬、豹《ひょう》、馬、猟犬、りす、竜・・・など

上記以外にもカフカは『変身』の巨大な虫を筆頭に、自らの意思を表明する物や動植物を小篇や中短編に登場させている。ざっと挙げてみると、『父の気がかり』のオドラデク（平べたい星形の糸巻きのよう

なやつ）、『中年のひとり者ブルームフェルト』の小さなセルロイドのボール、『巣穴』のアナグマ、『ある学会報告』の猿、『ジャッカルとアラビア人』のジャッカル、『雑種』の生きもの（半分が羊、半分が猫）、『新しい弁護士』の馬、『こうのとり』のこうのとりに似たやつ、『田舎の婚礼準備』の獣、『歌姫ヨゼフィーネ、あるいは二十日鼠族』の二十日鼠などである。

再度、問うてみる──。なぜカフカは物や動植物に主体性を持たせたのか。「橋」（前著八八頁）「乗客」（本書第二部）「こま」（本書第三部）の項での考察のように、視点の切り替えによって、ひとりの人間やひとつの物に潜む多様な属性を描出できるとカフカが気づいたからではあるまいか。「根気だめしのおもちゃ」では、おもちゃで遊ぶ人でもなく、おもちゃの中の道や穴でもなく、球からの視点で見ることによって、このおもちゃが持つ多様性が重層的・複合的に浮かび上がってくる。語り手側の余裕さえ生まれているように感じられる。それを示すのが次の一文である──

御用のないとき、球はたいてい両手をうしろに組んで、盛り上がったところを往ったり来たりしていた。道は避けた。

カフカのユーモアは、このようなところに隠されているのかもしれない。自立した存在としての物や動植物が自己主張することを、「非日常的」「不条理な」という枠組みで捉える必要はないのではないか。カフカの遊び心が発揮されていると思ったほうがよい。新たな視点が提示されることによって、今まで見えていなかった側面が読者に見えてくる。そして何よりも、書き手のカフカ自身にとっても「書くこと」が面白くて面白くてしようがないのだ。

さて、第二部の冒頭で三原氏が引用した「アルキメデスの点」について再考してみたい。まず、カフカ自身の言葉を確認しておこう。

彼は、アルキメデスのいう梃子の点をついに発見したが、それをもちいて自己自身を覆してしまった。あきらかに、この条件でのみ発見することを許されたのだろう。

（マックス・ブロート（編）飛鷹節（訳）「『彼』の系列への補遺」『決定版カフカ全集3　田舎の婚礼準備、父への手紙』新潮社、一九八一年、三〇九頁）

一読では分かりかねるアフォリズムなので、インゲボルク・C・ヘネルの解釈を参考にしてみたい。

アルキメデスの梃子の支点についてのこのアフォリズムでは、自我を認識することがはっきりとテーマになっている。すなわち真理へは、それを自分自身に対して、というより自分自身に敵対するかたちで用いるという条件でのみ、辿り着ける。自我は、自分自身を克服できてはじめて世界をも克服できる。自分自身や世界の彼方に足場を見つけることができてはじめて自我は、自分自身と世界とを根本から変革することができる。

（インゲボルク・C・ヘネル（著）須永恒雄（訳）「思想家カフカ」クロード・ダヴィッド（編）円子修平・須永恒雄・田ノ岡弘子・岡部仁（訳）『カフカ＝コロキウム』法政大学出版局、一九八四年、六五～六六頁、傍点は引用者）

さらにヘネルはカフカの考えを以下のように憶測する。「自分自身を何か未知のものとして眺める、自分を自分の外に置いてみる、あるいは自分とは別の何か全く新しい存在を築き上げる」（前掲書、六八頁）ことができたとき、芸術的存在としての物語が誕生する。

ほんの少し視点をずらすだけで、人と物の関係、人間同士の関係、人間と社会の関係に新たな光が射してくる。例えば、八つ折り判ノートに書き留められた以下の断片にも、その傾向をはっきり読み取ることができよう。

たとえば一個のリンゴをめぐっても起こりうる見解の相違。食卓の上のリンゴをチラリと見るために、背のびしなくてはならない少年の見方があれば、そのリンゴを取って、食卓の誰かれなしに手渡せる一家の主人の見解もある。

（『カフカ小説全集6　八つ折りノートG（一九一七年一〇月二二日）』四一頁）

同じ人間のなかに、いろんな認識がある。対象は同じなのに認識はまるきりちがう。同じ人間にさまざまな主体が引き出せるに相違ない。

（『カフカ小説全集6　アフォリズム集成（一九一八年一月）』一五〇頁）

翻って私たちの日常を見つめてみよう。例えば、ひとりの女性――元小学校教員――について語ろうとするとき、属性としての元教師を描くだけでは十分でないだろう。母親、妻、祖母、親の介護者、視力障害者のヘルパー、子ども食堂のアシスタント、高齢者施設のボランティア、同窓会の幹事、素人の歌人、気功教室・編み物教室の生徒・・・一筋縄ではいかない。

一人の人間を描くのでさえ、たった一つの切り口からでは真実にたどり着けそうにない。まして混沌とした社会や世界に目を向けた場合、視点の転換が不可欠になるはずだ。少数者への配慮も必須であろう。女性や障害者の視点、黒人サイドの見方、性的マイノリティの主張などにも心を寄せる必要がある。

さて、カフカの小篇・断片にもどろう。先に例として挙げた「鳥籠」の場合は、どうだろうか。わずか一行の書き込みである。「根気だめしのおもちゃ」を読んだとき以上に、私は戸惑ってしまった。次の一行である――

Ein Käfig ging einen Vogel suchen.

(Franz Kafka, *Nachgelassene Schriften und Fragmente II*. Hrsg. von Jost Schillemeit, Fischer Verlag, 1992, S. 117)

鳥籠が鳥を捕えに出かけた。

(『カフカ小説全集6　八つ折りノートG(一九一七年一一月六日)』四六頁)

う~ん、どういうことなんだ。鳥籠が・・・鳥を・・・探しに出かけた?「鳥籠」の解釈に行き詰まっているとき、一杯のコーヒーとビートルズの詞が私の手助けをしてくれた。She's Leaving Home という曲である(一九六七年リリース『サージェント・ペッパーズ・ロンリー・ハーツ・クラブ』所収、ジョン・レノン&ポール・マッカトニー)。

She's Leaving Home

（1） Wednesday morning at five o'clock as the day begins,
Silently closing her bedroom door,
Leaving the note that she hoped would say more,

水曜日の朝早く、そーっと自分の部屋から抜け出す。
面と向かったら言葉が出てこなくなると思い、メモを残して。

She goes downstairs to the kitchen
Clutching her handkerchief.
Quietly turning the backdoor key,
Stepping outside, she is free.

台所に通じる階段を下りていく。手にはハンカチをギュッと握りしめて。
裏のドアの鍵をそっと開け、外に出る。一歩踏み出せば、彼女は今や自由の身。

She (We gave her most of our lives)
Is leaving (Sacrificed most of our lives)
Home (We gave her everything money could buy).

She's leaving home after living alone (Bye, bye)
For so many years.

彼女は家を出て行く。心の通わない月日が続いていた。

同じ屋根の下で暮らしていても独りぼっちだった。今、家出しようとしているのだ。

（両親の声：私たちは娘に精一杯のことをしてきた。自分たちの生活すら犠牲にしてきたのに。お金で買える物は何でも与えてきたというのに）

（2）Father snores as his wife gets into her dressing gown.
Picks up the letter that's lying there.
Standing alone at the top of the stairs,
She breaks down and cries to her husband,
"Daddy, our baby's gone.
Why should she treat us so thoughtlessly?
How could she do this to me?"

父親は鼾《いびき》をかいている。物音に気づいた母親はガウンを羽織る。ふと見ると娘の書き置き——。階段の一番上のところで、母親は崩れ折れる。そして、寝室に跳び込む。

（母親の声：パパ、パパ、あの娘《こ》が家出しちゃったのよ〜。どうしてあの娘は、こんな親不孝をするのかしら。可愛がって育ててきた私たちに、どうしてこんな酷いことを？）

She (We never thought of ourselves)
Is leaving (Never a thought for ourselves)
Home (We struggled hard all our lives to get by).
She's leaving home after living alone (Bye, bye.)
For so many years.

彼女は家を出て行く。心の通わない月日が続いていた。

同じ屋根の下で暮らしていても独りぼっちだった。今、家出しようとしているのだ。

（母親の声：パパも私も懸命に育ててきたのよ。自分たちのことは二の次にして、あの娘のことばかり考えて、必死に頑張ってきたのに）

（3）Friday morning at nine o'clock she is far away,
Waiting to keep the appointment she made,
Meeting a man from the motor trade.
She (What did we do that was wrong)

Is leaving (We didn't know it was wrong)
Home (Fun is the one thing that money can't buy).
Something inside that was always denied
For so many years. (Bye, bye.)
She's leaving home. (Bye, bye.)

金曜の朝、家からずっと離れたところで、待ち合わせの男《ひと》を待つ。彼女は家から飛び出たのだ。

（母親の声：あなた、私たちは何か間違ったことをしてしまったのでしょうかね～。間違っていたとは思わなかったわ。でも、あの娘にとっての愉しみは、お金で買える物ではなかったのね）

彼女が本当に望んでいたこと――それは、いつだって親に認めてもらえなかった。

本当に長い間・・・。彼女は今、家という殻から抜け出たんだ。

（1）と（2）の末尾で繰り返される She's leaving home after living alone for so many years. が気にかかる。恐らく娘は自分の部屋をあてがわれ、小さい頃から何不自由なく暮らしてきたのだろう。しかし、長い間、両親と心を通わすことはできなかった。同じ屋根の下に住んでいながら、心はバラバラという状態。理解されない、理解したくもない――。

一方、娘の心情とは別のところで、両親の思いが吐露されていく（カッコ内）。娘の欲しがる物は何もかも買い与えてきた。家を建てたのも娘のため。娘が自分の部屋を欲しがったからだ。それなのに、なぜ娘は家出なんてするのか。娘がいなくなってしまえば、この家は抜け殻同然だ。今や、両親の想いは凝縮し家（鳥籠）そのものになっている。そして、逃げていった娘（鳥）を探し求めることになる。

今、どこにいるの。戻ってきてちょうだい。何でも買ってあげるから・・・。戻ってきなさい。お前の幸せだけを考えて今まで働いてきたんだよ。部屋が狭かったら広くしてあげるから。どこにいるんだい――。

そう、「鳥籠が鳥を捕えに出かけた」のだ！

さて、「鳥籠と鳥」の解釈にヒントを得て、「根気だめしのおもちゃ」を再読してみた。球にあたるKugelが女性名詞であるため、ふと私の妻の想いを球に重ねてみた。かしげたり、ゆすったりする外界の力に翻弄され、球は狭い道の上を転がりまわり、穴に落ち込む。そしてまた、穴から追い出され、何度も何度も揺すられる。妻もおもちゃの中の球のように、休むことなく動かされ続けてきたのではあるまいか。「根気だめしのおもちゃ」の中に押し込められた球がしたであろうように、幾度となく「大きな丸味をもつガラスの天井」を寂し気に見上げたこともあったのではあるまいか（付記を参照）。それに対し私の方は、根気を試される仕事にプレーヤーとして従事せざるを得なかった。そのため、球の気持ちを慮る余裕などなかったのだ。

（付記）飛鷹節（訳）『決定版カフカ全集3』（マックス・ブロート編集によるカフカ全集に基づく）を参考に挙げておきたい。網掛け部分が『批判版カフカ全集』（池内紀訳はこの版に基づく）には欠落していることに留意したい。恐らく、編者による付け加えがあったのであろう。このエッセイを書くに当たって、飛鷹訳も参照した。

むかし忍耐遊びというのがあった。安い簡単な遊具をつかってやる遊びだった。その遊具は、懐中時計よりやや大きく、あっと驚くような仕掛けはなにもなかった。赤茶色の塗料のかかった板の盤面に、数本の青い迷路が彫りこまれ、いずれも最後には一筋の小さな溝にゆきつくようになっている。遊び方は、やはり青色の球を、盤を傾けたり振ったりして、まず道のどれかに入れ、それから溝まで移動させる。球が溝におさまれば競技終了である。あらたに始めようとおもえば、盤を振って、球をふたたび溝から出してこなければならない。盤全体が、つよく湾曲したガラス蓋でおおわれていたから、この忍耐遊びをポケットに入れてもち運ぶことができ、どんなところででも取出して遊べた。

球は、暇なときは、たいてい両手を背中で組みあわせて、台地を往ったり来たりしていた。道をことさら避けたのである。競技中は迷路でさんざん苦労させられるのだし、せめて休憩時くらいは、広びろとした平野で休養する権利が充分あるはずだ、とでもいいたいふうであった。球は、習性のかなしさからか、ときおりガラスの蒼穹を見上げたが、とりたてて何を眺めようというのでもなかった。そうして、大きな軌跡をえがきながら闊歩し、狭苦しい道などわたしの性にあわないとうそぶいていた。これは部分的には正しかった。実際のところ、道はなかなか球を捕捉できなかったからである。しかし一方では、これは正しくないともいえた。事実としては、球は道幅に入念にあわせて作られていたからである。もっとも、それなら道が球にとって快適であったかといえば、そんな筈はあるわけがなかった。でなければ、そもそも忍耐遊びがなりたたなかっただろう。

（飛鷹節（訳）『決定版カフカ全集3　田舎の婚礼準備、父への手紙』新潮社、一九八一年、二九九〜三〇〇頁、網掛けは引用者）

そして何十年という年月が経ち、子育てが終わり、親の介護が終わり、アッと気がついたとき、「自分という人間は何のために生きてきたのだろうか」と妻は考え込んでしまう。外からの力に応じて動き回った末、自分というものが、すっかりなくなってしまった・・・。この辺で、ひと息ついてもよいのではないか。そうよ、ひと息つく権利はあるはずだわ。それも狭いところに押し込められるのではなく、広々としたところで手足を伸ばし、ゆっくりしてみたい・・・。ソファーに横たわった瞬間、粗大ゴミ／濡れ落ち葉（夫）の声がした。

「あれ、もう三時だね（お〜い、お茶！）」

（付記）芭蕉とカフカ〜第二部冒頭の記述を承けて

芭蕉とカフカを並列して論じることは無謀であると重々承知のうえで、両者には文学技法上の共通点があるのではないかという感想を記しておきたい。再度断っておくが、俳句初心者であるため勘違いがあると思う。

その共通点とは、「脇に身を置いて眺める」という技法だ。芭蕉の場合は切字を使うことによって、現実の向こうに別の世界――一七文字の宇宙――を見る（長谷川櫂『古池に蛙は飛びこんだか』二五六頁）。一方、カフカの場合は「移り目」となる表現を使って、一方の世界（現実／日常）から他方の世界（非現実／非日常）への移り変わりを瞬時に行なう（例えば第一部で取り上げた「商人」参照）。

両者とも虚構としての言葉を巧みに使うことによって、現実世界の人や物に潜む真の姿を炙り出す。その際、思いがけない異質なモノ（者・物）を取り合わせたり、視点の切り替えで一人の人間や一つの物に潜む多様な属性を描出したりして、読者に語りかける。一見、定型詩あるいは小説という文学形式をとりながら、語り手が聴き手／読み手に大きな影響を及ぼす。聴き手／読み手としては、語り手の言うことが真実なのか否か、判然としないこともある。

それぞれについて一つだけ例を挙げよう。芭蕉の場合、『おくの細道』「市振の章」で、遊女が泊まり合わせて寝ていると詠まれた句の場合を考えてみたい。

一つ家《や》に遊女も寝たり萩と月

遊女が泊まり合わせたことは虚構であって、芭蕉による「構成上の手ぎわ」「物語的幻想・脚色」であるという解釈がある（松尾芭蕉（著）穎原《えばら》退蔵／尾形仂（訳注）『新版　おくのほそ道　現代語訳・曾良随行日記付き』角川ソフィア文庫、二〇〇三年、一三二～一三三頁）。

カフカの物語（Erzählungen）についても、聴き手／読み手は語り手・主人公・作者自身の言うことをそのまま信じてはいけない。例えば『失踪者／アメリカ』の冒頭部分で、語り手は自由の女神像が剣を握りしめていると描写している。実際には剣ではなく松明《たいまつ》を持っているわけだから、カフカは物語の語り手にわざと虚偽の情報を流させていることになる。そうすることによって、語り手は主人公の少年をからかうだけでなく、読者を情報操作しながら物語を進めていることになる（詳しくは粉川哲夫『カフカと情報化社会』未來社、一九九〇年、四二～四六頁を参照）。

「脇に身を置いて眺める」以外にも、芭蕉とカフカの文学技法上の共通点はあるかもしれない。例えば、本書第一部で着目した「現実と非現実の境を行き交う」も候補として挙げることもできよう。さらに、「異種の者・物を取り入れる」や「古典を自らの創作の礎にする」（本歌取り）といった技法も共通点として考えられるかもしれない。しかし本書では、これ以上の深追いはしないことにする。

（3）「もどり道」——心の影は消えてくれない

『観察』（一九一二年刊行）の中に、「もどり道（Der Nachhauseweg）」と題された小品がある。「もどり道」は文字通り小篇集の中ほど（九番目）に配されている。池内紀訳で読んでみたい。

「もどり道」

夕立のあとの空気には、説得力といったものがあるものだ！　わが数々の成果が浮かんできて、我ながら圧倒されてしまうほどだ。それもまた、やむをえないしだいと思う。

わたしはさっそうと歩いていく。わが足の運びは、通りのこちら側、またこの通りの、この界隈の歩調というものだ。だからしておのずと責任がある、ドアやテーブルをたたくすべての音に、すべての乾杯の挨拶に。ベッドのなか、建築中の足場のかげ、暗い通りの家の壁にくっついたのや、娼家の寝椅子の上の恋人たちに責任がある。

過去と未来を秤にかけてみても、どちらも上々のものであって、どちらがどうとは言えず、こんなに恵まれていていいものかと、むしろそのことに難癖をつけたくなるほどだ。

ただ自分の部屋に入るときは、心に少し影が走る。階段を上がっているときに、もの思いの種を見つけたというのではない。窓を思いきり開けてみても、どこかの庭から音楽がまだ聞こえていても、心の影は消えてくれない。

（池内紀（訳）「もどり道」『カフカ小説全集4　変身ほか』白水社、二二三〜二二四頁）

書き出しで「夕立のあとの空気には、説得力といったものがあるものだ！」と威勢よく言い放つ。その際、虚仮威《こけおど》しのようにÜberzeugungskraft（「説得力」）という長い単語が使われているので、どんなふうに展開していくのだろうと読者は引き込まれてしまう。あに図らんや、「わたし」は、自らの過去を得意げに語り出す。そして、雷雨が通り過ぎたことで爽やかになった大気を吸いながら、颯爽と家路につく。ほんの少しの天気の変化であるにもかかわらず、「わたし」は気が大きくなってしまう。自分の能力を過大評価し、自己陶酔に陥ってしまったのだ。

通りを歩いていると、次第に高揚感が増してくる。目に入ってくる物や者、耳に届く音や声の一つひとつが自分と無関係だとは感じられない。いや、むしろ何もかもが自分の責任の下にあるような気がしてきた。「ドアやテーブルをたたくすべての音に、すべての乾杯の挨拶」に責任を感じるくらいならよい。あろうことか、「さまざまな恋人たち」にまで責任を感じているではないか！　カフカのユーモアがジンワリと読者に伝わってくる。この著者は超スローカーブのような球でユーモアを伝える人だ。そんなことが分かる一例かもしれない。

吉田訳が「さまざまなカップル」の姿を分かりやすく描写しているので、以下に記しておきたい。

わたしには責任をとる権利がある、――ドアやテーブルを叩くすべての音に対して、すべての乾杯の辞に対して――ベッドのなかの、新築現場の足場のかげの、壁に身を押しつけている暗い横町の、娼家のトルコ式長椅子の上の――さまざまなカップルに対して。

（吉田仙太郎（訳）「帰り道」『カフカ自撰小品集』グーテンベルク21、二〇一〇年）

（付記）『日記』（一九一一年一〇月九日）には、カフカが長い家並みのなかを通り抜けた際、娼家の内部が目に入ってきたというくだりがある。

（付記）ライナー・シュタッハ（著）本田勝也（訳）『この人、カフカ？――ひとりの作家の99の素顔』（白水社、二〇一七年）にも、カフカの娼館訪問に関する記述がある（七三〜七八頁）。

さらに「わたし」は歩きながら考える。今までのこと、そして、これから起こるだろうこと一切合財が順風満帆と形容できそうだ。神さま、私ばかりにこんな良い思いをさせてくれてよいのでしょうか――。「わたし」の誇大妄想は膨れ上がるばかりだ。挙句の果て、「こんなに恵まれていていいものかと、むしろそのことに難癖をつけたくなるほどだ」と嘆いているではないか。この箇所も読んでいて思わずプッと吹き出してしまう。原文には die Ungerechtigkeit der Vorsehung（「神の摂理／神意」の「不公平／不正／不当」）という大袈裟な表現が使われているからだ。原文に忠実な円子訳では以下のようになっている。

ぼくはただ、かくもぼくを寵遇する摂理の不公正を非難するばかりである。

（円子修平（訳）「帰路」『決定版カフカ全集1　変身、流刑地にて』新潮社、二六頁）

ところが・・・である。階段を上り、わが家に着いた途端、「わたし」は滅入ってしまうのだ。どうしたことだろう・・・。「よし、空気を入れ換えれば、先ほどの帰り道で得られた高揚感が味わえるかもしれない」と思い立ち、窓を開けてみる。「だめだ、それでも何かが心に覆い被さっている」。開け放たれた窓からは、どこかの庭の音楽が聞こえてくるのだが、あまり慰めにならない――「心の影は消えてくれない（池内訳）」（原文は Es hilft mir nicht viel, daß …「私にとって、それほど役に立つものではない」）。

「もどり道／帰り道／帰路」という小篇で、二四歳の若きカフカ（「わたし」）は自らの心模様がかくもいい加減にコロコロ変わってしまうことを文章に書き留めている。人の心の変化だけではない。通りを歩いている時に聞こえてくる「乾杯の前に発せられる挨拶」であろうと、建築現場の足場のかげで睦み合う恋人たちの姿であろうと、カフカは丹念に書き留める。

ところが、一つひとつのモノ（物・者）の姿は、アッという間に遠ざかり、人の立てる音や声は、次の瞬間には消え去っていく――。それは、あたかも映画のワン・シーン（一場面）のようだ。「もどり道」の読者は映画の主人公になったように、人や物の姿を一瞬見かけたと思うと、次の瞬間には見失う。音や声を一瞬耳にしたかと思うと、空耳だったかのように次の瞬間には聞こえなくなっている。意気揚々と歩き去る「わたし」の一歩一歩に伴って、映像も音声も一瞬のうちに移ろっていく。ひとコマひとコマの映像や音声は静止せずに絶えず流れていく。まさに、シークエンス（一続きの場面）だ。

その移ろいゆくモノの一つひとつ――停止画像の一コマ一コマ――を若きカフカは文章で繋ごうとする。痛ましいほど必死な書き手の姿が「様々な恋人たち」の描写から炙《あぶ》り出されてくるではないか。もっともカフカ自身は書きながらニヤッとしていただろうが・・・。「暗い通りの家の壁にくっついたの」（池内訳）／「壁に身を押しつけている暗い横町の」（吉田訳）というところは、まさに「暗がりの壁ドン」のことかもしれないから。

わずかな気象現象の変化でさえ、人の心に浮き沈みを生じさせる。雷雨の後の帰り道で味わった高揚感は、帰宅した途端、木っ端微塵に吹き飛んでしまったではないか。自らの心も含めて、この世界にある何もかもが揺れ動いているのではないか。不動のモノ（物・者）などないのではないか。「もどり道」

の末尾で「わたし」が発する「心の影は消えてくれない」という呟きは、様々なモノ（物・者）やココロに対する「観察」を通して当時のカフカが掴《つか》んだ漠然とした手応えのようなものではないのか――。その不確かな手応えこそが、小篇集『観察』の核心であり、カフカにとって「書くこと」における出発点になったのではないのだろうか。

もちろんカフカにとって、その手応えは確かなものではなかったはずだ。マックス・ブロート宛の手紙（一九一二年七月／八月七日?）でカフカは以下のように『観察』の出版についての悩みを訴えている。

僕の親愛なるマックス！　ながらく苦しんだあげく、中止することにする。まだ残っている小品たちを仕上げることは、僕にはできないし、まず近々にもできそうにない。いまはやれないが、調子によってはいつかきっとやれるだろうからというので、君は僕に本当に――どういう根拠があるのか、冗談じゃない――まるまる正気でまずいものを印刷に出すようにと、すすめるつもりなのか?

（吉田仙太郎（訳）『決定版カフカ全集9　手紙 1902-1924』新潮社、一〇七頁）

実のところ、カフカは初めての小品集出版を前に嬉しくて嬉しくて堪らないのだ！　同時に、心配で心配で堪らない。十数篇の小品がバラバラな状態であって、全体を繋ぐ糸が見つからないのだ。この手紙の後半でカフカは、「まずいものを最終的にまずいままにしておくことは、死の床においてしか許されない」とまで書いている。
ところが、初めての小品集出版を放棄したと思いきや、しばらくしてから親友あてに次のような手紙（一九一二年八月一四日）を出している。まさに「もどり道」の「わたし」のようではないか。

おはよう！　親愛なるマックス、僕は昨日、小品集の順序をつけるときに、あのお嬢さん（訳註：前日ブロート家で会ったばかりの、フェリーツェ・バウアー）の影響下にあった。なにか馬鹿げたことが、あからさまではないかもしれないが滑稽な配列が、そのために生じているということも大いに考えられる。どうか、君のほうでも調べてみてくれたまえ、そして僕が君に捧げるべきまことに大いなる感謝のなかに、このことへの感謝をも込めさせてくれたまえ。

君のフランツ
（『手紙』一一〇頁）

この急転直下の経緯を明星聖子が詳述している（明星聖子『カフカらしくないカフカ』慶應義塾大学出版会、二〇一四年、一四一～一四六頁）。八月一四日付の手紙を書く数日前、カフカは苦闘の末、一篇の小品を仕上げたのだという。それは「詐欺師の正体を暴く（Entlarvung eines Bauernfängers）」であり、小品群を繋ぐ糸に当たる。明星氏によると、人と人とのコミュニケーションにおける虚偽・詐欺・虚飾・懐疑の「観察」を形象化したものが小品集『観察』であり、一見バラバラに見える断片的小篇群を繋ぎ合わせる一篇が「詐欺師の正体を暴く」なのだという。最後に仕上がった小品の中で描かれている「詐欺」とは、「人と人とのコミュニケーションの微妙な綾であり、ちょっとした言葉や仕草の取り交わし、それこそ人づきあいの『曖昧な意思表示』の〈交通〉」（一四三頁）であり、「詐欺師」とは、「もはや人間なのか何なのかも定かではない。それこそ、言葉であったり、身ぶりであったり、記号であったり、イメージであったり、すなわち、〈意味〉のレベルでいえば、それらは〈挨拶〉であったり、〈おためごかし〉であったり、〈親切〉や〈嘘〉や〈おべんちゃら〉であったりする可能性がある」（一四四頁）というのだ。

重要なことは、この小品に出てくる「男」だけが詐欺師であるわけでなく、語り手の「私」も詐欺師である。さらに言えば、著者であるカフカこそが詐欺師なのだと明星氏は述べている。それほどまでに、人と人とのコミュニケーションは不可能なものである。絶望的に不可能だと言ってもよい。それにもかかわらず、あるいは、それだからこそ、カフカは小品集の出版を通して、この気づきを世に訴える気になったのであろう。

なぜカフカは、人と人とのコミュニケーションが「絶望的に不可能だ」と考えたのか。言葉による詐欺を見破ることが難しいと言っているのではあるまい。おそらく、言葉そのものに内在する虚構的要素——両義性・多義性——に気づくことによって、意思疎通の難しさが身に沁みたのではないだろうか。

後年、恋人のミレナ・ポラックに宛てた手紙（一九二二年三月末）の中で、カフカは「手紙に潜む騙しの要素」について以下のように記している。

人間に騙《だま》されたことは数えるほどもありませんが、手紙にはいつも騙されてきました。他人の手紙だけではなくて、自分の手紙にもです。［・・・］手紙というものは、幽霊と交信するようなものです。宛先の人の幽霊だけでなく、自分自身の幽霊とも交信するはめになるのです。手紙を書いているると、書いているその手の下で幽霊が生まれ、育ちます。

（フランツ・カフカ（著）川島隆（訳）「書簡選（ミレナへの手紙）」多和田葉子（編）『ポケットマスターピース01 カフカ』集英社文庫、二〇一五年、七二七頁）

（付記）粉川哲夫は『カフカと情報化社会』（未來社、一九九〇年）の中で、「言葉をずらす、重ねる、嘘をつく、欺すという言語形式がカフカの小説の基本形態である」（一三頁）と述べている。そのうえで、「構造的な情報操作」という表現を用いて、未完の小説『審判／訴訟』が現代の情報化社会を先取りしていると論じている。

（付記）池田浩士／好村冨士彦／小岸昭／野村修／三原弟平『カフカ解読——徹底討議「カフカ」シンポジウム』（駸々堂、一九八二年、二二五〜二七九頁）では、カフカの小説に見られる「読者操作の機能」について興味深い討議が行われている。

（付記）手紙・葉書・電報・電話の攻勢による遠隔操作／情報操作を確認するため、『フェリーツェへの手紙』を読み直してみた。カフカが様々な言葉を駆使して女性を操縦していることに気づき、私は驚いてしまった。その一部を以下に記しておく（順不同）。督促、懐柔、甘言、懇願、説得、勧誘、譲歩、感謝、応援、激励、鼓舞、賞賛、慰撫、共感、同情、弁解、釈明、反論、批判、叱責、謝絶、拒絶、脅迫、無視、罵倒、支配、詐欺などの意図がカフカの言葉に読み取れるのだ。

（フランツ・カフカ（著）城山良彦（訳）マックス・ブロート（編）『決定版カフカ全集10&11　フェリーツェへの手紙（I）&（II）』新潮社、一九八一年）

（付記）このエッセイの推敲をしている二〇二二年の春は、ロシア軍のウクライナ侵攻がマスメディアを通じて私たちの耳目をさらった時期である。その中でフェイク・ニュースの不気味な怖ろしさに私は震え上がってしまった。「この爆撃・殺戮はロシア軍の仕業だ」、「いや、それはウクライナ軍の自作自演だ」と双方が情報合戦を繰り広げる。しかし、一つ一つの真相が明らかにされないまま、死者数・負傷者数だけが増えていく。人と人とのコミュニケーションだけでなく、国と国とのコミュニケーションに言葉が大きく関わっている実態を思い知らされている。人であれ国であれ、そもそもコミュニケーションなどというものは不可能なのではないかと絶望的な気持ちになってしまう。

さて、ブロート宛の手紙を出した前日（一九一二年八月一三日）に起きたことを記しておこう。この日、一八篇の小品をどのように配列したらよいか相談しにカフカはブロート家を訪ねた。その折、若い女性――のちに婚約者となる――に出くわす。そういえば、雷雨に襲われたように、カフカは「手のひら返し」をしているではないか。小品集刊行に向けてのスイッチが急に入ったのだ。この手紙に付けられた追伸を読めば、事の次第が明らかになる。

> いまごろになってコピーを読んで気がついたのだが、やはりちょっとしたミスがかなりある。それに句読点だ。しかし、校正には実際まだ時間があるはずだ。ただこれだけ、子供たちの話（訳注：『国道の子供たち』）のなかの「顔が見たいや」は消して、四語まえにある「本当に」のあとに疑問符をつけてくれたまえ。
>
> （『手紙』一一〇頁、傍点は引用者）

「もどり道」を含めた『観察』が出版の軌道に乗った瞬間である。カフカは同日の日付で出版社に以下の手紙を送っている。

ローヴォルト様　謹啓

御覧になりたいということでした小さな散文を、ここにお目にかけます、これだけでも小さな本にはなるでしょう。こうした目的のために構成を考えながら、私はときおり、私の責任感を満足させるか、それとも貴社の美しい本にまじって自分も一冊の本を持ちたいという欲望をとるかに迷っておりました。必ずしもきっぱりと決心がついたわけではありません。しかしいまとなっては、これらのものが、印刷をしてやろうというほどにでもお気に召しさえすれば、むろん幸いに存じます。結局のところ、どれほどの熟練とどれほどの理解力をもってしても、これらのものの弱点を一目で見てとることはできないでしょう。世上に流布されている作家の個性というものは、それぞれがまったく独自のやり方で、その弱点を隠蔽するというところにあるのですから。

ドクトル・フランツ・カフカ　敬白

原稿は、別便の郵便小包にて送ります。

（『手紙』一一〇頁）

手応えはあるのだが確実ではない——。ふらふらするカフカを無言のうちに説得し背中を押したのは「雷雨のあとの空気」ではなく、「あのお嬢さんとの出会い」だったのかもしれない。一九一二年の年内出版に向けて、カフカは校正の筆を揮ったに違いない。

容易に掴みきれないモノやココロを追求し、自らの「観察」で客観的に把握しようと努める。その際、作者としての「私」を文章から極力排することによって、一人称の「わたし／ぼく」のことを書いていても第三者から見た一人称にする。換言するならば、「ドローンによる撮影のように、主人公に寄りそって――付かず離れず――ほぼ真上から撮影対象に迫る」ということであろうか。あたかも「わたし／ぼく」が見ているようでいて、実際には一歩引いたところから眺めると言い換えてもよいかもしれない。

そのような観察および表現方法をとることによって、揺れ動くモノ（物・者）やココロを多層的に描くことが可能になるだけでなく、読者に対しても真実を伝えることができるのではないか――若きカフカの手応えは、ここにあったのであろう。

この萌芽――漠然とした手応え――こそが、数年後の『判決』に結実していったものと思われる。この物語を一晩のうちに書き終えたカフカの高揚感が伝わってくる日記の一節（一九一二年九月二三日）に注目したい。

この『判決』という物語を、ぼくは二二日から二三日にかけての夜、晩の十時から朝の六時にかけて一気に書いた。坐りっ放しでこわばってしまった足は、机の下から引き出すこともできないほどだった。物語をぼくの前に展開させていくことの恐るべき苦労と喜び。まるで水のなかを前進するような感じだった。[・・・] 自分は小説を書くときには、恥ずかしいほど低い段階の執筆態度をとっているという、ぼくのこれまでの確信が、ここに確証された。ただこういうふうにしてしか、つまりただこのような状態でしか、すなわち、肉体と魂とがこういうふうに完全に解放されるのでなければ、ぼくは書くことはできないのだ。

（谷口茂（訳）『決定版カフカ全集7　日記』新潮社、二一二頁、傍点は原著者?）

「坐りっ放しでこわばってしまった足は、机の下から引き出すこともできないほどだった」というのが肉体的な解放感であるとすれば、魂が「完全に解放される（vollständige Öffnung）」とは、どのような意味合いなのであろうか。先ほどの喩えで言えば、ドローンに装着されたカメラが「わたし／ぼく」の眼の代わりをしてくれていて、知らず知らずのうちに区別がつかない状態になっていることではないか。そのように「物語をぼくの前に展開させていく」ことこそが「完全な解放」の意味するところなのではないかと私は思う。

（付記）三谷研爾は「物語と幻想性――『観察』から『判決』へ」の中で、カフカにとって「書くこと」が「物語ること」に移行したと指摘したうえで、「観察するものとされるもの、表現するものとされるものが未分化な状態に身をさらす。［・・・］ペン先から迸る言葉の働きを解放することが、同時にそのまま対象をとらえることにもなるという、アクロバット的な行為への挺身にほかならない」と述べている（三谷研爾『境界としてのテクスト――カフカ・物語・言説』鳥影社、二〇一四年、七二頁）。

カフカは後年、『観察』の小篇群に否定的な態度を示していたようである（例えば、羽田功「『観察』におけるカフカの視点の問題」『ドイツ文学』64巻（一九八〇年）、五三～六二頁を参照）。逆に考えると、『観察』の段階で到達できなかった「解放感」が、『判決』において獲得できたとカフカには思えたのであろう。だからこそ、「ただこういうふうにしてしか」（傍点部分）という表現を強調しているのではないだろうか。

（付記）校正の段階で『批判版カフカ全集』の『日記』を確認してみると、傍点部（Nur(……) nur in einem solchen Zusammenhang）はイタリックにもなっていないし、強調のための下線も付されていない。おそらく、編者マックス・ブロートの「加工」が施されたのかもしれない。

Nur so kann geschrieben werden, nur in einem solchen Zusammenhang, mit solcher vollständigen Öffnung des Leibes und der Seele.

（Franz Kafka, *Tagebücher*. Hrsg. von Hans-Gerd Koch, Michael Müller und Malcolm Pasley, Fischer Verlag, 1990, S. 461）

（付記）マルコム・パスリィはカフカの書き方（文学的創作方法）について、「書きながらしだいに物語をつくって行く」という点に注目して、以下のように述べている。

彼［カフカ］は『判決』によってはじめて［・・・］着想と叙述の全的な合体、作品とテクストの同時的な成立に成功したのであった。［・・・］「開かれたもの、先入観のないもの」、いずこへ行くか＝を知らないこと、物語によって＝運ばれて行くがままにすること――これはおそらくマックス・ブロートによって伝えられた言葉のなかにもっとも明確に表現されている、「人は、作中人物たちがどのように発展するかを知ることなしに、暗いトンネルのなかでのように書かねばならない。」

（マルコム・パスリィ（著）円子修平（訳）「書くという行為と書かれたもの――カフカのテクスト成立の問題に寄せて」クロード・ダヴィッド（編）『カフカ＝コロキウム』法政大学出版局、一九八四年、五～二七頁）

以上の点を踏まえて、『観察』の前半に配された小篇群を円子訳で読み直してみた。概括を以下に記しておきたい。

1　国道の子供たち

牧歌的な村の生活を振り払うようにして、「ぼく」は「眠らない人たちの住む都会」を目指す。『観察』冒頭の小篇は否応なく読者を「不安の溢れた都会」に引きずり込む。

2　詐欺師を見破る

都会に住み始めて数カ月たった頃、「ぼく」は知人の微笑の中に詐欺師の顔を見いだす。「この男はペテン師だ」と直観的に悟ったのだ。その知人の持つ執拗さを通じて、虚飾に満ちた都会の怖さだけでなく、人と人との間のコミュニケーションに潜む虚偽性が「ぼく」を不安にさせる。そして、都会の色に染まっていく中で「詐欺師」の特性が自分の中にも潜んでいることに気づく。言葉を使うこと、あるいは何らかの仕草をすること、それだけでも詐欺行為になり得るのだ。

(付記) このエッセイの推敲をしている二〇二二年の六月、周りを見回すと「詐欺」という言葉が異様なほど目に付く。新聞や雑誌の見出しから「特殊詐欺」の例を拾い上げてみたい――「コロナ持続化給付金詐欺」「振り込め詐欺」「なりすまし詐欺」「ニセ電話詐欺」「オレオレ詐欺」「ワンクリック詐欺」「電気計算機使用詐欺」「架空請求詐欺」「預貯金詐欺」「未公開株詐欺」「還付金詐欺」「金融商品詐欺」「融資保証金詐欺」「代金引換郵便詐欺」「キャッシュカード詐欺」「モバイルプランナー詐欺」「ギャンブル詐欺」「点検商法詐欺」「交際あっせん詐欺」「結婚詐欺」「国際ロマンス詐欺」等々。

問題にすべきは「特殊詐欺」という呼称である。言外の前提として、こうした詐欺以外にも「普通の小さな詐欺」が蔓延しているということであろう。特殊であろうと一般であろうと、いずれの場合にも詐欺の背後に何らかの形で言葉が関与しているはずだ。気づくのが遅すぎたが、「詐」は言偏《ごんべん》であった！

3　突然の散歩

寝支度が済んだにもかかわらず、突然不機嫌になり、「外出する」と家族に宣言し路地に飛び出す。突然の散歩で得た解放感——家族の頸木《くびき》から逃れ出たことから得られる自由な心地——に目がくらむ。

（小篇には描かれてはいないが、自由の代償としての不安が忍び込んできそうな予感）

4　決意

惨めな状態にいる「ぼく」は、そこから抜け出そうと様々な工夫を凝らす。とりわけ人間関係が引き起こす感情的なゴタゴタから抜け出そうと努める。しかし、すぐ元の状態にもどってしまう。この繰り返しをどのように解決したらよいかと悩む「ぼく」。無駄な抵抗をせず、おのれだけの世界に閉じ込もろうとする。それでも再び惨めな状態に舞い戻ることになる。そのような状態にいるときは決まって「小指でそっと眉毛を撫でる」のだ。

5　山への遠足

「ぼく」は誰にも悪いことをしなかったのに、そして、誰も「ぼく」に悪いことをしなかったのに、誰も「ぼく」を助けようとしない。でも、ニーマント（訳注：誰でもない者・亡霊）と一緒に山へ遠足に行くことは愉しそうだと「ぼく」は独り合点する。

6　独身者の不幸

いつまでも独身者でいるのはつらいことらしいが、気がついてみれば、いつの間にか「ぼく」自身がそうした独身者になっているかもしれない——こう考えて、「ぼく」は額をピシャリと叩く。

7　商人

仕事を終え、目の前に突然、自分だけのための時間が現れる。アパートに向かうエレベーターの中、独りぼっちになった「ぼく」に「書くための翼をもった女神」が降りてくる。そして、ほんの十数秒の間に「ぼく」の想像力を掻き立てる。ところが、エレベーターを下りると、「女中」が戸を開け、非日常の世界は跡形もなく消え去ってしまう。

8　ぼんやりと外をながめる

窓辺から下の路上を眺める「ぼく」。朝の空は灰色だったはずなのに、ふと眼に入った小さな女の子の顔に夕陽が射しているではないか。その直後、後ろから急ぎ足でやって来た男の影で女の子の顔が曇る。男が通り過ぎたあと、女の子の顔はまた明るく輝いている。一瞬の明暗。

9　もどり道

（概括は省略）

（円子修平（訳）『観察』一七～二六頁）

物の姿形や人の心を描こうとしても、対象となるモノ（物・者）やココロはサーッと逃げ出してしまう。さらに追いかけて行って、別の視点・新しい観点からモノを捉えれば、真実が浮き彫りにできるのではないか・・・。『観察』に収録された各々の小篇を特徴づけているのは、モノ（物・者）の絶えざる揺らぎ、とりわけ、人の心の揺らぎであろう。それは影と名づけてもよいし、不安と名づけてもよい。おそらく、その点についてカフカには不確かながら手応えがあったのであろう。しかし、「揺らぎ」という真実を掴もうとすればするほど、その真実はスルリと自分の手から逃げ出してしまうのだ。一瞬たりとも止まってくれない真実を描写するには、どのような書き方をしたらよいのか。人と人との間のコミュニケーションという掴みどころのない綾をどのように表現したらよいのか。そもそも言葉で真実を伝えることができるのだろうか――。その格闘の中で生まれてきたのが、カフカの『観察』という小篇集であるのかもしれない。

（付記）野口広明は『観察』を読む際、「二〇世紀初頭のヨーロッパ文化圏に認められた言語批判的な意義の共有を等閑視してはならない」と指摘したうえ、「作品内容あるいは言語の意味というものが本来、私たちの生の構成要素であるとするなら、意味の外に現出する無もまた、私たちの生にとっての何らかの意味での構成要素なのである。意味の外部としての無を現出させ、無に「市民権」を与えることが、カフカにおいて文学的な意図として表明されている」と論じている（野口広明「『観察』――無との出会い」立花健吾・佐々木博康（編）『カフカ初期作品論集』同学社、二〇〇八年、六五～九五頁）。

執筆最中の二〇二一年二月二日、新型コロナウイルス感染症に関わる二回目の非常事態宣言が延期された。ある新聞の朝刊一面には「緊急事態3月7日まで延長」という見出しが躍っている。「もどり道」の末尾で「わたし」が発した「心の影は消えてくれない」という呟きは、カフカの死後、百年経った現在でも、多くの人々が共感できそうである。考えてみれば、およそ百年前、スペイン風邪が猛威をふるったとき、カフカ自身も第二波で感染し、生死の境をさまよったのだ。コロナ禍の現在、私たちの思いは当時のカフカの思いと根の部分で重なっているかもしれない。

そこで、この朝刊に限定したうえで、「不安、揺らぎ、悩み」をテーマとした記事を読み、箇条書きで紹介してみたい。そうすることによって、カフカが描こうとした不安や揺らぎと私たちの日常生活における心模様の共通点が浮き彫りになってくると思われるからだ。

（社会）

・AYA世代（思春期・若年成人）のがん患者が抱える不安
・社会の中に根強くある「美の基準」に縛られ、自信が持てずに悩む人
・選手時代に「孤独」を味わった――当時のボート界では指導者は男性ばかり、「女子選手は扱いにくい」と言う人もいた
・子どもの路上遊びが騒音――道路族マップに書き込まれた場所に関わる人から不安の声
・臭いをめぐる揉め事――ここ新大久保では、日本人のお年寄りと外国の人たちが隣同士で住んでい

るから

・新型コロナウイルス感染者、東京10万人超す、一カ月半で倍増

・総世帯数の約47％を単身世帯が占める東京で、自宅療養を強いられている人たち——不安と絶望ばかりが募る

・コロナ禍での外出自粛や病院の面会制限で家族や友人と思うように会えない——この不安を誰に話せばいいの？

・症状が悪化して入院が必要なのに、病床不足で入院先が決まらない大勢の人々。この人たちを一時的に受け入れる緊急酸素投与センターの開設

・感染した夫は宿泊療養、妻と子は自宅療養——ところが、保健所からの電話で方針が覆る

（スポーツ）

・冬季国体スキー中止

・新型コロナウイルスは世界のスポーツを止めた——東京五輪・パラリンピックの延期など国際大会のみならず、学生のスポーツ、子どもたちが運動する機会も奪った

（政治）

・深夜の銀座クラブ問題で政治不信

・40年超の高浜原発——再稼働問題で揺れる

（経済）
・希望退職を促す会社——心折れそうになる社員
・消費急落——緊急事態宣言響く。居酒屋66％減、流通・サービス業に打撃
（国際）
・ミャンマー軍がクーデター、「選挙で不正」主張——市民「何起きているか分からぬ」
・北方領土問題「協議は不可能」（メドベージェフ氏）
（文化）
・「陰謀論」拡散、日本でもあった——コレラ流行の明治期、「政府が生き肝を米国に」・・・一揆も。第二次大戦期、「ユダヤ陰謀論」・・・軍人・知識人まで賛同
（オピニオン）
・「ＡＩ婚活」どうなの？　ＡＩで相性の良い相手と結婚しても、それを「相手も自分と同じ考えを持つ」と勘違いすると、違いに対して不寛容に陥る。相手の沈黙が、無関心なのか、思いがいっぱい詰まった沈黙なのか

ある日の朝刊紙上に掲載された記事を抜き出してみて、驚いてしまった。新聞という媒体は、ある意味で読者に悩みや不安の種を植え付ける媒体の一つなのかもしれないが、私たちの生活の中に不安や悩

みの種があるからこそ、このような記事が次から次へと紡がれるのだろう。最後の記事（オピニオン「AI婚活」）に象徴されているように、人と人とのコミュニケーションは往々にして破綻する。その際、ことば（沈黙も含めて）は機能不全となる。思いの丈をことばに託しても、あるいは意図的に沈黙を保っても関係の修復が叶わない時もある。

一世紀前とはいえ、カフカにも私たちと同じような悩みがあったであろう。不安に打ちのめされそうにもなったであろう。恋人、家族、友人、職場の上司・同僚などとのコミュニケーションが思うようにいかず悩んだこともあったであろう。その悩みや不安を小説や日記や手紙に書き留めることによって、カフカは自分というものを保とうとしたのだと私には思える。カフカが今の世に存命であったら、それぞれの事象を取り上げて、どのような文章を書くだろうか——。興味津々である。

「もどり道」の中の「心の影は消えてくれない」という呟きは、『観察』という小篇集だけでなく、カフカの文学を理解する上で一つの鍵であるかもしれない。「不安」について綴ったカフカ自身の言葉を一例として紹介したい。「もどり道」の執筆（一九〇七年頃）から十数年経過後（一九二〇年六月一二日）、カフカはミレナに宛てて長い手紙を書いている。書き出しの部分は以下のようになっている。

こんな手紙の十字砲火はもうやめないとね、ミレナ。頭がおかしくなるよ。自分が何を書いたか分からなくなり、何に返事しているのかも分からなくなる。原因不明の震えが止まらない。あなたのチェコ語はちゃんと読めるよ。笑い声まで聞こえてくる。でも、あなたの手紙の中に鼻先を突っ込み、言葉と笑い声のあいだを掻き分けてゆくと、一つの言葉しか聞こえなくなる。私の本質でもある言葉、「不安」だ。

（川島隆（訳）「書簡選」多和田葉子（編）『ポケットマスターピース01 カフカ』集英社文庫、二〇一五年、七二二頁、傍点は引用者）

最後に、『日記』（一九二二年一月二四日）の一部を記し、カフカの考えの一端を探る一助としたい。この日記が書かれたのは、「もどり道」執筆から一五年後、死の二年半前にあたる。

立場の安定。ぼくは何かの特定の仕方で自己を展開したくはない。ぼくが望むのは他の場所であり、実はあの〈他の星への望み〉なのだ。それのためには自分のすぐそばに立つだけで十分だろう。ぼくが現に立っている場所を、他の場所として見なすことができれば十分だろう。［・・・］

書くことの、奇妙な、謎に満ちた、おそらくは危険で、おそらくはまた救済する慰め。それは殺人者どもの列から飛びだすこと、行為を観察することだ。この行為の観察は、より高度の観察を行なうことであり、より高度のということが大事なのであって、より鋭い観察のことではない。そしてこの観察は高度になるにしたがって、つまりその〈列〉からますます手の届かないところに達するにしたがっていよいよ独立したものとなり、いよいよ固有の法則に従うようになり、いよいよ予測しがたい喜ばしい観察となり、いよいよ自分の道を上昇して行くものとなるのだ。[・・・]
ぼくはいわば「あまりにも暗い影をもつ男」なのだ、とまで言おうとは思わない。しかしこの世でのぼくの影は、事実あまりにも大きいのである。だが〈それにもかかわらず〉この影のなかでさえ、いやまさにそのなかでこそ生きようとする多くの人びとの抵抗力を、ぼくは新たな驚嘆の目をもって眺めるのである。[・・・]
(『日記』四〇二～四〇六頁)

「他の星への望み」は、おそらく本書第二部の冒頭に記した「アルキメデスの点」のことを言い換えているのであろう。しかし、その星は必ずしも「地球外にある一点」でなくともよいとカフカが考えていることに留意したい。「脇に身を置いて眺める」だけでよいというのだ。

（4）「乗客」——ぼくは電車のデッキに立っている

「もどり道」と同時期（一九〇七年頃）に執筆された小品「乗客（Der Fahrgast）」を円子修平訳で読んでみたい。この小篇は『観察』の一一番目に配されている。

「**乗客**」

ぼくは電車のデッキに立っている、そしてこの世界、この市、ぼくの家族におけるぼくの位置に関してどのような確信ももっていない、どのような方向においてであれ正当性をもって主張できるような要求を、ぼくはかりそめにも指摘できないだろう。ぼくがこのデッキに立ち、この吊革につかまり、この電車に乗っていることを、ひとびとが電車を避けること、あるいは静かに歩いていること、あるいはショーウィンドーの前に立ち止っていることを、ぼくはけっして釈明できない。——もっともそんなことをぼくに要求するひとはいないが、しかし、それはそれでまたべつの話だ。

電車が停留所に近づく、若い娘がひとり、降りる用意をして階段のところへ来る、ぼくの目には彼女が、手で触って確かめでもしたように、はっきりと映る。彼女は黒い服を着ている、スカートの襞はほとんど動かない、ブラウスはきっちりと身体に合っていて、目のこまかな白いレースの襟がついている、彼女は左手をたいらに壁におしつけ、右手の傘を上から二番目の階段に突いている。彼女の顔は小麦色で、両側からかるく挟まれたような鼻は先がまるく開いている。栗色の髪は豊かで、右のこめかみのところに短い髪の毛が風に吹かれて乱れている。彼女の小さな耳は撫でつけたようにたいらに付いているが、ぼくには、すぐそばに立っているので、右の耳の裏側全部と付け根のところの影まで見える。

彼女が自分を怪しまないなんて、じっと口を閉じたまま、ぼくが考えているようなことをなにも言わないなんて、どうして起りうるのだろう、と、そのときぼくは自問した。

(円子修平(訳)「乗客」(『観察』)『決定版カフカ全集1 変身、流刑地にて』新潮社、一九八一年、二六～二七頁)

路面電車(チンチン電車)のデッキ(出入台)に立っている「ぼく」。カーブに差しかかるたびに、遠心力で身体が右に左に大きく揺れ動く。ところが、周りのモノ(物・者)は何ごともないかのようだ。そのうえ、目にするモノは、どれ一つとっても釈明できない。路面電車を避ける人びとも、歩道に立ち止まっている人びとも・・・。なぜ自分は吊革につかまっているのだ。そもそも、なぜ電車に乗っているのだ。自分の前に立っている少女は、次の停留所で降りるようだが、階段のところで平然としている。「ぼく」と同じように揺れ動いても不思議でないのだが、なぜだろう。自分がおかしいのか、周りの人や物がおかしいのか――。

学生時代、都電荒川線（現在の愛称は東京さくらトラム）で通学していたこともあって、この小篇の描く世界は体感的によく分かる。しかし、どことなく判然としないものがある。『観察』（全一八篇）の中ほど一一番目に配された一篇であることを手がかりに考えてみたい。そこで、小篇集の分岐点ともいうべき「もどり道」にまで引き返してみよう。

カフカは「もどり道」（『観察』の九番目）という小品で、周りのモノ（物・者）だけでなく「ぼく」のココロまでもが慌ただしく変化する様子を描いた。「ぼく」は夕立のあとの「説得力」ある空気で気分が高まり、意気揚々と帰路に着いたものの、帰宅した瞬間、滅入ってしまう。最後のパラグラフを記しておきたい（この小篇については、「もどり道――心の影は消えてくれない」の項〔第二部の（3）〕を参照）。

ただ自分の部屋に入るときは、心に少し影が走る。階段を上がっているときに、もの思いの種を見つけたというのではない。窓を思いきり開けてみても、どこかの庭から音楽がまだ聞こえていても、心の影は消えてくれない。

（池内紀（訳）「もどり道」『カフカ小説全集4　変身ほか』白水社、二〇〇一年、二二三～二二四頁）

「もどり道」の直後に配した「走り過ぎて行くひとびと」（一〇番目の小品）でも、満月を背にして走って来る――そして、話し手である「ぼく」の前をアッという間に走り過ぎていく――男たちの姿を描いた。この男たちは、ふざけて追跡ごっこをしているのかもしれないし、第三の男を追っているのかもしれない。あるいは、第二の男は人殺し？　夢遊病者？　あるいは、ふたりとも、それぞれ勝手に自分のベッドをめざして走っているだけ？

話し手の「ぼく」が、男たちの定まらぬ様子を想像しながら描写している。読者は臨場感溢れるシーンに息をのむ。――と思いきや、著者カフカは末尾のパラグラフでどんでん返しをするのだ（この小篇については、「走り過ぎていく者たち」の項［前著一四三頁］を参照）。

そして最後に、ぼくたちは疲れていてはいけないのだろうか、ぼくたちはずいぶんたくさんワインを飲んだのではなかったろうか？　第二の男ももう見えなくなったので、ぼくたちはほっとする。

（円子修平（訳）「走り過ぎて行くひとびと」（『観察』）『決定版カフカ全集1　変身、流刑地にて』新潮社、一九八一年、二六頁）

「ワインを飲み過ぎていたかもしれないから、男たちのことについてはよく分からない」――まるで「ナンチャッテおじさん」のようである。

「もどり道」(九番目)には、雷雨という気象現象で心を揺さぶられた「ぼく」がいた。そして、「走り過ぎるひとびと」(一〇番目)では、走り過ぎて行く男たちだけでなく、「ワインを飲み過ぎた(話し手の)ぼくたち」も揺れ動いているという。さらに、小篇集の一一番目に配された「乗客」では、「ぼく」の身体そのものが揺れ動いているのに、周りのモノ(物・者)は何事もないかのように平然としているというのだ。眼前にいる若い娘の落ち着き払った姿を見るがよい。なんて自信に満ち溢れているのか・・・。自らの基準のなさ――自らの揺らぎ――に驚くより、周囲の人たちの平然としている姿に驚く「ぼく」。

待てよ、これは自分が変なのではなくて、周りの世界がおかしいのではないのか。揺れ動く自分こそが真実の世界にいる確かな存在であって、平然としているモノ(物・者)は偽りの世界にいるまやかしの存在なのではないか――。いや待てよ、周りだけでなく、揺れ動く自分自身も偽りの世界にいるのかもしれない。自分自身も周りのモノも常に揺れ動いていて、両者がそれぞれの置かれた場所から相手を見る――この視点こそが、若きカフカの着眼点であり、『観察』という短編集の主眼なのであろう。

(付記)明星聖子は「乗客」という小篇について以下のような解釈をしている。

走る路面電車の揺れるデッキは、家族という身近な環境にも、「世界」と表される遠い地平にも、なんら確たる基準点がないことのメタファーである。

（リッチー・ロバートソン（著）明星聖子（訳・解説）『一冊でわかるカフカ』岩波書店、二〇〇八年、三六頁）

視点の切り替えをカフカは読者の気づかないところでこっそり行う。「乗客」の場合、日常的な事柄を描写するにもかかわらず、カフカは法廷で使用されるような語句を意図的に散りばめている。以下の箇所を再読してみよう（使用テクストは、『批判版カフカ全集』の一分冊『生前刊行作品』二七〜二八頁に収録。日本語訳の傍点は引用者）。

どのような方向においてであれ正当性をもって主張できるような要求を、ぼくはかりそめにも指摘できないだろう。

（Auch nicht beiläufig könnte ich angeben, welche Ansprüche ich in irgendeiner Richtung mit Recht vorbringen könnte.）

あるいは、その直後にある「釈明」や、「要求」といった表現にも注意したい。特に、最初のパラグラフの末尾に置かれた文が意味深長である。

――もっともそんなことをぼくに要求するひとはいないが、しかし、それはそれでまたべつの話だ。

（――Niemand verlangt es ja von mir, aber das ist gleichgültig.）

誰一人として「ぼく」に釈明／自己弁護しなさいと要求する（verlangen）者はいないが、それはそれでよしとしよう。「ぼく」は視点の切り替えをしているだけなのだ――。この箇所には、作者の並々ならぬ挑戦心が窺える。ほんの少しだけ視点を替えてみたら、今、目の前で起きている物事の真相が分かってくるのではないかと期待しつつ、カフカは学生時代に学んだ法的枠組みという尺度を持ち出しているのであろう。

もう一つ、カフカが秘かに視点の切り替えをしているところがある。第一パラグラフ・第二パラグラフの時制が現在であるのに対し、第三パラグラフの Ich *fragte* mich damals（あのとき、ぼくは自問した）だけは過去になっている。時間のズレを視点の切り替えとして巧妙に使用している。バレーボールの攻撃方法の一つ「ひとり時間差」のようだ。

（付記）物語などで過去の事柄をあたかも眼前の出来事のように伝える場合、現在時制を使う。このような場合に用いられる現在形を歴史的現在または劇的現在と呼ぶ。「乗客」の第一・第二パラグラフに用いられている現在形が、その好例である。

第一パラグラフの末尾で Niemand *verlangt* es ja von mir, aber das *ist* gleichgültig.（イタリックの動詞）のように現在形を使っているのだが、一定の時の経過後、「ああ、あの時はそう思ったんだ、自問したんだ」（第三パラグラフ）と振り返っている。「ぼく」の内部における（時間的）視点の切り替えということだろうか。つまり、電車の中で自分のこと、自分以外の人々のこと、とりわけ眼前に立つ少女のことを観察した時に、「それはそれでまたべつの話だ／まあどうでもいいことだ」と煎じ詰めずにいたのだが、しばらくしてから、「あのとき、ぼくは自問した」と自分の思いを客観視している。あの時、そのように観察し考えたことに正当性を付与しようとしている。要するに、後付けとしての「釈明」をしていることになる。

第三パラグラフに使われている動詞の過去形（fragte）は、上記のように解釈できるのではあるまいか。あの時、「ぼく」の身体は（ひょっとしたら心も）揺れ動いていた。それなのに、あの少女はピクリともせず、デッキのステップに立っているばかりだった。少女が自身の身体も心も揺れ動いていたと口に出して言わないなんてことは、ありえない！　第二パラグラフ全体を使って、カフカは「ぼく」の眼が観察した少女を克明に描いている。特に、「手で触って確かめでもしたように（als ob ich sie betastet hätte）の箇所でbetasten（「手でさわる、そっと触る」）という動詞を使っている点に留意したい。少女を見つめている十数秒の間に「ぼく」が、この少女に魅了されてしまっていたという仄めかしさえ感じられる。実のところ、少女が「ぼく」の考えたように思っていたのか、「ぼく」のことなぞ眼中になかったのかは推し量れない。恐らく後者だろうと私（松原）は思うのだが・・・。これは、カフカ流のユーモアと考えてもよいかもしれない。しかし重要なことは、「ぼく」の見方と他者の見方がゴチャゴチャに交錯する形で描かれている点であろう。

自分自身の視点と同時に、相手のモノ（物・者）の視点で観たら――観察したら――世界はどう見えてくるか――。この点を踏まえて、『観察』の後半に配された小篇群を円子訳で読み直してみた。概括を以下に記しておきたい。

10　走り過ぎて行くひとびとと
（本エッセイで紹介済み）

11　乗客
（本エッセイで取り上げている小篇。概括は省略）

12　衣服

派手な服装はまやかしであって、いずれヨレヨレになってしまう。そのような服を着た自分の姿にうっとりしている娘たちも偽りの世界の住人かもしれない。しかし、賑やかな催しから夜遅く帰ってきたとき、鏡に映った派手なドレスが――そして自らの姿が――すでにヨレヨレになっていることに彼女たちは気づくのだ。

13　拒絶

美しい娘が「ぼく」の誘いを無言で拒む。その胸の内を探れば――「どこの馬の骨とも言えない男なんぞと付き合う気持はないわ。侯爵様でもなかろうし、体格の良いアメリカ人でもなかろうし・・・」。「ぼく」の側から言わせてもらえれば――「君だって自動車に乗せてもらって大通りを疾走できる身分でもないし、正装の紳士たちを従えて遊んでいるわけでもない。去年の秋に流行った派手な服を着ても、命取りになるかもしれないよ」。娘の胸の内をさらに探れば――「ふたりとも正しいから、このままひとりで家に帰りましょうね」ということ。（「ぼく」も娘も相手が偽りの装いをしていることは承知しているから、それ以上、化けの皮の剝がしあいをしない。その結果、お互いの気持ちを交差することもなく、すれ違ってしまう）

14　アマチュア騎手のための考察

自分が騎手だとしたら一着になりたいなどと思わないだろう。その瞬間から、周りのモノ（物・者）が自分に冷たく当たるだろうからだ。勝者を称える晴れがましい音楽も翌朝には後味の悪いものになる。親友たちは馬券が的中せず落胆する。なぜなら、「ぼく（の馬）」が負けたときのことを慮って、「ぼく」以外に賭けているだろうから。ご婦人たちは、もみくちゃになって自分たちの方に振り向いてくれない勝者の「ぼく」より、毅然と口を結んで歩み去る敗者のほうに気を向けがちだ。さらに悪いことに、レースの後、雨が降り始めることだってある。競馬で優勝することは、よく考えてみると、あまり良いこととは言えない。

15　通りに面した窓

独り寂しく暮らす男が人の温もりを求めて窓の外をぼんやり眺めている。他の人との結びつきを願うこの男が少しばかり頭をそらせたとき、斜め上のほうから馬がやってきて路地にまで引きさらっていく。アッという間に男は巷の喧騒のなかに放り込まれる。馬車に乗り込むと、馬は孤独な窓辺から彼を引き離し、家族や友人のところに連れて行く。まさに瞬間移動。

（付記）ヴァーゲンバッハは「通りに面した窓」を、一時期カフカが足繁く通った娼家の部屋の窓と解している。「急に、しがみついて身を支えられるような、誰のでもいい一本の腕」から判断したようだ（クラウス・ヴァーゲンバッハ（著）中野孝次・高辻知義（訳）『若き日のカフカ』ちくま学芸文庫、一九九五年、二三九〜二四〇頁）。

16　インディアンになりたい願い

インディアンになって荒野を疾走したいと願い、荒馬に飛び乗りはしたものの、気がつくと馬には拍車も手綱もないではないか。暴れまわる馬の上で必死に態勢を整えようとするが、制御不能となる。そんなことにお構いなく、馬は猛スピードで空を斜めに駆けていく。気持ちだけは、インディアンになることを願うのだが・・・

17　木々

雪の中にたたずむ木は、ひと押しで崩れてしまいそうだ。しかし、地下深く根を下ろしているかもしれない。いやいや、それも見かけにすぎない。人間も、人間の社会も同じようなものではないか。何もかも見せかけに過ぎない。

18　不幸であること

眠らない人たちの住む都会に憧れて田舎をあとにした「ぼく」。しかし、そこでの生活の寂しさに耐え切れず、「ぼく」が叫んだとき、目の前に小さな子供の幽霊が現れる。この幽霊と口喧嘩するのだが、実のところ「ぼく」は嬉しくてたまらない。なぜなら、その幽霊は、孤独になることを覚悟で都会に出てきた「ぼく」の待ち望んでいたモノだからだ。幽霊の出現は「書く」ための女神の降臨と言ってもよい。「国道の子供たち」(第一話)から始まった小篇集の『観察』は、「不幸であることが幸福である」という逆説で締めくくられる。

(円子修平(訳)『観察』二一六～二三三頁)

若い頃この小篇集を読んだとき、著者の描く世界ないしは意図が私にはよく分からなかった。もちろん、高校卒業後、初めて独り暮らしを始めた時期であるから、社会や世界との関わり、東京の街のこと、離れて暮らす家族との繋がり、どれをとってもその関係性が掴めず、オロオロしていたという点においては理解できる。しかし、カフカの書いた散文の中に小説のような物語性を見いだそうとしていた私には、よくわからなかったというのが正直な感想である。

今回、『観察』の後半を読んでみて、若きカフカに共感できるところがあった。「乗客」という小品についても、「変な作品だな～」という読後感しか残っていなかったが、熟読して少し分かった気がする。揺れている自分、そして不動に見える周りの者、両者がそれぞれの置かれた場所から相手を見るという視点――。なんと、二四歳のカフカが気づいたことに、七〇歳を超えた読者の私がようやく合点できたのだ。

『観察』という小篇集が分からなかっただけではない。正直のところ、私は自分と他者との関わりが十分よく分からないまま高齢に至ってしまった。換言するならば、相手の立場に立って、相手の視点からモノ・コトを見る余裕がないまま歳月を過ごしてきてしまった。周りの者や外側にある社会の制度と自分自身がどのような関係にあるのか釈明できないまま馬齢を重ねてきたと言えよう。もちろん、折々の状況で相手の心に寄り添おうと努力してきたつもりだが、後から考えると不完全だったとしか言えない。

権威づけられた諸々の仕組みは頑として揺るがないモノであると思っていた。ところが、一見崩れそうにないようなのだが、実は脆いものだということに気づくことがよくあった。その逆のことも往々にしてあった。卑近な例を挙げてみよう。教師と生徒、コーチ／監督とスポーツ選手、男性と女性、医師と患者など、固定観念に阻まれて自分の側からの見方しかできないことが多かったように思える。

執筆時点（二〇二一年二月）において、マスメディアはジェンダー平等にまつわる案件で大騒ぎしている。東京オリンピック・パラリンピック組織委員会の会長が女性蔑視発言によって辞任。その後、新しい会長選びでも混乱。最終的には女性の会長の就任で決着がついたように思えたが、辞任した会長を断罪するだけでは収まらない後味の悪さが残った。

ジェンダー平等について一つだけ例を挙げてみたい。一九七〇年代、団塊世代と称される私たちが働き始めた頃、男性は「二四時間働けますか?」というCMに踊らされ、ひたすら働いた。一方、女性は「一〇三万円の壁」があったため限度額ギリギリの勤務形態を強いられていた。サラリーマンの妻が第三号被保険者になることは当然であると思っていた。パートで収入を補い家庭を守る女性。そのような女性の一人である妻に訊いたことがある——「自分の仕事を続けたかったかい?」と。「もちろんよ」と言われ、私は絶句。妻の気持ちを慮ることをせず、制度に支えられて——年金制度に対する疑念を抱かず——「一号」であり続けた私。相手の視点でモノを見ることが、いかに難しいことか、思い知らされた。

まだまだ挙げればキリがないかもしれない。大学入学後二年目(一九六八年の秋)に体験した「学園紛争」然り——国家と大学の関係や教授と学生の関係について、「紛争」の中で初めて考えさせられた。社会人になってからの度重なる転職(公務員—民間—独立行政法人)も然り——官にあって民にないもの、そして民にあって官にないものを思い知らされた。そのたびに、自分だけが揺れ動いていて、周りは平然としているように思っていたのだが、今、考えてみると、周りもゆっくりと(あるいは急激に)地殻変動を繰り返していたのかもしれない。そして、ある日、その変化に自分自身が追いついて行けなくなっていたのだ。

『観察』の中の小篇それぞれについて考えてみると、「ぼく」の観ているモノ（物・者）と周りのモノそのものとの間に食い違い（ギャップ）が生じている。その食い違いを両者の視点に寄り添って、そのまま食い違いのあるものとして叙述していく――。この描き方は「カフカエスク」（カフカ的／不条理な）と評されることがあるのだが、ほんの少し考えてみると、私たちの生活には、このような事態が頻発する。いや、様々なところで食い違いは生じているのだが、私たちは知らぬ顔を装って生活しているだけなのかもしれない。家族や友人との会話あるいは無会話にも当てはまるだろう。また、職場や地域社会における人間関係についても生じていることだろう。「カフカ的」と呼ばれる表現技法――必ずしも「不条理」と結びつけなくてもよいだろうが、著者・主人公の視点にモノ（物・者）の視点を加味して記すことにより真実に迫る書き方――によってこそ描かれうる真実があるのだと思う。若きカフカは、まさにこの技法に気づき、「乗客」等の小篇を書いたのであろう。

さて、この項を私的なエピソードで締めくくりたい。定年退職しても心の定まらぬ状態が続いていたある日のこと。私は妻と一緒に国営昭和記念公園（東京都立川市）に出かけた。銀杏並木とコスモス畑を見るためだったとはいえ、何（十？）年ぶりの公園デートで私の心は少し浮き浮きしていた。

子ども連れと一緒に私たちもトロッコ列車（パークトレイン）のベンチ席に坐り込む。出発進行！ しばらくの間、樹木の間をトロッコが走る。紅葉をカメラに収めようとして浮き腰になった時、トロッコが大きく右に曲がった。遠心力が働いたため、私の身体は左側に大きく傾く。そして、私の左肩が妻の右肩にぶつかる。意図せず妻に寄りかかってしまった。私は身も心も動揺してしまった。――ところが、妻は平気の平左《へいざ》、何ごともなかったかのように前方を見ているではないか。「あれ、そんなはずはないのだが・・・大きく揺れたはずなのだが」と思いながら、妻の顔の後方に目をやった。なんと、左手後方の丘にコスモス畑が広がっていたのだ。やがて、列車はコスモス畑と並行に走るようになり、コスモスの美しさに乗客の歓声が上がった。

しかし、この時、私にはコスモスの花びらの揺れも、妻の心の揺れも見てとれなかった。揺れていたのは私だけだったのか・・・

(5)「はげたか」——血のなかではげたかが溺れたのを見て、ほっと安心した

カフカが創作ノート（一九二〇年八月／一二月）に書き留めた小品で、死後（一九三六年）、遺稿集に収められたものが多数ある。その中に、マックス・ブロートによって Der Geier（はげたか）というタイトルを付けられた小品がある。この掌編を前田敬作訳で読んでみたい。

「はげたか」

そいつは、はげたかだった。わたしの足にくちばしを突きたてていた。長靴と靴下にもう大きな穴をあけ、すでに足そのものをつつきはじめていた。たえずおそいかかってきては、不安げにわたしのまわりを二、三度旋回したかとおもうと、またつつきはじめるのだった。そこへひとりの紳士が通りかかり、しばらくながめていたが、やがて、なぜはげたかのするがままになっているのですか、とたずねた。「なにしろ、手の打ちようがありませんので」と、わたしは答えた。「なんどもやってきては、つつくのです。もちろん、追い払ってやろうとおもったり、首をしめてやろうともしたんですが、なにしろ、はげたかというやつは、すごい力をもっていますのでね。おまけに、顔にまでとびかかろうとしたんです。それで、足を食わせてやることにしました。そら、もう足をほ

とんどやられてしまいましたよ」。その紳士は、「よくもそんな苦しみに耐えていられますね。一発ぶっぱなしてやれば、たちどころにお陀仏ですよ」と言った。「ほんとうですか」と、わたしはたずねた。「ひとつ、やってみてくださいますか」「よろしいですとも。ただ、家へ帰って、鉄砲をもってこなくちゃなりませんのでね。三十分ほど待っていただけますか」と、紳士は言った。「さあ、そいつはどうなりますかね」と、わたしは言ったが、あまりの痛さにしばらく身をこわばらせていた。やがて、「いずれにせよ、お願いですから、やってみてくださいませんか」「承知しました」と、紳士は言った。「いそいで行ってきましょう」。はげたかは、この話のあいだ、じっと耳をかたむけ、わたしと紳士とをかわるがわる見つめていた。どうやら話が全部わかったようだった。いきなり飛びあがったかとおもうと、十分はずみをつけるために身を大きくのけぞらし、槍投げをする人のように、くちばしをわたしの口に奥ふかく突きたてた。わたしは、仰向けに倒れながらも、のどの奥からどっと吹きだして口のそとまであふれでた血のなかではげたかがあがくこともできずに溺れてしまったのを見て、ほっと安心した。

（マックス・ブロート（編）前田敬作（訳）「はげたか」『決定版カフカ全集2　ある戦いの記録、シナの長城』新潮社、一九八一年、九二頁）

この作品についても様々な解釈がある。例えば、ギリシア神話に登場するプロメテウスが、この小品の下敷きにあるという解釈。ちなみに、プロメテウスは天界の火を盗んで人類に与えた罰として、ゼウスによりコーカサス山の山頂に磔にされ、生きながらにして肝臓を鷲についばまれるという男神。カフカの小篇では鷲が禿鷹に差し替えられていたり、ついばまれる部位が肝臓でなく、足や喉であるという相違点はあるが、鳥に肉体の一部をついばまれるという点で共通性がある。

あるいは、伝記的事実に即した解釈もある（例えば、有村隆広「『ハゲタカ』——結核の発病」上江憲治・野口広明（編）『カフカ後期作品論集』同学社、二〇一六年、一九六〜二二三頁）。この解釈によると、禿鷹が「わたし」の喉を攻撃するところから、カフカの喀血（一九一七年八月）および発病（結核）との連想が成り立つ。そして、「カフカにとって発病は、役人と作家の二重生活から彼を解放してくれ、のちにはフェリーツェとの関係の解消も可能にしてくれた」というのだ（池内紀・若林恵『カフカ事典』三省堂、二〇〇三年、一七八〜一七九頁）。

この場合、通りすがりの「紳士」は、「わたし」の病を治すと約束してくれたものの、治癒させることができなかった医師を指すと解釈されている。ちなみに、死の直前（一九二四年六月）、救うための手立てを失った巡回の医師が立ち去る背中を見て、カフカは次のように意思表示したと「会話メモ」に残されている（マックス・ブロート（編）吉田仙太郎（訳）『決定版カフカ全集9　手紙 1902-1924』新潮社、一九八一年、五三八頁）。

カクテ助ケ手ハ、助ケルコトナクマタ去ッテユク。

喉頭結核の診断を受けたカフカは喋ることが許されていなかったため、紙にメモを書き、研修医クロップシュトックに手渡したという。小篇「はげたか」を書いてから四年後のことであるから、カフカの「予言性」に驚かざるを得ない。

（付記）この「会話メモ」に至る経緯については、ヨーゼフ・チェルマーク／マルチン・スヴァトス（編）三原弟平（訳）『カフカ最後の手紙』（白水社、一九九三年、五〜二六頁／序）が詳細に論じている。引用箇所の日本語訳は「カクテ救ケ手ハマタモ救ケルコトナク去ッテユク」となっている（一九頁）。

ところで、「小さな寓話」や「皇帝の使者」を読んだとき、作者自身の生身の体験が凝縮した「イメージ」に留意すべきだと私は思い当たった（「この長い壁がみるまに合わさってきて・・・」（第二部の（1））および「使者はなんと空しくもがいていることだろう」（第三部の（2））の項を参照）。いわゆる「カフカ的」寓意性を作品の中に探し求めるのではなく、表現の端々に潜むイメージに寄り添い、そのイメージをそのままの形で受け取り、作品と共振するだけでよいのではないかと考えたのだ。

そのような読み方からすると、伝記的事実に即した前述の解釈は大いに納得できる。一例として、小篇の末尾で禿鷹が槍投げ選手のように嘴を「私の」口の奥深くまで突き立てる場面を、別の日本語訳（浅井訳）で読み直してみよう。

（原文）Zurückfallend fühlte ich befreit wie er *in meinem alle Tiefen füllenden, alle Ufer überfließenden Blut* unrettbar ertrank.

（Franz Kafka, *Nachgelassene Schriften und Fragmente II*. Hrsg. von Jost Schillemeit, Fischer Verlag, 1992, S. 330）

（浅井訳）仰向けに倒れながら、私は、自分の血があらゆる窪地を満たし、あらゆる岸辺から溢れており、その血のなかで奴が救出しようもなく溺れ死ぬのを見て、解放されたのだと感じた。

（浅井健二郎（訳）「それはハゲタカで」平野嘉彦（編）『カフカ・セレクションIII　異形／寓意』ちくま文庫、二〇〇八年、一八頁）

前田訳と比べると、浅井訳は原文に忠実な日本語訳になっている。「あらゆる窪地・・・」（斜体の *alle Tiefen* ...）は、口や喉だけでなく、目、鼻、耳などを連想させ、頭部全体の窪んだ部位に血が満ちてゆく様子で読者の感覚を刺激する。また、「あらゆる岸辺・・・」（斜体の *alle Ufer* ...）は、血の噴き出てくる唇（「堤防／堰」の喩え）だけでなく、鼻筋、耳たぶ、額などが「防血堤」の役を何ひとつ果たせないくらい、溢れる血の中に沈んでゆくリアルな様子を想起させる。

（付記）もう一つ浅井訳について気づいたところがあるので、付け加えておきたい。fühlte ich befreit（英語では I felt liberated に当たる）の捉え方だ。他の日本語訳と比べると次のようになる。

①（浅井訳）解放されたのだと感じた。
②（前田訳）ほっと安心した。
③（池内訳）ホッと安堵した。

手許にある *Cassell's German & English Dictionary* によると、befreit の原形 befreien は「free, set free, liberate」と定義されている。つまり、「解放する」という訳語が与えられて然るべきだ。ちなみに、「ホッとする、安堵する」は英語では I feel relieved であろうが、この relieve を同辞書は、「erleichtern, mildern, lindern（軽くする、和らげる）」と説明している。原文に忠実な訳は、あくまでも①（浅井訳）であって、②及び③では軽すぎると思う。この点については、後ほど再検討してみたい。

年譜によると、最初の喀血後、カフカは療養休暇をとり、北ボヘミアの寒村・チューラウに住む妹オットラの家に寄寓する。そして、婚約者、友人、妹に宛てて数多くの手紙を書いている。そのうちの一通（一九一七年九月一八日、マックス・ブロート宛）を紹介しておきたい。そこにはカフカが後日、小篇「はげたか」で描くことになるイメージが書き記されている——

Ein Geier, Ruhe suchend, fliege ich oben und lasse mich schnurgerade in dieses Zimmer hinunter...

（Franz Kafka, *Briefe April 1914-1917*. Hrsg. von Hans-Gerd Koch, Fischer Verlag , 2005, S. 323）

安らぎをもとめる禿鷹のように僕は上空を舞っていて、それから真一文字にこの部屋に降下する・・・

（『手紙 1902-1924』一八四頁）

この文章の直後にカフカは、手紙の遣り取りについて親友に以下のように書いている。

僕たちの手紙のやり取りはじつに簡単にやれる、僕は僕のを書いて、君は君のを書いて、それだけでもう返事だし、意見だし、それが慰めか、慰めのなさかということもお望み次第。

（『手紙 1902-1924』一八四頁）

ブロートに宛てて書いた長い手紙を読んで、私は「発病が解放者になった」と解釈するだけでよいのだろうかとも考えるようになった。もう一歩進めて、発病そのものでなく、発病したことについて「書くこと」が、カフカの精神の解放に繋がったのではないかと思うようになったのだ。その際、「書くこと」は必ずしも小説だけに限らず、日記や手紙も含まれていると考えたい。ブロートとフェリーツェは別格として、妹・オットラ、恋人・ミレナ、そして病状が悪化してからは、医学生・クロップシュトックなど、手紙を読んでくれる人たちがカフカの周りにいたことも忘れてはならない。

発病そのものがカフカにとって解放者になったという点については、「続・もっと早くから気にかけておくべきだった」の項（前著二三四頁参照）で既に触れたので、代表的な記述のみを抜き書きしておきたい。ただし本項で着目するのは、手紙や葉書で喀血について「書くこと」が、カフカの精神の解放に繋がっているという点である。行き場のない気持ちを手紙や葉書の中に吐き出すことによって、カフカの精神の平衡は保たれていたのではないか——。

初めての喀血（一九一七年八月初め、カフカ三四歳）から一カ月経過した九月九日付のフェリーツェ宛の手紙に注目してみたい。実は、この二カ月前（七月初め）、カフカはフェリーツェと二度目の婚約をしたばかりであった。長い沈黙を詫びたのち、以下のように喀血の前後について詳しく報告している。

最愛のひと、他ならぬあなたに対して、逃げ口上や少しずつ打ち明けるのはしてならないことです。唯一の逃げ口上は、ぼくが今日まで書かなかったことです。〔・・・〕この前のぼくの手紙の後二日して、つまり丁度四週間前、ぼくは夜ほぼ五時に肺から喀血しました。十分ひどいもので、十分間またはそれ以上、喉から血が溢れ、もう決して止まらないのではないかと思いました。〔・・・〕
ぼくが今特に状態が悪いなどとあなたが思わないように、補足として・・・全くそうではなく、反対です。あの晩から咳はしますが、強くはなく、時々少し熱があり、時々夜少し汗が出て、少し息切れを感じますが、その他の点ではこの数年の平均よりずっと良いのです。頭痛はなくなり、あの夜四時以来、以前よりほとんど良く眠れます。頭痛と不眠とは、少くとも現在の所、ぼくの知る最悪のものです。

（マックス・ブロート（編）城山良彦（訳）『決定版カフカ全集11　フェリーツェへの手紙II』新潮社、一九八一年、七〇四～七〇五頁、傍点は引用者）

カフカはまた、三人の妹のうち最も気の合った妹・オットラに宛てた長い手紙（一九一七年八月二九日、初めての喀血から二週間少し経った日）の中でも、吐血時の生々しい描写をしている。前述の「あらゆる窪地」「あらゆる岸辺」（浅井訳）という具体的なイメージが、そのまま以下の文章に再現されている（傍点部）。

> ほぼ三週間前に、私は夜、喀血したのです。それは朝の四時頃で、私は目をさまし、口中の不思議なほどに大量な唾液に驚き、それを吐き出した後、あかりをつけたところ、注目すべきことに、それは一つの血塊でした。それが発端です。Chrlení「嘔吐スル」、これが正確な綴りか否か私には分りませんが、それはのどにひそむこの奔流を表わす秀抜な表現です（引用者注：Chrlení［クルレニー］はチェコ語）。それが終止することは決してないだろうと私は考えました。私が開いたのでないだけに、どうしてそれを塞ぎとめることができるでしょう。私は起きあがり、部屋の中を徘徊し、窓へと歩みより、外を眺めて、ひき返しました——依然として血です。漸くそれは終り、私は久しくなかったほどによく眠り込みました。［・・・］
>
> （H・ビンダー／K・ヴァーゲンバッハ（編）柏木素子（訳）『決定版カフカ全集12　オットラと家族への手紙』新潮社、一九八一年、三二頁、傍点は引用者）

引き続きカフカは、「終了ラッパ」の比喩を用いて、喀血を契機にF（フェリーツェ）との関係が解消できそうだと仄めかしている（傍点部）。

> じじつ私は、あたかも終了ラッパが吹奏され終えたかのように、あの時以来、夕暮の四時には、

非常に良くとはいえないまでも、かなりよく眠れますし、何よりも、当時は救いようもなく思われた頭痛が、完全に終熄してしまいました。喀血を体験したことを、私はこんな風に考えています。すなわち、間断なき不眠、頭痛、熱っぽい状態、緊張などが私を衰弱させたあげく、私は結核性のものにかかりやすくなっていたのです。偶然にも私はその時以来、Fにも手紙を書く必要がなくなりました。二通の長文の手紙のうちの一つに、非常にいやなとは言えないまでも、ほとんど醜悪な箇所があって、この私からの二通には、今日まで、まだ返事がありません。

これが要するに、この精神的な病気、結核の状況です。［・・・］

（『オットラと家族への手紙』三二頁、傍点は引用者）

さらに、この手紙の一週間後（九月七日）、オットラ宛の葉書でカフカは次のように書いて、仕事と執筆という二重生活からの解放を喜んでいる。

今、私は局長のところへ行ってきました。私は思うのですが、私は結核の駆け足にのって、最終的に保険局から走り出して行くのでしょう。年金付き退職ではなく、もとより休暇で、それも請願不要ということです。

（『オットラと家族への手紙』三五頁、傍点は引用者）

この他にも親友のマックス・ブロート、あるいは、チェコ人ジャーナリストのミレナ・イェセンスカに宛てて、カフカは喀血後の経緯を事細かに伝えている。ここでは、クルト・ヴォルフ（カフカの作品を刊行した出版人）宛の手紙（一九一七年九月五日）の一部を紹介しておきたい。

すでに何年もまえから頭痛と不眠症におびきよせられていた病気が、突然とび出してきたのです。これで気が軽くなったような気がします。しばらくの間、田舎へ行きます、というより行かざるをえないのです。

（『手紙 1902-1924』一八〇頁、傍点は引用者）

さて、喀血や発病について書くことがカフカの精神の解放——苦悩からの脱却——に繋がっていったのではないかという視点から、友人や妹宛の手紙を読んでいた折、居間のテレビから聞こえてくる声に私は気を取られてしまった。耳を傾けてみると、「シンジンの観察」「ネンとチ」「ミョウシキの分離」などについて男性が説明しているではないか。面白そうだなと思い、読書を中断しテレビをみることにした。

その仏教学者の解説によると、「身心《しんじん》の観察」とは、「注意を振り向けて、しっかりと把握すること」であり、仏典には「念処《ねんじょ》」ということばで表記されているとのこと。この念処を通して初めて私たちは悩みや苦しみから逃れることができると講師は述べている。ブッダは大きな菩提樹のもとで悟りを開いたと言われているが、その方法とは、まさに「身心の観察」（念処）によるのだと言う。

　さらに講師は「念処」について具体例を挙げて説明する。最初に世界を認識する心の働きを「第一の矢」（例えば、「痛い！」）、その後に生じる悩みや苦しみを「第二の矢」（ぶつかってきた相手に「どこ見て歩いているんだ！」と怒るなどの心の働き）と定義する。そのうえで、「念処」とは、「私たちが五感で感じ取っていることそのものや、自らの身体の動きを対象化して、それに注意を振り向けること、つまり気づくこと」だと述べる。換言するならば、「私たちの心が悩み苦しみを作り出す」という真実を知る（智慧を得る）ことが大切なのだという。この観察および気づきを心がけることによって、第二の矢が勝手に飛び出さないようにすること――これこそがまさにブッダの見いだした「悩み苦しみから逃れる唯一の方法」だと説明する。

　次に講師は「念」と「知」について話す。「念」とは元来、一語で二つのことを表していたようだ。すなわち、「言語を介せず対象を感覚的に認識する心の働き」と「言語が関わって対象を認識する心の働き」。ところが、次第に前者を「念」、後者を「知」と分けて呼ぶようになったという。講師が言うには、元々ひとつのものだと思っていたものが、二つのもの――注意を振り向けている心の働き（「名《みょう》」）と、注意を振り向けられている対象（「色《しき》」）――に分けられていることに気づく。これが「名色の分離の智が生じた」、つまり、悟りの境地に入ったということになる。

　さらに、後の時代になって、「名」が「想」に、「色」が「識」と呼ばれるようになったという。その具体例として「花」が取り上げられる。まず、眼という感覚器官を通して花の姿形（イメージ＝識）が頭の中に描かれ、次いで、その描かれたイメージに対して「花」という認識（「想」）が生じるのだという。

（付記）このテレビ番組は「ＮＨＫこころの時代　瞑想でたどる仏教――心と体を観察する」の第一回目（二〇二一年四月一八日放送）「ブッダの見つけた苦しみから逃れる道」であり、講師は仏教学者の蓑輪顕量。

私の頭が混乱のあまりフラフラしてきたところで番組は終了。しかし、どことなく今読んでいる「はげたか」と関連がありそうな気がしてきた。特に、小篇の末尾が気にかかる。そこで今回は、別の翻訳（池内紀訳）で読んでみることにする。

このやりとりの間、禿鷹はわたしと紳士とを交互に見ながら、耳をすましていた。どうやら話がわかったようだった。さっと舞い上がったかと思うと、はずみをつけるために一度うしろへ飛びすさり、つづいて槍のようにくちばしを突きたて、わたしの喉深くとびこんできた。わたしは仰向けに倒れ、のどの奥からどっと血が噴き出した。みるみるあたりは血にあふれ、その中でもがくまもなく禿鷹が溺れていく。それを見てわたしは、ホッと安堵した。

（池内紀（編訳）「禿鷹」『カフカ小説全集6　掟の問題ほか』白水社、二〇〇二年、三二〇～三二二頁）

「紳士」と「わたし」の話にじっと耳を傾け、「はげたか」は話の内容を全て了解していたらしい。そして、禿鷹は飛び上がった後、急降下して——これは三年前、ブロート宛の手紙に書いたとおりのイメージだ！——嘴を「わたし」の口の奥深くに突きたてたのだ。先ほど例示した何通かの手紙の内容から推察して、禿鷹が最初の喀血を暗示しているとみなしても間違いないだろう。そして、喀血によって、頭痛と不眠が解消しただけでなく、フェリーツェとの関係解消や仕事と執筆との二重生活からの解放に繋がったことも確かなようだ。

（付記）前述したとおり、最後尾にある fühlte ich befreit の日本語訳として、「ホッと安堵した」（池内訳）や「ほっと安心した」（前田訳）では軽すぎると考える所以である。「解放されたのだと感じた」（浅井訳）は幾分ぎこちないが、原文の意味するところを忠実に捉えているのではあるまいか。翻訳にまつわる難しさの一例であろう。

先述のテレビ番組に当てはめて考えると、どのようになるだろうか。最初の喀血をした後、喉から血が一〇分間以上も溢れ出し、「もう決して止まらないのではないかと思った」とカフカは手紙に記している。この記述は「身心の観察」（念処）に相当すると考えられる。つまり、「五感で感じ取っていることそのもの」や、「自らの身体の動きを対象化して、それに注意を振り向けること」を行った後、喀血の三〜四週間後に婚約者や妹へ手紙を書いているのだ。蓑輪氏の解説によると、「第一の矢」を受けても、「第二の矢」が勝手に飛び出さない状態にコントロールしていることになる。これこそがブッダの見いだしたという「悩み苦しみから逃れる唯一の方法」なのであろう。

（付記）私事になるが、二年ほど前、血尿に襲われたことが幸いして、前立腺癌であることが発覚した。その経緯を私は「色即是空　空即是色」「他人事《ひとごと》ではない『変身』」「天国と地獄」の三篇に記録しておいた（前著一九五―二〇六頁参照）。今、考えてみると、エッセイを書くことによって、ハラハラ、ドキドキした気持ちに打ち勝つことができたのかもしれない。

カフカにとって、日記や手紙、そして小説を書くことこそが「身心の観察」であり、心を平静に保つ最上の方法だったと捉えてよいのだと思う。この点を、さらに何通かの手紙で跡づけてみたい。
最初の喀血から約二カ月経過後の一九一七年一一月中旬、カフカはチューラウから親友のマックス・ブロートに宛てて長い手紙を書いている（『手紙 1902-1924』二一五〜二一八頁、傍点は引用者）。書き出しでカフカは、自らの姿を観察した結果、自分が「だめな人間であることがはっきりした」とブロートに打ち明けている。「精密に観察してきた」という表現に留意したい。自分だけでなく、周りの人たちの観察も行っている様子がよく分かる。

　僕は町でも、家庭でも、また職業、交際、恋愛関係（お望みなら、これを先頭においてもいい）、現存のあるいは到達目標としての民族共同体、そうしたすべてにおいて、だめな人間であることがはっきりした、しかもその程度たるや、――この点、僕は精密に観察してきたのだが――僕のまわりの誰にも見られないほどなのだ。

　そして、「生き切っていない生に伴う苦悩」を抱え込んで、絶えず逃げ道を探してきたと述べてから、自殺に言及する。もっと正確に言うならば、自殺について熟慮を重ねているうちに、自殺から遠ざかることができたと述べているようだ。

　すでに子供のころから見えていたかもしれない一ばん近い逃げ道は、自殺ではなく、自殺を考えることだった。僕の場合、僕を自殺から遠ざけたものは、なにもわざわざ臆病さを捏《で》っち上げることもなくて、おなじく無意味な結果に終わるつぎのような熟慮反省のなせるわざにすぎない、つまり「なにもできないお前が、選りに選ってそんなことをしようというのか？　どうしてそれだけのことを考える勇気があるのか？　自分を殺せるのなら、いわばもうそんな必要もありはしない。等々。」やがてぼつぼつまたちがった見方も加わってきて、自殺のことを考えるのは止めてしまった。

この直後、カフカは「生き続ける」ということについて、長編小説『審判』の結びのことばを引き合いに出している。

そのとき僕が直面していたものは、もし僕が混乱した希望や、孤独な幸福状態や、誇張した虚栄心やを抜け出た場所で明晰に考えていたのだとすれば（まさしくこの「抜け出る」というのが、生き続けようとすればそれになかなか耐えられないように、僕にはめったにうまく行かなかったのだが）、それは惨めな死、ということだった。「あたかも恥辱が、彼よりも生きのびるはずのようだった」、というのが、たとえば『審判』の結びのことばだ。

„Wie ein Hund!“ sagte er, es war, als sollte die Scham ihn überleben.（結びのことば）

（Franz Kafka, *Der Proceß*. Hrsg. von Malcolm Pasley, Fischer Verlag, 1990, S. 312）

「犬のようだ！」と彼は言った。死んだあとも恥だけは生き残るような気がした。

（川島隆（訳）「訴訟」多和田葉子（編）『ポケットマスターピース01　カフカ』集英社文庫、二〇一五年、五九七頁）

さらに続けてカフカは二つのことを親友に告げている。一つは、結核の発病によって逃げ道を見いだせたこと。もう一つは、この逃げ道について公言することが自分にとって重要であること。少し長いが、そのまま引用しておきたい。

自分の独力では（結核が「自分の力」ではないとしての話だが）見付け出せなかったあたらしい逃げ道を、――これほど材料がそろっていてはこれまでとても可能とは思えなかった逃げ道を、僕はいま目の前に見ている。僕はそれを見ているだけだ、見ていると思っているだけだ、その道をまだ歩いているわけはない。逃げ道の眼目は、眼目となるはずのものは、僕が私的にばかりでなく、独白によってばかりでなく、公然と、自分の態度によって、僕がこうしてだめな人間でしかないのだと告白することにある。僕はそのためには、僕のこれまでの生活の輪郭をおよそきっぱりとなぞってみせるだけでいい。そしてその直接の結果として、僕は自分を建てなおし、自分を無意味なものに浪費せず、自由にものを見ることになるのではないか。

この手紙や小篇「はげたか」を書いてからも、様々な苦悩がカフカを襲っている。苦悩の一端を年譜から抜き書きしておきたい。


一九一八年（35歳）スペイン風邪に罹患して危篤状態に陥る。出勤を再開後、再び発熱。

一九一九年（36歳）結核のため療養休暇。ユーリエと婚約、しかし父親の反対により婚約解消。

一九二〇年（37歳）小康状態後、職場に復帰するも、再び転地療養。

一九二一年（38歳）ミレナとの別れ。

一九二二年（39歳）労働者傷害保険協会を退職。

一九二三年（40歳）病状悪化。不眠・神経過敏・微熱・咳に悩まされる。喉頭結核のため断食を強いられる。

一九二四年　結核が重篤化。癤《せつ》・膿瘍《のうよう》・痔《じ》・嚥下《えんげ》不能に悩まされる。六月三日、四一歳の誕生日の一カ月前に死去。


（付記）『手紙 1902-1924』の末尾（五六六～五七四頁）に付されているマックス・ブロート作成の

年表を参考にした。

最初の喀血で大打撃を受けて以降、いったんは執筆活動から遠ざかっていたものの、カフカは「書くこと」の再開によって精神の総崩れを抑えることができたのだと思われる。つまり、カフカは自殺という逃げ道を選択しなかったのだ。蓑輪氏の解説にあった「身心の観察」(念処)が功を奏したと言える。特に一九二〇年の初秋から晩秋にかけて、多くの小篇が生まれている。「はげたか」も、この時期に書かれた作品の一つであるが、その他にも「夜に」「仲間どうし」「こま」「小さな寓話」「ポセイドン」「市の紋章」「却下」「掟の問題」「徴兵」「試験」「舵手」「帰郷」などがある。一九二二年には中短編(「断食芸人」など)や長編(『城』(未完))の執筆を精力的に行っている。

引き続き、マックス・ブロート宛の手紙を二通紹介することにより、カフカにとって「書くこと」が生き続けていく上でいかに不可欠であったかを例証してみたい。

一通目は、小篇「はげたか」執筆後、二年あまり経過した一九二二年七月五日付の長い手紙(『手紙 1902-1924』四二〇~四二五頁、傍点は引用者)。この手紙でカフカは切々と訴えている——不安の充満する日常生活の中で、「書くこと」がいかに自分自身を支えているか。

昨夜は眠れなくて、僕は再三再四、ありとあらゆることを、ずきずきするこめかみとこめかみの間を往きつ戻りつさせていた。そんなとき、近ごろはずい分穏やかな日がつづいているうちにほとんど忘れかけていたことをまた思い知らされたのだが、なんと脆弱な地盤、というよりまるで存在もしない地盤のうえに僕は生きていることか、足の下は暗闇だ、そして暗い力がそこから、みずからの意志で生まれ出て、僕が口ごもる言葉なぞ歯牙にもかけず僕の生活を破壊するのだ。書くことが僕を支えている。［・・・］

そして、「作家であるとはどういうことなのか?」とブロートに問いかけるのだが、それは質問というより自問自答のようである。

そもそも作家であるとはどういうことなのか? 書くということは、甘美なすばらしい報酬だ、しかし、なにに対する? 昨晩、児童教育用の図解を見るような明快さでもって判明したことだが、それは悪魔への忠勤に対する報酬なのだ。つまり、もろもろの暗黒の力に向かって下降すること、その本性からして縛められているはずの亡霊どもを解き放つこと、いかがわしげな抱擁、そしておよそまだ依然として下の世界で進行しているかもしれないこと、これは、上の世界で日光のなかで小説なぞ書いていては、もはやなにひとつわからない。おそらくほかにも書き方はあるのだろうが、僕にはこの書き方しかできない、夜中、不安が僕を寝かせてくれないときに、僕はこのようにしかできない。そしてその悪魔的なところが、僕にはじつに明白なように思える。それは虚栄心と享楽欲であって、その自身の姿のまわりや、あるいは他の同類の姿のまわりにまで——そんな場合、動きは何重、何倍にもなって、虚栄の太陽系が出来上るのだ——絶え間なく渦を巻きながらそれらの姿を楽しんでいるわけだ。素朴な人間はときおり、「死んでしまって人が俺に涙を流してくれるのを見てみたい」と思うことがあるが、この願望をじつはこうした作家がたえず具体化している、彼は死んで（または生きていなくて）たえず自分自身に涙を流す。

さらにカフカは「死の不安」と「書くこと」の関係について述べた後、「作家」の特性を描写している。

作家は元来、狂気から逸れようとするなら、決して書きもの机から離れてはならぬ、歯で噛みついてでも、しがみついていなければならない。作家のことを、このような作家のことを定義すれば、そしてそもそも作用《はたらき》というものがあるとして、作家の作用《はたらき》を説明すれば、彼は人類の贖罪山羊であり、罪業を罪のない気持で、ほとんど罪のない気持で享受することを人間に許す、ということ。

もう一通の手紙（一九二二年七月一二日付）もブロートに宛てられたものだが、療養施設の内外の騒音について長々と嘆くことから始まっている（「出発」の項［第三部の（3）］を参照）。そして、「それで、書くほうは？」と話題を変え、「中程度以下で進んでいる」と自問自答。そのうえで、「ロビンソンの旗」という意味深長な言葉を持ち出して、「書くという営み」について自らの考えをブロートに伝えている（『手紙 1902-1924』四二八〜四三二頁、傍点は引用者）。

僕はわが家を去った、しかもたえずわが家に宛てて書かねばならない、たとえわが家というものがすべてとうの昔に永遠のかなたに流れ去ってしまったはずだとしても。この書くという営みのすべては、孤島の絶頂に掲げられたロビンソンの旗以外のなにものでもない。

さて、フェリーツェに宛てた最後の手紙（一九一七年一〇月一六日付）を読んでみたい。その手紙の冒頭でカフカは、マックス・ブロートから受け取った手紙の一部を記し、別離の心境をフェリーツェに伝えようとしている。それと同時に、手紙を書く行為そのものが自らの心を安定させると述べている（『フェリーツェへの手紙II』七〇八〜七〇九頁、傍点は引用者）。

最愛のフェリーツェ、マックスのこの前の手紙の始めをあなたのため写します、それがぼくの、またはぼくらの状況をよく表わしていますから――

「君を不安がらせるのを恐れないとしたら、ぼくは君の手紙が大きな落着きを示していると言うだろう。さて、ぼくはもう言ってしまった、――このことが、または他のことでも君を不安がらせることができようとは、決してぼくが本当に恐れていない証拠なのだ。君は君の不幸の中で幸福なのだ。」

一九一七年九月二〇日から二一日のこと。病気療養のためオットラの家に寄寓しているカフカをフェリーツェが訪ねたのだ。気まずい一晩《ひとばん》が明け、駅まで送る途上、カフカはほとんどフェリーツェと言葉を交わさなかったようである。そこで、後日、その埋め合わせをする形で、別れの場面を思い出しながら、カフカは次のようにフェリーツェに書いている。フェリーツェとの別離という苦境を見つめ直した上で、全体像を認識している（傍点部）。手紙を書くことによって、精神の崩壊を防いでいると言っても過言ではないだろう。まさに、「身心の観察」（念処）を実践しているのだ。

あなたは無意味な旅、ぼくの不可解な態度、すべてのことのため不幸でした。ぼくは不幸ではありませんでした。もっとも、「幸福」はぼくの状態についての大変正しくない言い方だったでしょう。ぼくは苦しんでいましたが不幸ではなかった。ぼくがこの苦境全体を見、認識し、ぼくの力すべて（少くとも生きている人間としての力）を超えるその巨大さを確かめ、この認識の中で、唇をかたく、大変かたく嚙みしめたまま、比較的に落着いていた時のように、この苦境を強く感じてはいませんでした。その場合ぼくはまたおそらくなお少し喜劇を演じたでしょうが、それはそうした自分を喜んで許せることなのです。なぜならぼくが見た光景（むろん始めてではありませんが）は大変地獄に似て、人はそこにいる人を少し気晴らしさせる音楽でもって助けようと思ったでしょうから。それは成功しませんでした。これまでほとんどそうだったように。しかしそれは起ったことなのです。

フェリーツェへの最後の手紙をカフカは以下のように締めくくる。本人にとっては、あたかもこれで一件落着のように見えるが、この謎めいた手紙を受け取ったフェリーツェの心境はいかに？　困惑したに違いない。

「不幸の中で幸福であること」――それは同時に「幸福の中で不幸であること」を意味しますが（前者の方がより決定的なことかもしれません）――は、カインが烙印をおしつけられたとき言われた言葉かもしれません。それは世界との同調の喪失を意味し、その印を付けている者が世界を破砕し、世界をまたよみがえらせることができず、その破片によって追放されることを意味します。しかし彼は不幸ではありません、なぜなら不幸とは生の一部であり、この生を彼は除去したのですから。しかし彼はその事実を明晰すぎる眼で見るのですが、それはこの領域では不幸と似たようなことを意味するのです。

「書くことは自分の人生そのもの」とか「執筆は自己救済」とかいった意味の言葉を、カフカは作品だけでなく手紙や日記にも綴った。「はげたか」という小篇の末尾で「わたしは、仰向けに倒れながらも、のどの奥からどっと吹きだして口のそとまであふれでた血のなかではげたかがあがくこともできずに溺れてしまったのを見て、ほっと安心した」（前田訳）と書くことによって、カフカは崩壊寸前の自分自身を救い出すことができたのであろう。禿鷹に足をつつかれ、救い手には背を向けられ、口の奥深くまで嘴を突き刺され、仰向けに倒れ、喉の奥から血が溢れ出たとしても、「わたし」（カフカ）は絶望しなかった。むしろ、「その血のなかで奴が救出しようもなく溺れ死ぬのを見て、解放されたのだと感じた」（浅井訳）のだ。

「はげたか」を書き込んだ創作ノート（一九二〇年八月／一二月）に、下記の短い書き込みがある。一行にも満たない断片なのだが、カフカの屈折した心境を吐露しているものと思う。この断片について考察し、本項の締めくくりとしたい。

Schreiben als Form des Gebetes

（Franz Kafka, *Nachgelassene Schriften und Fragmente II*. Hrsg. von Jost Schillemeit, Fischer Verlag, 1992, S. 354）

（池内紀（訳）『カフカ小説全集6　掟の問題ほか』二〇〇二年、三四八頁）

祈りの形としての執筆

「ひとり者の不幸」の項（前著四二頁参照）で指摘したように、カフカは作家として世に出ることにひとかたならぬ意欲を示していた。実際、「はげたか」執筆の数年前（一九一六年〜一九一七年）に書かれた書簡集を読むと、クルト・ヴォルフ書店宛の手紙が頻繁に出てくる。その遣り取りには自作公表についての強いこだわりと共に屈折した心境が読み取れる。後の一時期に執筆は中断したものの、前述したとおり、「はげたか」以外にも多くの小篇を書いている。

カフカの心は揺れ動いていたのではあるまいか。創作ノートに書き留めた小篇群を一冊にまとめて出版したいという気持ちも少しは残っていたのであろうが、公表を前提として書くというより、書くことそのものが自分の心を解き放ってくれるという思いのほうが上回っていたのではあるまいか。自分の書いたものは書いた途端、独り歩きする運命にあるということをカフカは十分承知していたに違いない。それにもかかわらず、書かないわけにはいかない。願ってみたところで必ずしも叶えられるわけでもない。残るのは祈るだけだ。そのように考えたときメモ（ズシンとした思いメモ！）として「祈りの形としての執筆（Schreiben als Form des Gebetes）」と書き留めたのかもしれない。

(6)「ポセイドン」——大洋の底に鎮座して、たえまなく計算しつづけていた

カフカには「プロメテウス」「セイレーンたちの沈黙」「アトラス」など、ギリシア神話を題材にした作品や断片がいくつかある。そのような作品・断片のなかに、一九二〇年九月に執筆され、マックス・ブロートによってPoseidonという表題で遺稿集(『ある戦いの記録』一九三六年)に所収された小篇がある。「ポセイドン」を平野嘉彦訳で読んでみたい。

「ポセイドン」

ポセイドンは、自分の仕事机の前にすわって、計算に従事していた。全海洋の管理は、彼にはもうはてしのない仕事を課するのだった。彼は、好きなだけいくらでも助手を雇うこともできただろうし、実際に多くの助手をかかえてもいたのだが、しかし、彼は自分の職務をきわめて厳格に受けとめていたので、すべてをもう一度、みずから計算し直したりして、結局、助手の手助けをたいして必要としなかったのである。彼が仕事を楽しんでいたとは、とてもいえないだろう。それが任務として課せられていたから、彼はそれを遂行したにすぎなかった。いやそれどころか、彼自身、おおっぴらに語るところによれば、より楽しい仕事に名乗りをあげたことも、すでにまれならずあっ

たのだが、しかるのちにさまざまな提案を受けてみると、やはり彼には、これまでの仕事ほどに性にあうものはないことが、あらためて明らかになるのだった。実際にまた、彼のために何か別な仕事をみつけてやるというのも、なかなか困難なことだった。たとえば、一定の海域を彼に割り当てるというのも、できない相談だった。この場合も計算の仕事がすくなくなるというわけでもなく、ただより瑣末になるだけの話であることを、とりあえず別にすれば、偉大なるポセイドンは、それでもつねに支配的なポストを得ることはできたのである。そして、海洋以外のポストを彼に提示したりすれば、それを想像するだけで、彼はもう気分が悪くなってしまって、その神々しい息も乱れはじめ、鋼鉄の胸郭も揺れるのだった。ちなみに、ひとは、彼の愚痴をそもそも本気にはしていなかった。権力を有する者が苦しんでいるときには、どれほど見込みのない事柄であろうとも、ひとは、みかけだけでも譲歩するように努力しなければならない。ポセイドンを実際にその職務から解任することなど、だれも考えていなかった。劫初の昔から、彼は海の神と定められていたのであり、いつまでもそうあらねばならなかったのである。

彼がもっとも腹立たしく思ったのは――そして、これが彼の職務に関する不満の主たる原因だったのだが――たとえばいつも三叉の矛をもち、大波のなかを疾走していくといったたぐいの、ひとが彼についていだくイメージについて、耳にするときだった。そうこうするうちにも、彼はこの大洋の底に鎮座して、たえまなく計算しつづけていた。ときおりユピテルのもとへ旅することが、単調な生活の唯一の中断だったが、その旅にしても、彼は、たいていは怒り狂って戻ってくるのだった。そういうわけで、彼は、ほとんど海をみることがなかった。それもあわただしくオリュンポスの山に登るときに、ただつかのま眼にする程度で、けっして実際に海中をくぐり抜けたためしはなかった。彼は、いつもこういうのだった、おれはこうして世界の没落の日まで待ちつづけるのだ、そうすれば、おそらく静かな一刹那が生まれるだろう、そのとき、没落の直前になって、最後の計算に眼を通したのち、大急ぎでまだすこしばかりの周遊旅行をすることができるだろうさ、と。

（平野嘉彦（編訳）「ポセイドンは、自分の仕事机の前にすわって」『カフカ・セレクションＩ　時空／認知』ちくま文庫、二〇〇八年、三三一〜三四頁）

ポセイドンという海神の名から想起されるのは、『ポセイドン・アドベンチャー』（*The Poseidon Adventure*）という映画である。この20世紀フォックス映画は、一九七二年の封切から数年後、日本でも月曜ロードショー（ＴＢＳ）等で放映されたと記憶している。アテネに向かって航行中の豪華客船ポセイドン号が、海底地震によって惹き起こされた大津波に遭遇する。沈没に至る大惨事の過程で浮かび上がってくる乗客・乗員の人間模様が描かれていたと思う。この映画の影響もあって、ポセイドンは「海底で大暴れする神」と私は思い込んでいた。

（付記）初校時（二〇二二年一〇月）、ウクライナに対してロシアは核兵器使用も辞さない構えだ。原子力無人潜水兵器なるものの開発さえも主張している。ロシア国防省発表のニュース映像によると、この核魚雷の名は「ポセイドン」で、「海中を進み爆発すると放射性物質を含む高さ五〇〇メートルに及ぶ津波を発生させる」という説明が付されている（『文春オンライン』二〇二二年一〇月一三日）。

ところが、カフカの小篇を読むと、私の予想とは全く異なるポセイドンの姿が現れ出てきた。「三叉の矛をもち、大波のなかを疾走していく」はずの海神が、この掌編では、「大洋の底に鎮座して、たえまなく計算しつづけている」というのだ。そして、忙しさにかまけて、まともに海を眺めている暇もないという。世界の没落の日まで待って、静かなひとときが与えられたら、ゆっくり海を眺める旅行に出かけてみたいと夢想しているそうな・・・。

カフカはなぜ、このような改変（今風の言い回しでは「リメイク」）を施したのだろうか。著者の動機を探るため、遠回りになることを恐れず、ギリシア神話に立ち戻ってみたい。呉《くれ》茂一《しげいち》（著）『ギリシア神話』第七章（叙事詩の世界）第三節（『イーリアス』の物語）を読んでみると、なぜポセイドンが海底に立ち去らなくてはいけなかったかが判明する。ゼウス大神の妃ヘーラー（「美貌ながら嫉妬深い女神」）の奸計によって、ポセイドンはゼウスの怒りを買い、対トロイアの戦場を離脱（欠席裁判だったらしい）。その成り行きは以下の一文に集約されている。

ポセイドンは兄ゼウスの専横振りに大いに腹を立てたが、止むなく海底へと立ち去っていった。

（呉茂一（著）『ギリシア神話』新潮社、一九六九年、三九一頁）

次に、第四節（『オデュッセイア』の物語――オデュッセウスの漂流と帰国について）第一項（発端・神々の集会）を読んでおきたい。

世界の出来事をくまなく知っておいでの神々は、彼〔オデュッセウス〕の身の上をあわれとお思いだったが、ただひとり大洋の主、ポセイドーンばかりはオデュッセウスを憎みつづけていた。それというのも、彼が諸国を流浪した間に、おん神の子の巨人ポリュペーモスの目をつぶしたからであった。

（『ギリシア神話』四〇一頁）

ポセイドンは怒り狂っている。しかし、女神アテーナーがオデュッセウスに同情する声を挙げると、ゼウス大神は以下のように答える――

どうしてあの神にも似たオデュッセウスを忘れてよかろう。ただ大洋の主神ポセイドーンは、オデュッセウスがキュクロープスの中でも膂力《りょりょく》すぐれた、ポリュペーモスの眼隻《ひとつめ》をうばったため、今なお怒りを抑えきれないのだ。しかしどうであろう、この席で相談をかわし、あの男が故郷に帰れるようにはからっては。そうすれば、ポセイドーンとても、すべての神々の心に逆らい、ひとりだけ異をたてるわけにもゆくまいから。

（『ギリシア神話』四〇二頁）

ところが、ポセイドンの怒りは収まらない。第五項（大あらし・王女ナウシカアー）を読んでみよう。海を渡っていくオデュッセウスの姿をポセイドンが望見したときのこと。

荒々しく怒りを発した大洋の主神は、雲を呼び集めて、手にした三叉の戟《ほこ》を海中にざんぶとばかり、突き入れた。たちまち、黒雲は海と陸とをおおいかくし、大あらしが起った。東風と南風はぶつかり合い、荒々しい西風と吹きつける北風とは大波をまき起した。その勢いに、オデュッセウスはひとたまりもなく逆まく大波に投げ出され、しばらくの間は、海中にとじこめられていたが、ようやく浮び上がると、見るかげもなくなった筏にしがみついて、荒れ狂う風にまかせて暗い波間を漂っていった。

（『ギリシア神話』四〇二頁）

さらに第八項（漂流中の冒険・一　キュクロープスの島）まで読み進めると、巨人ポリュペーモスがオデュッセウスによって片目を潰される場面に差しかかる。巨人は呻き声を発して次のように言う――

ああ、古い予言の通りだ。わしは前からオデュッセウスの手にかかって盲目になろうと言われていたが、力持ちで丈の高い立派な男が来るかと思い、こんな矮人《こびと》で下らない弱虫だとは悟らなかった。さあ、オデュッセウスよ、ここへ来い。贈物をやるから、そしたら大洋の主神ポセイドーンに、お前の安らかな航海をお祈りしてやる、ここへ来い。ポセイドーンは、わしの父親なのだ。

（『ギリシア神話』四一七頁）

ここで読者はポセイドンと巨人が親子であることを確認する。そして、怒りを抑えきれないポセイドンの荒れ狂った心境とともに、「三叉の矛をもち、大波のなかを疾走していく」海神としての勇姿を思い描く。

ところが、カフカの小篇は私たちに肩すかしを食らわせる。あの海神ポセイドンが、「自分の仕事机の前にすわって、計算に従事している」というのだから。さらに情けないことに、助手の計算を信用できず、自分自身で検算しなければ気持ちが収まらないらしい。自らの仕事を楽しむこともできないし、別のポストに移ることもままならない。

一般に流布しているポセイドンのイメージをわずかに残しているのは、次のくだりだけである。「ときおりユピテル（Jupiter：ギリシア神話のZeusと同一視される最高神）のもとへ旅することが、単調な生活の唯一の中断だったが、その旅にしても、彼は、たいていは怒り狂って戻ってくるのだった。そういうわけで、彼は、ほとんど海をみることがなかった。それもあわただしくオリュンポスの山に登るときに、ただつかのま眼にする程度で・・・」

ポセイドンの気持ちは容易に察することができよう。なぜなら、兄ゼウスから「海底に沈め」と命じられたのが、オリュンポスの山で催された宴の席だったからである。ギリシア神話に造詣が深かったカフカは、この経緯をeine Reise ..., eine Reise übrigensという繰り返し表現で、さりげなく示唆している。該当する原文を故意に直訳すると、以下のようになろう（イタリックは引用者）。

...hie und da *eine Reise* zu Jupiter war die einzige Unterbrechung der Eintönigkeit, *eine Reise übrigens*, von der er meistens wütend zurückkehrte.

（Franz Kafka, *Nachgelassene Schriften und Fragmente II.* Hrsg. von Jost Schillemeit, Fischer Verlag, 1992, S. 302）

（松原訳）その単調な日常を打ち崩してくれる唯一のもの——それは時折ユピテルを訪ねるある、一つ、の旅だった。それはそうと、その一つの旅とはただ一つの旅であって、彼［ポセイドン］が大抵の場合、プンプン腹を立てて帰ってくる旅のことなのだった。

この文でカフカは eine を、いわゆる不定冠詞の用法（文脈上、初出・未知の個体を示す）と見せかけて、実は、「ただ一つの」を示す基数詞として使用しているのではないだろうか。つまり、カフカはここで「ことば遊び」をしているのではないかと思う。意図的に *eine Reise*（ある一つの旅）を文頭部分に置いたうえで、実は「知る人ぞ知る例の旅――ポセイドンにとっての屈辱の旅のことなのですがね」と嘯《うそぶ》いているのではないか。

（付記）ちなみに、『小学館独和大辞典』は ein[e] の項の最後のほうに以下の語義を付している。

基数：つねに強いアクセントをもつ（英：one）

【形容詞的に】【冠詞と同じ位置で】［ただ］一個の、一つの Es blieb ihm nur *ein* Sohn.（彼には一人の息子しか残らなかった）Wir sind *einer* Minung.（我々は意見が一致している）

英訳版の Poseidon では上記の原文がどのように訳されているだろうか。参考に Pushkin Press 版（*The*

Unhappiness of Being a Single Man: Essential Stories. Written by Franz Kafka. Edited and translated from German by Alexander Starritt, Pushkin Press, 2018, pp. 15–16）を載せておきたい。visits（複数形）という訳語の中に、翻訳者の苦しむ姿が写し出されているようだ（イタリックは引用者）。

The only interruption to this monotony were occasional *visits* to Jupiter, *visits*, by the way, from which he usually returned in a fury.

さて、少し横道に逸れてしまったが、「カフカはなぜ、このような改変を施したのか」という疑問に立ち返りたい。恐らく、この改変はカフカにとっての「書く」行為と分かちがたく結びついているのではないか。あるいは、カフカ文学のユーモアと深いところで結びついていると言ったほうがよいかもしれない。

神々にまつわる話を、等身大の人間に置き換えることによって、意識的に「心のゆとり」あるいは「遊び」を創り出そうとしているのではないか。本書第二部の表題に掲げた「脇に身を置いて眺める」姿勢のことである。ざっくばらんに言うと、そのように改変することによって、カフカは気が晴れたのではないか。「カフカエスク＝不条理」という観点からは大きく逸れてしまうのだが、カフカにとって「書く」意義は、「遊ぶ」ことだったのではないかと思う。

「官僚制度という迷路で身動きできなくなってしまった現代人の惨めな姿が軍神ポセイドンの中に反映させられている」と捉えたとしても、あながち間違いではないかもしれない。しかし、カフカは悲壮感を漂わせながら書いたのではなく、読者あるいは自分自身を愉しませるために、次から次へと湧き出てくるイマジネーションを創作ノートに書き留めたと言えないだろうか。ポセイドンにまつわる神話の改変も、このような観点から読んでもよいのかもしれない。

「根気だめしのおもちゃ」の項（第二部の（2））で触れたとおり、カフカは動物を題材に多くの作品を書いている。偉人や勇者を動物に置き換えることもある。「ポセイドン」より数年ほど前（一九一七年七月〜八月執筆推定）、創作ノートに書いた「新しい弁護士」という掌編を例に挙げてみたい。

驚くべきことに、新しくやってきた弁護士のドクトル・ブツェファルスは元来、アレクサンドロス大王の愛馬であったという（気性の荒々しい馬であったが、大王が乗りこなしたという伝説あり）。その弁護士は「裁判所正面の外階段で高々と脚をあげ、大理石にカッカッと音をたててのぼっていく」ところを目撃されたというのだ。しかし、ポセイドンが計算に明け暮れているように、ブツェファルスも法律書の研究に没頭している。大王時代の戦いの場はもはや存在しないため、この弁護士にとっては法律書が格闘の相手なのである。弁護士会への入会を承認された新しい弁護士は以下のように描かれている。

乗り手の足に脇腹を蹴られるおそれもなく、のびのびと、静かな明かりの下で、戦場のざわめきから遠いところで、古い書物のページをくって読みふける。

（池内紀（編訳）「新しい弁護士」『カフカ寓話集』岩波文庫、一九九八年、四四〜四五頁）

かつて勇猛な大王の軍馬として活躍したブツェファルスも、めまぐるしい時代の変化に追いついていけず、自らの本領を——正面階段を上るとき以外——発揮できない。そのような馬の生まれ変わりとしてのブツェファルスにとって、法律書に潜り込むことが最良の選択なのかもしれない。いや、待てよ。ブツェファルスのことを「めまぐるしい時代の変化に追いついていけず・・・」と形容してしまったが、私の捉え違いかもしれない。新しい弁護士の「引きこもり」状態を、カフカは全面的に否定しているわけではなさそうだ。むしろ肯定的に捉えているのではないか。

「サンチョ・パンサをめぐる真実」（前著一六八頁参照）を読んだときに触れたヴァルター・ベンヤミンの解釈を想い起こしてみたい。ベンヤミンは、「反転」という概念を説明するうえでブケファルス（ブツェファルス）が好例であるとして、以下のように記している。

特別な根本存在にして互いに対立する二つの力が存在しなければならず、その一方が右手のほうへまっすぐに導く力だとすれば、他方はこれを反転させ再び押し戻そうとする力である。［・・・］

反転とは存在を文字に変える勉学の方向にほかならない。この方向の師匠があの馬のブケファルス、つまり「新しい弁護士」であって、彼は勇猛なアレクサンダー（前三五六－三二三年）を失った後――ということは嵐のように前進していく征服者を厄介払いして――道を引き返す。「自由に、脇腹を乗り手の股で圧迫されることもなく、静かなランプの光のもと、アレクサンダーの合戦の轟きから遠く、彼はわれわれの古い書物のページを読みそしてめくる」

（ヴァルター・ベンヤミン（著）西村龍一（訳）「フランツ・カフカ」浅井健二郎（編）『ベンヤミン・コレクション2　エッセイの思想』ちくま学芸文庫、一九九六年、一六一～一六二頁）

続けてベンヤミンは「正義の名において、神話に対して動員されうるのは本当に法なのだろうか」と自問して、ブケファルスの立ち位置を私たちに示唆してくれる。

ブケファルスは法学者として、みずからの起源に忠実であり続ける。ただ彼は、そしてこの点にカフカの考えるブケファルスと弁護士業の新しさはあるのだろうが、開業していないように見える。もはや実地には用いられず、もっぱら勉学されるだけの法、それが正義への門なのである。

（『エッセイの思想』一六二頁）

「もはや実地には用いられず、もっぱら勉学されるだけの法、それが正義への門なのである」というベンヤミンの解釈は正鵠を射ている。カフカの文学——少なくとも創作ノートに書き込むという行為——は、「売らんかな」という商業主義に毒されていない。「書くこと」自体に意義があり、「書くこと」こそが「生きること」に繋がっているのだ。ベンヤミンの言葉をパラフレーズしたら、次のようになるだろうか。「もはや実地には用いられず（書籍という形で世に出ることはなく）、もっぱら勉学されるだけの法（書くことそのものに意義を見いだす創作姿勢）、それが正義への門なのである（そこにこそ、真実の文学に通じる門が見い出せるのだ）」ということだろうか。

さて、助手のサンチョ・パンサが騎士ドン・キホーテを「先へ送り出した」ように、軍馬ブケファルスも大王アレクサンダーより長生きして「道を引き返す」。両者とも主人から我が身を切り離した後、のびのびと生きている。カフカはサンチョ同様、ブケファルスの生き方も肯定しているのだ。「サンチョ・パンサ」という表題のエッセイをベンヤミンは、以下のように締めくくっている。

分別のある愚か者にして頼りない助手サンチョ・パンサは、彼の騎士を先へ送り出した。ブケファルスは自分の乗り手より長生きした。人間であるか馬であるかは、もはやたいして重要ではない、もし重荷がその背中から除かれてしまってさえいれば。

（『エッセイの思想』一六三頁）

「新しい弁護士」（一九一七年七月～八月執筆推定）および「サンチョ・パンサをめぐる真実」（一九一七年一〇月～一九一八年一月執筆推定）から「ポセイドン」（一九二〇年九月執筆）に至る期間、カフカは、ある意味で「引きこもり」の状態であったに違いない。この期間の前後を加えた略年表で裏付けておきたい。


一九一六年（33歳）一一月から錬金術師通りに小部屋を借り、短編・小篇を執筆。

一九一七年（34歳）三月、シェーンボルン・パレーに部屋を借り、「万里の長城」「**新しい弁護士**」などを書く。八月初め、喀血。九月に肺結核と診断され、八カ月間の療養休暇をとる。妹オットラ夫妻のもとに滞在。「**サンチョ・パンサをめぐる真実**」などの短編を書く。一二月、フェリーツェと二度目の婚約解消。

一九一八年（35歳）五月、職場復帰。一〇月、スペイン風邪で一カ月あまり病床につく。一一月、職場に復帰するものの、しばらくして保養のため、シレジアに滞在（翌年三月まで）。

一九一九年（36歳）四月、プラハに戻る。六月、ユーリエと婚約するが、父親の猛反対で翌年に解消。一一月、再びシレジアへ。一二月、プラハに戻る。「父への手紙」を書く。

一九二〇年（37歳）四月から三カ月間、療養のため南チロルのメラーノに滞在。七月、プラハに戻り、勤務しながら執筆。「**ポセイドン**」など多くの短編や断片を書く。ミレナと恋愛関係に陥るが破局。一二月から保養地マトリアリィのサナトリウムに滞在。

一九二一年（38歳）　九月、プラハに戻り、勤務につく。

一九二二年（39歳）　一月、北ボヘミアの保養地シュピンデルミューレへ赴く。長編小説『城』にとりかかる。ほかに「断食芸人」などを執筆。七月、労働者傷害保険協会を正式に退職。九月まで南ボヘミアの保養地プラニャに滞在。

一九二三年（40歳）　七月、バルト海の保養地ミュリッツに滞在。九月、ベルリンに住居を求め、ドーラ・ディアマントと住む。「小さな女」「巣穴」を執筆。

一九二四年　病状悪化。三月、プラハにもどる。「歌姫ヨゼフィーネ」を書く。四月、低地オーストリアのサナトリウム、ついでウィーン近郊キーアリングのサナトリウムに移る。喉頭結核のため断食を強いられる。六月三日、四一歳の誕生日の一カ月前に死去。


（付記）略年表は、池内紀『カフカの生涯』（新書館、二〇〇四年）を基に作成。

勤務先と借家の間を行き来して、また、何度も長期休暇をとり妹の家や各地の保養地に滞在して、「引きこもり」状態を続けていたと言ってもよいであろう。そのようなカフカにとって、海神ポセイドンに一日中、計算ばかりさせたり、軍馬ブツェファルスに静かな明かりの下で法律書を読みふけさせたりするのは、両者に対する皮肉や非難の意図があってしたのではないと思う。あるいは、自分自身の姿を海神や軍馬に投影することによって、自らを卑下しているのでもない。むしろ、勇猛な海神や、大王の愛馬を生きながらえさせるため、一種の「引きこもり」状態に閉じ込めたと考えられはしまいか。「サンチョ・パンサをめぐる真実」に描かれたサンチョにしても、「新しい弁護士」のブツェファルスにしても、主人の死後、殉死などせず、生きながらえる方向に改変させている。ポセイドンもカフカの筆によって、「そうこうするうちにも、大洋の底に鎮座して、たえまなく計算しつづける（Unterdessen saß er hier in der Tiefe des Weltmeeres und rechnete ununterbrochen）」という形で生き続けることができたのだ。

頭木《かしらぎ》弘樹氏は『カフカはなぜ自殺しなかったのか？』という著書（春秋社、二〇一六年）に「弱いからこそわかること」という副題を付けたうえ、以下のように述べている。

私たちは、曖昧さを嫌い、矛盾を嫌います。だから、えいやっと飛び越えようとします。それがときには自殺するということでもあるでしょう。しかし、曖昧さや矛盾は、本当にいけないものでしょうか。そこにとどまることでこそ生き続けられるということもあるのではないでしょうか。

（前掲書、二四六頁）

不格好ではあるが、曖昧さや矛盾と適度に付き合いながら、とにかく静かに、のんびり生き続けていこうとカフカは考えていたのであろう（実現できたかどうかは別問題として・・・）。第一次世界大戦の勃発（一九一四年）、初めての喀血（一九一七年）、オーストリア・ハンガリー二重帝国の瓦解（一九一八年）、スペイン風邪への罹患（一九一八年）、度重なる婚約解消、父親との諍《いさか》い、勤務と療養の板挟み――このような状況で生き続けていくためには、日記や手紙や創作ノートに書くという行為がカフカにとって欠かせなかったのだと思う。「サンチョ・パンサをめぐる真実」「新しい弁護士」そして「ポセイドン」における改変をカフカの自己正当化と捉えることもできようが、改変も含めて「書くこと」によって生きる意味を探し求めていたのだと私には思える。

（付記）山村哲二は「カフカによる改変を理解するためには、当時の社会状況、とりわけシオニズム運動の高まりを考慮する必要があると述べている（山村哲二「カフカの作品が語るもの」『立命館経済学』第43巻第5号（一九九四年）、七六二～七七一頁）。ユダヤ人としての覚醒を直接的な活動に結びつけられないカフカにとって、その歯がゆさを遠回しの比喩（寓話）という形で描くことが適していたのではないかと山村氏は捉えている。

（付記）カフカの改変が様々な作品に見い出せるとして、佐々木博康は「新しい弁護士」を引き合いに出して論じている。例えば、「軍馬ブツェファルスのほうが大王より前に死んだ」という史実を指摘（佐々木博康「『新しい弁護士』――自由への憧れと諦念」古川昌文・西嶋義憲（編）『カフカ中期作品論集』同学社、二〇一一年、七五頁）。

別の言い方をしてみよう。カフカは元・海神ポセイドンの働く様子を次のように描いている――「彼が仕事を楽しんでいたとは、とてもいえないだろう。それが任務として課せられていたから、彼はそれを遂行したにすぎなかった」。このような人は私たちの周りにも大勢いると思う。何等かの理由で、自分の意思とは違った仕事に悶々と従事せざるを得ない人たちだ（私自身にもそのような経験があり、退職後の今は夢の中に当時の己の姿が出てくることもある。寝覚めは wütend「怒り狂って」とまではいわないが大抵の場合、良くない）。

しかし、ほんの少し見方を変えることで、意外や意外、穏やかな心持ちになれる――本人も周りの人たちも。例えば、このような人が自分の近くに上司として現れた場合のことを考えてみよう。始終ガミガミ言う上司の顔を馬か河馬に見立てて接するならば・・・。あるいは、その上司は何等かの理由で左遷され、現在の職場（海底でなく窓際）にいると想定するならば・・・。こうした改変がカフカのメッセージなのではないか。それも仮想の読者に向けてのメッセージというより、自分自身に対するエールなのではないかと思う。真夜中、ギリシア神話のリメイク版をノートに書き込むことによって、ひそかに喜びを味わっていたのではあるまいか。

再度、サンチョ、ブツェファルス、ポセイドンにまつわる小篇の末尾を読んで、このエッセイを締めくくりたい（傍点は引用者）。

自由人サンチョ・パンサはこともなげにドン・キホーテが死の床につくまで、とびきり意味深いよろこびを味わった。

（池内紀（編訳）「サンチョ・パンサをめぐる真実」『カフカ寓話集』岩波文庫、一九九八年、四二頁）

だからブツェファルスがしたように法律書にもぐりこむのが最良かもしれない。乗り手の足に脇腹を蹴られるおそれもなく、のびのびと、静かな明かりの下で、戦場のざわめきから遠いところで、古い書物のページをくって読みふける。

（池内紀（編訳）「新しい弁護士」『カフカ寓話集』四五頁）

彼［ポセイドン］は、いつもこういうのだった、おれはこうして世界の没落の日まで待ちつづけるのだ、そうすれば、おそらく静かな一刹那が生まれるだろう、そのとき、没落の直前になって、最後の計算に眼を通したのち、大急ぎでまだすこしばかりの周遊旅行をすることができるだろうさ、と。

（平野嘉彦（編訳）「ポセイドンは、自分の仕事机の前にすわって」『カフカ・セレクションⅠ』三四頁）

（7）「セイレーンたちの沈黙」——オデュッセウスは、彼女らの沈黙を聞かなかった

前項「ポセイドン」に引き続き、ギリシア神話に依拠したカフカの作品をもう一つ読んでみたい。「セイレーンたちの沈黙」である。この小篇は一九一七年の秋、八つ折り判ノートGに記され、マックス・ブロートによって Das Schweigen der Sirenen という表題で遺稿集に収録された。柴田翔訳で読む。

「セイレーンたちの沈黙」

不十分な、まさに子どもっぽい手段でも、時には身を救うために役に立つことの証明——。

魔女セイレーンたちから身を護るために、オデュッセウスは耳に蠟《ろう》を詰め、自分の身体を帆柱に鎖で固く縛りつけさせた。もちろん大昔からすべての旅行者たちが（近づかぬうちからセイレーンの誘惑に屈していた人々は別として）似たようなことはできたはずだが、そんな対策が役に立たないことも周知の事実だった。セイレーンたちの歌声はすべてを、耳に詰めた蠟でさえをも貫き通すのであり、その声に誘惑された男たちの情熱は、鎖や帆柱に優る防御手段さえをも打ち砕く。

しかしオデュッセウスは、そうした噂を耳にしてはいたかも知れないが、その場に及んではもう思い出しもしなかった。彼はわずかな蠟と強力な鎖だけに全幅の信頼を寄せ、わが方法を信ずる無

邪気な喜びに身を任せつつ、セイレーンたちへ立ち向かったのである。

　ところがセイレーンたちは、その歌声にも優ってなお恐ろしい、別種の武器を持っている。即ち、沈黙である。実際に起きた訳ではないのだが、ある可能性として、彼女らの歌声から逃れえた男が、しかしその後の沈黙には抗しえないというケースも考えられる。俺は自力でセイレーンに打ち勝ったぞ、という感情、そこから生まれる圧倒的な思い上がりには、この地上に存在する何物も対抗しえない。

　そして実際の話、オデュッセウスが近づいてきたとき、この恐ろしき歌姫たちは歌わなかった。この敵手に対抗しうるのはただ沈黙のみと彼女らが観じたのか、あるいは、ひたすら蠟と鎖のみを信じつづけるオデュッセウスの顔面の至福の気配が、彼女らにすべての歌を忘却させたのかは、分からないが。

　オデュッセウスは、しかし――こうした表現がありうるとして――その沈黙を聞かなかった。彼女らは歌っているが、自分はそれを聞かずに済んでいるのだ、と信じた。自分の見る彼女らの喉の動き、深い呼吸、涙に濡れる目、半ば開かれた口は、聞えはしないが自分のまわりに響き渡っているだろうアリアの歌声に伴う動きなのだと、思い込んだのである。だが、遙か彼方へ向けられた彼の視線からは、それらの光景さえも間もなく滑り落ちて行き、セイレーンたちの存在は彼の意識から完全に消え、彼の船がもっとも彼女らに近づいた、まさにその時には、オデュッセウスにとってセイレーンたちはもはや無であった。

セイレーンたちは、しかし、今までにもまして美しい姿を顕して、背を伸ばし、身をめぐらし、身の毛もよだつ髪を自由に風になびかせて、岩の上で鋭い爪をいっぱいに開いた。彼女らはもはや誘惑するつもりはなく、ただオデュッセウスの偉大な両眼の残照を出来るかぎりわが身に掠め取ろうとしていたのである。

もしセイレーンたちに意識というものがあったなら、彼女らはその折りに破滅するほかなかっただろうが、しかしこのようにして彼女らは存在しつづけ、ただオデュッセウスを取り逃しただけで済んだ。

ついでに言えば、この話には、余談が一つ伝わっている。その説くところでは、オデュッセウスは実に奸智に長けた、老獪な古狐であって、運命の女神でさえも彼の内奥へは入り込めない。これはもはや人知では把握できないことなのだが、彼はことによったらセイレーンたちが沈黙していることに本当は気づいていたのではあるまいか。おそらく彼はその上で、彼女らに対する、また神々に対する、それなりの防御の楯として、上で述べたような見掛け上の過程を用いたのだ——と。

（柴田翔（訳）「セイレーンたちの沈黙」平野嘉彦（編）『カフカ・セレクションII　運動／拘束』）ちくま文庫、二〇〇八年、三六〜三九頁）

（付記）小学館の独和大辞典は、Sirene（複数形 Sirenen）に以下の語義を付している。①a『ギリシア神話』セイレン（上半身は女、下半身は鳥の形をした海の怪物で、歌で人を魅惑する） b『転義・比喩的表現で』（人の心を惑わす）歌姫、妖婦 ②（警笛・警報などの）サイレン ③『動物』カイギュウ（海牛）

定義①からすると、『カフカ短篇集』（池内紀編訳、岩波文庫、一九八七年）の一篇に付された「人魚の沈黙」という表題は誤解を招きやすい。「人魚」という語からは、アンデルセンの「人魚姫（半人半魚）」を連想してしまいがちだからだ。

横道にそれるが、定義②について一言――。本項の推敲中（二〇二二年二月二五日）、テレビから非常事態を告げるサイレンの音が聞こえた。ウ～ン・ウ～ンという音を聞いたのは何年ぶりのことか。すぐにテレビ画面を見ると、ウクライナの首都キエフ（ウクライナ語では「キーウ」）の独立広場が映し出されている。人影は見えない。定義にあるように、サイレンの響きが人の心を揺り動かし、人の心を惑わすのは確かなようだ。

さて、この小篇を読んでまず気づくのは、カフカがギリシア神話の「オデュッセウスの漂流と帰国について」を改変している点である。一つめの改変は、誰の耳に蠟を詰めたかに関わる点。もう一つは、セイレーンたちが沈黙という武器を使用したという点。

改変の真意を究明するため、呉茂一（著）『ギリシア神話』の第7章・叙事詩の世界、第4節『オデュッセイアの物語』を再読しておきたい（前項「ポセイドン」で言及）。

トロイの戦争が終ると、生き残ったギリシアの将兵たちはてんでに船を海へと引き下ろし、波を渡ってそれぞれの故郷に帰っていったが、智謀に秀でたイタケー島の領主オデュッセウスばかりは、神々の定められたところによって、ふるさとに妻のペーネロペイアや息子テーレマコスをのこしたまま、海上をあちらこちらと漂浪し、見知らぬ国国をめぐって、長い年月を過さなければならなかった。

（呉茂一『ギリシア神話』新潮社、一九六九年、四〇一頁）

オデュッセウスは漂流の途上、魔女キルケーに遭遇する。この妖女の魔術によって、仲間のうち数人が豚の姿に変えられてしまう。しかし、ヘルメース神の忠告のお蔭で、仲間を取り戻すとともに、魔女を味方に引き入れることに成功。キルケーの館に一年の間とどまった後、仲間たちから故郷に帰ろうと言われたオデュッセウスは再び旅立つことを決意する。そして、オデュッセウス自身が以下のように物語を続ける——

「翌る朝、私たちが帰って来たのを知ったキルケーは、食物と葡萄酒を運ばせて私どもをもてなし、いよいよ明日帰郷への旅に私らを送り出すことを約束して、その途中に控えているいろいろな危険や難所について話して聞かせ、どうやってそれを免れるかの手段についても委しく教えてくれました。まず、第一に来るのは人面鳥身の怪物セイレーネスで、その歌を聞いたものは、故郷の妻子のことも、帰郷のよろこびをも忘れて、怪物に近づき命をおとすという、それゆえ蜜蠟で仲間たちの耳をふさぎ、自分のからだを帆柱にしばりつけてそこを通り抜けること。・・・」

（『ギリシア神話』四二一頁）

セイレーネスの難を逃れる方法を魔女キルケーが伝授している点に留意したい。なぜなら、キルケー自身、機《はた》をおりながら美しい声で歌い、館に忍び込む者を誘惑し豚に変えた張本人だからである。「美しい歌声で誘惑し死に至らしめる」というセイレーネスの手口を知り尽くしていたのだ。

いよいよ、セイレーネスの島に近づいた時、一行が実際どのように対応したか、オデュッセウスの話に耳を傾けてみよう。

「順風を帆にはらんで、まっしぐらに進んでいきましたが、やがてセイレーネスの島に近づくと、キルケーの送る風はぴたりと止んで、海面はなめらかな凪となりました。私は帆を下ろし、仲間たちの耳を蜜蠟でふさぎ、自分のからだを帆柱に縛りつけて船を進めました。すると美しい歌声が聞えて来て、その歌を聞いている中に、どうかしていってみたく、気も狂わんばかりでしたが、仲間たちは、命じておいた通りますますいましめを固くするばかりだったので、遂にさしもの難所を、無事に通ることが出来ました」

（『ギリシア神話』四二一～四二二頁）

さて、一つめの改変について考えてみよう。『ギリシア神話』によると、「仲間たちの耳を蜜蝋でふさぎ、自分のからだを帆柱に縛りつけて・・・」とあって、オデュッセウスが自らの耳に蜜蝋を詰めたという記述はない。一方、カフカの小篇では、「魔女セイレーンたちから身を護るために、オデュッセウスは耳に蠟を詰め、自分の身体を帆柱に鎖で固く縛りつけさせた」と記されている。原文では以下のようになっている（イタリックは引用者で、日本語訳の傍点部に当たる）。

Um sich vor den Sirenen zu bewahren, *stopfte sich Odysseus Wachs in die Ohren* und ließ sich am Mast festschmieden.

（Franz Kafka, *Die Erzählungen und andere ausgewählte Prosa*. Hrsg. von Roger Hermes, Fischer Taschenbuch, 1996, S.351）

ここで、セイレーネスの島に近づいた時、オデュッセウスが取った行動に注目してみたい。

「私は帆を下ろし、仲間たちの耳を蜜蝋でふさぎ、自分のからだを帆柱に縛りつけて船を進めました。すると美しい歌声が聞えて来て、その歌を聞いている中に、どうかしていってみたく、気も狂わんばかりでした・・・」

神話にあるこの記述から明らかなように、オデュッセウスは自分の耳には蝋を詰めていなかったようだ。しかし、カフカは「セイレーンたちの沈黙」という掌編で、「オデュッセウスは耳に蝋を詰め・・・」(*stopfte sich Odysseus Wachs in die Ohren...*)と改変している(Wachs は英語の wax)。言わば、長く口承された神話の盲点を突くかのように、オデュッセウス自身の耳にも蝋を詰めさせたのではないだろうか。これには何らかの意図があったに違いない。

繰り返しになるが、神話には「仲間たちの耳を蜜蝋でふさぎ」という記述だけで、オデュッセウスの耳に蜜蝋が詰められたかどうかは明示されていない。つまり、カフカは小篇の冒頭にある「不十分な、まさに子どもっぽい手段」をオデュッセウスにあてがって、セイレーンたちに立ち向かわせたことになる。そうすることによって、オデュッセウス自身は、たとえセイレーンたちが別種の武器(沈黙)を持ち出したとしても、その武器に撃破されずに済むことになるからだ。換言するならば、第一の改変は、「セイレーンたちの沈黙」という決定的な改変を導入するために、カフカが慎重に用意した布石(カーリング用語で言えばコーナーストーン)であると考えたい。

そのように考えると、「ついでに言えば、この話には、余談が一つ伝わっている」という最終パラグラフの謎が氷解しそうだ。「神話という形で語り継がれてきたとおり、仲間たちの耳を蜜蠟でふさぎ、オデュッセウス自身の耳には蠟を詰めていないという記述のほうこそ真実なのかもしれないですなあ・・・」とカフカは嘯《うそぶ》いているのではなかろうか。だからこそ、「その（神話の）説くところでは、オデュッセウスは実に奸智に長けた、老獪な古狐であって、運命の女神でさえも彼の内奥へは入り込めない。これはもはや人知では把握できないことなのだが・・・」と煙幕を張ったのであろう。そして、その文の直後に「彼はことによったらセイレーンたちが沈黙していることに本当は気づいていたのではあるまいか」と書いて読者を翻弄しているのだ。神話に即して言えば、オデュッセウスは耳に蠟を詰めていないので、セイレーンたちが歌っているかいないかは当然のことながら分かっていたからである。

それではなぜ、カフカは神話をねじ曲げてまで、セイレーンたちに「沈黙」という武器を与えたのであろうか。これが二つめの改変に関わる謎である。オデュッセウスの耳に蠟を詰めるという伏線を張ってまで、カフカはなぜセイレーンたちに「沈黙」という武器を持たせようとしたのか——。

恐らく、カフカ自身が他者とのコミュニケーションにおいて、「沈黙」の怖ろしさを身に沁みて感じていたからではないのだろうか。特に、フェリーツェとの直接的対話や文書による交信において、カフカは「沈黙」を「歌声にも優ってなお恐ろしい、別種の武器」と捉えていたのではないか。その沈黙という武器に抗するためには、「なかったかのように振る舞うのが最善の策である」とカフカは考えていたに違いない。つまり、小篇の表現を借用するならば、「その沈黙を聞かなかった」ということになろうか。「耳に蠟を詰める」という方策は子どもっぽい手段であろうが、「沈黙」に圧倒されないためには必要不可欠であったのだろう。強いて言えば、女性（とりわけフェリーツェ）とのコミュニケーションにおいて、相手の「沈黙」から逃れる方策を探ることこそ、カフカにとって重大な関心事だったと言えよう。

（付記）石光輝子氏も「沈黙が何故恐ろしいかと言うと、それはコミュニケーションの拒絶であるからなのであって、コミュニケーションの拒絶が人を恐怖と死に陥れる（「セイレンたちの歌から逃れられる者はいたとしても、その沈黙から逃れることのできる者はたしかにいない」）」と述べている（「セイレンの拒絶：カフカにおける声と身体（1）」『慶應義塾大学日吉紀要　ドイツ語・文学』No.53（2016）pp. 1–15）。

傍証を固めるため、日記や手紙を読み直してみたい。カフカはフェリーツェからの返事を待ち焦がれていたにもかかわらず、彼女の「沈黙」に恐れおののき、次から次へと手紙や葉書を送りつけただけでなく、電報さえ打っている（第三部の（2）「皇帝の使者」を参照）。それほどまでにカフカは相手の「沈黙」

に恐れの気持ちを抱いていたのだ。

（付記）フェリーツェとの婚約を解消後、新しい恋人ミレナの「沈黙」もカフカにとって悩みの種だったようである（『マックス・ブロート（編）辻瑆（訳）『決定版カフカ全集8　ミレナへの手紙』新潮社、一九八一年』）。

日記や手紙を検証する前に、フェリーツェとの二度にわたる婚約と婚約解消についての事実関係を確認しておきたい（池内紀・若林恵（著）『カフカ事典』三省堂、二〇〇三年、二一六〜二二二頁を基に作成）。

一九一二年（29歳）八月、ブロート家でフェリーツェ・バウアーに初めて会う。一〇月末に文通が始まり、一九一七年までに五〇〇ページを超える手紙や葉書のやり取りが続いた。

一九一三年（30歳）イースター休暇に初めてベルリンのフェリーツェを訪ねる。つづいて聖霊降臨祭に訪れた折りには家族を紹介され、その後まだ迷いつつもフェリーツェの父宛に求婚の手紙を書く。

一一月、フェリーツェを訪問するにあたって、彼女の友人グレーテ・ブロッホと知り合う。カフカとの関係修復を願ってフェリーツェが紹介したのだが、カフカはこの女性と文通を超えた仲になる。


一九一四年（31歳）ベルリンのフェリーツェを二回訪問。

五月、フェリーツェがプラハへやって来る。

六月一日、ベルリンで**正式に婚約**。

七月一二日、「ホテルの法廷」で**婚約解消**。


一九一五年（32歳）一月、フェリーツェと再会。

一九一六年（33歳）七月、フェリーツェと十日間マリーエンバートで過ごす。滞在中、始めのうちカフカはまだ「共同生活の苦労」について思い悩んでいたが、のちに二人の仲は急に好転し、戦争が終結したら結婚することを決意。


一九一七年（34歳）七月初め、フェリーツェがプラハへ来て**二度目の婚約**。

八月初め、喀血。九月に肺結核と診断される。八カ月間の長期休暇をとり、ボヘミア北西部の小村チューラウに住む妹オットラ夫妻のもとへ移る。

九月二〇日、フェリーツェがカフカを見舞う。

一二月末、**再び婚約解消**。

この年譜の中で特に留意しておきたいことがある。いわゆる「ホテルの法廷」の一件だ。一九一四年六月一日、カフカとフェリーツェは正式に婚約したのだが、早くも一カ月後、二人の関係は破綻する。きっかけは七月一二日の「ホテルの法廷」である。カフカとグレーテ・ブロッホとの濃密な文通を知ったフェリーツェは、ベルリンのアスカーニッシャー・ホーフ（ホテル）でカフカを糾弾。一九一四年七月二三日付の日記をカフカは以下の記述から始めている。

ホテル内の法廷。辻馬車の歩み。Ｆの顔。彼女は両手を髪に突っこみ、欠伸をする。急に彼女は奮起して、十分に考えつくし長らく保持しておいて敵意に溢れる事柄を口にする。（『日記』二九三頁）

この「法廷」にはフェリーツェの父親と姉エルナ、そしてグレーテが同席。カフカは終始、沈黙を貫いたようである（一九一四年七月二三日付の日記）。

さて、年譜に戻ってみよう。文通を開始してから正式婚約（一九一四年六月一日）に至るまで、カフカはフェリーツェの「沈黙」に心を痛めていたようだ。「沈黙」に関わる手紙から数通を選んで読んでみたい。まず、一九一三年五月二七日の手紙（の一部）――

　では、これで終りなんですね、フェリーツェ、この沈黙であなたはぼくを追い払い、ぼくにとってこの世で可能な唯一つの幸福に対する希望に終末を与えるのです。しかしなぜこんなに恐ろしい沈黙をするのですか。なぜ一言も率直な言葉をくれないのですか、［・・・］このような沈黙で終るのは同情であるはずもないのです。［・・・］自然の成行は必然で、どうしようもなく、ぼくがあなたを知れば知るほど、ぼくは一層あなたを愛し、あなたがぼくを知れば知るほど、ぼくは一層あなたにとって我慢できなくなりました。ただあなたがそれを悟りさえしてくれたらよかったのですが。率直にそれを語ってくれたら。［・・・］そしてただ一つあなたの記憶に留めて頂くようお願いしたいのは、どれだけ沈黙の時が流れ過ぎようと、あなたが心から呼びかけるなら、それがどんなに微かであろうと、今日もそしていつまでも、ぼくはあなたのものなのです。

（マックス・ブロート（編）城山良彦（訳）『決定版カフカ全集10　フェリーツェへの手紙Ⅰ』新潮社、一九八一年、傍点は引用者）

次は、翌一九一四年三月の手紙――

　この前の前のあなたの沈黙の期間にも、ぼくはお父さんに訊くだろうと書きました。そして今度の沈黙は以前のどれよりもはるかに理由が欠けているものでした。いや、それは全く不可解で、あなたもまたそれを説明する試みをしていません。ぼくはまた、あなたが他ならぬぼくの電報に答えようとせず、結局また答えなかった理由が分りません・・・

（『フェリーツェへの手紙II』一九一四年三月二一日、傍点は引用者）

それから四日後の手紙（傍点はカフカ自身）――

ただすぐに、ほんの数行でもお便りください。待たせないでください！　ごらん、F、ぼくと結婚するつもりなら、郵便の時間に、またその後長い間、未来のあなたの夫の心臓が痙攣するのを我慢しないでください。

（『フェリーツェへの手紙II』一九一四年三月二五日）

（付記）傍点部分を『批判版カフカ全集』の一分冊 *Briefe 1913- März 1914* で確認してみた（三六八頁）。強調部分にはアンダーラインが施されている。

Nur schreib mir bitte gleich und seien es nur paar Zeilen. Nicht warten lassen!

四月に入ってからの手紙（ちなみに、第一回目の婚約は二カ月先の六月一日に予定）――

ティーアガルテンであなたが言葉で沈黙していたとすれば、今度は文章で沈黙しているのです。あなたはぼくの母にさえすぐ返事しませんでした。しかし一つの説明が届き、あなたはそれほどひどく悩んでいたのでした。しかし最悪の状態が過ぎたにも拘わらず、あなたは数週間も沈黙し、五通の手紙に答えないで放っておきました。それは軽蔑ではなかったでしょうか？　あなたはまた、ぼくがそのためどれだけ悩んだか知っているのに、一言もこの沈黙を説明しませんでした。

（『フェリーツェへの手紙Ⅱ』一九一五年四月三日、傍点は引用者）

心配になったカフカは、グレーテ・ブロッホに宛てて以下の手紙を出す（婚約まで一カ月を切っている）――

Fの沈黙はそれ自体としては判断できず、彼女の性質のしるしとして見なければなりません。われわれが彼女を愛するなら、好むにせよ好まないにせよ、彼女の全体を愛さなければならず、われわれはそうするのです。もうそのことはなにも言うつもりはありません、切りがないのです。貴方のためでなく、お分りでしょうが、私のために、それをしないのです。

（『フェリーツェへの手紙Ⅱ』一九一四年五月七日、傍点は引用者）

「フェリーツェの沈黙」に耳を傾けないことが最善の策だと考えた上で、カフカはグレーテまでも自分の思いどおりにしようと考えたに違いない。手紙の遣り取り――「沈黙」という武器の使用・不使用も含めて――を通して、二人の女性を懐柔しようとしていたのではあるまいか。エリアス・カネッティは以下の表現で「権力に精通した作家」としてカフカを捉えている。

あらゆる作家の中でカフカは権力の最も偉大な専門家である。彼はそのあらゆる局面でそれを経験し、言葉にしたのである。

（エリアス・カネッティ（著）小松太郎／竹内豊（訳）『もう一つの審判――カフカの「フェリーツェへの手紙」』法政大学出版局、一九七一年、一二二頁）

次に、第一回目の婚約解消（一九一四年七月）から第二回目の婚約（一九一七年七月）に至る期間について検証してみたい。約三年の間、「フェリーツェの沈黙」は絶えずカフカを悩ませていたようだ。日記や手紙に残された記述から探ってみよう。

第一回目の婚約を解消してから半年後、一九一五年一月二三日から二四日にかけての週末、カフカはボーデンバッハでフェリーツェと再会している（『フェリーツェへの手紙II』三八五頁）。再会を果たしたものの、二人の間には埋めることのできないほど深い溝があったようだ。カフカが空想的な生活への希求を話す一方、フェリーツェは現実的な生活についての願いを喋る――例えば、中庸、快適な住居、家具の色彩、暖められた部屋、豊かな食事、夜一一時の就寝、時間厳守、工場の仕事への関心など。カフカの仕事（執筆活動）についてはそれほど興味を示さない。落胆したカフカの様子が以下の日記に滲み出ている――

彼女はぼくの上の二人の妹を評して「平凡」と言い、末の妹のことはてんで問題にもしない。ぼくの仕事についてはほとんど何も尋ねないし、なんらのはっきりしたセンスも持っていない。これが一面だ。

Fが言った、「わたしたちここに一緒にいて、なんて行儀がいいんでしょう」。ぼくは黙っていた、まるでこの感嘆の叫びの間ぼくの聴覚が機能を停止していたかのように。二時間というもの、ぼくたちは部屋に二人きりだった。ぼくをとり巻いているのはただ倦怠と索漠感ばかり。［・・・］愛する女への関係の甘美さを、ぼくは手紙のなかでのほかはFに対して感じたことがなかった。ここにあるのはただ彼女の限りない賛嘆、恭順、同情、そしてぼくの絶望および自己軽蔑だけだ。ぼくは彼女に原稿を読んできかせることもした。文章は反吐が出るほど混乱してしまった。目を閉じソファーに横になって無言で聞いている聴き手との間に、なんのつながりもないからだ。

（マックス・ブロート（編）谷口茂（訳）『決定版カフカ全集7　日記』新潮社、一九八一年、傍点は引用者）

「ぼくは黙っていた、まるでこの感嘆の叫びの間ぼくの聴覚が機能を停止していたかのように」とカフカは日記に記している。意識的なのか無意識的なのかは判然としないが、まさにカフカは「耳に蝋を詰めて」、フェリーツェの無関心（沈黙）に抗していたのではないか。

実際に向かい合ったとき、フェリーツェの「沈黙」によってカフカの心は折れてしまう。その恐怖心から逃れるため、カフカは手紙や葉書を頻繁に送りつけるという策を取ったのではないのだろうか。一九一五年三月三日、「今から二週間毎に規則正しくあなたに書留の手紙」を送るとまで伝えている（『フェリーツェへの手紙II』五八八頁）。

ところが、その策略を遙かに凌駕する武器をフェリーツェは使うことになる。「沈黙」という武器である。カフカは焦る。そして返事を要求する。「まだお便りなしです、F、そしてもう長い間経ちます」（『フェリーツェへの手紙II』一九一五年三月二三日）。ようやく届いたのは素っ気ない手紙。カフカは長々と愚痴をこぼす。何でもよいから、身の回りのことを書いてくれるよう切願する（『フェリーツェへの手紙II』一九一五年四月五日）。さらに、なぜ沈黙するのかを詰問する——

もうどのくらいの間ぼくは便りをもらわなかったでしょう、フェリーツェ！　あなたはいかがですか？　長い間返事をもらわないと、向いに坐った相手の人が黙っているような気がします。すると問いたくなります——あなたはなにを考えているのですか？

（『フェリーツェへの手紙II』一九一五年四月二〇日、傍点は引用者）

五月に入ってからカフカは心配を通り越して不安になる。五月九日の絵葉書では次のように訴えている――

少くとも三週間、手紙やたくさんの葉書に対して便りも返事もありません。ぼくはかなり不安です。

（『フェリーツェへの手紙II』一九一五年五月九日）

二人の関係は一進一退。時にはカフカのほうが「故意の沈黙」という手段を用いることもある（『フェリーツェへの手紙II』一九一五年八月九日）。しかし、「ナゼヘンジナキヤ」（フェリーツェ宛の電報、一九一六年六月九日）というカフカの焦燥感に見てとれるように、基本的に、フェリーツェの沈黙のほうが威力の点で優っている。これに負けじとカフカは、再び手紙・葉書・電報で攻勢をかける。『フェリーツェへの手紙』は五〇〇ページにも及ぶ書簡集だが、総じて「フェリーツェの沈黙から逃れるためのカフカの攻勢」と捉えることができるのではないかと思う。

二人は一九一六年七月、マリーエンバートのホテルで十日間を過ごす。手紙の遣り取りだけでは分からない生身の女性を眼の前にして、カフカの不安はさらに深まる。一九一六年七月中旬、マックス・ブ

ロート宛の長い手紙で、カフカはフェリーツェとのギクシャクとした関係を次のように打ち明けている

――

僕は彼女をまるで知らなかったのだよ、むろんほかにもいろいろ思案することはあったけれども、当時の僕を妨げたのは、まさしく手紙のなかでの彼女の、その実際の姿をおそれる気持だった、彼女が大きな部屋で、婚約の接吻を受けるために僕に向かって来たとき、僕の身体を戦慄が走った、両親と出かけた婚約遠征は、一歩々々が僕には拷問だった、結婚を前にしてFと二人きりでいることほどに不安を覚えたことはかつてなかった。

（マックス・ブロート（編）吉田仙太郎（訳）『決定版カフカ全集9　手紙　1902-1924』新潮社、一九八一年）

一九一六年七月から一九一七年七月までの一年間、カフカは引き続きフェリーツェ宛の手紙を書いて、相手の沈黙を嘆く。一例として、一九一六年一〇月一五日の葉書を紹介したい。第一次世界大戦中の厳しい検閲の中、カフカは手紙から葉書に切り替えている。

今日またお便りなし。あなたはよく便りが来ないと書いて、その場合しかし来なかった便りが次の日に来たかどうか言っていません。しかしそうに違いないのです、毎日ぼ゙ぐば書゙い゙でい゙る゙の゙だ゙か

ら、（『フェリーツェへの手紙II』一九一六年一〇月一五日、傍点は引用者）

「毎日ぼくは書いているのだから（denn ich schreibe jeden Tag）」という言葉を読んで、真偽を確かめるため、葉書や手紙の日付（一〇月一五日をはさんで一日から三一日まで）をチェックしてみた（『批判版カフカ全集』の一分冊『書簡一九一四年春－一九一七年』二四三～二七一頁）。なんと、ほぼ毎日カフカは書いているではないか。「今日またお便りなし」から始まる葉書や手紙を毎日毎日受け取るフェリーツェの気持ちを考えると、沈黙したくなっても仕方ないと同情してしまうくらいだ。

さて、『フェリーツェへの手紙II』と並行して『手紙 1902-1924』のほうも読んでみた。すると、編集者宛の手紙の数が増えていることに気づいた。クルト・ヴォルフ書店宛の手紙では、「判決」「変身」「流刑地にて」をまとめて一冊の小説集『断罪』を出版すべきかどうかについて自らの意見を詳しく述べている。また、マルティン・ブーバー宛の手紙では、「新人弁護士」「田舎医者」などをまとめて『責任』というタイトルで刊行すべきか、あるいは、「ジャッカルとアラビア人」と「学会への報告」をまとめて、「二つの動物物語」というタイトルで載せるべきかについて意見を述べている。あたかも「フェリーツェの沈黙」との闘いをエネルギー源として、「本来の仕事＝書くこと」にカフカは燃えているといってもよいくらいだ。

そのような一年が経過後、一九一七年八月初め、カフカは初めての喀血。肺結核と診断されて以降、二度目の婚約解消まで、フェリーツェ宛の手紙は三通のみである。そのうち、喀血後一カ月たった一九一七年九月九日の手紙を読んでみたい。

> 最愛のひと、他ならぬあなたに対して、逃げ口上や少しずつ打ち明けるのはしてならないことです。唯一の逃げ口上は、ぼくが今日まで書かなかったことです。ぼくが黙っていたのは、あなたの沈黙のせいではありません。あなたの沈黙は当然だったし、驚くべきことはただあなたの親切な返事でした。［・・・］ぼくの沈黙の理由はこうでした――この前のぼくの手紙の後二日して、つまり丁度四週間前、ぼくは夜ほぼ五時に肺から喀血しました。十分ひどいもので、十分間またはそれ以上、喉から血が溢れ、もう決して止まらないのではないかと思いました。
>
> （『手紙　1902-1924』七〇四頁）

カフカの小篇「セイレーンたちの沈黙」を読みながら、私は「沈黙」について様々なことを改めて考えさせられた（雄弁は銀、沈黙は金（『維摩《ゆいま》経《きょう》』）の項［前著二三九頁参照］）。「沈黙」は雄弁以上に力を持ちうるものだという思いを抱くと同時に、力を持つ者に「沈黙」を無理強いされることもあれば、自ら選択した「沈黙」でさえ、いとも簡単に握り潰されたりすることもあり得ると気づかされた。

新聞の見出しを見れば、ミャンマー最大都市のヤンゴンで、国軍の統治に抵抗する市民が「沈黙のストライキ」をSNSで呼びかけたという記事が目に飛び込んできた。武力弾圧される事態を回避するため、外出を控えて経済活動を自主的に止める狙いのようだ。その動きに対し国軍は、ストライキへの参加を表明した市民らを逮捕したと発表（『朝日新聞』二〇二二年二月二日）。声を振り絞るシュプレヒコールより「ヤンゴン市民の沈黙」のほうが危険だと国軍は判断したのであろう。沈黙を無きものにしようとする国家権力の怖ろしさに私は身震いした。

北京オリンピックで喧しいテレビの画面を見ると、ロシア・オリンピック委員会（ROC）から参加した一五歳の少女が号泣しているではないか。無論、言葉を発することなどできない状態だ。優勝候補と目されながら、フィギュアスケートの最終滑走で転倒しメダルを逃したらしい。この少女（カミラ・ワリエフ）は、数日前に浮上したドーピング疑惑で、精神的に揺れ動いていたに違いない。

その翌日のテレビ報道にも驚かされた。演技を終え両手で顔を覆いながらリンクサイドに戻ってきたカミラを女性のコーチが迎えた時の映像だ。コーチはボロボロの状態の少女に対して、「最初のミスをしてから、試合を諦めたでしょ、なぜなの、説明しなさい」と詰問（叱責？）したという。私はロシア語を解せないので、コーチが何と言ったのか判然としないが、この映像を見た人々は、彼女の不適切な――内容としては理解できないわけではないが、訊くタイミングとして不適切な――言葉に怒りを覚えたことであろう。切り取られた映像、マイクに拾われた声、その部分に付けられた日本語の字幕。これはこれで恐ろしいなと思いながら――NHK五輪字幕疑惑が少し前、世間を騒がせていた――、「カミラの沈黙」のほうに私は気を取られてしまった。なぜなら、ドーピング問題が報道されてから、取材エリアを通り過ぎる際、顔をフードで隠し、逃げるようにして無言で消えていくカミラの映像が流されていたからだ。さらに、ショートプログラム上位三名の記者会見に彼女の姿はなかった。事実上の「沈黙」だ（恐らく周りからの要請なのだろうが・・・）。このような状態でフリーの演技も満足にできず、戻った瞬間、コーチから「なぜなの、説明しなさい」と言われても、沈黙せざるを得なかったのであろう。

（付記）「NHK五輪字幕疑惑」とは、BS1スペシャル「河瀬直美が見つめた東京五輪」という番組内で、登場した男性に「五輪反対デモに金で動員された」との誤った字幕を付けて放送した問題。

一五歳の少女から——一時的であろうが——言葉を奪ったのは、「愛情」という仮面を被った周りの大人たちであり、巨大化・商業主義化・勝利至上主義化したオリンピックという大会そのものであり、スポーツを国威発揚のために政治利用する指導者たちであることに間違いない。閉会式の直後に、ロシアによるウクライナ侵攻があったのは全くの偶然であろうか。そのように考えると、「カミラの沈黙」の裏側には、何やら恐ろしい魔物が潜んでいるように思えた。後味の悪さが残ったオリンピックのテレビ観戦になってしまった。

（付記）ロシアによるウクライナ軍事侵攻が進む中、ロシアの著名人たちが「戦争反対」の意思をインスタグラムに表明（二〇二二年二月二五日）。真っ黒の画像を投稿したのである。これも「沈黙」の一形態と言えるだろう。

「セイレーンたちの沈黙」も含めてカフカの小篇を読んでいると、「今、自分の周りで起こっていることについての真実が見えてくるような気がするなぁ〜」・・・こんなことを考えながら、私は自分の膝の上にモフモフを感じた。エッセイを書いている私の膝では、愛猫のミーが微かな寝息をたてている。

ミーちゃんは肥満予防のドライ食をあてがわれているのだが、量が少ないことを訴え、「ニャッ」「ニャー」「ニャーニャー」「ニャーン」「ニャーッオ」「ミャーッオ」と空腹の程度に応じて声音を変えて鳴く（セイレーンの歌声！）。しかし実際に彼女の欲しいのはウェット（鮪でなく鰹）のほうなのだ。それが冷蔵庫の中にあることを知っているため、ドライを少し残したままジッと待つ。冷蔵庫の前で五分も十分も声を立てずに待つ。妻と私は彼女の居場所を忘れたまま夕飯をとることになる。アッと気がつくと、三つ指をついてミーちゃんが台所の暗がりで待っているではないか。彼女の沈黙に根負けして私がウェットを与えようとする。すると妻がピシリと言う――「それだから、あなたはミーに甘過ぎるのよ。お医者さまに言われたとおり、一日カップ二〇〇CCを守らなくちゃダメなのよ！」

「ミーちゃんの沈黙」を打破する方策はないものかと私たちはあれこれ考える。時には口喧嘩になることもある。ある日、「沈黙を聞かなかったことにしたらどうだろうか」と私が提案。当初、「何を馬鹿なこと！」と言いたげな顔をしていた妻も、何やら成算ありと感じたようだ。もちろん妻には「セイレーンたちの沈黙」のことは話していない。話せば、「何を馬鹿なこと！」と強く言われるのがおちだから・・・

一五分、二〇分と経った頃、「作戦大成功！」と私たちが勝利の雄叫びを挙げるや否や、ミーちゃんは両方の前足を柱に当てて、ガリガリ引っ掻き始める。敵もさる者だ。ガリガリ、ガリガリ・・・。時々、チラッと私たちのほうを向く。そしてまたガリガリを始める。全くの無言。これこそが「ミーちゃんの沈黙」大作戦なのだ。飼い猫に翻弄され、骨抜きにされる。私たち老夫婦は名前こそ飼い主なのだが、実質上、女王様の従順な下僕・・・。ミーちゃんとの日々は、このような緊張をはらみつつ平和裏（?）に過ぎていく。

エッセイの下書きを書き終え、ふと卓上カレンダーを見る。にゃんと今日は二〇二二年二月二二日――猫の日――ではないか。カフカの描く妖婦セイレーンが我が家のミーちゃんに姿を変えたのではないかと妄想し、沈黙という武器を持つ妖猫を探すと、ソファーの上で相変わらず軽い鼾をかいて寝ている。

第三部　終わらないように終わる

カフカの『日記』を読んでいて、「アレッ?」と思う記述にぶつかった。一九一四年一月一九日付の日記である。

『変身』に対するひどい嫌悪。とても読めたものじゃない結末。ほとんど底の底まで不完全だ。当時、出張旅行で邪魔されなかったら、もっとずっとよくなっていただろうに。

(フランツ・カフカ(著)谷口茂(訳)『決定版カフカ全集7　日記』新潮社、一九八一年、二五三頁)

『変身』の執筆は一九一二年一一月〜一二月、一方、初出(月刊誌『ディ・ヴァイセン・ブレッター』)が一九一五年であるから、原稿を提出してから、「後の祭り」としての感想を書いたのであろう。そして、『変身』の結末がそのまま後世に残り、私たちは例の場面を読むことになっているわけだ。ぺしゃんこに乾いたグレーゴルの死骸を女中が片づけた後の場面(最終パラグラフ)である。多和田葉子訳の「変身《かわりみ》」(『ポケットマスターピース01　カフカ』集英社文庫、二〇一五年、七七頁)で読んでみたい。

それから三人はいっしょに外出した。何ヶ月ぶりだろう。郊外の自然をめざして電車で出かけた。三人以外には誰も乗っていない車両は暖かい日の光に満ちていた。

グレーゴルがいなくなった今となっては、三人にとって明るい将来が待ち構えているようだ。それぞれの職のことや引っ越しのことを話し合うザムザ夫妻と娘。そして、夫妻の視線が娘の方に向かう。

そうやっていろいろ話し合っているうちにザムザ夫妻は次第にいきいきしてきた娘を見ながら同じことを考えていた。このところ大変な弊害のせいで顔が青ざめていたにもかかわらず、娘は美しく華やかな女性に成長していた。二人は言葉少なになり、自分たちでも気づかぬうちに視線だけで理解し合いながら、誠実な男性を娘のために捜してやる時期が来たと思った。そして電車が目的地に着くと娘がまず立ち上がり、若々しく身体を伸ばしたことが、両親には自分たちの新しい夢と意図の正しさをしめす証のように思えた。

カフカが日記で後悔の念を記した『変身』の結末とは、この部分のことだろうが、なぜ、「ひどい嫌悪」を感じたのだろうか。なぜ、「とても読めたものじゃない結末」なのか。そして、なぜ、「ほとんど底の底まで不完全だ」と断じたのか。

カフカの小篇を読み続けてきて、私は遅蒔きながら日記の記述の意味が分かってきた。私たち読者は『変身』第三章の末尾を読んで、ストーリーが完結したという思いを抱き、読み終えた本を置く。何の変哲もないことだ。しかし、これこそがカフカにとって後悔の種だったのである。カフカは考えたに違いない――終わらないように終わらなくてはいけない、と。なぜなら、現実の世の中では誰にとっても、すっきり、くっきり、はっきりした終わりなどないからだ。小説が私たち人間にとっての真実を描くものであるとするならば、長短の違いを超えて、終わりらしい終わりで終わってはいけない――。一九一四年一月一九日付の日記でカフカが言おうとしたのは、このようなことだったのではないか。

『変身』にまつわる個人的なエピソードを記しておきたい。学生と一緒に *Die Verwandlung*（『変身』）を読んでいた時のこと。第一章の中盤に差しかかった頃、受講者の一人が教室に現れなくなった。熱心な学生だったたので、欠席の理由を他の学生に訊くと、彼女は空手の練習中、肋骨を折って入院してしまったのだという。この学生は学期末の試験になっても姿を現わすことはなかった。起き上がろうとしても思うように起き上がれないグレーゴルの様子を一緒に読んでいただけに、この学生の姿を頭に浮かべて、まさか、このようなことが自分の身の周りで現実に起きようとは・・・。「悪いことをしてしまったな～」とまで私は思うようになった。ベッドで寝たきりの状態になっていると他の受講生から聞かされていたのだ。

その学生が卒業したのかどうかも分からないまま時が経過してしまった。まさに、このエピソードは終わらないように終わってしまったのだ。よくよく考えてみると、このような形で終わってしまう人間の在り様や人間関係は特異なものではない。そうした真実を描こうとする時、カフカはジレンマに陥ったに違いない。一人前の作家として世に出ていくためには、どこかで折り合いをつけて、一つひとつの作品を完結させなくてはならない。劇的な大団円とまではいかなくても、終わるように終わらせなくてはいけない。しかし、ありのままの真実を描こうとするのなら、綺麗なエンディングにするわけにはいかない。カフカの作品には未完のものが多いが、職業的作家になりきれなかったカフカの真髄がそのような形で残されたのかもしれない。

長編『城』も未完の小説である。ところが、マックス・ブロートは遺稿整理の折、カフカ本人から聞いたとしてエンディングを再構成したという（ウィリー・ハース（著）原田義人（訳）「カフカ論」辻瑆・原田義人（訳）『筑摩文學大系 65』筑摩書房、一九七二年、四二九〜四三九頁）。ブロートの再構成によると、主人公の測量師Kが村への定着と仕事の確保をめぐる長い闘いの末、臨終の床に横たわっているとき、とうとう城からの使者が到着し、決定的な知らせをKに伝える。村に住む権利の要求権は持っていないが、情状を酌量して、村に住んで働くことを許可するという知らせだ。ブロートが「初版あとがき」の中で述べている「再構成に関わる箇所」を抜粋しておきたい。

カフカは、結末の章を書かなかった。しかし、この小説はどんなふうに終るのかというわたしの質問にたいして、つぎのように話してくれたことがある。名ばかりの測量師Kは、すくなくとも部分的には面目をほどこす。彼は、あくまで戦いをやめないけれども、もはや刀折れ矢尽きて死ぬ。その死の床のまわりに、村人たちが集まってくる。ちょうどそこへ城から、村に居住したいというKの要求は受入れられないが、ある種の付帯事情を斟酌して、村で生活し労働することは許可する、という決定がとどく。

（マックス・ブロート（編）フランツ・カフカ（著）前田敬作（訳）『決定版カフカ全集6　城』新潮社、一九八一年、三九六頁）

死の間際になってKは初めて生活と仕事が保障される。この案では城をめぐるKの闘いに一応の決着がつき、『城』というストーリーそのものも完結したように思える。つまり、「終わるように終わった」感じがする。ところが、カフカはこのような終わり方を文章として残すことはしなかった。病状の悪化が一因だったのかもしれないが、その理由は判然としない。いずれにしても、まとまりのない形でしかカフカが『城』という小説を残さなかったことだけは確かだ。

未完のまま終わることはカフカの中短編や小篇についても当てはまりそうである。そこで第三部では、「終わらないように終わる」という視座から六篇の小品を読んでみる。

(1)「こま」――不器用な鞭《むち》で叩かれたこまのように、彼はよろめいた

カフカの死後十年余りして世に出された短編集『ある戦いの記録』(一九三六年)の中に「こま」という小品がある。この小篇は創作ノート(死の四年前にあたる一九二〇年八月/一二月)に書き込まれていたものので、マックス・ブロートが Der Kreisel というタイトルを付して短編集に収めた。竹峰義和訳で読んでみたい。

「こま」

ある哲学者が、子供たちが遊んでいるあたりをいつもうろついていた。こまを持っている少年を見かけると、さっそく彼は待ちかまえた。こまが回転しだすと、哲学者はあとを追いかけて捉《つか》まえようとした。子供たちが騒ぎだし、自分たちの玩具《おもちゃ》に近づけまいとしても、彼は気にしなかった。まだ回転しているうちにこまを捉まえることができると、彼は幸せになるのだが、それもほんの一瞬だけのことで、すぐにこまを地面に投げ出して、立ち去ってしまうのだった。すなわち、彼はこう信じていた。たとえば回転するこまのように些細なものであっても、それを認識することは、普遍的なものを認識することに足りるのだ、と。それゆえ彼は大きな問題を扱うことはなかった。そ

れは彼には不経済のように思われたからだった。きわめて些細なものであろうとも、それを真に認識したならば、すべてを認識したことになる。だからこそ、彼は回転するこまを扱うのであった。こまを回そうと準備している姿を見ると、きまって彼は、今度は成功するだろうという希望を抱くのであり、こまが回転し、息を切らせながらそのあとを追っていくと、希望は確信へと変わった。だが、愚にもつかない木切れを手につかむと、気分が悪くなった。これまで聞こえてこなかった子供たちの騒ぎ立てる声が、いまや急に耳に入ってくるようになり、彼を追い立てた。不器用な鞭《むち》で叩かれたこまのように、彼はよろめいた。

（竹峰義和（訳）「こま」多和田葉子（編）『ポケットマスターピース01　カフカ』集英社文庫ヘリテージシリーズ、二〇一五年、二一三～二一四頁）

『ポケットマスターピース01　カフカ』の末尾に付された「作品解題」で川島隆氏は、「視点の揺らぎ」が「こま」という掌編を特徴づけていると述べている（多和田葉子（編）『カフカ』七六六頁）。つまり、著者カフカは「ある哲学者」について客観的な叙述から始め、読者に気づかれないように、リアルタイムで起きている一場面に移行し、「彼はよろめいた」という描写で物語を締めくくる。そうすることによって、読者を「知らず知らずのうちに『哲学者』との同一化に誘いこみ、彼の不安を共有させる」というのだ。そのうえで、「この物語では、回転するこまを手でつかむことが『普遍的なものを認識する』

道であると信じる『哲学者』の姿を通して、認識の不可能性という哲学的なテーマが扱われている」と述べている。

う〜ん、確かに、カフカの考えていたことは哲学的・認識論的な――「シリアスな」――テーマであったのだろう。短いけれど難しい作品だな〜。しかし、この小篇を繰り返し読めば読むほど、私の眼には「哲学者」のコミカルな残影がつきまとってしまう。「なぜだろうか」と考えてみた。

原語のPhilosoph（英語ではphilosopher）と訳語の「哲学者」の間にあるニュアンスの違いが関係しているのかもしれないと考えてみた。つまり、ドイツ語や英語の場合、ギリシア語に由来するphilo「愛すること」＋sophie／sophy「知」が根底にあるのに対し、日本語訳の「哲学」では、そのニュアンスが失われ、シリアスに受け取られてしまう。手許にある国語辞典によると、「哲」は「道理に明るい、かしこい、さとい、あきらか」、「哲学」は「人生・世界・宇宙など、事物の根本原理をきわめる学問。『—者』『—的』」と定義されている（『福武国語辞典』）。

Philosophは、新しいモノ（物・者）や珍しいモノに興味を示し、ジッと見つめ、嬉々として――あるいは恐る恐る――そのモノに触ってみたがる。そして、それが面白くないと分かれば、ポイと投げ捨ててしまう。それに対し「哲学者」は、「回転するこまを手でつかむことが『普遍的なものを認識する』道であると信じる」。このような語感の差異から私の違和感が生じたのだと思う。

「こま」全体に流れる滑稽な雰囲気は何だろうと、あれこれ考えているうちに、二〇二〇年の春、新型コロナウイルスに感染して死亡した志村けんの顔が浮かんできた。このコメディアンが生きていたならば、この場面をコントに仕立て上げることができたかもしれない。あまりにもシリアスにならず、そうかといって、あまりにもコミカルにならず、「哲学者」の一挙手一投足を演じてくれたのではあるまいか。

「こま」という小篇で「哲学者」は「不器用な鞭で叩かれたこまのように、よろめく」のだが、志村けんは感染症に罹患後、アッという間に亡くなってしまった。悲喜劇（ドイツ語 Tragikomödie／英語 tragicomedy）という語があるが、このコメディアンは「こま」という一幕の短い悲喜劇を、まさに身をもって私たちのために演じてくれたように思える。

二〇二〇年の春、COVID-19のパンデミックが報道されるようになってから、テレビの画面には黄色の地に赤黒い円環のウイルスが毎日のように映し出されていた（もっとも後日、何がしかの力が加わって白黒の映像に差し替えられることが多くなったが）。いずれにしても、それが新型ウイルスだと言われても、私たち素人には（恐らく感染症の専門家にすら）ウイルスの正体を捉まえることはできないというモヤモヤ感があった。「哲学者」がこまを止めることによって全体の認識を得ようとするように、科学者も全体の一部を切り取って真実を捉えようとしていたのだ。ところが、私たち一般市民には新型コロナウイルスの真の怖さが十分に伝わってきたとは言えなかった。
そして、様々な場所におけるクラスターの発生、学校の一斉休校、二〇二〇東京オリンピック・パラリンピックの一年延期決定、非常事態宣言・・・。そのようなドタバタ劇の中で、志村けんは私たちの前から忽然と姿を消した。このコメディアンの顔や姿を頭に描いていただきたい。志村が扮する「哲学者」を想い浮かべるだけで、彼が多少なりともコミカルな要素を残してくれたのではないかと思えるはずだ――遺族には失礼な言い方になるかもしれないが。

バカ殿様（あるいは、変なおじさん）に扮した志村けんが口を歪め、顎を突き出し、一点を見つめている。そこには、勢いよく回っているこまがある。こまは止まっているのか動いているのか。志村は上体をこまの方に折り曲げ、眼を開いてジッと見つめる。止まっているように見えても本当は動いているのではあるまいか。志村は気になって仕方がない。子どもたちが騒ごうが気にかけない。子どもたちの声は耳に届いていない様子。こまは回転しながら自らの位置をずらす。そのこまを必死に追う志村。やおら、勢いよく回っているこまを掴み、手の上に乗せ、ジッと見つめる。一瞬、ニカっと笑った顔をこちらに向ける。しかし、手の中には木っ端が一つあるだけ。しなだれる志村・・・。気分が悪くなり、ガクッと膝を地面につける。すると、「返せ、返せ」と騒ぐ子どもたちの声が突然耳に入ってくる。子どもたちをチラッと見てから、志村はこまを地面に投げ出して、その場から逃げ去ろうとする。両脚が交差してヨロヨロする。そして、振り向いて、ひとこと――「だいじょうぶだぁ」

「動いているこまを止めても全体の認識には繋がらない」、あるいは「瞬間を切り取って捉まえても真実は未だに掴めていない」――そのようなことに気づいた「哲学者」を演じるには志村けんが最適だと私には思えた。彼のコントはシリアスなテーマを扱っても、コミカルな要素を合わせ持っていたからだ。息の詰まる日常生活の中で、「アイーン」「ナンチャッテ」「カラスの勝手でしょ」「だっふんだ」などというギャグに触れ、多くの子どもたちは救われてきたのだと思う。「物事を真剣に考える」ということに対する軽視や蔑視から出たものではなく、「たとえ真剣に考えても全てがキチンと分かるわけではない」という異なった観点から出たものであろう。あるいは、「興味を惹かれたものに子ども（特に幼児）がよくするように、面白さを感じ、ジッと見たり、手で触ったりするのだが、それほど面白くなかったらポイと投げ捨てる」――そうした心の内側を表す仕草が子どもたちの心を鷲づかみにしたと考えられる。子どもたちは直観的に志村けんのユーモアを受け止めていたのだと思う。

もう一度テクストを読んでみよう――

彼はこう信じていた。たとえば回転するこまのように些細なものであっても、それを認識することは、普遍的なものを認識することに足りるのだ、と。〔・・・〕だが、愚にもつかない木切れを手につかむと、気分が悪くなった。

回転しているこまの動きを止めて、どんなに観察してみても真実が掴めるわけではない。回転をやめたこまを凝視し続けるだけでは全体の認識に辿り着けない。このことにPhilosophは気づいたのだ。動きのある状態——不安定な状態——こそが生きている証しであることに気づいたのだ。気づいてしまったからこそ、面白みがなくなり、Philosophは気分が悪くなったのであろう。一方、子どもたちのほうは、そのような認識論的な事実に拘泥しないから遊びに興じることができている。あるいは、直観的に気づいているものの、遊びに没入するあまり、気にせずにいられる。それゆえ、自分より真に生きているのかもしれないとPhilosophは考えたのだろう。いずれにしても、動かなくなった木っ端を手にし、現実に引き戻された途端、子どもたちの喚声がPhilosophの耳に届いたのだ。その時の気持ちを揺れ動くこまになぞらえて、カフカは次のように書いたのだと思う。

不器用な鞭《むち》で叩かれたこまのように、彼はよろめいた。

この掌編を書いた翌々年（一九二二年）、カフカは『城』の執筆に着手している。「絶対的な基準のない世界」を目の当たりにして、そのような現実を描くための文体をカフカは模索していたのであろう。さらに遡って、一九一二年に『アメリカ／失踪者』、一九一四年に『審判／訴訟』の執筆に着手していたのだが、両者とも未完に終わっている。

「こま」は、未完の長編に着手しては諦め、また別の長編に挑む間に書かれたものだが、フラフラとよろめく「こま」になぞらえられたPhilosophは、カフカの自画像かもしれない。揺れ動く現実、その根底にある真実を如実に表す文体を追い求める姿が目に浮かぶようだ。その姿はヨロヨロしているかもしれないが、決して悲壮感のみを漂わせているわけではない。どこかしら喜び――真実を求める喜び――に満ち溢れたものであり、外側から見ると滑稽な姿に映るということではあるまいか。

翻って私たちの日常生活を考えてみよう。「当然なこと、確かなこと」と考えられている一コマ一コマを観察してみると、意外なほど不確実、不安定な要素で溢れている。「生きる」ことは不安、不安定で充ち満ちている。このことを、新型コロナウイルスに感染し肺炎で急死した志村けんが、このうえなく鮮明に私たちに示してくれたのではあるまいか。柩の中からムックリ起き出した志村が顎を突き出して私たちに言っているように思える――「アイーン」と。

(2)「皇帝の使者」――使者はなんと空しくもがいていることだろう

カフカが一九一七年三月に執筆し、二年後の一九一九年、短編集『田舎医者』に「新しい弁護士」「ジャッカルとアラビア人」「掟の門前」「隣り村」「ある学会報告」などとともに収録・出版した小篇がある。「皇帝の使者」(Eine kaiserliche Botschaft)である。この小篇を池内紀訳(岩波文庫版)で読んでみたい。

「皇帝の使者」

伝わるところによると皇帝はきみに――一介の市民、哀れな臣民、皇帝の光輝のなかではすべもなく逃れていくシミのような影、そんなきみのところに死の床から一人の使者をつかわした。使者をベッドのそばにひざまずかせ、その耳に伝言をささやいた。それでも気がかりだったのだろう。あらためてわが耳に復唱させ、聞きとったのちコックリとうなずいた。そして居並ぶすべての面々の前で――壁はことごとく取り払われ、たかだかとのびてひろがる回廊をうめつくして帝国のお歴々が死を見守っている――その前で使者を出立させた。

使者は走り出た。頑健きわまる、疲れを知らぬ男である。たくましい腕を打ち振り、大いなる群れのなかに道をひらいていく。邪魔だてする者がいると胸を指した。そこには皇帝のしるしである太陽の紋章が輝いていた。身も軽々と使者は進んでいく。群衆はおびただしく、その住居は果てしない。広い野に出れば飛ぶがごとくで、きみはまもなく、きみの戸口をたたく高貴な音を聞くはずである。

だが、そうはならない。使者はなんと空しくもがいていることだろう。王宮内奥の部屋でさえ、まだ抜けられない。決して抜け出ることはないだろう。もしかりに抜け出たとしても、それが何になるか。果てしのない階段を走り下らなくてはならない。たとえ下りおおせたとしても、それが何になるか。幾多の中庭を横切らなくてはならない。中庭の先には第二の王宮がとり巻いている。ふたたび階段があり、中庭がひろがる。それをすぎると、さらにまた王宮がある。このようにして何千年かが過ぎていく。かりに彼が最後の城門から走り出たとしても——そんなことは決してないであろうが——前方には大いなる帝都がひろがっている。世界の中心にして大いなる塵芥の都である。これを抜け出ることは決してない。しかもとっくに死者となった者の使いなのだ。

しかし、きみは窓辺にすわり、夕べがくると、使者の到来を夢見ている。

（池内紀（編訳）「皇帝の使者」『カフカ寓話集』岩波文庫、一九九八年、九～一〇頁）

編訳者は三〇篇からなる『カフカ寓話集』の冒頭に「皇帝の使者」を配している。特別な寓意性を読者に感じ取ってほしいと考えてのことだろうか。それとも別の意図があったのだろうか。末尾に付された編訳者による「解説」を覗いてみよう。

『カフカ寓話集』と名づけているが、「寓話」にとくに強い意味はない。カフカの短篇のある特徴を借りたまでであって、解釈、読み方は自由である。（『カフカ寓話集』二四二頁）

池内氏の思惑から遠くかけ離れて、この作品には寓話性に重きを置く様々な解釈がなされている。例えば、「決して届くことのないメッセージをただ待つ姿勢には、ひたすら恩寵を待ち続けてきたユダヤ民族の姿が透けてみえる」とか、「恩寵がなお到らないのに、なおもあえてそこに恩寵が約束されていることの証をみようとしている人々を描いている」とかという解釈である（坂内正『カフカの中短篇』福武書店、一九九二年、二二六頁／二八九頁）。

あるいは、ハプスブルク二重帝国が内蔵していた官僚機構を描いているという解釈もある。走っても走っても目的地に辿り着けない使者の心境は、ボヘミア王国労働者傷害保険局に勤務していたカフカの日常的な姿を映し出しているというのだ。

このような解釈を読んで私は、ふと思った。いや待てよ、そのように難しく考えながら読まなくてもよいのではないか。臨終の床にいる皇帝が臣民の一人である「きみ」に使者を遣わすのだが、その使者はなかなか「きみ」のところに辿り着けない。使者は空しくもがく。王宮の部屋、階段、中庭、第二の王宮、階段、中庭、第三の王宮・・・足は動かしているのだが、思うように前に進めない。すでに出発してから何千年（！）かが過ぎ去っている。それでも「きみ」は窓辺にすわり、夕べがくると、使者の到来を夢見ているというのだ。

「小さな寓話」という小篇を読んだとき、カフカが自分の抱いたイメージをことばに置き換えようと努力している点に私は気づいた（「『小さな寓話』——この長い壁がみるまに合わさってきて」の項［第二部の（1）］参照）。鼠の焦燥感・切迫感・絶望感は鼠のものだけでなく、カフカ自身の抱いた感情であったのではないか。カフカは読者に対して寓意性を探させようとしているのではなく、自分自身の抱いたイメージ（ハラハラ感やオロオロ感）を伝えようとして「小さな寓話」を書いたのであろう。それと同様に「皇帝の使者」でも、寓意性を押し付けるのではなく、目的地に辿り着けないドギマギ感／ジタバタ感や、皇帝の綸旨《りんじ》（eine kaiserliche Botschaft）が届かないジリジリ感／ヤキモキ感を何とかして読者に伝えようとしたのではないのだろうか。

先ほど引用した池内氏のことば「カフカの短篇のある特徴」とは、このことを示唆しているのではないだろうか。つまり、ことばによって寓意を読者に押し付けるというより、イメージをことばに置き換えることによって感じや思いを伝えるという特徴なのではなかろうか。よもや、道徳的な教訓を読者に押し付けるものではあるまい。

夢の中であろうと、現実の生活の中であろうと、誰しも「鼠」や「使者」のような感覚を抱き、もがき、あがいた経験があるのではないだろうか。私に限って言えば、中学校の運動会の一五〇〇メートル競走で、他の走者がグングン前を走っていくのに追いつけず、あがいている自分。懸命に腿を上げようとするのだが上がらず、どんどん前の走者が小さく見えてくる。これは現実の経験であると同時に、夢にも出てきたもがき／あがきである。

あるいは、大学入試の模擬試験でインテグラルの数式問題が解けず、もがいた記憶。時間は刻々と進むのだが、鉛筆を持った手は止まったきり。なんと半世紀以上前のことである。

さらに、外国語でスピーチをしている最中、ある表現が頭に浮かんでこないため、立ち往生してしまい醜態をさらけ出した経験。ハラハラ、ドキドキしているのだが、頭の中は真っ白（「Why not? のあとの沈黙」の項［前著一九〇頁］参照）。

病床の父親と偶々ふたりきりになった時のこと。父は私を枕元に呼んだ。小さな声だがハッキリと、妻（私の母親）の行く末を案じるメッセージ（遺言だったのかな？　読者の皆さん、詳細はナイショ！）を私に伝えた。後日、私は二人の姉と一人の弟に父のメッセージを伝えに行ったのだが、全員に伝えるには（何千年とは言わないが）、かなりの日数がかかったことを覚えている。

「きみ」の立場からの思い出もある。父の葬儀の日は息子の大学入試合格発表と重なった。夕刻、家族全員で帰宅し、恐る恐る外のメールボックスを覗いてみると・・・結果発表の封筒がないではないか。息子の顔は真っ青だ。黙食による夕食の途中、ふと思いついた息子が玄関ドアの内側にあるメールボックスを開きに行く。このメールボックスに葉書や封書は滅多に配達されないのだが、その日に限って、そこにはチヨコンと封書が入っていたらしい。息子は隠れたところで封書を開封。受験番号は・・・記されていなかった。不合格通知だったのだ。それからが本当の「お通夜」——。

（付記）数日後、私は元職場の同僚Yさんに息子の受験失敗について話した。敬虔なカトリック教徒であるYさんが言ったことばを今でもよく覚えている。「それは良かったですね、松原さん。息子さんにとって、良かったんですよ」。そのことばを聞いて私はキョトンとしてしまった。しかし後で考えてみれば、Yさんの言うとおり、若い時にそのような試練を与えられることは息子にとって「良い」ことだったと思える。

（付記）このエッセイの執筆時（二〇二一年五月中旬）、新型コロナウイルス・ワクチンの予防接種に関する「皇帝、いや、市長からの知らせ」は未だに届いていない。何千年先（！）になるか分からないが、使者の到来を夢見て窓辺に座っていることにしよう。夜空に見える光も、何億年前に死んでしまった星の光かもしれないのだから、焦ってはいけない――このように自分に言い聞かせている。

さて、「皇帝の使者」に戻ろう。成立経緯を調べてみると、この小篇は単独の作品として書かれたものではなく、「万里の長城」という短編から抜粋されたものであることが分かった。岩波文庫版の訳者は、新しく世に出た『手稿版カフカ全集』所収「八つ折り判ノートC　一九一七年二月／三月」に基づき、「皇帝の使者」の部分を含む「万里の長城」を訳し直している（池内紀（訳）『カフカ小説全集5　万里の長城ほか』白水社、二〇〇一年、二八二～二九六頁）。

「万里の長城」という短編の語り手である「わたし」は、若い頃、長城建設に従事していたという設定。その「わたし」が長城建設の経緯や、建設にあたって工区分割方式が採用された理由を詳細に説明する。そのうえで、長い間、民族の比較研究に専念してきた「わたし」にとって、中国の君主制という制度が実に曖昧模糊としている点に関し、お伽噺、喩え話をまじえて語る。つまり、「皇帝の使者」は、「君主制や万里の長城建設にまつわるおびただしい伝説」の一つとして紹介されているのだ。白水社版にはタイトルが付いていないのだが、「皇帝の使者」に相当する部分を以下のように導入している――

ひとつ伝説《つたえばなし》があって、この間の事情を実に見事にもの語っている。それによれば皇帝があなたに、一介の平民、名もない臣民、輝かしい太陽を逃れて世のはてに息を殺してひそんでいる影同然のあなたに、死の床から死者を送った。
[・・・]

(『カフカ小説全集5　万里の長城ほか』二九一頁)

そして、「皇帝の使者」にあたる部分に続けて、カフカは皇帝と民衆の関係について以下のように述べている。少し長くなるが記しておきたい。

つまりがこのように民衆は絶望と希望のいりまじったまなざしでもって皇帝を見つめている。今がどの皇帝の御世か知らず、名前すら怪しい。歴代の皇帝の名前は学校で習ったが、制度そのものがいたって曖昧であるからには優等生でもあやふやにならずにはいないのである。村ではいまだ、とっくの昔に死んだはずの皇帝が健在であり、歌に伝わっているだけの皇帝が、つい先だって詔勅を発して神官が祭壇の前で朗読したばかりである。大昔の戦争がこのごろようやく勃発して、隣人が息せき切って報告にとびこんできたばかりだ。皇帝の側室たちはポッテリとした肢体を絹のしとねに横たえて狡猾な廷臣たちと放埒に耽っている。権勢欲にみち、欲望をたぎらせ、情欲にむせびながら日ごとに悪事の数々をくり返すのだ。時がたてばたつほど凄惨の色は深まり、いましも大きな声があがった。村に知らせが届いたのだ。数千年前の女帝が夫の血をさもうまそうに飲みほしたという。われらが民衆と過去の皇帝の関係はかくのごとくである。

（『カフカ小説全集5　万里の長城ほか』二九二〜二九三頁、傍点は引用者）

「数千年も経ってから村に知らせがあった」ということは、時間的懸隔によって、皇帝と民衆の隔絶感を暗示しているのであろう。ちなみに、独立した形で発表された小篇にカフカは *Eine kaiserliche Botschaft* というタイトルを付けている。Botschaft の原義は「知らせ、（公的な）メッセージ、綸旨」であるが、池内訳では「（皇帝の）使者」という日本語が当てられている。それに対し、長谷川四郎訳『カフカ傑作短篇集』（集英社文庫、一九八八年）には「皇帝のメッセージ」というタイトルが付されている。長谷川訳のほうが元のタイトルに近い日本語であることは確かである。

他の訳書にも当たってみよう。川村二郎訳（『決定版カフカ全集1　変身、流刑地にて』新潮社、一九八〇年）は「皇帝の綸旨」という表題で収録している。また、吉田仙太郎訳（『決定版カフカ全集9　手紙 1902-1924』新潮社、一九八一年）でも、『田舎医者』に収録されたこの小篇を「皇帝の綸旨」と言及。大山定一訳（「支那の長城が築かれたとき」『カフカ全集III』新潮社、一九五三年）には独自の表題が付けられていないが、Botschaft は「綸旨」と訳されている。

これは私の推測だが、カフカは「万里の長城」の一部に書いた「村に知らせが届いた——数千年前の女帝が夫の血をさもうまそうに飲みほしたという」という一文が頭に残っているため、あくまでも

Botschaft（知らせ、伝言、メッセージ、綸旨）に焦点を置いて題名を付けたのであろう。ところが、本体から切り離されてしまった途端、Botschaft の中身が抜け落ちてしまった。そのため、訳者の池内氏は、Bote（使いの者、使者）の動き——滑らかではないゆえに、それだけインパクトが強くなっている——を重視し、「皇帝の使者」というタイトルを付けたのではないだろうか。

そのように考えたうえで、池内訳の末尾にある一文を読み直してみたい——

Du aber sitzt an Deinem Fenster und erträumst *sie* Dir, wenn der Abend kommt.（イタリックは引用者）

（Franz Kafka, „Eine kaiserliche Botschaft“ *Drucke zu Lebzeiten.* Hrsg. von Wolf Kittler, Hans-Gerd Koch und Gerhard Neumann, Fischer Verlag, 1994, S. 282）

（池内訳）しかし、きみは窓辺にすわり、夕べがくると、使者の到来を夢見ている。

これに対し長谷川訳は、sie を Botschaft の四格を表す代名詞として捉えて以下のように訳している。

（長谷川訳）しかるに、汝は汝の窓辺に坐して、夕べともなると、そのメッセージを夢みているのだ。

「皇帝の使者」の成立経緯をさらに調べてみると、この作品の初出は『自衛』（ユダヤ人向け週刊誌）の一九一九年九月二四日号（第13巻 第38・39号）であることが分かった。つまり、短編集『田舎医者』掲載前に、独立した形で発表されていたのだ。それにしても、なぜカフカは八つ折判ノートCの「万里の長城」から切り取って、「皇帝の使者／皇帝の綸旨」に当たる部分を独立させて発表したのだろうか——。

独立した形の「皇帝の使者」を読む限り、万里の長城建設にまつわる話であるとは思いつかない。その点は捨象され、ひとえに皇帝と死者と臣民の一人（「きみ」）についての話になっている。この小篇の出版に至る経緯を探るべく、私はカフカの『手紙』を読み直してみた。すると、一九一七年五月一二日付け、マルティン・ブーバー（ユダヤの哲学者、宗教作家、月刊誌『ユダヤ人』の主宰者）宛の手紙に以下の記述が見つかった。「皇帝の使者」そのものについての手紙ではないのだが、興味深い内容であるため書き留めておきたい。

ドクトル・ブーバー様　啓上

お手紙まことにありがとうございます。どうやらこれで小生も、《ユダヤ人》に参加いたしましたが、いつもこんなことはありえないと考えておりました。比喩というふうには、どうかこれらの作品をお呼びにならぬよう、お願いいたします。これは本来、比喩ではありません。全体の表題が必要だとなれば、「二つの動物物語*」あたりが最上かと存じます。

＊原注「ジャッカルとアラビア人」、「学会への報告」の二篇。（『手紙』一七五頁）

（付記）この二作品は「皇帝の綸旨」とともに短編集『田舎医者』に収録・発表された。

寄稿作品の中に編集長ブーバーは、比喩や寓意を認めたようである。それに対し、作者のカフカが変更を要請する趣旨である。おそらくカフカは、自分の書いた作品を比喩や寓意ということばで片付けてもらいたくないという気持ちを抱いていたのであろう。あるいは、宗教や政治（シオニズム）と強く関連づけて考えてもらいたくないという気持ちだったのかもしれない。

このようなことは『変身』出版の過程でも起きていた。一九一五年一〇月二五日付、クルト・ヴォルフ書店宛の手紙にカフカの思いがストレートに述べられているので、少し長くなるが引用しておきたい。

謹啓

先だってのお手紙では、オトマール・シュタルケが『変身』の扉絵を描くはずだとのことでした。で、私はちょっとしたショックを受けております、ただこれは、『ナポレオン』でこの画家を知るかぎり、おそらくじつに無用なショックかもしれませんが。つまり、シュタルケの挿絵は実際通りだものですから、彼はたとえば昆虫そのものを描こうとするかもしれない、そんな気がしたわけです。これはいけません、どうかこれはおやめ下さい！　私は彼の勢力圏を制限するつもりはありません、私は当然のことにこの物語をよりよく知っているのですから、それだけでお願いするのです。昆虫そのものを描くことはいけません。しかも、遠くのほうからでも、姿を見せてはいけないのです。彼にそんなつもりはなくて、したがって私の懇請を仲介し、口添えしていただければ、まことにありがたいのですが。挿絵について私自身が提案をしてよろしければ、つぎのような場面を選ぶことになるでしょう、両親と支配人が閉じたドアの前にいるところ、あるいはもっといいのは、両親と妹が明るい部屋にいて、暗闇の隣室へのドアが開いているところ。

校正の全部、ならびに批評文を、すでにお受取り下さったと思います。

最上の御挨拶をもって

フランツ・カフカ　敬具

（『手紙』一五二頁）

（付記）実際に出版された『変身』（初版本）の表紙には、ガウン姿の若者が描かれている。この若者は不安そうに両手で顔を覆い隠している。背後には、ほんの少しだけドアの開いた部屋が暗闇の中に浮かび上がっている。

カテゴリーに押し込まれるのを嫌った理由《わけ》は、「書くこと」についてカフカが持ち続けた信念に関わることのように思える。つまり、自分の書くことは――多少の捻りはあるものの――夢も含めて、生身の人間として自分が感じていることなのだという自負心なのではないか。そうであるならば、読者としての私たちは「解釈」にこだわり過ぎず、カフカが抱いた感覚（イメージ）にこそ「全集中」して読むべきなのであろう。カフカの文章の中に理念を追い求め過ぎず、生身のカフカとの共振を求めたらよいのではないだろうか。

ここまで書いてきて、ふと頭に浮かんだことがある。『観察』の訳者・吉田仙太郎が『カフカ自撰小品集』第一部末尾の「訳者からひとこと」に記していることばである。吉田氏は「インディアンになりたい」という小篇について以下のように述べている（「だって拍車も手綱も元々なかったんだ」の項［前著二七〇頁］を参照）。

その後の作品にも見られない鮮烈な無への突入と、そのスピード感と、そのスピードのなかの静謐感が完璧な形式感覚に与えられているし、いわゆる〈カフカ的〉なモチーフの萌芽が、随所に見られる。［・・・］読者諸氏が能うかぎり先入見から遠ざかって、無心にお読みくださることを願うばかりである。

（吉田仙太郎（訳）『カフカ自撰小品集』グーテンベルク21、二〇一〇年）

吉田氏が、「いわゆる〈カフカ的〉なモチーフ」と呼んだ本質は、理念先行の独断（ドグマ）に囚われるのではなく、文章化される前に自身が抱いた感情（イメージ）——とりわけ、希望、絶望、懸念、不安など——を炙り出す手法ではないか。吉田氏の「訳者からひとこと」に初めて接したとき、私にはその趣旨がよく分からなかった。しかし、ようやく、「能うかぎり先入見から遠ざかって、無心に読む」という氏のアドバイスが私に何かを教えてくれたような気がしてならない。

この「何か」に導かれて、先ほど提示した疑問に対する私なりの考えを記しておきたい。その疑問とは——なぜカフカは八つ折判ノートCの「万里の長城」から切り取って、「皇帝の使者」に当たる部分を独立させて発表したのだろうかというものである。

本体から切り離された「皇帝の使者」は、皇帝・使者・臣民の一人（きみ）の三者に重点を置くことによって、君主制における皇帝と民衆の込み入った関係や、万里の長城建設にあたっての工区分割方式などについて深く触れる必要がなくなる。さらに、綸旨（メッセージ）の中身（数千年前の女帝が・・・云々）から遠ざかることが許される。そうすることによって、三者三様の心模様に焦点を当てることができるのだ。つまり、死の床に就いている皇帝の抱く気懸かり、走っても走っても目的地にたどり着けない使者を襲う苛立ち、焦り、空しさ、そして、いつまでたっても来るべき使者が来ないことから生じる「きみ」の諦め、あるいは仄かな期待——。これに似た感情を日常生活の折々にカフカは抱いたのであろう。そのような気持ちを、まとまった形で表してくれるものとして「皇帝の使者」に当たる部分が適切と考えたのではないか。「万里の長城」から切り取って独立した形で発表した意図は、そこにあったのではなかろうか。私は、そのような意図に共振しながら、自分なりに「皇帝の使者」という掌編を読んだ。

（付記）日本語訳の第三段落「だが、そうはならない。使者はなんと空しくもがいていることだろう」以下を原文で読んで、臨場感・切迫感を味わってみたい。そこには、立ち往生する使者のハラハラ・ドキドキ感が、セミコロンの連続、及び同一の語や文法形式の反復で見事に表現されている。詳細については、西嶋義憲「カフカのテクスト Eine kaiserliche Botschaft の構造——文芸技法の言語学的分析」『言語文化論叢』（金沢大学国際基幹教育院外国語教育系）22巻、五七〜七八頁、二〇一八年三月を参照。

Aber statt dessen, wie nutzlos müht er sich ab; immer noch zwängt er sich durch die Gemächer des innersten Palastes; niemals wird er sie überwinden; und gelänge ihm dies, nichts wäre gewonnen; die Treppen hinab müßte er sich kämpfen; und gelänge ihm dies, nichts wäre gewonnen;

die Höfe wären zu durchmessen; und nach den Höfen der zweite umschließende Palast; und wieder Treppen und Höfe; und wieder ein Palast; und so weiter durch Jahrtausende; und …

（Franz Kafka, „Eine kaiserliche Botschaft“ *Drucke zu Lebzeiten*. Hrsg. von Wolf Kittler, Hans-Gerd Koch und Gerhard Neumann, Fischer Verlag, 1994, S. 281–282）

そろそろ、この項を締めくくらなくてはならない。カフカが抱いたであろう日常生活での気懸かり、苛立ち、焦り、空しさ、諦め、そして仄かな期待を探るべく、カフカがフェリーツェ・バウアーに宛てて書いた手紙や葉書を読み直してみた（マックス・ブロート（編）城山良彦（訳）『決定版カフカ全集10&11 フェリーツェへの手紙（I）&（II）』新潮社）。ここには、夥しい数の手紙や葉書、そして電報（一九一二年九月二〇日から一九一七年一〇月一六日まで）が収録されている。フェリーツェに手紙や葉書を書き、彼女からの便りを待つ過程で、カフカが大きな感情の起伏を経験したのではなかろうかと私は考えたのだ。

よそよそしい感じのする最初の手紙には、カフカの用心深いことば（用意周到な反語的表現）が次のように書かれている。呼びかけの頭語も念入りである。

尊敬するお嬢様！（Sehr geehrtes Fräulein!）

私はまた、手紙がきちんと届くことを、けっして期待しません。たとえ毎日新たな緊張をもって、手紙を待っているとしても、それが来ない場合、けっして失望しないのです。結局届いたときは、ともすると驚くぐらいです。［・・・］

心から忠実な貴方のドクトル・フランツ・カフカ（Ihr herzlich ergebener Dr. Franz Kafka）

（一二年九月二〇日、手紙）

（付記）カフカは労働者災害保険局の便箋を使って書いているだけでなく、返信の宛先も職場にしている。

その一週間後、祭日にもかかわらずカフカは、いそいそとオフィスに出かける。

尊敬するお嬢様（Verehrtes Fräulein）［・・・］私はすこし歌いながらオフィスにやってきました。もし貴方の手紙をとりに来たのでなかったら、今日、祭日にオフィスへどうして来る理由があったか、実際自分でもわからないのです。［・・・］

貴方のフランツ・K（Ihr Franz K.）

（一二年九月二八日、手紙）

待つこと一カ月弱――ついにフェリーツェからの返信！　カフカは欣喜して以下の返信を送る。えっ、これってフィッシング詐欺?

お嬢様!(Gnädiges Fräulein!)なぜ貴方は私に書かなかったのですか? [・・・]手紙が紛失したのでしょうか? しかし私の手紙は、投げ棄てられるには大きすぎる熱意で出されたものですし、貴方の手紙は期待されすぎているのです。一体、ほかに説明のしようがない不安な期待のなかで起るよりほかに、手紙がなくなることがあるでしょうか? [・・・]私がイマーヌエル・キルヒ通りの郵便配達人で、この手紙を貴方の住居にもっていくのでしたら、驚いている家族の人々に妨げられないで、すべての部屋をまっすぐ通り、貴方のところへいって手渡しするのですが。いやそれより、私自身が貴方の住居のドアの前にいき、私の満足のいくほど、すべての緊張が解ける満足を覚えるまで、無限に長いあいだベルを押しつづけたいのですが!

貴方のフランツ・K(Ihr Franz K.) (一二年一〇月一三日、手紙)

え? ストーカー? 現在では完璧な犯罪であろう。しかし私には、カフカの気持ちがよく分かる。なぜならカフカと同じ年齢の時、私自身がこれと同じ「ストーカー行為」をしたことがあるからだ。詳細は省くことにして、先を急ごう。フェリーツェとの間で婚約-婚約解消を二度繰り返す間、カフカは「走っても走っても、なかなか目的地に辿り着けない使者の焦燥感」と、「待てど暮らせど届かない手紙を待ち焦がれる『きみ』の諦めと仄かな期待感の入り混じった気持ち」の双方を抱いたであろう。

文通が始まってから約一カ月後（一九一二年一一月一一日）の手紙（実は、この日に書かれた三通目の手紙）で、カフカはフェリーツェをSie（「あなた」を意味する敬称）からDu（「きみ」を意味する親称。手紙では慣例的にdを大文字にしてDu）に切り替えている。この手紙の一部を明星聖子氏の訳で紹介したい。

週に一度だけお便りください。日曜日に僕が受け取れるように。つまり、毎日の手紙にはたえられない、たえる状態にないのです。例えば、あなたに返事を書いて、それからベッドで一見静かに寝ていますが、しかし心臓の鼓動が全身を走り、あなたのこと以外は何もわからないのです。ぼくがどんなに君としっかり結びついているか、他にはどう表現することもできないし、どういおうと弱すぎる。でも、だからこそ、僕は知りたくない、君が僕に好意を持っていることも［・・・］

（明星聖子『カフカらしくないカフカ』慶應義塾大学出版会、二〇一四年、六二頁、傍点は引用者）

（付記）この部分の原文は以下のとおり。Sie, Ihren などの敬称、および、Du, Dir などの親称を引用者が斜体にした。また、敬称から親称への切り替えを明示。

Schreiben *Sie* mir nur einmal in der Woche und so, daß ich *Ihren* Brief Sonntag bekomme. Ich ertrage nämlich *Ihre* täglichen Briefe nicht, ich bin nicht imstande, sie zu ertragen. Ich antworte z.B. auf *Ihren* Brief und liege dann scheibar still im Bett, aber ein Herzklopfen geht mir durch den Leib und weiß von nichts als von *Ihnen*. 〔ここから切り替え〕 Wie ich *Dir* angehöre, es gibt wirklich keine andere Möglichkeit es auszudrücken und die ist zu schwach. Aber eben deshalb will ich nicht wissen, wie *Du* angezogen bist (…)

（Franz Kafka, *Briefe an Felice und andere Korrespondenz aus der Verlobungszeit*. Hrsg. von Erich Heller und Jürgen Born, Fischer Taschenbuch Verlag, 1976, S.88）

二人称代名詞の切り替えという転機を指摘したうえ、この手紙と『変身』執筆との間に重要な意味合いが隠されていると明星氏は論じている。さらに、カフカの手紙の持つ「身勝手さ、いやらしさ、暴力性」を物の見事に暴き出している（前掲書第一章「手紙と嘘」）。

（付記）ヴァルター・H・ゾーケルは、フェリーツェへの手紙に単なる欺瞞性だけでなく、「言語による真の了解の可能性に対する深い懐疑」が潜んでいると指摘している（ヴァルター・H・ゾーケル（著）「フランツ・カフカの言語理解と詩学に寄せて」クロード・ダヴィッド（編）『カフカ＝コロキウム』法政大学出版局、一九八四年、二九～五八頁）。さらにゾーケルは以下のように論じている――「ここでわれわれは言語に対する危機的な懐疑に出会う[・・・]。言語による自己表現の過程で、表現の内容は偽造され価値を低減させるのである。言語はわれわれが表現しようとするものの本質に適合しない。[・・・]言語の危機は、現実を呪縛する言語の魔術的な能力に対する信仰の撤回と消滅の兆候である。[・・・]カフカは、一つの特殊な「魔術的な」書くことという手段によって言語の危機への懐疑的な洞察を反駁し克服しようとする痕跡的な詩学を構想した」

さて、例を挙げたら切りがないので、途中はバッサリ省略して、一度目の婚約に至る期間(一九一三年)と、二度目の婚約に至る期間(一九一四年~一九一六年)の手紙・葉書・電報(城山訳『フェリーツェへの手紙(I)&(II)』)の中から、ほんの少しだけ書き出しておきたい。「使者の立場」と「きみの立場」双方が混淆しているかもしれない。また、呼びかけの頭語および結語にも注意を払っていただきたい。

愛するフェリーツェ(Liebe Felice)、今日は書くのがむつかしいのです。もう遅いからというのではなく、明日――手紙は本当にくるでしょうか?――くるはずの手紙は、あなたから強いてもぎ取ったものだから、電報でもぎ取ったのだから。[・・・]

フランツ(Franz)

(一三年六月一五日、手紙)

（付記）数カ月間、手紙が来ないため、カフカは二日前に、電報を打ったり、電話をしたりしている。

（付記）先述したとおり、一九一二年一一月一一日の手紙（三通目）の途中からカフカはフェリーツェを親称で呼び始めた。その切り替えを明示するためには、城山訳の「あなた」は「きみ」としたほうがよいかもしれない（以下の手紙にも当てはまる）。

最愛のひと（Liebste）、あなたの手紙からぼくがどんなに生気を吸い取っているか、あなたには想像もつきません。［・・・］では火曜日にぼくの手紙は届きます。ぼくはあなたを永遠に机にしばりつけ、永遠にぼくへの手紙を書かせたいのですが。

フランツ（Franz）

（一三年六月二二日、手紙）

お返事を待ち焦がれています。あなたは返事をくれなくてはいけない、フェリーツェ、どんなにぼくの手紙に非難する所が多いとしても。ぼくはお返事をひどくじりじりして待っています。［・・・］

フランツ（Franz）

（一四年一〇月末から一一月初め、手紙）

少なくとも三週間、手紙やたくさんの葉書に対して便りも返事もありません。ぼくはかなり不安です。[・・・]

真心からの挨拶を (herzlichste Grüße)

（一五年五月九日、絵葉書）

親愛なるフェリーツェ (Liebe Felice)、ぼくは今からしばしば*葉書を出すでしょう、手紙はのろすぎます。[・・・]

心からの挨拶を　フランツ (Herzliche Grüße Franz)

（一六年四月一四日、葉書）

*原注　軍事上の郵便検閲のためプラハからベルリンへの手紙はしばしば五日から七日間を要した。葉書の方が検閲係を速く通過した。

テガミヤツトキヨウトドイタ、ダカラヒナンシナイヨウ、コトバデモダマツテデモ、ココロカラ、フランツ (herzlich franz)

（一六年五月六日、電報）

ナゼヘンジナキヤ

（一六年六月九日、電報）

最愛のひと（Liebste）、三日間お便りなし。［・・・］
多くの挨拶を　フランツ（Viele Grüße Franz）
（一六年九月七日、葉書）

最愛のひと（Liebste）、今日五日と六日のお手紙が届きました、大変ありがとう。［・・・］
フランツ（Franz）
（一六年九月八日、葉書）

メッセージを運ぶ「使者」としても、相手のメッセージを待ち焦がれる「きみ」としても、生身のカフカは「なんと空しくもがいている」ことか。別の角度から見ると、フェリーツェに対する遠隔操作が思いどおりできず、カフカは「なんとイライラしている」ことか。その悪戦苦闘ぶりが、ことばの端々から浮かび上がってくるようだ。

かくして、「皇帝の使者／皇帝の綸旨」についての本項は、カフカの悪戦苦闘ぶりを紹介することによって、「終わらないように終わる」ことになる。

（3）「出発」——遠くから、喇叭の音が聞こえてきた

カフカの死後に刊行された短編集『ある戦いの記録』（マックス・ブロート編、一九三六年）の中に「出発（Der Aufbruch）」というタイトルの付いた断章がある。いくつかある日本語訳のなかから、まず、前田敬作訳を読んでみたい。

「出発」

わたしは、うまやから馬を引いてくるように命じた。下男は、わたしの言うことがわからなかったらしい。わたしは、自分でうまやへ行き、馬に鞍をおくと、それにまたがった。遠くでラッパの音が聞こえた。なんだろう、とわたしはたずねた。下男は、知らなかった。彼には聞こえなかったのだ。門のところで、下男は、わたしをとめて、たずねた。「どちらへいらっしゃるのですか」「知らない」と、わたしは言った。「ここを去るだけだ。ここを出ていくのだ。どこまでも去るのだ。そうしなければ、わたしは、目標に到達できないのだ」「それでは、行く先がおありなのですね」と、下男がたずねた。「そうとも」と、わたしは答えた。「いま言ったではないか。ここから去ること——それがわたしの目標だ」

（マックス・ブロート（編）前田敬作（訳）「出発」『決定版カフカ全集2　ある戦いの記録、シナの長城』新潮社、一九八一年、九三頁）

次は平野嘉彦訳であるが、「それが私の目標なのだ」の後に食糧の備蓄についての会話（網掛け部分）が付されていることに留意したい。

私は、馬を厩から引いてくるように命じた。従者は、私のいうことがわからなかったらしい。私は自分で厩へいって、馬に鞍をおき、うちまたがった。遠くから、喇叭の音が聞こえてきた。あれは何の合図だろうかと、私は彼に尋ねた。彼は何も知らなかったし、そもそも何も聞いていなかった。門のところで、彼は私を押しとどめて、こう尋ねた。「どちらへいらっしゃるのですか、ご主人様？」「自分でも知らないのだよ」と、私はいった。「ただここから立ち去ること、ただここから立ち去ることだけだ。たえずここから立ち去ること、そうするしか、私が目標にたどりつくすべはないのだから」「それでは、目標をご存じなのですね？」と、彼は尋ねた。「そうだ」と、私は答えた。「いまそういったではないか、『ここから立ち去ること』と。それが私の目標なのだ」「食糧の備蓄をお持ちではないのですね」と、彼はいった。「そんなものはいらない」と、私はいった。「長旅だから、途中で何も手にはいらなければ、私は飢え死にするまでだ。食糧の備蓄など、何の助けにもならない。幸いなことに、ほんとうに途方もない旅なのだから」
（平野嘉彦（編訳）「私は、馬を厩から引いてくるように命じた」『カフカ・セレクションI　時空／認知』ちくま文庫、二〇〇八年、二〇～二一頁、網掛けは引用者）

平野訳には、小篇冒頭の一文（「私は、馬を厩から引いてくるように命じた（Ich befahl mein Pferd aus dem Stall zu holen）」）が、タイトルの代わりに付されているだけである。なぜならば、この訳は著者カフカの手稿に基づいて編集された『批判版カフカ全集』からの日本語訳だからだ。

（付記）「出発」に相当する小篇は『批判版カフカ全集』の一分冊 *Nachgelassene Schriften und Fragmente II*（『遺稿と断章II』）に題名なしで収録されている（三七四～三七五頁）。

その点を考えると、前掲のブロート編・前田訳が大胆な加工により短縮されたテクストであることが分かる。「出発（Der Aufbruch）」というタイトルも編者によって付けられた。このような例は枚挙に暇がないとして、池内紀は以下のように解説している。「無名の作家を世に出すためにやむをえない手続きだったかもしれない。いずれにせよ、『遺稿中の短篇』として世に紹介するにあたり、ブロートは勝手にタイトルをつけ、中断をつくろい、ときにはべつの断片で補った」（池内紀（訳）『カフカ小説全集6　掟の問題ほか』白水社、二〇〇二年、六一一頁）。

最後に、池内訳（平野訳と同じく『批判版カフカ全集』からの日本語訳）も確認しておきたい。翻訳された部分は、いわゆる『断食芸人ノート（一九一五年／一九二二年）』に書き込まれた断章であって、タイトルは付されていない。

厩舎から馬をつれてこいと命じたが、召使はボンヤリしている。やむなく自分で出向き、鞍を置いて、またがった。遠くでラッパの音がした。どういうことかと召使にたずねたが、何も知らず、何も聞こえないという。戸口で馬を押しとどめて言った。

「ご主人さま、どちらへお出かけですか？」

「わからない」

と、わたしは言った。

「ここを出ていく、ここを出ていくだけ。たえずここを出ていく。そうすればようやく目的がわかる」

「つまり、目的をごぞんじで？」

と、召使がたずねた。

「ああ」

と、わたしは答えた。

「ここを出ていくと言ったぞ。それが目的だ」

「食料をおもちではない」

と、召使が言った。

「無用だからだ」

と、わたしは答えた。

「長い旅になるから、途中に何もないと飢えるだろう。もって出ても、どうにもならない。幸いにも、それほど途方もない旅なのだ」


（池内紀（訳）『カフカ小説全集6　掟の問題ほか』白水社、二〇〇二年、三六七〜三六八頁、網掛けは引用者）

（付記）池内訳に見られる表記の方法（改行）は読みやすさを考慮したものである。それに対し、前田訳や平野訳は原文のテクストを忠実に反映している。

さて、マックス・ブロートはなぜカフカの原稿に加工（一部削除）を施したのだろうか。また、この小品でカフカは何を訴えたかったのだろうか。「夜に」（第一部の（4））を読んだ時と同様、私は解釈に躓いてしまった。
上記二つの問が頭の中を駆け巡っている折、村上昭夫（一九二七年〜一九六八年）の詩「雁の声」（詩集『動物哀歌』に所収）が脳裏をよぎった。

雁の声を聞いた
雁の渡ってゆく声は
あの涯のない宇宙の涯の深さと
おんなじだ

私は治らない病気を持っているから
それで
雁の声が聞こえるのだ

治らない人の病いは
あの涯のない宇宙の涯の深さと
おんなじだ

雁の渡ってゆく姿を
私なら見れると思う
雁のゆきつく先のところを
私なら知れると思う
雁をそこまで行って抱けるのは
私よりほかないのだと思う

雁の声を聞いたのだ
雁の一心に渡ってゆくあの声を
私は聞いたのだ

（村上昭夫「雁の声」『村上昭夫著作集　下巻』コールサック社、二〇二〇年、七四頁）

この詩人は岩手県に生まれ、第二次世界大戦末期（一九四五年四月）に臨時召集を受け、一八歳で満州国官吏として渡満。翌年八月に帰国。その後、盛岡郵便局に勤務のかたわら詩作に励む。しかし、一九五〇年、二三歳のとき結核が発病し、サナトリウムや自宅で療養するものの、一九六八年、肺結核と肺性心の合併症のため死去（享年四一）。『動物哀歌』が生前唯一の詩集である。

カフカと同じ病に悩まされた村上昭夫の詩を読むと、両者の共通点が浮かび上がってくる。「私は治らない病気を持っているから／それで／雁《かり》の声が聞こえるのだ」と村上は呟く。同様に「出発」の中でカフカは「私」に言わせている――「遠くから、喇叭の音が聞こえてきた。あれは何の合図だろうかと、私は彼に尋ねた。彼は何も知らなかったし、そもそも何も聞いていなかった」（平野訳）。

周りの者には聞こえない声・音が、ある人――治らない病気を持っている人――には聞こえているというのだ。これはどういうことなのか。ヒントを求めて私はカフカの『手紙』を読み直してみることにした。『カフカ事典』の「出発」の項（池内紀・若林恵〈著〉三省堂、二〇〇三年、一八〇頁）には「執筆推定一九二二年」とあるので、その年の前後に照準を合わせた。執筆前後のカフカがどのような思いで「遠くから、喇叭の音が聞こえてきた」という文を書くに至ったのかについて、何か示唆する記述はないものかと丹念に読んでみた。ちなみにカフカは、翌二三年に病状が急激に悪化し、二四年六月、ウィーン郊外のサナトリウムで、四一歳の誕生日の一カ月前に死去。

カフカの『手紙』を読み進めていくうちに、「雁の渡ってゆく声は／あの涯《はて》のない宇宙の涯の深さと／おんなじだ」と吐露する村上の感覚とは異なるかもしれないという予感がしてきた。しかし、「私は治らない病気を持っているから／それで／雁の声が聞こえるのだ」という起点の共通性は確かにあるのだが・・・。

どこか宇宙観・宗教観に共通性が見つかるのではないかと期待しつつ、さらに読み進めてみると、意外なことに気づいた。「遠くから、喇叭の音が聞こえてきた」という「私」の言葉の中に、「雁の声」に表現されている村上の哲学的思索や宇宙観を探し求めても無駄ではないか——。カフカの分身である「私」の耳に達したラッパの音とは、進軍ラッパや葬送の調べといったメッセージ付きの信号《シグナル》ではなく、聞くに堪えない「騒音《ノイズ》」だったのではないか。騒音に悩まされるカフカの姿・・・。『手紙』の中から一例を挙げるとするならば、マックス・ブロート宛の手紙（一九二二年一二月）が最適であろう。その手紙は、「周りの音や声が苦痛なほどよく聞こえる聴覚現象」に悩んでいるカフカの姿を彷彿とさせる。


「出発」を執筆したと想定されているこの年は、カフカにとって最後とも言える「執筆欲の溢れた」一時期だったようである。『城』の執筆に取りかかると共に、「断食芸人」などの中短編にも取り組んでいた。結核の療養のため労働者傷害保険局から長期休暇を取得してサナトリウムに滞在したり、プラハの職場に戻ったり、妹オットラの夏の家に居候したりしながら仕事や執筆に当たっていた。

体調は一進一退だったようである。数年前（一九一七年八月）の最初の大喀血後、結核と診断されたものの、翌年の五月には職場に復帰している。ところが、その年の秋にスペイン風邪の第二波で生死の境をさまよう。一九一九年には保険協会の秘書官に昇進。翌年にはサナトリウムでの療養とプラハでの勤務を交互に繰り返す。その間、多くの短編を執筆。

一九二一年から二二年にかけて、執筆欲の溢れた最後の一時期──「出発」が執筆されたと想定できる時期──に差し掛かる。この二年間、創作欲に駆り立てられたカフカが身の周りの「騒音」に悩まされていた実態を、友人宛の手紙に記された言葉で跡付けてみたい。『手紙』のごく一部に過ぎないが、長い引用になるため、下記のうちからいくつかに目を通していただければ幸いである。そうすることによって、カフカの異常なまでの「聴覚現象」の一端が分かり、「遠くから、喇叭の音が聞こえてきた」という「私」の言葉の意味が判明するであろうから──。

一九二一年一月一三日（親友・作家マックス・ブロート宛）

バルコニーの不穏状況というものは（重症患者の咳、部屋付きベルの鳴る音！）、満員すし詰めのサナトリウムではもっとはるかにひどいし、上からばかりか、四方八方から押しよせてくる・・・

一九二一年五月下旬／六月上旬（マックス・ブロート宛）

この男は控えの間にひとつずつ炉を備えつけて、それも毎日、休日も、朝の五時にハンマーと歌と口笛で開始し、夕方の七時まで絶え間なく続けて［・・・］。

きゃっきゃと騒いでいた最後の女中にいたるまで床についてはじめて、寝つくことができる。

問題なのはここの物音ではなくて、世界の物音だ、いやそうした物音ではなくて、僕自身が物音を立てないということだ。

ハンガリー系のユダヤ人が、いつも楽しげに、一日中、典礼の朗唱かなんぞを口ずさんでいる、それだけで十分だ。（なんという民族！）［・・・］僕がバルコニーで横たわっているのは太鼓のなかにいるようなもので、上からも下からも、さらには四方八方から打ちかかってくる。［・・・］僕はもう眠ることはできない、僕はあまりにもずたずたになっているのだから。それに僕は書くこともできない。僕は読むことすらできないのだよ。でも三日まえに（あの医学生のおかげで）あまり遠くない、美しい森の草地を見つけた、本来は二本の小川の間の島で、しずかな場所だ、そこで僕はその三日間の午後のうちに（午前中そこにはむろん兵隊たちがいる）元気になったものだから、今日はなんとそこでしばらく眠り込んでしまったほどだ、そのことを、今日は君への手紙によって祝っている。

（付記）静寂の希求を強く述べた部分に傍線を施した。

一九二二年三月一日（医学生ローベルト・クロップシュトック宛）

ただこれだけは承知しておいてほしいのですが、あなたが手紙を書いている相手は、ありとあらゆる悪霊に取り憑かれた、あわれな、取るに足りぬ人間だということ。

一九二二年五／六月（ローベルト・クロップシュトック宛）
私を絶望的に陥れる彼女のピアノに関してのつつましい懇願にすぎません。私に必要なだけの静けさは、地球の表面にはない、少なくとも一年間、私はノートを持ってどこかに身を隠したい、だれとも話したくない、そう思っていました。ごくつまらぬ些事にも私はかき乱されてしまう。

一九二二年六月二六日（マックス・ブロート宛）
騒音が聞こえる、一日目はせずに二日目にはじめて聞こえてくる、僕は急行列車だったが、たぶんあの騒音は貨物列車・・・

一九二二年六月二六日（ローベルト・クロップシュトック宛）
音がやかましく、驚いて目を醒まし頭が混乱することもあります。だがそのほかは、森や、川や、果樹園が、めっぽう美しい。耳栓も具合がいい、少なくともこれを持っていれば多少は慰めになるし、今朝なぞは、耳につめておいたので農家の若者が吹く日曜日の猟笛はなるほど耳にはいらなかったけれども、これを見た彼のほうが結局吹くのをやめてしまいました。どうしてひとりのよろこびが、もうひとりのよろこびの妨げになるのでしょう。

私が机に向かうということにしても、そのためにオットラはいままでの大きな窓が二つ付いた暖かい部屋から追い出され、赤ん坊と女の子ともども冷たい小部屋に移るはめになったのです。片や私のほうは大部屋にでんと坐って、つい窓の下で干し草を混ぜかえしながら無邪気に騒ぎたてている大家族の幸福に、悩まされている次第です。

一九二二年六月下旬（シオニストの哲学者 フェーリクス・ヴェルチュ宛）

外で橇の鈴の音がする。［・・・］この世からこの大量の騒音さえ消えてくれればと思う。

一九二二年六月三〇日（マックス・ブロート宛）

静かであればここもすばらしいところだろう、二、三時間はそれでも静かになるが、いくらなんでも足りない。構想小屋（マーラーの作曲のための）どころではない。だがオットラがおどろくほど気を配ってくれる［・・・］。

今日は不運な日だ。薪割り人が一日中、家主のおかみさんの薪を割っている。彼が不可解にも一日中、両腕と脳髄でもって耐えていることが、僕にはどうにも耳で耐えることができない、耳栓をもってしてもだ。［・・・］子供や、そのほかの喧騒もある。［・・・］こんな騒がしい日には――いや、そんな日が数日、いま僕の目の前に迫っている、数日はまちがいのないところで、ひょっとするといつまでも続くか知れたものではない――僕は世界から追放されているような気がする、いつものように一歩ではなく、何十万歩も。

一九二二年七月五日（盲目の作家 オスカー・バウム宛）
いま現に見られる肉体的衰弱も、ある精神的衰弱にまでさかのぼるということを考慮に入れてみるならば。

一九二二年七月上旬（フェーリクス・ヴェルチュ宛）
僕の騒音について君の言うことは、ほぼ正しい。［・・・］やっとひとつ騒音を防いだと思ったら、またもやなんとか防がなくてはならない新しい騒音がつぎつぎと果てしなく引きついでゆくことになる。［・・・］この騒音にはまた、蠱惑し、麻痺させるようなところがある。［・・・］向かいに製材所があって、この物音はしばらくの間なら耐えられる、しかしそのうちに円鋸が動き出すと、このところ毎度のことだが、これは人生を呪うところまで人を追いつめる、こうしてこの不幸の部屋に坐っていると、もう出て行けなくなってしまうのだ、むろん隣りの部屋に行くことはできるし、実際、たまらないので行かざるをえない、しかし、僕は他所へ移れなくなって、ただ右往左往するばかり、もう一つの部屋にはいっては、ここも落ち着かない、窓辺で子供たちが遊んでいるのだ

[・・・]。

ある画家のことを考える、なにかの記事にこの画家の夏の生活のことが載っていたのだが、彼はそのころじつに健康でぐっすりと眠り、毎日五時半に戸外で沐浴し、それから森に駆け込んで、そこに持っている「構想小屋」で（朝食がもうそこに用意されている）昼の一時まで仕事をする、他日製材所でやかましい騒音をたてるはずの樹の大群が、ひっそりと、騒音を寄せつけずに彼のぐるりを取りまいて立っている。

一九二二年七月一二日（マックス・ブロート宛）

子供たちが僕の窓のところで遊びだす、すぐ下のところでは悪童グループが、さらに左側ではおとなしくて、見た目にはかわいらしいグループが遊んでいるのだが、どちらのほうの騒音にしてもうるさいことに変わりはなくて、僕はベッドから、家から、絶望的に追いたてられ、ずきずきするこめかみをかかえて、野を森を、まるで希望もなく、ふくろうのようにさまよっている。

手紙の中盤については、騒音に関する語句のみを記しておきたい。

槌音　プラハの学童が二百人　生き地獄の騒ぎ　騒音　大騒ぎ　騒音に汚染　しょっちゅう騒音

におびやかされている　積み荷専用ホームの槌音、木材をころがす音、荷積み人夫の叫び声、貨車、ウインチ、掛け声、馬や雄牛どもに、はいっ、しいっ、（・・・）ヤッホー！　男の子の叫び声、駅でチェーンがガラガラ音をたてている　子供たちの声　積み荷専用ホームの音

森はすばらしい、あそこには静けさがある、しかし「構想小屋」はない。夕方、小鳥たちの騒ぎがしずまり（僕がマーラーだったとしたら、おそらく小鳥どもはうるさいと思ったことだろう［たとえば交響曲第一番の鳥のうた、などにみられる自然賛美］）、わずかに不安げなさえずりがときおり聞こえてくる（僕をおそれる不安だと思うかもしれないが、夕暮に対する不安なのだ）、そんな森（それにしてもとても変化の多い森だ）の道を歩く、そして広々と見晴らしのよい森のはずれにある、いつも決まったベンチに腰をおろす（しかしここは、たいていプラハの子供たちのものすごい声ではやくも占領されている）、こうしたことはじつにすばらしい、しかしそのためには、平穏な一夜と平穏な一日が先立っていなければならない。

一九二二年七月中旬（ローベルト・クロップシュトック宛）

ここはほかの点ではじつにすばらしいにしろ、私の現状では頭ががんがんするほど安らぎのない場所なのです、でもそれにもかかわらず動こうとしない。要するに逃げるわけにいかない、平地へ逃げてもおなじことなのです。

一九二二年七月一六日（オスカー・バウム宛）
プラナーは美しい、しかし美しさよりもまず静けさが欲しい、あそこでは騒音の日々を体験したために、僕は人生を呪ったし、騒音の不安や、一度も失敗したことのない騒音に対する聞き耳、頭のなかの混乱、ずきずきするこめかみ、こうしたことから逃れるために何日も費やしたのだった、でもそのあと、細心このうえないオットラの処置の効験がふたたび弱まってしまって、あらたに恐るべき騒音が用意されている、という始末だった。

一九二二年七月中旬（ローベルト・クロップシュトック宛）
私のほうは、静けさが、なによりも静けさがほんとうは必要なのです、それがどうも、御地のほうの静けさというものも信じられないし、せめて栓をひねって噴水を止めるくらいのことになるでしょう。［・・・］昼も夜も、耳栓がないとまるでだめなようです。

（マックス・ブロート（編）吉田仙太郎（訳）『決定版カフカ全集9　手紙 1902-1924』新潮社、一九八一年　傍線は引用者）

七月中旬に書かれたこの手紙以降にも、騒音に関する記述が絶えない。しかし、読者も食傷（聴傷？）

気味であろうから、ここで中断したい。

（付記）騒音に過敏なカフカの姿は『日記』にも散見する。また、初期の作品（例えば、「大騒音」（一九一一年）や「隣人」（一九一七年））からも窺うことができる。

さて、傍線の付された引用部分に注目していただきたい。騒音から逃れるため、「静かな場所」や「構想小屋」を希求するカフカの姿が垣間見られるのではないだろうか。しかし、「精神的に運搬不可能な状態」（一九二二年九月、ローベルト・クロップシュトック宛の手紙）であるため、容易に居場所を変えることができない――。カフカの悩みは募る一方だ。

『手紙』を読み進めていくうち、以下の記述に接し、私の眼はその先を読むことができなくなってしまった。カフカの心境が「切羽詰まった」と言ったらよいのか、「あまりにも身勝手な！」と言ったらよいのか・・・

人気《ひとけ》のない住まいで暮らすのが僕にはじつに好ましいのだが、それもまったく人の気がないというのではなく、人々への追憶に満ちていて、しかもこれからの生活のために準備されている、そんな住まい、家具調度の整った夫婦の寝室や、子供部屋や、台所のある住まい、早朝ほかの人のために郵便が投げ込まれ、ほかの人のために新聞が差し込まれる住まいでなくてはならないという点だ。ただし、実際の住人は、この前もあったことだが、決して現れてはならない、というのも、そうなると僕は手ひどい侵害を受けるからだ。というわけで、これが「崩壊」の一部始終です。

（『手紙』一九二二年九月一一日付、マックス・ブロート宛）

ここで再度、「出発」を読み直してみる。その際、「出発」しようとする「私」に焦点を当てず――つまり、感情移入せず――従者（下男／召使）の側に寄り添ってみたい。

従者からすれば、馬を引いて来いという命令がなぜなされたのか釈然としない。ラッパの音は何のためだと訊かれても、自分の耳には何も聞こえていない。目的地はどこかと主人に尋ねても、「ここを立ち去ることだけが目標だ」としか答えてもらえない。食料の確保を進言しても、「そんなものはいらない」と撥ねつけられる・・・

読者は主人公の「私」に視点を置くため、「私」の言うことが真実であると思いがちだ。しかし実のところ、ラッパの音は誰にも聞こえていなかったのではないか――。「あれは何の合図か」と従者に訊く「私」だけに聞こえていたのかもしれない。あるいは、「私」にさえ聞こえていなかったのではないか。耳障りな騒音が聞こえてきただけかもしれないし、幻聴だった可能性もある。

様々に思いを巡らせた後で、第一の問（マックス・ブロートはなぜカフカの原稿に加工（一部削除）を施したのだろうか）に向かい合ってみたい。

編者の立場からすれば、この原稿の末尾を削るほうが、スッキリした小品になるだけでなく、どこか謎めいた読後感が残ると考えたのではないか。つまり、ラッパの音に導かれた男が従者を振り切り、馬に乗って、どこへともなく「旅立つ」としたほうが、どこかしら運命的・宗教的なメッセージを読者に与えられる。さらに言うならば、食料を持っていくかどうかなどは読者を惑わせるだけだ。それ以上に、「幸いなことに、ほんとうに途方もない旅なのだから」という末尾の文は無駄である・・・

そのように考えた末、元来タイトルのなかった断章にブロートは「出発（Der Aufbruch）」という題を付けて、短編集に入れたのではないか。ちなみに、動詞のaufbrechenには、「こじ開ける、（路面などを）掘り起こす、（氷などが）割れる、（蕾などが）パッと開く、（考え・対立などが）表面化する」など、状態の急激な変化が含意されている（『パスポート独和辞典』）。「（旅行などに）出発する」という意味で使われる場合も、単なる「旅立つ（abreisen）」とは違った慌ただしさを伴う。aufbrechenの名詞形であるAufbruchも同様に、「出発」の他、「裂け目・割れ目、（民族意識などの）覚醒」といった意味合いで用いられる。

編者であるブロートがDie Abreise（abreisenの名詞形）ではなく、Der Aufbruchのほうを選んだのには何らかの理由があるのだろう。恐らく、「私」の「出発」が単なる旅立ちではなく、どこかしら緊迫感を伴う出発であることを暗示したかったのかもしれない。そうすることによって、宗教的解釈の余地を残すこともできよう。ラッパの音を神学的な「覚醒」のためのシンボルと捉える読者もいるかもしれないとブロートは考えたのではあるまいか。

門のところで下男に「どちらへいらっしゃるのですか」と問われ、「私」は「知らない。ここを去るだけだ。ここを出ていくのだ。どこまでも去るのだ。そうしなければ、わたしは、目標に到達できないのだ」と答えざるを得ない。さらに、「それでは、行く先がおありなのですね」と訊かれ、「私」は苛立ちを隠し切れず、「そうとも。いま言ったではないか。ここから去ること——それがわたしの目標だ」と言い放つ。この部分の原文（ドイツ語）は、切迫感を見事に表現している。以下に引用しておきたい。

»Ich weiß es nicht«, sagte ich, »*nur* weg von hier, *nur* weg von hier. Immerfort weg von hier, *nur* so kann ich mein Ziel erreichen.« »Du kennst also dein Ziel?« fragte er. »Ja«, antwortete ich, »ich sagte es *doch*: ›Weg-von-hier‹, das ist mein Ziel.«

（Franz Kafka, „Der Aufbruch“ *Die Erzählungen*, Fischer Taschenbuch Verlag, 1996, S.384）

前半部分では weg von hier の直前に nur（英語の only）を連続して置き、「ただ、ここから離れて」と繰り返し強調。そして末尾の文では、「そうだ。だから、今、言ったではないか」という意味合いを込めて doch という副詞（心態詞）を投入し、「私」の焦燥感を見事に表現している——

「そうとも。いま言ったではないか。ここから去ること——それがわたしの目標だ」

まさに、ここでブロート編の小品はプツンと話を終えてしまう。突如として終わってしまうため、余韻が残るとも言えよう。実際問題として、ブロートの編集によるテクストでカフカを読んだ人々の中から、「人の世は不条理だ」という哲学的・実存主義的解釈が出てきたとしても何ら不思議ではない。あるいは、「出発」を自己否定の行為と考える論者がいてもおかしくはない。

次に第二の問（この小品でカフカは何を訴えたかったのだろうか）に移ろう。ブロートの切り捨てた部分で最も重要な句は、「幸いにも（zum Glück）」であろう。馬にまたがり、遠くにラッパの音を聞き、目的地も定めず、食料も持たないまま「出発」した「私」——。その「私」が、なぜ「幸いにも」という言葉を口にしたのか。『批判版カフカ全集』のテクストおよび池内訳で再確認しておこう。

…„die Reise ist so lang, daß ich verhungern muß, wenn ich auf dem Weg nichts bekomme. Kein Eßvorrat kann mich retten. Es ist ja zum Glück eine wahrhaft ungeheuere Reise.“

(Franz Kafka, *Nachgelassene Schriften und Fragmente II.* Hrsg. von Jost Schillemeit, Fischer Verlag, 1992, S. 375)

「長い旅になるから、途中に何もないと飢えるだろう。もって出ても、どうにもならない。幸いにも、それほど途方もない旅なのだ」

私たちは既に執筆当時のカフカが騒音に悩まされた挙句、今いるところから一目散に逃げ出したいという心境であったという見当をつけてきた。「出発」の「私」も理性的行動がとれず、情緒的な判断しか出来なかったのではあるまいか。「サンチョ・パンサをめぐる真実」の項（前著一六八頁参照）で見たように、従者であるサンチョのほうが主人のドン・キホーテより正常心を保っていた。それと同様に「出発」でも、従者のほうが「私」より冷静に事態を把握しているようである。馬の用意、ラッパの音、行き先――どれをとっても、浮足立っている主人と比べ、従者のほうが理性的な判断をしている。長い旅に食糧の確保が必要であることを従者は見抜いている。つまり、理性による洞察力を備えている。それに対し、「食糧の備蓄など、何の助けにもならない」と言う「私」は、理性を打ち捨てているように思える。「長旅だから、途中で何も手にはいらなければ、私は飢え死にするまで」と言って、従者の申し出を撥ねつける。

（付記）インパール作戦（一九四四年三月）などにおける帝国陸軍の司令官も、この小品の「私」と同じように、ロジスティクス（兵站）を無視したのであろう。

「私」は空耳《そらみみ》ともいうべきラッパの音を聞き、異常なまでに肥大化した聴覚現象に圧倒され、悟性の支配する世界から遠ざかってしまったのではないか。だからこそ、目標を定めず、食糧の準備もなく、慌ただしく「出発」しようとしたのだろう。「ここから立ち去ること――それこそが私の目標なのだ」とまで「私」は言っている。その「私」にとって、この瞬間に不可欠なことは、理性という頸木《くびき》を脱し、感性の支配する「ほんとうに途方もない旅」に出かけることなのだ。あれこれ頭で考えている暇はないのだ！

そのように考えて初めて、「幸いにも」という句の意味が理解できるのではないか。自分を襲ってくる騒音の一つひとつや、自分に投げかけられる言葉の一つひとつに悩み――あるいは、自分の立てた音や、自分自身が他人に投げかけた言葉の作る波紋に悩み――周りのモノやヒトに気をつかいながら生きていかざるを得ないカフカ（「私」）にとって、世界が自分に対して発する騒音から逃げ出すことができる――そのような旅への「出発」に当たって、「幸いにも」という言葉が「私」の口から出てくることは当然であろう。これから旅立とうとしている世界には、ラッパの音だけでなく、どんな騒音もないのだ——まさに、「幸いにも、それほど途方もない旅なのだ」

（付記）気がかりな点があり、この部分のドイツ語テクストを確認してみた——。

すると、案の定、「途方もない」と訳された原語は ungeheuer（「巨大な、莫大な」）であった。以下の文中、イタリックになっている語である。Es ist ja zum Glück eine wahrhaft *ungeheuere* Reise.

この語は『変身』を読んだ時、冒頭に出てきたので、よく覚えていた。日本語訳では、「とてつもなく大きな（毒虫）」（中井正文訳、角川文庫）「ばかでかい（毒虫）」（山下肇訳、岩波文庫」「巨大な（毒虫）」（高安国世訳、講談社文庫／高橋義孝訳、新潮文庫）、「薄気味悪い（虫）」（浅井健二郎訳、ちくま文庫）、「ばけもののような（ウンゲツィーファー）」（多和田葉子訳、集英社文庫）などという表現に置き換えられている。この語が「出発」の中で使用され、「途方もない（旅）」と訳出されていたのだ。「それほど途方もない旅」と「幸いにも」という句のギャップに驚いたことから、ひとこと付記しておきたかっただけである。

締めくくりとして、「雁の声」を再読してみたい——

雁の声を聞いた
雁の渡ってゆく声は
あの涯のない宇宙の涯の深さと
おんなじだ

私は治らない病気を持っているから
それで
雁の声が聞こえるのだ

治らない人の病いは
あの涯のない宇宙の涯の深さと
おんなじだ

村上の宇宙観とカフカの感覚は隔絶していると考え、論を進めてきたが、実のところ似通っていたのかもしれない。結核という「治らない病気」に侵され、肉体的にも精神的にもギリギリのところまで追い込まれた村上は、「あの涯のない宇宙の涯の深さ」を雁の声の中に聞く。同様に、「治らない病気」で肉体的・精神的衰弱に陥ったカフカも、騒音に過敏になりボロボロになった末、現実世界とは異なる世界——雑音のない世界——を夢見る。そこは理性と感性の画然とした区別もない世界であるに違いない。そして、分身である「私」がラッパの音を聞き、「幸いにも、それほど途方もない旅なのだ」と自分に言い聞かせて、出発しようとしている。

村上もカフカも、引き返せない極限状況にまで追い詰められ、周りの人たちには聞こえない声や音を聞いたのであろう。雁の渡ってゆく声は、遠くから聞こえる喇叭の音と「おんなじ」だったのかもしれない。

(4)「新しいランプ」──全部が片付きしだい、新しいランプを支給しよう

八つ折り判ノートE(一九一七年八月/九月)を使用し始めてすぐ、カフカは大喀血する(一九一七年八月一二日から一三日にかけての夜)。ノートEには、「すぐにも死ぬか、まったく生活不能になるとすると――この可能性は大いにある、この二晩、ひどく喀血した――とすると、われとわが身を引き裂いたと言っていい」と書き込んでいる(池内紀(訳)『カフカ小説全集5 万里の長城ほか』白水社、二〇〇一年、三三五頁)。その後しばらく、途切れ途切れの文が十数個続いた後、「昨日、はじめてわたしは本部へ行った」から始まる無題の小篇が書き残されている。仕事のことが頭から離れなかったのであろう。喀血後しばらくして、気になっていた鉱山の労働条件改善について小篇を記しているからだ。

カフカの死後、マックス・ブロートによって Neue Lampen という表題が付され、遺稿集の一篇として収録されることになったこの小篇を飛鷹節《ひだかまこと》訳で読んでみたい。

「新しいランプ」

昨日、ぼくは初めて監督局へ出かけた。われわれ夜勤班仲間がぼくを折衝代表に選び、現在使用中のランプの構造と充塡に不充分な点があるので、この欠陥を除くよう監督局に働きかけることに

なったのである。担当課を教えてもらうと、ぼくはドアをノックし、なかへはいった。繊細な、非常に蒼じろい青年が、大きな事務机のむこうから、ぼくに微笑みかけた。幾度も、多すぎるくらい、うなずく。ぼくは、腰掛けるべきかどうか迷った。安楽椅子が一脚用意されていたが、初対面のことではあり、たぶんすぐ腰掛けるべきではないと思ったのだ。そこで、立ったまま話した。しかし、ほかならぬこの遠慮によって、ぼくはあきらかに青年を煩わすことになった。彼は、椅子の位置を変えぬかぎり、顔をぼくのほうへ捩じまげ、しかも見上げねばならなかったのである。そして椅子を動かすことは、彼の望むところではなかった。もっとも彼は実際には、その気は充分あったにもかかわらず首を完全には回しきらず、したがってぼくが話しているあいだ、半分くらいのところで止めて、斜めに天上を見上げていた。ぼくも彼につられてそうした。ぼくが話しおえると、彼はゆっくり立上って、ぼくの肩を叩き、そう、そうでしたか——なるほど、そうでしたか、と言いながら、ぼくを押すようにして隣室へ案内した。そこには、もじゃもじゃの大きな鬚をたくわえた紳士がいた。あきらかに、ぼくらを待ちうけていたらしい。机上には、なにか仕事をしていたような形跡は見当たらなかったし、一方、あけはなたれたガラス扉のそとには、草花と灌木をびっしり植込んだ小庭園が、気持よく覗けるようになっていたからだ。青年がほんの二言、三言、上司にむかって耳打ちするだけで、彼はたちまちわれわれの幾重もの苦情を察知した。彼はすぐ立上ると、それでは、きみ——と言いかけて、言葉に詰った。ぼくは、彼がぼくの名前を知りたがっているのだと思って、あらためて自己紹介するため、口を開きかかったが、彼はそれをさえぎって言った。いや、好いんだ、好いんだ、きみならよく識っている――きみの、あるいはきみたちの願いは、たしかに至極当然だよ。わたしや監督局のお偉方に、それくらいの事がわからないでどうするものかね。人命の安全は、信じてくれたまえよ、工場の安泰以上にわれわれの気にかかっているのだ。だって、そうではないかね。工場は、何度でもあたらしく設立できる。金さえかければいいんだ。金なんて悪魔に喰われてしまえだ。ところが人命が失われたとなると、これはまさしくひとりの人間が破滅して、未亡人と子供が残されるのだからね。ねえ、きみ！　だから、どんな提案でも、たとえば新しい安全装置、新しい便宜、新しい快適さと贅沢を導入するためなら、われわれは大歓迎だ。それを申出てくれる人は、みんなわが同志だ。それでは、きみの諸提案はわれわれにお任せ願おう。詳しく検討して、さらに付け加えるべき新しい素晴らしい着想でもあれば、かならず捨て置いたりしないよ。そうして全部が片付きしだい、きみたちに新しいランプを支給しよう。下に降りている連中に伝えてくれたまえ。きみたちの坑道をサロンにするまでは、われわれもここで休息したりしない、きみたちが最後にはエナメル皮の長靴をはいてくたばるのでなければ、断じて休息しない、とね。では、ご機嫌よう。

（飛鷹節（訳）「無題（新しいランプ）」（八つ折り判ノート・第五冊）マックス・ブロート（編）『決定版カフカ全集3　田舎の婚礼準備、父への手紙』新潮社、一九八一年、一〇一～一〇二頁）

「新しいランプ」という小篇には、話し手である「ぼく」と、「繊細な、非常に蒼じろい青年」(ein zarter junger Mann, sehr bleich) と、「もじゃもじゃの大きな鬚をたくわえた紳士」(ein Herr mit wildwachsendem großen Bart) の三人が描かれている。「ぼく」は鉱山の労働組合の夜勤班代表に選ばれ、労働条件の改善を求めるため会社の監督局に来ているのであろう。まず応対したのは「蒼じろい青年」だ。訪問の意図を告げると、この男は「ぼく」を隣室に案内する。そこには「大きな鬚をたくわえた紳士」が待ち構えている——。

私は「う〜ん」とうなってしまった。これは三〇年ほど前に私自身が味わった経験に似ていたからだ。その当時、私は地方公務員を辞めて、ある私立学校法人の短期大学設置準備室で働いていた。新設の許認可権は文部科学大臣が握っているため、準備室の事務局長と一緒に虎ノ門(文部科学省)に出かけることが何度かあった。まさに、「虎穴に入らずんば虎児を得ず」ということだろうか。詳細は忘れてしまったが、その日の用件は学科の入学定員に関する打ち合わせだったと思う。実際には、担当の課に呼び出され、指定の時刻に私たちが出向いたのだ。

「新しいランプ」で「ぼく」を待ち構えていたのは「蒼じろい青年」であるが、短大新設担当のセクションで事務局長と私を待ち構えていたのは、「眼鏡をかけた無口な青年」だった。こちらの用向きを聞くと、その若い男はどこかに(恐らく上司だったのであろう)電話をかけた。そして受話器を置いてから、座ったまま振り向いて、「しばらくお待ちください」と告げた。事務局長と私は壁を背にして待たざるを得なかった。腰かけるべき椅子が用意されていなかったからだ。五分、十分・・・待ったが、声はかからない。私は事務局長のことが気になっていた。小児麻痺にかかり、脚が不自由だったのだ。きっと辛かったにちがいない。

「眼鏡をかけた無口な青年」が、「どうぞこちらへ」と声をかけた時、すでに二〇分以上が経過していた。案内され広々とした部屋に入って行くと、青年の上司が私たちを迎えた。言葉遣いは極めて丁寧なのだが、話の内容は妥協を許さないほど厳しいものだった。「打ち合わせ」とは名ばかりで、監督官庁の指示を学校法人に申し渡す儀式のような気がしたことを覚えている。問答無用という表現がピッタリ当てはまる上意下達の「打ち合わせ」だった。朝一番で虎ノ門に出かけ、二〇分近く待たされた挙句、得ることができたのは虎児ではなく、A４判一枚の「お達し」・・・

もう一つ、「新しいランプ」に描かれているのと同じような経験をしたことがある。公立学校教職員組合の分会役員として、組合本部に交渉しに行った時のこと。ちなみに、一九七〇年代初めの組合組織率は九〇パーセントを超えていた。交渉内容は、一時金（ボーナス）支給率アップを中心に職場の労働条件改善に関する数項目を要求するというものであった。私たち分会役員に対応して組合本部の重鎮は、「よく分かる。皆さんの仰るとおりだ。相手（県当局）にその旨を伝えておく。そのうえで、何ができるか改めて話し合いたい。しばらく待ってくれ」と回答。

団体交渉を成功裡に終えた（と勝手に思い込んだ）私たちは、意気揚々と職場に引き返した。そして数週間経って、交渉のことを忘れかけていた頃、要求に達していない回答が組合本部を通して私たちのもとに届いた。今考えてみると、決定を下す側の本意は、そこにこそあったのではないか。つまり、「やつらは日々の忙しさにかまけて、いずれ自分の要求したことすら忘れてしまうから、ワンクッションおいたうえで、頃合いをはかって回答すればよい」ということだ。小篇の中にある「きみの諸提案はわれわれにお任せ願おう。詳しく検討して・・・」という紳士の言葉は、このように解釈すべきなのであろう。

血気盛んな私たちは、「要求を握りつぶされた」と憤った。「要求断固貫徹」と叫びながら挙げたこぶしを、どこに下ろしたらよいか分からなくなってしまったのだ。そのうえ、組合本部役員と県当局（人事委員会）担当者が宴会をおこなったという噂を耳にし、その不透明な関係を「馴れ合っている」として、あからさまに糾弾する組合員もいた。若気の至りで組合を脱退する者も出てきた。恥ずかしながら、実は私もその一人だった。

さて、小篇「新しいランプ」の末尾を読み直してみたい。

・・・それでは、きみの諸提案はわれわれにお任せ願おう。詳しく検討して、さらに付け加えるべき新しい素晴らしい着想でもあれば、かならず捨て置いたりしないよ。そうして全部が片付きしだい、きみたちに新しいランプを支給しよう。下に降りている連中に伝えてくれたまえ。きみたちの坑道をサロンにするまでは、われわれもここで休息したりしない、きみたちが最後にはエナメル皮の長靴をはいてくたばるのでなければ、断じて休息しない、とね。では、ご機嫌よう。

「鉱山を（楽しい）サロンにする」とか、「きみたちが最後には（薄汚れた採掘用の長靴でなく）エナメル皮の長靴をはいてくたばるのでなければ、断じて休息しない」などという「紳士」の言葉に、カフカの辛辣な批判精神が潜んでいるように思える。その皮肉は件の紳士だけでなく鉱山会社の経営者にも向けられたものであろう。しかし、「紳士」の言葉に何一つ反駁しない夜勤班代表の「ぼく」にも、それとなく向けられていることに気づく必要があるのではなかろうか。

小篇は、「では、ご機嫌よう」という「紳士」の言葉でプツンと終わっている。労働条件の改善を要求するため、意気込んで監督局の担当課に赴いた「ぼく」は、「全部が片付きしたい、きみたちに新しいランプを（die neuen Lampen：複数形）支給しよう」という「紳士」の対応に満足したのかどうか。この小篇を読んだ限りでは判読が難しい。「ぼく」は、かつての私――決定権を握った上層部による妥協を許せないと息巻いた自分――と同様に、上からのわずかなお恵みでは満足できなかったのではなかろうか。「現在使用中のランプの構造と充塡に不充分な点があるので、この欠陥を除くよう監督局に働きかける」という夜勤班の要求を背負って監督局に殴り込んできたはずだからだ。どの程度の数量か分からないが「新しいランプ」の支給を約束されたとしても、根本的な解決にはならない。「(紳士は)たちまちわれわれの幾重もの苦情(unsere vielfachen Beschwerden)を察知した」とあるように、夜勤班の要求はランプ二、三個の取り替えだけではなかったはずだ。とりわけ、「(きみの諸提案を)詳しく検討して・・・そうして全部が片付きしだい・・・(原文ではwir werden sie genau prüfen ... und bis alles fertig ist ...)」という時間稼ぎの戦術に疑いの心を持ったとしても不思議ではない。しかし、「夜勤班の連中は、時間の経過とともに、要求したことをいずれ忘れてしまうにちがいない。古くなったランプを幾つか替えてやるだけで十分だ」という「紳士(と鉱山会社の経営者)」の目論見を見破ることは出来なかったに違いない。つまり、交渉相手の視点を持ち得ていなかったのではなかろうか。

ところで、小篇の尻切れトンボ的な締めくくり方について、「ぼく」ならずとも読者は納得できないまま放り出された感じがしているのではないか。カフカはなぜこのような終わり方をしたのだろうか——。

繰り返し読んでいるうちに、カフカのスタンスが夜勤班代表としての「ぼく」側だけでもなく、「監督局の紳士(と鉱山経営者・資本家)」側だけでもないということに気づいた。第一部の(3)「隣人」で述べたように、カフカは労働者側に立って労働条件改善のための様々な提案（示唆？）を公文書（例えば一九〇九年次や一九一四年次報告書）の中に潜り込ませていた。それと同時に、経営者の一員としてアスベスト工場の監督もしていたのだ。そうした相反する立場が小篇「新しいランプ」に共存する状態で結晶しているのかもしれない。どちらのサイドに立つとしても、「もう一つ別の視点がある」ということをカフカ（三四歳）は示したかったのではないだろうか。

一方、若い頃の私はどうだったか――。労使の馴れ合いに反発し組合を一時的に脱退した私には、強い思い込みがあった。労使は対決すべきであって、決して安易な妥協をしてはならないという思い込みである。その頃の私には労使対決の旗幟《きし》を鮮明にする労働組合、つまり、闘う労働組合しか頭に描くことができなかった。

しかし、以下のようにも考えられる――「労働組合であろうと何であろうと、人間の作った組織が一〇〇パーセント一枚岩であり続けることなど有り得ない。労働者のための組織とはいえ、ある程度は話し合う姿勢を経営者側に示さない限り、共存できるものではない。資本主義というシステムが続いていく限り、労使は何らかの形で共に歩むべき宿命なのだ」

（付記）カフカは鉱山に関わる別の小篇を書いている。「鉱山の客」である（執筆一九一七年、初出『田舎医者』一九一九年）。――ある日、語り手の働く鉱山に測量技師の一団が視察に来る。

十人の客は若いけれど、一人ひとりが個性を持ち、語り手には彼らが自己を確立しているように見える。語り手は、この技師たちと自分たち労働者（「われわれ」）とは住む世界が違っていると痛感する（川村二郎（訳）「鉱山の客」マックス・ブロート（編）『決定版カフカ全集1 変身、流刑地にて』新潮社、一九八〇年、一〇九～一一二頁）。

この小篇について坂内正は「十人の客とは、当時文壇で活躍していた作家たちについての寸評的素描であろう」と推測している（『カフカの中短篇』福武書店、一九九二年、二一六頁）。池内紀・若林恵も「十人の技師たちは、おそらく同年のクルト・ヴォルフ社の年報「新小説」の執筆者たちのことであろう」と推測した上で、「世に認められた作家である彼らにひき比べて、［カフカは］自らを鉱山労働者のように感じていた」と記している（『カフカ事典』三省堂、二〇〇三年、一三二～一三三頁）。

「新しいランプ」で「紳士」の部屋に案内された「ぼく」の目に、以下の情景が飛び込んで来たことを思い出していただきたい——「あけはなたれたガラス扉のそとには、草花と灌木をびっしり植え込んだ小庭園が、気持よく覗けるようになっていた」。坑道をモグラのように這い回る夜勤班の仲間が見る光景とは雲泥の差がある。あるいは、小篇の末尾で「下に降りている連中に（Deinen Leuten *unten*）伝えてくれたまえ」と紳士が言うとき、unten（「下の方にいる」の意。イタリックは引用者）という語をカフカは忍ばせている。ランプを懇請する側と施す側の間にある画然とした差をカフカは、このような文や語のなかに潜ませているのだろう。同様の光景がもう一つの小篇「鉱山の客」（前述の付記を参照）にも描かれている。

そのようなことを考えていた時、新聞記事で連合会長の動きを知った。芳野友子会長は前年（二〇二一年一〇月）、岸田文雄首相に請われ、「新しい資本主義実現会議」（首相の看板政策を議論する場）に加わっていた。そして、年が明けた二〇二二年一月五日、連合の新年交歓会に出席した首相に謝意を告げたうえ、「ことしの春季労使交渉（春闘）で（賃上げについて）しっかりと実績を積み上げる」と決意を表明したそうである（『日本経済新聞（電子版）』二〇二二年一月一四日）。それに対し首相は、「期待しているので頑張ってほしい」と応じたとのこと。さらに、連合執行部は、選挙において野党支援を弱め——共産と連携・協力する候補者を支援しない方針を明言——政府・与党との関係を重視する方向に舵を切ろうとしている模様（『朝日新聞』二〇二二年一月二二日）。コロナ禍という異常事態だからであろうが、ふた昔前では考えられない関係が浮き彫りになっているのを知って、私は驚きを禁じ得なかった。

エッセイを書いている段階（二〇二二年一月現在）で、岸田首相の掲げる「新しい資本主義」の具体的な姿は鮮明になっていない。この目玉政策によって労使の関係が大きく変化するのかどうか、まだ判然としない。しかし、「成長と分配の好循環による持続可能な経済を実現すること」を新しい資本主義のモットーとしているものの、あくまでも資本主義の枠内で改善を探る姿勢であることは明白である（岸田首相の施政方針演説、二〇二二年一月一七日）。「新しい資本主義にふさわしい賃上げ（新しいランプに相当！）」というニュースに比べ、マスメディアには大きく取り上げられなかったが、経団連の十倉雅和会長は自民党幹部との懇談会において、自民党幹事長から言質を取った模様である（『朝日新聞』二〇二二年一月一二日）。その言質とは、賃上げ税制の拡充について、「企業が増やした給与支給総額のうち法人税から控除できる割合を大企業は最大30％、中小企業は最大40％に引き上げる」というものだ。この「賃上げ税制の拡充」ひとつを取り上げてみても、経営者目線の政策が先行していることは一目瞭然である。

（付記）「新しい資本主義」の目玉政策である「所得倍増、格差是正と分配」は気が付かないうちに「資産所得倍増プラン」に変容していた（『東京新聞ウェブ版』二〇二二年五月三一日）。このプランで恩恵を享受できるのは少数の富裕層に限られることになろう。

一方、資本主義というシステムに対して一つの代替案が若い学者から提示され、大きな反響を呼んでいる。それは二〇二一年度の新書大賞を獲得した『人新世《ひとしんせい》の「資本論」』（集英社新書、二〇二〇年）の中にまとめられている。著者の斎藤幸平（経済思想・社会思想）は、近代化による経済成長がこのまま続けば、地球環境が破壊され、人類は存続の瀬戸際に立たされると警鐘を鳴らす。気候変動／環境危機や経済格差問題の解決は放置されてしまうというのだ。

その上で、（株主）資本主義に取って代わるべき制度として「脱成長コミュニズム」を提唱（第4章・第7章）。コミュニズム（communism）は、いわゆる「共産主義」とは異なり、「人々が生産手段だけでなく地球をも《コモン》（社会的に人々に共有され、管理されるべき富）として管理する社会」（一四二～一四三頁）と定義されている。実は、このような構想が晩年のマルクスの研究ノートに見い出せると斎藤氏は述べているのだ（第4章）。

さらに、「《コモン》と呼ばれる富は、専門家任せではなく、市民が民主的・水平的に共同管理に参加することを重視する」（一四一～一四二頁）と位置づけている。生産手段を自分たちの手に取り戻し、「共同所有し、共同管理する」ワーカーズ・コープ（労働者協同組合）のような「《市民》営化」を推進すべきだと主張する（二六二頁）。「新しいランプ」に即して言えば、まさに、ランプその物が共同所有し、共同管理すべき生産手段ということになろう。「現在使用中のランプの構造と充塡に不充分な点があるので、この欠陥を除くよう監督局に働きかける」という姿勢ではなく、「生産をする際にどのような技術を開発し、どういった使い方をするのかについて、より開かれた形での民主的な話し合いによって、決めようとする」（三一〇頁）スタンスが求められているのだ。

この主張に対しては賛否両論が渦巻いているが、若い世代（斎藤氏は一九八七年生まれ）からマルクスの『資本論』についてこのような考え方が提示された点に多くの読者が惹きつけられたのであろう。特に、若い頃、大月書店版の『資本論』（一九六八年刊行）を読み始めたにもかかわらず、第2巻の途中で頓挫した経験のある私のような者——つまり、脛に傷を持つ者——にとって、最晩年のマルクスが考えていたことに焦点を当てる斎藤氏の著書に引き込まれたのは理由がないわけではない。

この本の著者は、第二次世界大戦後における経済活動の急成長とそれに伴う環境負荷の飛躍的増大を《大加速時代》と呼び、様々な指標を用いて、資本主義のグローバル化と環境危機の関係性を論じている。その指標とは、社会経済の動向（例えば、人口、実質GDP、エネルギー消費、自動車の台数など）、および地球システムの動向（大気中の二酸化炭素の濃度、大気中のメタンの濃度、熱帯雨林の消失、漁獲量など）である。「大加速時代における人間活動と地球システム」という図４（二五頁）によると、一九五〇～六〇年頃を境に、すべてのグラフにおいて爆発的な上昇が見られる。

しかし、著者は焦点化していないのだが、もう一つ見逃してはならない期間があるように思える。それは一九一〇～二〇年であり、大加速時代に向けての助走が軌道に乗った時期である。奇しくも第一次世界大戦（一九一四～一八年）の前後であるとともに、カフカの創作活動が最も旺盛だった十年間と重なる。「隣人」（第一部の（3））の項で述べたとおり、当時のオーストリア・ハンガリー帝国ボヘミア王国の北部では、職人的手工業から近代的大規模工場生産への切り替えが行われていた時期である。ちなみに、カフカが労働者災害保険局の正規職員となったのが一九一〇年、そして、父親および義弟と共同経営のアスベスト工場を設立したのは一九一一年。

カフカの小篇「新しいランプ」では、監督局で「ぼく」に応対した「紳士」――おそらく課長クラスだろうが、全権を握っているわけではなさそうだ――を通して、労働者と経営者（資本家）の間に横たわる厳然たる上下関係が炙り出されている。若い頃から社会主義に傾倒していたカフカが、労働者災害保険局における日々の勤務を通して、労働者の立場に寄り添ったであろうことは想像に難くない。ちなみに、クラウス・ヴァーゲンバッハは、社会主義とカフカの結びつきを以下のように記している。

従来これはまさに顧慮されなかったことだが、社会主義はカフカの全生涯を通じて決定的な意味をもっていたのである。労働者災害保険局に勤めている間に彼は北ボヘミア工業労働者の苦悩を知ることになる（「この人たちはなんと慎み深いんだろう」と彼はブロートに言う、「彼らはぼくらのところに嘆願にくるのだ。役所を襲い、すべてを粉砕する代わりに、彼らは嘆願にくるのだ」）。

（クラウス・ヴァーゲンバッハ（著）中野孝次・高辻知義（訳）『若き日のカフカ』ちくま学芸文庫、一九九五年、九一～九二頁）

他方、「大加速時代に向けての助走が軌道に乗った時期」に生きたカフカは、資本の論理の持つ冷厳さを肌で感じていたに違いない。安易な解決策は有り得ないと考えていたのであろう。

ところで、『カフカとの対話』の中に、資本主義というシステムについてカフカが語った興味深い一節がある。著者のG・ヤノーホが画集に載っている一枚のスケッチ――肥っちょの男がシルクハットを被って貧乏人のお金の上に坐っている絵――を見て、絵の内容が間違っているかどうか詰問したとき、カフカは次のように答えている。

「はっきりそうだとは言いますまい。この絵は正しくもあれば間違ってもいるのです。正しいというのは、ある方向についてです。間違っているというのは、その局部的見解を総体的見解であると断言する限り、ということです。肥っちょの男がシルクハットをつけて貧者の項《うなじ》にのっかっている。これは正しい。が、肥っちょの男は資本主義だ、そうくると、もはや完全には正しいといえないのです。肥っちょの男はこの貧しい男をある特殊な組織の枠内において支配しています。彼はしかし組織そのものではない。彼はその組織の支配者でさえないのです。逆に、この肥っちょも、絵に描かれていない鎖を引きずっているのです。この絵は完全ではない。だからこれはよくないのです。資本主義とは、内から外へ、上から下へ、下から上へと連なる隷属性の組織です。一切が隷属し、一切が鎖につながれている。資本主義は世界及び人間の魂の一つの状況です」

（G・ヤノーホ（著）吉田仙太郎（訳）『カフカとの対話　手記と追想（増補版）』筑摩書房、一九六七年、二二六～二二七頁、傍点は引用者）

時代の急激な変動、それに伴う社会や人間関係の変化に、カフカは人並み以上に気づいていたに違いない。そして透徹した眼で「ぼく」と「紳士」を見つめたうえ、その向こうにある複雑な労使関係を小篇「新しいランプ」に書き留めたのであろう。「大きな鬚をたくわえた紳士」は、鉱山会社の管理職のように描かれているものの、実際には、経営者・資本家の顔色を窺わなくてはいけない隷属的な労働者の一人に過ぎないのである。

さらにカフカは、資本主義というシステムだけでなく、あらゆる人間関係や社会関係に内在する、一筋縄では行かない関係性に思いを馳せていたのではあるまいか。その点をこそ、「資本主義は世界及び人間の魂の一つの状況です」という引用文（『カフカとの対話』）の末尾から読み取るべきなのかもしれない。一刀両断に斬ることのできない「もたれ合い」によって成り立っている無様な関係を、私たちは引きずりながら生きていかなくてはならない——「新しいランプ」という小篇が妙な終わり方をしているのは、このことと深く関わっているのかもしれない。

冒頭に記したように、カフカは喀血後の精神不安定な時期に「小さなランプ」に当たる小篇をノートに書き付けたものと思われる。この掌編でカフカの言いたかったことは何だったのだろうか。それは、心の動揺のなせるわざではないだろうが、労働者側の視点に凝り固まるのではなく、別の視点——監督局の「大きな鬚をたくわえた紳士」が抱く屈折した視点――を併せ持つことによって、物事の真実が見えてくるということなのではないだろうか。もちろんカフカは、どちらに与すべきだと読者に訴えていないし、答えを押し付けてはいないが・・・。「終わらないように終わる」という終わり方が、いかにもカフカらしい。

(5)「中庭の門をたたく」――妹は、その門をたたいた

カフカが一九一七年二月/三月、八つ折り判ノートCに書き込み、死後マックス・ブロートにより Der Schlag ans Hoftor というタイトルを付されて、短編集『万里の長城』(一九三一年)に収録された小篇がある。いくつかある日本語訳のうち、私が最初に読んだ前田敬作訳「中庭の門をたたく」を以下に引用しておきたい。

「中庭の門をたたく」

夏の暑い日だった。妹といっしょに家へ帰る途中で、とある屋敷の中庭の門のそばを通りかかった。妹は、その門をたたいた。おもしろ半分にたたいたのか、ついうっかりしていたのか、それとも、こぶしをあげてたたく真似をしただけで、実際にはたたかなかったのか、ぼくにはなんとも言えない。そこから百歩ほど行って、道が左の方にまがるあたりから村がはじまっていた。ぼくたちのよく知らない村だったが、いちばんはずれの家にさしかかるやいなや、人びとが出てきて、なにやら手まねきをした。好意のしるしなのか、警告をあたえようと言うのか、見当がつきかねたが、彼ら自身も、おっかなびっくりの様子で、および腰だった。人びとは、ぼくらが通りすぎてきた屋

敷のほうを指さし、あそこの門をたたいただろう、家の持主はあんたがたを告訴し、すぐにも捜査がはじまるだろう、と言った。ぼくは、すこしもあわてず、びっくりしている妹をなだめてやった。妹は、おそらくたたきはしなかったのだ。たとえたたいたにしても、そんな証明など、金輪際できるものではない。ぼくは、人びとにそう説明してやった。人びとは、ぼくの言うことを聞いてくれはしたが、意見をのべることはさしひかえた。ややあってから、妹さんだけでなく、兄であるあんたも訴えられるだろう、と言った。ぼくは、笑いながらうなずいた。みんながまた屋敷のほうをふりかえると、ずっと遠くに大きな煙が見え、いまにも火の手があがりそうだった。しかし、実際は、騎馬の一隊で、まもなく大きく開いた中庭の門にはいっていった。砂埃がたちこめ、なにも見えなくなり、高い槍先だけがきらきら光っていた。そして、一行が門のなかに姿を消したかとおもうと、すぐまた馬をかえしたらしく、ぼくたちのほうにむかってきた。ぼくは、万事ひとりで片づけるからと言って、妹にこの場をはずさせようとした。妹は、ぼくをひとり残しておくのはいやだ、と言った。ぼくは、せめて着替えでもしてきて、もうすこしましな恰好でみんなのまえに出るもんだ、と言ってやった。妹は、やっとのことで承知して、遠い道のりを帰っていった。馬を走らせてきた一行は、早くもぼくたちのいるところに到着し、まだ馬をおりないうちから、妹のことをたずねた。妹はいまはいませんが、後刻もどってきます、とぼくは、おどおどしながら答えた。彼らは、この返事にほとんど関心をしめさなかった。ぼくを見つけたことがなによりも手柄だとおもっているようだった。一行の主だった人物は、若い、元気のよさそうな判事とアスマンという名のものしずかな助手のふたりであった。彼らは、そこの農家の部屋に入るようにと言った。ぼくは、一行のするどい視線をあびながら、首をふりふりズボンつりを引っぱりあげ、ゆっくり歩きだした。まあ、ひと言かふた言ほど話をしさえすれば、都会の人間であるぼくの名誉をきずつけないで百姓たちのあいだから釈放してくれるだろう、とたかをくくっていたのである。ところが、農家の敷居をまたぐやいなや、さきに行って、ぼくを待っていた判事が、「この男は、かわいそうだな」と言った。ぼくの目下の状態ではなく、これからぼくの身にふりかかるであろうことをさした言葉であることは、疑いの余地がなかった。その部屋は、農家の部屋というよりは監獄の一室に似ていた。大きな敷石、薄暗がり、飾りひとつない壁。壁のひとつに鉄の車輪がはめこんである。部屋の中央におかれた台は、なかば寝台のようでもあり、なかば手術台のようでもあった。

ぼくは、まだ監獄の空気以外の空気を味わえるだろうか。これは、大問題だ。いや、そんなことよりもまず、釈放される見込みがあるかどうかということが先決問題でなければならないだろう。

（マックス・ブロート（編）前田敬作（訳）「中庭の門をたたく」『決定版カフカ全集2　ある戦いの記録、シナの長城』新潮社、一九八一年、八六～八七頁、網掛けは引用者）

この小篇を読み終えたとき、二つのことが私の頭の中を駆け巡った。一つは、「ピンポンダッシュ」

だ。これは私の息子が小学生の頃に流行った悪戯で、登下校時に通学路沿いの家のインターフォンを鳴らし、即座に仲間と一緒にダッシュして逃げるというもの。子どもたちはふざけ半分で、ピンポンダッシュをしていたのであろう。悪事をはたらいていたとは思っていなかったに違いない。ところが、学校への通報により発覚し、息子たちは担任の教師から大目玉を食らったそうだ。

もう一つは、カフカの長編小説『審判／訴訟』。主人公のヨーゼフ・Kは、三〇歳の誕生日を迎えた朝、悪事をはたらいた覚えがないのに監視人と監督に逮捕され、まともな裁判も受けられないまま、三一歳の誕生日の前夜、郊外の石切り場で惨めな死を遂げる。

人は誰でも、意識していようがいまいが、ほんの小さな動作、思考、発言をすることによって、自分自身の進路、あるいは相手の人生を大きく変えてしまう――時には投獄されたり死刑に処されたりすることもある。カフカの「中庭の門をたたく」という小篇は、このようなことを読者に示唆しているのではあるまいか――。

妹が通りがかりの屋敷の門を叩いた。ただそれだけで、兄である「ぼく」は監獄の一室のような部屋に拘束される――。この小篇で殊のほか注目に値するのは、「ぼく」が発した以下の言動（引用文の傍点部）ではないだろうか。村人たちが兄妹に対して、「あそこの門をたたいただろう。家の持主はあんたがたを告訴し、すぐにも捜査がはじまるだろう」と警告したときのことだ。

ぼくは、すこしもあわてず、びっくりしている妹をなだめてやった。妹は、おそらくたたきはしなかったのだ。たとえたたいたにしても、そんな証明など、金輪際できるものではない。ぼくは、人びとにそう説明してやった。人びとは、ぼくの言うことを聞いてくれはしたが、意見をのべることはさしひかえた。ややあってから、妹さんだけでなく、兄であるあんたも訴えられるだろう、と言った。ぼくは、笑いながらうなずいた。（傍点は引用者）

「ぼく」には罪悪感というものが、全くといってよいほど無い。たとえ悪いことをしてしまったとしても、言葉で反駁すれば相手を説得できるという勝手な思い込みがある。この点こそ『審判／訴訟』のヨーゼフ・Kと、「中庭の門をたたく」の「ぼく」に潜む共通点——過ち——であるかもしれない。

（付記）明星聖子は「原罪」をキーワードにして、「狩人グラッフス」「橋」「田舎医者」と並んで「中庭の門をたたく」という掌編を論じている。

遠い過去の、罪の瞬間。すべての苦しみ、永遠のさすらいの「発端」の「過ち」。この

「発端」の「過ち」とは、すなわち、あの「原罪」の問題につながるものだ、ということがいえるだろう。

（明星聖子『新しいカフカ——「編集」が変えるテクスト』慶應義塾大学出版会、二〇〇二年、一二六〜一二七頁）

明星氏によれば、執筆当時（一九一七年）カフカは「原罪」をテーマにした物語やアフォリズムを連続して八つ折判ノートに書き込んでいたようである。そのことが『批判版カフカ全集（Kritische Ausgabe）』の「帳面丸出し主義（Schriftträgerprinzip）」によって初めて炙り出されてきたというのだ（前掲書、一二四頁）。「帳面丸出し主義」とは、ノートや紙切れの上に書かれたさまざまなテクスト断片——物語の書き出しや、アフォリズム、メモ、手紙の下書き、日記風の書き込みなどを、何ら分類することなく、その「帳面」にあるとおりの順序で再現する編集方針。

ヨーゼフ・Kは、当初、身に迫っている事態を重要視せず、次のような独り言をいう。逮捕しにきた二人の監視人を「こんな下っぱの連中／こんなやつら」と見くびっている点に留意していただきたい。

こんな下っぱの連中と——そのことは当人が認めたばかりだ——よけいなおしゃべりをしてみても、くたびれるだけ。［・・・］こんなやつらに言いつのるよりも、ちゃんとした立場の人間とちょっと話せば、ことが明らかになるだろう。［・・・］銀行の午前の仕事を無断で休むことになるが、現在、銀行で拝命している地位をもってすれば、さして問題はない。

（池内紀（訳）『カフカ小説全集2　審判』白水社、二〇〇一年、一四～一五頁、傍点は引用者）

小篇の中の「ぼく」も、判事と助手に連行される途中、呑気に構えて次のように独り言をいう。

（前田訳）まあ、ひと言かふた言ほど話をしさえすれば、都会の人間であるぼくの名誉をきずつけないで百姓たちのあいだから釈放してくれるだろう、とたかをくくっていたのである。

この箇所に当たる原文には、以下に記すように diesem Bauernvolk という表現が使われている。前田訳とは異なり柴田訳では、指示代名詞 diesem（dieser の3格で、英語の this に当たる）が、そのまま訳出されている。

Noch glaubte ich fast, ein Wort werde genügen, um mich, den Städter, sogar noch unter Ehren aus *diesem*

Bauernvolk zu befreien.

(Franz Kafka, *Die Erzählungen und andere ausgewählte Prosa.* Hrsg. von Roger Hermes, Fischer Taschenbuch, 1996, S.311)

（柴田訳）私はまだほとんど信じていた。一言、言葉を発しさえすれば、都市住民たる自分は名誉を失うことすらなく、この百姓たちから解放されるだろう。

（柴田翔（訳）〔中庭への扉を叩く〕平野嘉彦（編）『カフカ・セレクションII　運動／拘束』ちくま文庫、二〇〇八年、三三頁、傍点は引用者）

後述する五種類の日本語訳のうち、柴田訳だけが「この百姓たち」という表現を採用している。直訳過ぎるという批判があるかもしれないが、dieser の意味を込めた訳語が適切だと私は思う。あるいは、「こんな／あんな百姓ども」としてもよかったくらいだ。

ちなみに、『小学館 独和大辞典』は、「空間的・時間的距離とは無関係に心理的に近いものを指し、ときに非難のニュアンスが伴うことがあり、この場合、訳語としてはむしろ「あの」がふさわしいことが多い」と注記した上で、以下の例文を挙げている。〈例〉Das alles hat *diese* Anna verraten!［あの］アンナのやつが何もかもばらしたんだ。

（付記）何年か前、秋葉原駅前の街頭演説で、自分を批判する聴衆の一団に向かって、「こんな人たちに負けるわけにはいかない」と言って顰蹙を買った首相がいた。「総理大臣は国民と戦う立場じゃない」とか「あなたがバカにしている『こんな人たち』も、あなたが守らねばならない国民なんです」という声が拡がったことを覚えている。数年後、同じような街頭演説でこの（元）首相が銃弾に倒れたことは記憶に新しい。

「銀行で拝命している地位」や「都会人」という立場をもってすれば、現在の苦境から難なく抜け出すことができるだろうという思い込み。Kの思い込みには、「職場の重要ポストについている人間のほうが他の人たちより優っている」という優越感が見え隠れする。また、「ぼく」の思い込みには、「都会に住む人間のほうが村人たちより上位にいるという思い上がりが潜んでいる。――問題なのは、Kも「ぼく」も自分の思い込み／思い上がりに気づいていない点だ。

翻って、私たちの日常生活に目を向けてみよう。本人には意識されていない優越感や思い上がりが、他の人たちに不安感を植え付けたり、嫌悪感や敵意を抱かせたりすることがあるかもしれない。ほんのちょっとした言動で、話し相手を萎縮させたり傷つけたりするケースもあろう。たとえ、その本人が優越感をひけらかさなくとも、こうした人から醸し出される優越感や思い上がりの気持ちを周りの人たちは感じ取る。ところが、本人は気づいていない。あるいは、周りの人たちが勝手な思い込みによって、ある人の中に他人を見下す姿勢（優越感や思い上がり）があると錯覚し、徐々にその虚像を膨らませてしまうことがある。このような場合、当然のことながら、その本人は周りの人たちの思いを察することができないだろう。——このような観点から、ヨーゼフ・Kや「ぼく」の逮捕劇を捉えてみることはできないだろうか。

長編小説『審判／訴訟』では、「銀行で拝命している地位」を振りかざして、監視人を「こんなやつら」と見下す尊大な考え方こそがKを窮地に追い込んでしまったのではないか。その他にもKは知らず知らずのうちに罪深いことをしているのではないか。例えば、銀行の部下に対して権力づくで接したり、「商人」を蔑視したり、訴訟を有利にするための手段として女性を扱ったり・・・

また小篇では、「妹」が熟慮の末、中庭の門を叩こうと、悪ふざけで叩こうと、はたまた叩いたか叩かなかったか覚えていないほどだったとしても、「妹」による「門格一敲《もんかくいっこう》」（長谷川訳の表題）が、「ぼく」の内部に潜んでいた思い上がりの気持ちを暴露するきっかけとなったのではないか。つまり、「こんな百姓ども」ということばには、村人に対する優越感／侮蔑の心が隠されているのではないか。

さて、小篇の内容と大きく関わりそうなので、テクスト構成を確認しておく。以下五種類の日本語訳を読み直してみたい。

①前田敬作訳（一九八一年、新潮社版全集）・・ブロート版からの日本語訳
②長谷川四郎訳（一九八八年、福武文庫）・・・ブロート版からの日本語訳
③池内紀訳（一九九八年、岩波文庫）・・・・・批判版からの日本語訳
④池内紀訳（二〇〇一年、白水社版全集）・・・・批判版からの日本語訳
⑤柴田翔訳（二〇〇八年、ちくま文庫）・・・・批判版からの日本語訳

『ブロート版カフカ全集』には、編者マックス・ブロートによるタイトルが付されているため、日本語訳①②の表題は以下のようになっている。

①　前田訳：中庭の門をたたく
②　長谷川訳：門格一敲

それに対して『批判版カフカ全集』の底本には、この小篇に当たる部分にタイトルが付けられていない。強いて言えば、書き出しの Es war im Sommer...（それは夏の日のことだった・・・）が表題として使われることがある（例えば、前掲のフィッシャー文庫版カフカ短編集）。ただし、日本語訳には、その旨を括弧〔　〕に託したことを明記した上で、ブロート版に倣ったタイトルを付けているものがある（④と⑤）。

③　池内訳：中庭の門
④　池内訳：〔「中庭の門をたたく」草稿〕
⑤　柴田訳：〔中庭への扉を叩く〕

テクストに関わることで、もう一つ気になることがある。それは小篇末尾にあるパラグラフ（網掛け部分）の位置づけだ。直前の長いパラグラフの後に、新たなパラグラフとして監獄についての記述が置かれ、小篇全体を締めくくっている。直前の長いパラグラフの最後の文と、それに続く部分を①前田訳で確認しておこう。

（・・・）部屋の中央におかれた台は、なかば寝台のようでもあり、なかば手術台のようでもあった。

ぼくは、まだ監獄の空気以外の空気を味わえるだろうか。これは、大問題だ。いや、そんなことよりもまず、釈放される見込みがあるかどうかということが先決問題でなければならないだろう。

ブロート版からの別の日本語訳（②長谷川訳）では、牢獄についてのパラグラフ（網掛け部分）が、その前のパラグラフに吸収されて以下のようになっている。

（・・・）中央には、半ば組立寝台、半ば手術台のようなものがあった。いつか私はこの牢獄の空気とは別の空気を呼吸することができるのかしらん？　これは大問題だ、いや、それどころか、私に放免の見込みが少しでもあるかどうかが先決問題である。

（長谷川四郎（訳）「門格一敲」『カフカ傑作短篇集』福武文庫、一九八八年、一五八頁、網掛けは引用者）

ブロート版に対して批判版はどうなっているかと思い、調べてみた。すると、「監獄／牢獄／牢」に関わる箇所の直前で間仕切りの点線「・・・・・」が引かれていて、（内容はさて置くとして）全く別のパラグラフ（網掛け部分）として扱われていることが判明した。まず、③池内訳を記しておくことにする。①前田訳および②長谷川訳とは異なるテクストになっていることが分かる。

（・・・）まん中にあるのは寝台のようでもあれば、手術台のようにも見えた。

・・・・・・・・・・・

私はいずれ牢の外の空気が吸えるようになるのだろうか。大問題だが、しかし肝心なのはむしろ、釈放される見込みがあるかどうかということだろう。

（池内紀（編訳）「中庭の門」『カフカ寓話集』岩波文庫、一九九八年、九八頁、網掛けは引用者）

④池内訳の訳文は③池内訳とほぼ同じであるが、前者（岩波文庫）は読みやすさを考慮して、段落を多くしてある。それに対し、後者（白水社版）は底本の記述に沿って――つまり、カフカの筆の勢いどおり――余分な段下げはしていない。また、点線の前の文の末尾には訳者により（中断）ということばが付け加えられている。

（・・・）まん中にあるのは寝台のようでもあれば、手術台のようにも見えた。（中断）

・・・・・・・・・・

いずれ牢の外の空気が吸えるようになるのだろうか。大問題だが、しかし肝心なのはむしろ、釈放される見込みがあるかどうかということだろう。

（池内紀（訳）「「中庭の門をたたく」草稿」、三〇一頁、網掛けは引用者）

最後に、⑤柴田訳を検討してみたい。この訳を読むことによって、カフカの手稿に基づく批判版と、ブロートの編集によるブロート版の違いがはっきりしてくるに違いない。

部屋は農家の一室というより、刑務所の独房に似ていた。大きな石の張り詰められた床、寒々とした灰色の壁。そこには鉄の輪が埋め込まれて吊り下がり、中央には裸の寝台とも見え、また手術台とも見える大きな机が置かれていた。

…………

私には牢獄の空気ではない空気の味が、まだわかるのだろうか？ これは大きな問題だ。いや、もし仮に赦免の可能性があるのなら、それが大きな問題になるだろう、ということなのだが。

Könnte ich noch andere Luft schmecken, als die des Gefängnisses?

〔訳註〕点線以下の三行は、底本に従えば、それ以前の部分の次に、しかしそれとは一応、別の文章として、記載されている。だがおそらくは、中断して完成する

ことのなかった本作品の、先の部分の一断片だと思われるので、この形で訳出した。
（柴田翔（訳）〔中庭への扉を叩く〕三四～三五頁、網掛けは引用者）

さらにもう一つ明らかになったことがある。小篇の末尾に追加された文の後には、「牢／牢屋」に関する記述が断続的に残されているのだ。恐らく、囚人についての原稿を書き込んでいるカフカにとって、「牢／牢屋」を巡る「意識の流れ」が消えては戻り、戻っては消えながら続いていたのであろう。恐らく途中で寝入ってしまい、翌日また同じテーマで書き始めたのかもしれない。八つ折り判ノートCに残されたこの部分を、④池内訳で確認しておきたい。

…………

いずれ牢の外の空気が吸えるようになるのだろうか。大問題だが、しかし肝心なのはむしろ、釈放される見込みがあるかどうかということで、

…………

ラテューデと申しまして、ながらくこの牢にいて

・・・・・・・・・・

政務についてすぐ、若い侯爵は恒例の大赦を行なうに先立ち、牢を訪れた。いろいろ問いただすなかで、当然のことながら、牢に入ってもっとも長期にわたる者のことをたずねた。妻殺しで終身刑を申しわたされた男だという。いまや牢暮らしが二十三年になる。その囚人に会いたいということで、人は侯爵をその牢屋に案内した。用心のため、この日にかぎり囚人には鎖をつけた。

・・・・・・・・・・

囚人は鎖につながれていた。わたしは牢屋に入り、錠を下ろした。それから声をかけた。おまえがこの牢のいちばんの古手なのか、

（池内紀（訳）［「中庭の門をたたく」草稿］、三〇一〜三〇二頁、網掛けは引用者）

「中庭の門をたたく」という小篇の表題と末尾について、長々と引用してきたのだが、何かの成算が

あってしたことではない。そこで、これからじっくり考えてみることにする。

まずプロートの編集による日本語訳（①と②）では、まとまりのある一篇のストーリーとして形を整えようとする姿勢が明白である。内容はともあれ、「始まりがあって、終わりがある」ということになれば、読者は安心して読み切ることができる。プロートは、牢獄／監獄についてのパラグラフ（網掛け部分）を本体から切り離すなど考えられなかったのかもしれない。②長谷川訳では、プロートの編集方針に沿って、牢獄の記述部分が本体に組み込まれていたことを思い出していただきたい。

一方、批判版（カフカの手稿）では、形を整えるようなことはせず、著者の頭の中に浮かんだアイデアがそのまま残されている。多くの読者は消化不良の感じを抱きながら読み終える――いや、読み終わった感じはしない！　批判版の終わり方（間仕切りの点線の直前まで）を、⑤柴田訳で確認しておこう。


しかし敷居を越えて部屋へ入った瞬間、早くも先回りして部屋へ飛び込み、私を待ち受けていた裁判官は、言った。

「気の毒な男だ」

しかもその言葉は疑いもなく、私のいま現在の状況についてではなく、私に今後、起きるであろう事態についてのものなのだ。

部屋は農家の一室というより、刑務所の独房に似ていた。大きな石の張り詰められた床、寒々とした灰色の壁。そこには鉄の輪が埋め込まれて吊り下がり、中央には裸の寝台とも見え、また手術台とも見える大きな机が置かれていた。

（柴田翔（訳）〔中庭への扉を叩く〕三三～三四頁）

再読してみて私はハッとした。「農家の一室」の描写でカフカはペンの動きを止めている。——これは『審判／訴訟』の中でKが審理に召喚され、裁判所を探し求めた末、ようやく辿り着いた「町はずれの貧民街にある古いアパートの一室」とイメージが酷似している！　まともな裁判所ではないのだ。ブロート的編集方針からすると、この終わり方では一篇のストーリーとして成立しない。しかし、「気の毒な男だ」という裁判官の言葉を受けて、自分の身に今後起きるであろう由々しき事態を「私」に思い描かせるだけで、書き手のカフカからすれば、ストーリーの結末として十分だったのかもしれない。その後に続く「農家の一室」の描写は、囚われの身となる「私」の頭に浮かんでくる不気味なイメージであると言えまいか。「牢に閉じ込められてしまうのではないか」と想像を巡らすことから生じる不安感なのかもしれない。そうであるならば、「監獄の一室に似た農家の部屋」の描写でストーリーを終えても、おかしいことはない。現に、前述したフィッシャー文庫版カフカ短編集では、この小篇に Es war im Sommer...（それは夏の日のことだった・・・）というタイトルを付したうえ、以下の文でストーリーを終えている。原文を記した後、③池内訳で最後の文を確認しておきたい。

Große Steinfliesen, dunkelgraue kahle Wand, irgendwo eingemauert ein eiserner Ring, in der Mitte etwas, das halb Pritsche halb Operationstisch war.

（『フィッシャー文庫版　カフカ短編集』三一一頁）

（③池内訳）敷石は大きく、暗灰色のガランとした壁に鉄の輪がはめこんである。まん中にあるのは寝台のようでもあれば、手術台のようにも見えた。

（④池内訳）敷石は大きく、暗灰色のガランとした壁に鉄の輪がはめこんである。まん中にあるのは寝台のようでもあれば、手術台のようにも見えた。（中断）

つまり、「中庭の門をたたく」という掌編は「農家の一室」の描写で終わっているのだ。間仕切りの点線に続く牢獄／監獄のパラグラフを、少なくともフィッシャー文庫版は切り捨てている。しかし、同一の訳者による新訳では、この文章の最後に（中断）と書かれていることを指摘しておきたい。

新訳で池内氏が（中断）としたことは、腑に落ちない。なぜならば、間仕切りの点線の前後には、内容的に長い時間が流れていると考えられるからだ。点線の前のパラグラフには、「私」が監獄のような部屋に拘束されることが書かれている。それに対し、点線の後の二文では、投獄された「私」が自分の釈放される見込みについて考えている。さらなる書き込みを辿ってみると、「ながらく牢にいるラテューダ」とか、「妻殺しで終身刑を申しわたされた、牢暮らし二十三年の囚人」とか、「この牢のいちばん古手」とかいった表現で、長きにわたる囚われの身についての描写が途切れ途切れに書き残されている。ところが、牢獄における生活についての描写は長続きしない。どれも寸断されているのだ。カフカにとって「妹」が中庭の門を叩いたことによって、「兄である私」の人生に大きな変化が起きた——あるいは、起きつつある——という現象こそが大事だったのであろう。その後に起きる獄中生活については、大きな関心の対象になり得なかったのではないか。

万一、カフカが「農家の一室」の描写と「牢獄／監獄／牢」についての二文をひとまとまりのストーリーとして考えていたと仮定しても、どこかしら不自然な感じがしてならない。少なくともカフカは、ここまで来て書きあぐんだのだろう。そこでペンが止まり、寝入ってしまったのかもしれない。その後、目が覚めてから——あるいは翌日になって——間仕切りの点線以降の二文を書き込んだと考えられないだろうか。スムーズにペンが走らなかった点、つまり、書きあぐんだ点にこそ、私たちは注目すべきなのではなかろうか。

再度、小篇の冒頭部に戻ってみよう。妹がおもしろ半分なのか、うっかりしてなのか屋敷の門を叩く。あるいは、叩いていなかったかもしれないという。このような些細なことから、兄である「私」が逮捕されてしまう。そして「独房」に幽閉されることになる――。この不安感をカフカは描出したかったのではないか。「この先、どうなってしまうんだろうか・・・はっきりした結論は出ていなくても、どこかしら悪い方向に自分は迷い込んでしまうのではないか・・・」――この結末の見えない、中途半端に思える描写こそ、人生の真実をありのままに写し出していると考えられまいか。

カフカの小篇には、一読して「不自然」に終わるように思える作品が多い。例えば、「ひとり者の不幸」「ある注釈／あきらめな」「橋」「樹木」「走り過ぎていく者たち」「路地の窓」「サンチョ・パンサをめぐる真実」「インディアンになりたい」「仲間どうし」「悪党の一味」「山への遠足」「禿鷹」「小さな童話」「もどり道」「出発」「夜に」・・・挙げればキリがない。

ここで思い出されるのが、「商人」という小篇について書かれたコメント（ウィキペディアに掲載されている解説の一部）である。そこには、「この小篇には、はっきりした結末がなく、読者は宙ぶらりんの状態に取り残されてしまう」と記されている。しかし、「商人――膝をかがめて細い鏡をのぞきこむ」の項（第一部の（1））で私が指摘したように、「商人」は「日常－非日常－日常」という一連の流れで書かれていて、カフカ自身としては「結論」がないとはいえ、日常に戻った時点で、ストーリーを終えたつもりだったのではないか。

「田舎医者」の結末も「不自然」な終わり方だった記憶がある。そこで、この掌編を読み直して、最終場面がどうなっているかを確認してみた。村お抱えの医師が真夜中にけたたましく鳴る呼び鈴の音に起こされ、往診を余儀なくされる。前の晩、馬が死んでしまったことを知り、自暴《やけ》っぱちに豚小屋の戸を蹴る。――実は、この行為こそ「中庭の門をたたく」の中で「妹」が何気なく屋敷の門を叩く動作と重なり合う。このような些細なことから、この医師には難儀が降り注ぐことになるからだ。豚小屋からヌ～っと馬が二頭現れてきて、彼を患者のもとに運んでいく。若い患者の死に直面した医師が見い出したのは、異様な光景だった。患者はもとより、家族や村の人々が死に向き合おうとしないのだ。その果てに医師は、村人たちに服を脱がされてしまったため、逃げ出すように馬車に飛び乗り、帰路につく。しかし、馬は荒野をノロノロと進むだけ・・・

Nackt, dem Froste dieses unglückseligsten Zeitalters ausgesetzt, *mit irdischem Wagen, unirdischen Pferden, treibe ich mich alter Mann umher.* (...) Betrogen! Betrogen! Einmal dem Fehlläuten der Nachtglocke gefolgt—es ist niemals gutzumachen.

(Franz Kafka, „Ein Landarzt“ *Drucke zu Lebzeiten*. Hrsg. von Wolf Kittler, Hans-Gerd Koch und Gerhard Neumann, Fischer Verlag, 1994, S. 261 イタリックは引用者)

裸で、この不幸な時代の寒気にさらされて、この世の馬車で、この世ならぬ馬に導かれて、私は老いた身で、あちらこちらとさまよっている始末だ。〔・・・〕だまされた！　だまされた！　空耳で夜間診療用の呼び鈴の音を聞いたと思いこんで、それに一度でも従ってしまえば――もうけっして取り返しはつかないのだ。

（平野嘉彦（編訳）「村医者」『カフカ・セレクションⅠ　時空／認知』ちくま文庫、二〇〇八年、一〇二～一〇三頁、傍点は引用者）

「空耳で夜間診療用の呼び鈴の音を聞いたと思い込む」ことから、取り返しのつかない羽目に陥る。裸で雪原を永遠にさまようことになるかもしれないのだ。「中庭の門をたたく」に置き換えれば、「独房に似た一室に連れて行かれる」ことに相当するのであろう。この先、一体どうなるのだろうか――カフカにとって、先のことはそれほど重要ではなかったのかもしれない。結論なきエンディング。非現実のようでありながら、現実であることが人生の真実。

意識していようがいまいが、ほんの小さなこと（動作、発言、思考）が契機となって、生活――大袈裟に言えば人生――の流れが変わってしまうということは、私たち一人ひとりにも当てはまる。人と人との巡り会いや別れなどは、その最たる事象ではなかろうか。

そのようなことを考えながら、小篇「中庭の門をたたく」を何度も読み返していた折、私はある報道に接した。二〇二一年一〇月一二日午前四時ごろ甲府市で起きた「夫婦殺害放火事件」である。二階建ての住宅が全焼し、焼け跡から二人の遺体が見つかった。司法解剖の結果、夫婦の遺体には刺されたような傷が多数見つかり、死因は失血死と報じられた（『朝日新聞デジタル』二〇二一年一〇月一五日）。当時、二階で寝ていた次女は、争う声に気づき一階に下りて行ったところ、不審な男と鉢合わせし、後ろから凶器で殴られ、ケガを負った。次女は姉を起こして、二人で二階ベランダづたいに逃げたという。

その後、容疑者は家に放火し逃走したが、同日の夜、警察に出頭。翌日、一九歳の少年が次女への傷害容疑で逮捕。報道によると、この少年は長女と同じ高校に通い、一方的に好意を寄せていたという。ところが、交際を断られたことを逆恨みし、今回の犯行に及んだと報じられている。調べに対して少年は容疑を認め、「ＬＩＮＥ（無料通信アプリ）で突然やりとりできなくなった」と供述した模様。殺害された両親から長女との交際を認められなかったのが犯行の動機なのかどうか、詳細は調査中ということだ。恐らく、「ＬＩＮＥをブロックされた」ことが犯行の直接的な引き金だったのではなかろうか。

長女のほうはどうかというと、その少年に対して決して上から目線の態度を取ったり、蔑視したりしてはいなかったのではあるまいか。現に、山梨県警の調べによると、「少年についての脅迫やつきまとい、暴力行為などの相談は寄せられていなかった」ようだ。長女は、長時間あるいは何日も思い悩んだ末、顔見知りの男（容疑者）との通信をブロックしたのだろうか。私は、そうだとは思わない。恐らく、軽いノリでＬＩＮＥ上の友達登録をし、それほど悩みもせずにブロックしたのではないかと思う。実行するときは、人差し指一本で「ブロック」あるいは「削除」のアイコンをタッチするだけでよい。時には間違って押してしまうことだってあり得る。それほどまでに容易なのだ。容易だからこそ、――これはあくまでも私の憶測であるが――その結果たるや、軽いワンタッチが夜明け前の大惨事に繋がってしまったのではないのだろうか。

カフカの小篇「中庭の門をたたく」を熟読していた最中だったので、この殺害放火事件は私の胸に突き刺さった。ほんのワンタッチによって深い暗闇に突き落とされることがある――そのタッチが熟慮の末だったのか、小篇に出てくる「妹」のように面白半分だったのか、ついうっかりしていたのか、それとも実際にはタッチしていなかったのか、本人は覚えていないかもしれないが・・・

(付記) ここまで書き終えたところで、衆議院議員選挙の結果が判明。飛び込んできたニュースは、「大阪10区の辻元清美(立憲民主党)が落選、比例復活ならず」という衝撃的なものであった。落選の要因は、応援演説者の人選などいくつかあるのだろうが、衆議院が解散した直後、辻本氏が記者団に語った次のひとことも大きな要因の一つであると私は推測している。――「これは国政選挙。維新はローカル、眼中にない」。この発言がきっかけとなり、日本維新の会が猛反撃を繰り広げたらしい。辻本氏は敗戦の弁で、「維新の私に対する集中砲火は恐ろしいほどでね。[・・・] でも私が悪い、つい口を滑らせた。[・・・] おごりと過信があった」と語っている（『毎日新聞』二〇二〇年一一月五日）。

まさに、「雉も鳴かずば打たれまい」である。カフカの「門格一蔵／中庭の門をたたく」そのものかもしれない。門を叩いた「妹」も、他党を揶揄した辻本氏も、よく覚えていないほど些細な言動だったのだろう。それが「兄」の逮捕、あるいは選挙での落選に直結してしまったのだ。

(6)「掟《おきて》の門」——この門は、おまえひとりのためのものだった

カフカ(三一歳)が一九一四年に執筆した「掟の門/掟の門前(Vor dem Gesetz)」という小篇は、元来、長編小説『審判/訴訟』の一部として書かれたものである。「大聖堂にて」の章に配置する予定だったこの小品をカフカ自身が気に入っていたようで、独立した形で発表している。初出は一九一五年で、『自衛』(プラハのユダヤ人向け週刊誌)の九巻・第三四号に掲載。さらに四年後の一九一九年、カフカは短編集『田舎医者』の一篇として、この掌編を再び収録している。池内紀訳で「掟の門」を読んでみたい。

「掟の門」

掟の門前に門番が立っていた。そこへ田舎から一人の男がやって来て、入れてくれ、と言った。今はだめだ、と門番は言った。男は思案した。今はだめだとしても、あとでならいいのか、とたずねた。

「たぶんな。とにかく今はだめだ」

と、門番は答えた。

掟の門はいつもどおり開いたままだった。門番が脇へよったので男は中をのぞきこんだ。これをみて門番は笑った。

「そんなに入りたいのなら、おれにかまわず入るがいい。しかし言っとくが、おれはこのとおりの力持ちだ。それでもほんの下っぱで、中に入ると部屋ごとに一人ずつ、順ぐりにすごいのがいる。このおれにしても三番目の番人をみただけで、すくみあがってしまうほどだ」

こんなに厄介《やっかい》だとは思わなかった。掟の門は誰にもひらかれているはずだと男は思った。しかし、毛皮のマントを身につけた門番の、その大きな尖り鼻と、ひょろひょろはえた黒くて長い蒙古髯《もうこひげ》をみていると、おとなしく待っている方がよさそうだった。門番が小さな腰掛けを貸してくれた。門の脇にすわっていてもいいという。男は腰を下ろして待ちつづけた。何年も待ちつづけた。その間、許しを得るためにあれこれ手をつくした。くどくど懇願して門番にうるさがられた。ときたまのことだが、門番が訊《き》いてくれた。故郷《くに》のことやほかのことをたずねてくれた。とはいえ、お偉方がするような気のないやつで、おしまいはいつも、まだだめだ、と言うのだった。

たずさえてきたいろいろな品を、男は門番につぎつぎと贈り物にした。そのつど門番は平然と受けとって、こう言った。

「おまえの気がすむようにもらっておく。何かしのこしたことがあるなどと思わないようにだな。しかし、ただそれだけのことだ」

永い歳月のあいだ、男はずっとこの門番を眺めてきた。ほかの番人のことは忘れてしまった。ひとりこの門番が掟の門の立ち入りを阻《はば》んでいると思えてならない。彼は身の不運を嘆いた。はじめの数年は、はげしく声を荒らげて、のちにはぶつぶつとひとりごとのように呟《つぶや》きながら。

そのうち、子どもっぽくなった。永らく門番をみつめてきたので、毛皮の襟《えり》にとまったノミにもすぐに気がつく。するとノミにまで、おねがいだ、この人の気持をどうにかしてくれ、などとたのんだりした。そのうち視力が弱ってきた。あたりが暗くなったのか、それとも目のせいなのかわからない。いまや暗闇のなかに燦然《さんぜん》と、掟の戸口を通してきらめくものがみえる。いのちが尽きかけていた。死のまぎわに、これまでのあらゆることが凝結して一つの問いとなった。これまでついぞ口にしたことのない問いだった。からだの硬直がはじまっていた。もう起き上がれない。すっかりちぢんでしまった男の上に、大男の門番がかがみこんだ。

「欲の深いやつだ」

と、門番は言った。

「まだ何が知りたいのだ」

「誰もが掟を求めているというのに――」

と、男は言った。

「この永い年月のあいだ、どうして私以外の誰ひとり、中に入れてくれといって来なかったのです？」

いのちの火が消えかけていた。うすれていく意識を呼びもどすかのように門番がどなった。

「ほかの誰ひとり、ここには入れない。この門は、おまえひとりのためのものだった。さあ、もうおれは行く。ここを閉めるぞ」

（池内紀（編訳）「掟の門」『カフカ短篇集』岩波文庫、一九八七年、九～一二頁）


（付記）同訳者による『カフカ小説全集４　変身ほか』（白水社、二〇〇一年、二一四～二一六頁）では、タイトルが「掟の門前」となっているものの、本文の字句修正はわずかである。


長編小説の一部として書かれたものであるというのなら、「掟の門」に相当する部分の前後を確認しておく必要があろう。中野孝次訳の『審判』第九章（大聖堂にて）を読んでみることにする。大聖堂の中で主人公のヨーゼフ・Ｋが僧（教誨師）と話をしている――

「思い違いしてはいけない」、と僧は言った。

「ぼくが何を思い違いしてるというんです？」、とＫは訊ねた。

「裁判所のことで思い違いをしているのだ」、と僧は言った、「法の入門書にそういう思い違いの

ことがこう記されている。法の前に一人の門番が立っている。この門番のところへ田舎から一人の男がやってきて・・・

［中略。ここに「掟の門」が配されている＝引用者の註記］

『ほかのだれもここで入る許可を得るわけにいかなかった。なぜならこの入口はおまえだけに定められていたからだ。では行って門を閉めるとするか。』」

「では門番はその男をだましたんですね」、とKはすぐに言った。この物語に非常に強くひきつけられたのだ。

「先走ってはいけない」、と僧は言った、「ひとの意見を吟味もせず受入れるものでない。わたしは本にある言葉どおりに話を伝えたまでだ。本にはだましたなどとは一言も書いてない。」［・・・］

（マックス・ブロート（編）中野孝次（訳）『決定版カフカ全集5　審判（第九章「大聖堂にて」）』新潮社、一九八一年、一八二〜一八四頁）

両人の間で交わされている話題は、裁判所の訴訟手続きについてらしい。二人の間には見解の食い違いがあるようだ。「何も悪いことをした覚えがないのにある朝逮捕された」と主張するヨーゼフ・Kに、教誨師の僧が裁判所の仕組みを説明する材料として「門番と男の話（門番物語）」を持ち出したのである。なぜ、この僧は「掟の門」に当たるこの話を持ち出したのか――。門番の話を切り出す前に僧がKに言ったことのいくつかを抜き書きしておこう。Kの他に誰ひとりもいない大聖堂の中でKの名を呼び、説教壇から以下のように言う――

「ヨーゼフ・K！　きみがヨーゼフ・Kだな」「きみは告訴されているな。それではきみがわたしの探している人だ。わたしは教誨師だ」「きみの訴訟がうまくいっていないことは知っているな？　たぶんうまくいくまいと思う。きみは罪があると見なされている。きみの訴訟はおそらく下級裁判所さえ脱けられないだろう。少くとも今のところきみの罪は立証されたと考えられている」

僧のことばに対してKが言い返す――

「ぼくはしかし罪がない。なにかの間違いだ。そもそもある人間に罪があるなんてことがどうしてありうるんです。誰も彼も、われわれはみな同じ人間じゃありませんか」「ぼくの訴訟に関係しているほかの人たちはみな、ぼくにたいし偏見を抱いています。無関係な者の耳にまでそれを吹き込む。だからぼくの立場はむずかしくなるばかりです」

Kのことばを聴いて僧が以下のように応じる——

「それはそのとおりだ。しかし罪のあるものはみなそんな言い方をするものだ。きみは事実を誤解している。判決は一度に下るものではないのだ、訴訟手続が次第に判決に移行してゆくのだ」

（付記）カフカが『日記』で Proceβ と表記していた長編小説は、マックス・ブロートの編集によって *Der Prozess* という表題で初版（一九二五年）が公刊された。第三版（一九四六年）では *Der Prozeß* という表題に変更。日本語訳では一般的に『審判』というタイトルが付されているが、ドイツ語の *Prozeß* は——英語の process と同様に——「進行、経過、過程」が原義であり、法律用語としては「訴訟（審理）、裁判ざた」の意（『小学館 独和大辞典』）。教誨師の言葉どおり、「判決は一度に下るものではなく、訴訟手続が次第に移行してゆくもの」なのだ。その意味では、『審判』より『訴訟』のほうがタイトルとして相応しいと言える。『訴訟』という表題で刊行された訳も幾つかある。最近の例として、丘沢静也（訳）『訴訟』（光文社古典新訳文庫、二〇〇九年）や、多和田葉子（編）『ポケットマスターピース01 カフカ』（集英社文庫、二〇一五年、三一一〜六〇七頁）所収の『訴訟』（川島隆訳）

を挙げることができる。

（付記）下薗は「到達不可能な掟を頂点とするヒエラルヒー」について以下のように述べている――「裁判官、弁護士、審理の段階、そして裁判所組織に至るまで、裁判所の序列と昇進は限りなく、事情に通じている者にとってさえも、見通し難い（下薗りさ「『掟の前』――代理人たちの世界」古川昌文・西嶋義憲（編）『カフカ中期作品論集』同学社、二〇一一年、一八六頁）。

訴訟について様々な忠告を受けた後、Kは感激のあまり僧に言う――

「裁判所の人たちのなかであなただけが例外です。かれらをもうずいぶん知っていますが、そのだれよりもあなたを信頼します。あなたとなら率直に話せそうです」

Kが発したこのことばに対して僧は「思い違いしてはいけない」と諭して、門番の話をすることになる。この流れから判断すると、裁判所の訴訟に関するKの「思い違い／思い込み」が「門番物語」で指摘されたものと考えられる。

『審判』のストーリー展開にまで視野を拡げて「掟の門」を考えてみたのだが、次に、田舎から来た男の「思い違い／思い込み」に焦点を絞って、この小篇を再読してみたい。

この男の最大の「思い違い／思い込み」は、死ぬ間際の質問に見てとれる。つまり、「誰もが掟を求めているというのに、この永い年月のあいだ、どうして私以外の誰ひとり、中に入れてくれといって来なかったのです？」という質問だ。門番の風貌や言葉に惑わされて、この男は知らず知らずのうちに、掟の門には入れないと思い込むようになってしまったのだ。「今はだめだが、あとでならいいだろう」と門番に言われたにもかかわらず、あるいは、「誰にも開かれているはずだと思っていた」にもかかわらず、また、「掟の門はいつもどおりに開いていた」にもかかわらず・・・

その他にも、この男は「思い違い／思い込み」をしている。例えば、「門番に頼み込んだり贈り物をしたりすれば中に入れてもらえる」という思い違い、また、「立ち入りを阻んでいるのは、この門番だけだ」という思い込み。極めつけは、「蚤（原文では Flöhe 蚤たち）に頼めば何とかなる」という思い違い！

このような解釈に何の違和感も抱かず私は「掟の門」という小品を読んだ。ところが・・・である。『審判』第九章の「掟の門」相当箇所の直後を読んで私は少なからず驚いた。教誨師はヨーゼフ・Kの「思い違い／思い込み」を次のように諭しているからだ。「門番物語」の中で思い違いをしているのは、田舎から来た男ではなく門番であるというのだ！　長広舌の一部を記しておきたい。

「門番は内部の様子や意味について何も知らないし、むしろそれについて思い違いしているということだ。しかも彼は田舎から来た男についても思い違いしていたと思われる。なぜなら彼は本当はこの男の下位にありながら、そのことを知らないからだ。［・・・］何よりもまず、自由な者は束縛された者より上にあるものだ。ところで男のほうは事実上は自由で、どこへでも行きたいところに行ける、ただ法の門に入ることが禁止されているにすぎず、それさえただ一人の人間、門番によって禁止されているにすぎない。彼が門の脇の床几に腰をおろし、そこに生涯とどまったとしても、それも自由意志からやったことだ。強制されたなどとは物語にはのっていない。これに反し門番のほうは、役目によって持場に束縛されていて、その場を離れることは許されない。見かけたところ彼はたとえそうしたくても内部に入ることも許されていないらしい。そればかりでなく彼は法に仕えているとはいえ、それもこの入口のためだけ、従ってこの入口がひとりその者のためと定められている男のためにだけ仕えているわけだ。この理由からしても彼は男よりも下位にある者だ。だから彼は長年、すなわち壮年時代全部を通じて、ある意味では実に空しい仕事を果しただけだと、いいうも考えられる」

（中野訳『審判』八九頁、傍点は引用者）

「長年、すなわち壮年時代全部を通じて、ある意味では実に空しい仕事を果しただけだとも考えられる」(傍点部)という教誨師の言葉を聞いて、ドキッとしないサラリーマン——元サラリーマンも含めて——は、いないのではあるまいか。銀行勤めのヨーゼフ・Kだけではない。四二年間、無我夢中で働いてきた私にも当てはまる。たとえ自由意志で仕事に当たってきたと思っていても、それは実のところ、上司や同僚、あるいは顧客や会社や役所に対する忖度に突き動かされていたのかもしれない。充実したサラリーマン生活だったと本人には感じられようが、「ある意味では実に空しい仕事を果しただけだとも考えられる」のだ。ああ、大いなる思い違い！

ところで、教誨師は以下のようにも言っている——

「注釈者たちはこの点について言っている、『ある事柄の正しい理解と、同じ事柄の誤った理解とは、たがいに完全に排除しあうものではない』、と」「すべてを真実だなどと考えてはいけない。すべてただ必然的だと考えなければならぬ」

そして、教誨師の言葉に対してヨーゼフ・Kは次のように言う——

憂鬱な意見ですね。虚偽が世界秩序にされるわけだ。

この対話を強引にパラフレーズしてみよう。

（教誨師）「事実と考えられていることは絶対的ではない。実は揺れ動いているのだ。つまり、きみが正しいと思っていることも、他の人たちから見れば正しくない。その逆もあり得る。立場が変われば真実の姿も変わってくる。ただ起こったことは起こるべくして、きみや私の目の前に現れてきたものなのだ」

（ヨーゼフ・K）「その意見は素直に受け取れないですね。偽りの見方や考え方を正しいと思って生きていかなくてはならないのですか。そうしたら、世界中が嘘だらけになってしまいます」

教誨師はヨーゼフ・Kの「思い違い／思い込み」がどこに起因するかを諭している。——係争中の訴訟でも思い違いや思い込みをしているところがあるはずだ、と。ヨーゼフ・Kと教誨師を対置することによって、カフカは一体何を読者に示唆しているのだろうか。恐らく、ある言葉や事柄に内在する両義性・多義性に思いを馳せることができず、一つの意味しか認めようとしない「一義的な判断」を批判しようとしているのではないか。ヨーゼフ・Kの思い込みは、まさに両義性・多義性に目をつむるものだと指摘しているのであろう。

ところで、「掟の門」に出てくる二人には特定の名前（固有名詞）が付けられていない。「田舎から来た男」と「門番」になっている。不可解なことに、両者とも「思い違い／思い込み」に囚われ人生の大事な時を徒に過ごしているというのだ。しかし、ほんの少し考えてみれば、この二人だけの問題ではないことが分かる。カフカはニヤッと示唆しているのではないか。――これは私にも当てはまるし、読者であるあなたにも当てはまることではありませんか、と。このようなところにもカフカのユーモアが隠されている。

登場人物の名前が読者に知らされないまま物語が進んでいくだけでない。もっと重要な点も読者には知らされていない。つまり、「掟」とは何なのか、という点だ。なぜ、男は田舎からその掟を目指してやって来たのか――さらに言えば、なぜ町に住む男でなく田舎から来た男なのか――に関しては読者に知らされないまま話が進み、男の臨終の時点で物語はプッンと終わってしまう。私たちの日常の生活の中でも、このようなことは大いにあり得る。周りの者がガヤガヤ騒いでいて、自分自身もその騒ぎの中に巻き込まれてしまう。しばらくして、一体全体、何が問題だったのかが分からなくなってしまう。そうこうしているうちに、ゴタゴタは、消え去ってしまう・・・

このようなことを考えているうちに、何十年か前に読んだ戯曲 *Waiting for Godot*（『ゴドーを待ちながら』）（一九五四年）を思い出した。作者サミュエル・ベケットがカフカの「掟の門」から直接的な影響を受けたのかどうか私には定かではない。しかし、「ゴドー」という人を待っている登場人物の二人が奇妙なほど「掟の門」の男と門番に重なり合うのだ。待ち人がどのような人なのか、二人の男は、なぜ、どこで、いつゴドーを待っているのかについては一向に分からない。柳の木が一本だけ立っている舞台で二人は言葉を交わすが、何一つ劇的なことは起きない。よく分からないまま私は謎解きを放り出してしまった。本そのものも放り出してしまった。

「放り出した」と言えば、ずいぶん前に読んだもう一冊の本――ジャック・デリダの『カフカ論――「掟の門前」をめぐって』――のことも思い出した。これは一九八三年、東京日仏学院で行われた講演『掟の門前――カフカの短い物語について』の日本語訳である。難解そのものといった講義録に当時の私は歯が立たなかった。今回読み直しても難解なことに変わりはなかったが、一点だけ納得のいく記述があった。門番にしても田舎から来た男にしても、自分自身で決定を下さず――正確には「決定を下さない決定をして」――、延び延びにするところが、この物語の核心だというのだ。

まずデリダは「決めないでおこうと決める」男として「田舎から来た男」を特徴づける――

彼［田舎から来た男］は門に入る決心をしてきた様子だったが、そのあとで入るのを断念したのだろうか。決してそうではない。彼はまだ決めないでおこうと決める、決心しないでおこうと決心する。彼は引き延ばし、遅らせ、待つのである。だが何を待つというのか。彼が言うように「入門の許可」をか。だが、あなた方は気づいているように、入門の許可は男に拒否されてはいない、ただ引き延ばされているだけである。「それは可能だ、しかし今はだめだ。」［・・・］

（ジャック・デリダ（著）三浦信孝（訳）『ポストモダン叢書13　カフカ論――「掟の門前」をめぐって』朝日出版社、一九八六年、三六頁）

次に「田舎から来た男」に対峙する門番を以下のように描く――

門番たちのうち一番下っ端の者が、田舎者に会う最初の者である。物語の順序において最初の者は、掟の順序においては、また掟の代表者のヒエラルキーにおいては最下位の者である。そしてこの最初で――最後尾の門番はけっして掟を見ることはない。彼の前にいる（彼以前の、彼より上位の）門番たちの姿を見るだけでも、彼には耐えられないのだ。それは門番という彼の資格の内に刻み込まれたことである。そしてその門番は、男によって見られ、観察されもして、その男の方は彼の姿を見て、何も決定しないように決定する。自分の判断を決めてしまうべきではないと判断するのである。［・・・］

（『カフカ論』五一頁）

デリダは「遅延の掟」という表現を用いて物語の核心に迫る――

そしてこの者は、門番の黒々とした髯やとがった大きな鼻に視線が引きつけられる瞬間に、「待つほうがいいだろう」と考えを決めるのである。彼の決定を下さないという決定が、物語を存在させ、持続させる。私が前にも注意をうながしておいたように、入門の許可は一見すると拒否されているように見えるが、実は遅らされ、延期され、遅延されているだけだった。すべては時間の問題であり、それが物語の時間をなす。しかし時間そのものが出現するのは、現前化が延期されるためであり、関係の時間錯誤《アナクロニー》に従って、遅延の掟、あるいは掟の先行から発してでしかない。[・・・]

(『カフカ論』五二頁)

(付記)ベンヤミンは『訴訟』について語る際、この長編小説で扱われる重要な概念が「引き延ばし」であるとしている。「訴訟手続きが徐々に判決へ移行しないでほしいという被告人の希望」――これこそが「引き延ばし」なのだという。(ヴァルター・ベンヤミン(著)西村龍一(訳)「フランツ・カフカ」浅井健二郎(編)『ベンヤミン・コレクション2 エッセイの思想』ちくま学芸文庫、一九九六年、一四三頁)

「田舎から来た男」が門番によって入門を拒否されているのではないことをデリダは繰り返し強調する——

門は物理的にはあけ放しになっており、門番は力づくで間に割って入るわけはない。極限において機能するのは門番の言葉であり、それは直接に禁止するのではなく、通過を、あるいは通過の許可を中断し延期するのである。男は、掟の中へではないにしてもその場所の中に侵入する自由、自然的ないし物理的な意味での自由を手にしている。したがって彼は、入ることを自分自身で自らに禁止しているに違いない、またそうに違いないのだ。[・・・]

(『カフカ論』五三頁)

この後、「差延作用」という用語(難解!)を用いて、デリダは解釈をさらに展開していく。一通り読み終えてから、末尾にある「訳者付記」を読んでみた。その一部を記しておく。

カフカについての本講演は[・・・]カフカの謎めいた短篇を大胆に解きほぐしつつ、自らの起源を抹消することでその絶対的権威を獲得する法=掟と、文学を文学として成り立たしめる隠れた慣習=約束事の擬制的ありようを一つのパースペクティブのうちに追い込んでいく手つきの鮮やかさは、聴衆を魅了するに十分なものだった。

(『カフカ論』一〇〇頁)

「自らの起源を抹消することでその絶対的権威を獲得する法=掟」とは、「差延作用」と深く関わっているように思える。決断すべき時に決断せず、いや、決断しない決断をして、自らの本心、本性、素性を覆い隠す——自らの起源を抹消する——ことで、門番は自らの権威付けを行った。ついでに田舎から来た男に触れるならば、彼は決心を延ばし延ばしにすることで、自らの願望を主張することができず、自らの自由を放棄してしまったというわけだ。

『ゴドーを待ちながら』にも「掟の門」にも様々な解釈がなされている。「掟の門」の「掟」に限って言えば、「掟」は文字どおり法律、あるいは道徳、戒律、神、真実、言葉など、様々に解釈され得る。そうであるならば、読者の一人として自分なりの解釈をしても許されそうだ。そこで、この小品をカフカとフェリーツェとの関係と絡ませてみたらどうかと考えた。つまり、「掟」は「結婚」と言い換えられるという仮説のもと、この小篇を読んでみたらどうなるだろうかということだ。以下に、カフカとフェリーツェの関係についての大雑把な年表を記しておく。

一九一二年（29歳）八月、フェリーツェと出会う。

一九一四年（31歳）六月、正式に婚約。

七月、「ホテルの法廷」（「セイレーンたちの沈黙」の項［第二部の（7）］を参照）において婚約解消。

八月、婚約解消の数日後、『審判』に着手。

一一～一二月、「掟の門」執筆。

一九一五年（32歳）一月、『審判』の執筆を放棄。その数日後、フェリーツェと再会。ボーデンバッハのホテルでフェリーツェを前に「門番物語／掟の門」を朗読。

九月、「掟の門」が『自衛』に掲載（初出）。

一九一七年（34歳）七月、フェリーツェと二度目の婚約。

一二月、再び婚約解消。


カフカの死の翌年（一九二五年）、マックス・ブロート編集の『審判』（第一版）がクルト・ヴォルフ社から刊行された。この未完の長編小説についてエリアス・カネッティは、カフカの実生活（フェリーツェとの婚約および婚約破棄）との密接な繋がりを見事に証明して、以下のように結論づけている。

婚約は第一章の逮捕となり、「法廷」は処刑として最後の章に現れる。
（エリアス・カネッティ（著）小松太郎／竹内豊（訳）『もう一つの審判——カフカの「フェリーツェへの手紙」』法政大学出版局、一九七一年、九七頁）

改めて年譜を見直してみたい。ここで注目したいのは、一回目の婚約解消から三カ月後に「掟の門」に相当する箇所を書き始めている点。そして、この小品を後日、執筆を放棄した長編小説『審判』から抜き出して単独の作品として公刊した点。

（付記）前述したように、カフカは「掟の門」が気に入っていたらしい。一九一四年一二月一三日の日記には以下の記載がある。

仕事をするかわりに——一頁だけ書いた〈伝説の解釈（訳註・『審判』第九章のエピソード。一九一九年に『律法の門前』という題で、短篇集『田舎医者』に収録されて出版された）——、書き上げた数章を読み返し、部分的にはよくできていると思った。ぼくが例えばこの伝説に対して感じているような満足感や幸福感は、どれも報いとして罰を受けるに違いない、しかもけっして立ち直ることを許さないために、その罰はずっと後になってからくるはずだ、という意識が絶えずある。
（マックス・ブロート（編）谷口茂（訳）『決定版カフカ全集7　日記』新潮社、一九八一年、三二〇頁）

さらに私が注目しているのは、一九一五年一月に再会後、フェリーツェとボーデンバッハ（ドイツ国境に近い北ボヘミアの保養地）で落ち合い、彼女の前で「門番物語」を朗読している点だ。気になるので、その日（一九一五年一月二四日）の日記を熟読してみたい。

二時間というもの、ぼくたちは部屋に二人きりだった。ぼくをとり巻いているのはただ倦怠と索漠感ばかり。ぼくたちはまだたったの一度も、ぼくが自由に呼吸できるような恵まれた瞬間を持ったためしはないのだ。［・・・］ここにあるのはただ彼女の限りない賛嘆、恭順、同情、そしてぼくの絶望および自己軽蔑だけだ。ぼくは彼女に原稿を読んできかせることもした。［・・・］門番物語（訳注・『律法の門前』をさすと思われる）のときは、前より幾らか熱心な注意とすぐれた観察。ぼくにはこの物語の意味が初めて明らかになった。彼女もこれを正しく理解した。それからもちろんぼくたちは粗雑な批評を携えて、物語の世界のなかへ乗りこんで行った。音頭を取ったのはぼくだ。
（『日記』三二九頁、傍点は引用者）

（付記）傍点部分に該当する原文を記しておきたい。長い日記の中盤に当たる箇所であり、「門番物語（Türhütergeschichte）」の朗読によって二人の関係性が双方にとって明らかになる重要な記述だからだ。

Bei der Türhütergeschichte größere Aufmerksamkeit und gute Beobachtung. Mir gieng die Bedeutung der Geschichte erst auf, auch sie erfaßte sie richtig...

（Franz Kafka, *Tagebücher*. Hrsg. von Hans-Gerd Koch, Michael Müller und Malcolm Pasley, Fischer Verlag, 1990, S. 723）

「ぼくにはこの物語の意味が初めて明らかになった。彼女もこれを正しく理解した」（傍点部）と『日記』に書かれているが、その意味するところは明らかだ。この日の日記の前半部分でカフカは、フェリーツェも自分も思い違い／思い込みをしてきた点に幾度となく触れている。冒頭部分のみを抜き書きしておこう――

Fとボーデンバッハにて。ぼくたちがいつか一致することはありえないと思う。だがぼくは彼女にも、また決定的な瞬間に自分自身にも、そのことを思いきって言う勇気はない。こうしてぼくはまたしても彼女に希望を持たせてしまった。［・・・］ぼくたちはほかの点でもやはりまったく変化していないことを、お互いに知った。二人とも、相手は頑固で薄情だと、心のなかで呟いているのだ。ぼくは、自分の仕事のためにだけ計算された空想的な生活への希求を、いささかも断念していない。彼女は、あらゆる無言の願いに鈍感で、中庸、快適な住居、工場の仕事への関心、豊かな食事、夜十一時の就寝、暖められた部屋を望み、この三カ月このかた一時間半だけ進んでいるぼくの時計を現実の時間に引き戻すのである。そして彼女はどこまでも正しく、これから先も正しいだろう。［・・・］彼女はぼくの上の二人の妹を評して「平凡」と言い、末の妹のことはてんで問題にもしない。ぼくの仕事についてはほとんど何も尋ねないし、なんらのはっきりしたセンスも持っていない。これが一面だ。

（『日記』三二八〜三二九頁）

この日の日記の後半部分からも一カ所だけ引用しておきたい。

ぼくが人びとと話すとき感じる、他の人にはきっと信じられないような困難さは、次のことに原因がある。すなわち、ぼくの思考あるいはむしろ意識内容がまったく霧のようにあいまいであること、ぼくがそういうもののなかに、ただ自分だけに関することである限り、だれにも邪魔されず、ときには自己満足さえ覚えて休らっていること、ところが人間の会話は先鋭化や固形化や持続的な関係——ぼくのなかには存在しないもの——を必要としていること。このもうもうたる霧のなかでぼくと一緒に横たわりたいとは、だれも思わない。

（『日記』三二九頁）

カフカとフェリーツェは長い間、互いの間に横たわるズレを漠然とながら感じていたはずだ。しかし、ボーデンバッハのホテルの一室における朗読は、「思い違い／思い込み」の大きさに双方を真に目覚めさせた瞬間だったのであろう。「門番物語」の朗読をフェリーツェは熱心に聴き、「これを正しく理解した」とカフカは記している。朗読を通して、互いの間にある真の関係が炙り出されたとともに、「この物語の意味が初めて明らかになった」というのだ。つまり、「書く」ことを最優先するカフカと「堅実な結婚生活」を思い描くフェリーツェの間に潜む「思い違い／思い込み」が明らかになったのだと言えよう。

日記はさらに続く——

Fはボーデンバッハにくるのに非常な回り道をし、旅券を手に入れるために骨を折り、そしてひと晩徹夜をしたあとでぼくに我慢し、おまけに朗読まで拝聴しなければならない。それでいてすべてが無意味なのだ。彼女がそのことを、そのような苦しみとしてぼくと同じように感じているかどうか？　けっしてそうではないのだ、たとえ同じ敏感さを前提にしたとしても。なんといっても彼女には罪悪感がないからだ。
ぼくの確認は正しかったし、正しいと認められた。すなわち、人はだれしも他人をあるがままに愛する。しかし、あるがままのその人と一緒に暮せるとは考えない。
（『日記』三二九～三三〇頁）

F（フェリーツェ）としては、ほんの少しの可能性を信じて、一回目の婚約解消から半年経過後、ボーデンバッハに乗り込んできたに違いない。ところが、カフカの側には「思い違い／思い込み」のズレを修復しようという気配が感じられない。二度目の婚約が再び解消されるのは当然の帰結だったのかもしれない。破綻に至る芽は、この時点で既に萌え始めていたと思われる。

ちなみに、エリアス・カネッティは「書くことの孤独」について『フェリーツェへの手紙』の中の数カ所を引用している。まず、「結婚生活が処刑台――この予感で彼の新しい年が始まったのであった」と一九一二年一二月三一日から一九一三年一月一日付の長い手紙について触れた後、カネッティはその半月後の手紙（一九一三年一月一四日から一五日付）を引用している。引用された手紙には、「書くこと」と結婚生活を天秤にかけるカフカの気持ちが如実に現れている。

「書くということは極端に心を開くことです・・・だから書いている時はいくら独りになっても

独りになりすぎることはないのです。夜中になってもまだ夜中でなさすぎます。だから僕にとっては時間が意のままにならないのです。なぜなら道は長くて、迷い易いからです・・ときどき僕は考えました。書くのに必要な物と明かりを持って、広い締めきった地下室の一番奥の部屋にいることが、僕にとって一番いい生活法だろうと。誰かが食事を持って来て、いつも僕の部屋から離れた地下室の一番外のドアの内側に置いてくれるのです。それから僕は化粧着で地下室の丸天井を全部とおって食事を取りに行く道が、僕の唯一の散歩なのです。それから僕は自分の部屋に帰って、ゆっくり慎重に食事をとって、すぐにまた書き始めるのです。それから僕は何を書くでしょう！　どんな深みからそれを引き出すことでしょう！」

（カネッティ『もう一つの審判』五九〜六〇頁）

以上のように考えると、「掟の門」とは二人にとって——少なくとも執筆時のカフカにとって——「結婚」だったのかもしれない。この門は「誰にも（もちろんカフカ自身にも）開かれているはずだった」。現に、一九一四年六月には門の中に入ろうとしていたではないか。

マックス・ブロートによると、カフカは『審判』用のノートに「掟の門」のヴァリアント（異文）を残していたようである。池内紀はヴァリアントが一人称の「私」で記されていることを指摘したうえ、未定稿の一部を以下のように訳出している。

私はついうっかり最初の門を駆け抜けた。それから愕然として、走りもどり、門番に言った。

「よそ見をしていましたね。だからつい走りこんでみたんです」

門番は前を見つめたまま口をきかない。

「そんなことはしてはいけなかったのですかね」

門番はいぜんとして黙ったままだった。私は言った。

「暗黙の了解ととっていいのですね?」


（池内紀『カフカのかなたへ』講談社学術文庫、一九九八年、一七八〜一七九頁）

（付記）平野嘉彦（編）『カフカ・セレクションII　運動／拘束』（ちくま文庫、二〇〇八年、九頁）には、柴田翔（訳）「私は最初の門番の前を」として、このヴァリアントが収録されている。

ヴァリアントに書き残されたことは、カフカの実生活でも起きていた！　自由意志で「掟の門」に入った——婚約した——にもかかわらず、わずか一カ月後に引き返して門から出てきた——婚約を破棄した——のはカフカ自身だったのだ。家族や親族、あるいは民族（ユダヤ教の戒律）などの縛り付けがあって「掟の門」の中に入れなかったわけではない。カフカは「書く」ことに全身全霊を注ぎたいと考えていたのだ。結婚という掟の門に入り込み、結婚生活にどっぷり浸かろうという気にはならなかったと言ってよいであろう。
そのような意味で、デリダの言う「差延作用」とか「遅延の掟」という捉え方は実に的を射ているように思われる。「決めないでおこうと決める男」は、「田舎から来た男」であるとともにカフカ自身だったのかもしれない。

さて、カフカの小篇「掟の門」について思いを巡らせるにあたって、長編小説『審判／訴訟』や『日記』の記述に注力し過ぎたかもしれない。作品読解にとって邪道であろうが、「邪道の門」に足を踏み入れたついでに、掟についてカフカが書いたもう一つの小篇「掟の問題」に触れて本項を終えたい。一九二〇年に執筆されたこの小品の初出は、カフカの死から七年経過後の一九三一年に刊行された短編集『万里の長城』である。冒頭部分を紹介したい。

残念ながら、われわれの掟はあまりよく知られていない。支配者である小さな貴族間の秘密であるからだ。古い掟はきちんと守られているとみていいのだが、自分の知らない掟によって支配されるのは、けっこう苦痛なものである。[・・・] そもそものはじめから貴族のために定められた掟であって、貴族はその拘束の埒外にある。だからこそ掟はひとえに貴族たちの手にゆだねられているのだろう。むろん、そこに英知がうかがわれるが――古い掟に英知がこもっていないはずはない

——われわれにとって苦痛であることにかわりはなく、まったくなんともしようのないことなのだ。

（池内紀（編訳）「掟の問題」『カフカ寓話集』岩波文庫、一九九八年、七〇〜七一頁）

「掟」＝「苦痛」というメッセージが読者の頭に飛び込んでくるが、カフカの他の作品と同様、このテーゼは即座に打ち消されている。

「慎重に選び出し、整理した結論にもとづき、現在および未来にわたる方針を立てようとすると——とたんにすべてがきわめて怪しくなってきて、しょせんは頭の遊戯にすぎないのではないかと思えてくる。というのは、われわれが見つけ出したと称している掟など、そもそも存在しないかもしれないからだ」

（「掟の問題」七一頁）

著者の言葉に翻弄されたついでに、ここでもう一度、曲解まがいの解釈をしておこう。「掟」＝「結婚」＝「苦痛」という解釈である。つまり、カフカは二度にわたる婚約解消を後日振り返って、自己弁護しているのではないか。「掟の問題」は、苦痛そのものの「掟＝結婚」に踏み込むことができないカフカの弁解の書なのではないか——。現にカフカは、日記（一九二一年）の中で「ただ一個の夫婦生活の幸福となると、きっといちばん好もしい場合でさえも、絶望することになるだろう」と述べて、結婚への忌避感を顕わにしている（フランツ・カフカ（著）辻瑆（訳）『カフカ――実存と人生』白水社、一九七〇年、二〇五頁）。

また、レズビアン／フェミニズムを実践していると公言するエヴリン・T・ベック（『カフカとイーディッシ演劇』の著者）は、粉川哲夫のインタビューに対して以下のように答えている。

カフカはしきりに結婚することとの闘いについて書いていますが、これは結婚が拷問であり責苦であったからで、カフカの書いたものを見れば分かるように、繰り返しカフカは自分が不能であり無能であると書いています。（粉川哲夫『カフカと情報化社会』未來社、一九九〇年、一七一頁）

カフカにとって「掟」＝「結婚」＝「苦痛」なのではないか。そのようなことを考えている折、川島隆の論考に出会った。川島氏は「掟」をユダヤ人社会の父権的秩序と捉え、その掟が――内実は空洞化しているものの――人を縛っていると考える。そのうえで、「カフカの中国・中国人像もまた、その性的オリエンタリズム幻想の表れの一形式に他ならない」として、以下の興味深い指摘をしている。

これらの手紙［一九一三年一月二十一日から二十二日にかけての夜に書かれたフェリーツェ宛の手紙］には、他人とのつながりを求めながらも孤独を求めずにはいられないカフカの二律背反的な態度が凝縮されている。そこで提示される東洋・中国および中国人のイメージは、恋人フェリーツェへの接近を試みる一方であくまで距離を置こうとしていたカフカが、いわば異性に対する防衛線して持ち出したものだと総括できるだろう。

（川島隆『カフカの〈中国〉と同時代言説——黄禍・ユダヤ人・男性同盟』彩流社、二〇一〇年、一四〜一五頁、傍点は引用者）

川島氏はさらに続けて、「虚弱な中国人の学者」が何を意味するかについて述べている。

カフカは一九一二年から翌年にかけてのフェリーツェへの手紙で、虚弱な「中国人」の「学者」としての自己像を定式化した。これは彼にとって、自分が夫婦の性生活という営みから疎外された存在であることを示す記号であり、孤独な文学者としての自己理解を形成する軸でもあった。

（前掲書、一〇六頁）

フェリーツェだけでなく、後年の恋人ミレナとの関係についても同様のことが言えると川島氏は考える。ロシア革命について彼女との間で行われた手紙の遣り取りで、カフカが共産党員に幻滅したことが分かるというのだ。共産党員が新たな「貴族階級」に成り果てていくことに対する幻滅であると川島氏は推測している。当初、共産主義に共鳴していたカフカであったが、革命の進展とともに、若き党員たちが平民に寄り添わず、私利私欲に走っていることを知り、彼らの禁欲的な側面が失われていることにカフカは嘆いたという。
ブロート宛にミレナが書いた手紙の一部を引用して、川島氏は以下のように論をまとめている。

カフカとの関係が破綻したあと、その理由についてミレナはブロート宛の手紙で述べている。それによると、「生涯にわたる厳格きわまりない禁欲」を意味するであろうカフカとの生活を我慢するには、自分は「あまりにも女である」とミレナは思ったのだという。かつて「中国人学者」をフェリーツェに対する防壁として用いたカフカは、今回は「ロシア共産党員」を同じ目的でミレナに対して担ぎ出してみせたのであり、その操作はみごとに功を奏したのである。（前掲書、二一三頁）

「操作」繋がりでドゥルーズ／ガタリのカフカ評を最後に記しておきたい。手紙による「遠隔操作（懐柔、懇願、脅迫など）」という側面について両氏は、「カフカの中にドラキュラが住んでいる」として以下のように述べている。

手紙をむさぼる吸血鬼、文通に固有の吸血鬼性が存在する。菜食主義のドラキュラ、肉食する人間たちの血を吸う絶食者が、すぐ近くの城に住んでいる。カフカのなかにはドラキュラが、手紙によるドラキュラが住んでいて、手紙は蝙蝠のようなものだ。夜のあいだ彼は眠らず、昼は彼の事務所＝棺のなかに閉じこもっている。［・・・］カフカ＝ドラキュラは部屋のなかに、ベッドの上に、逃走線を備えていて、彼の力の源泉ははるか遠くの、手紙が彼に運んでくるもののなかにある。彼が懸念するのは二つのことだけ、家族という苦難の十字架とニンニクの匂う夫婦生活である。手紙が彼に血をさずけなければならず、血が彼に創造力をもたらさなければならない。

（ジル・ドゥルーズ／フェリックス・ガタリ（著）宇野邦一（訳）『カフカ——マイナー文学のために〈新訳〉』法政大学出版局、二〇一七年、五六～五七頁）

「掟の門」と「掟の問題」という二つの小品はどちらとも、私にとって難解な作品であった。しかし、両篇を併読することによって、そして川島氏やドゥルーズ／ガタリ両氏らの示唆を受けることによって、ようやく私なりのカフカ解釈に辿り着くことができた。もちろん、自分勝手な解釈であることは重々承知しているが・・・

あとがき

本書に載せた十数篇のエッセイは、二〇二一年の春から二〇二二年の春にかけて書いたものである。この一年間は、新型コロナウイルスのパンデミックとロシアによるウクライナ侵攻によって世界が震撼した時期と重なる。超現実的な事態が現実に起きていた一年間と言えよう。いわゆるKafkaesque（カフカエスク＝カフカらしい／不条理な）と形容すべき事態が私たちの眼前で繰り広げられたのだ。

そのような時期に私は「引きこもり」状態でカフカの小篇を読んだ。二〇篇近い小篇を読みながら、カフカの眼を借りて、今、自分の周りで起きている様々なことを見つめようと努めた。すると、カフカの小篇が触媒になって、今まで見えていなかった関係性が見えるようになった。人間関係（恋人・友人・家族・親戚）の惹き起こす葛藤はもちろんのこと、組織で働く労働者として抱かざるを得ない息苦しさ、作品の端々に見え隠れする政治や社会に対する批判や非難。カフカの眼を借りて見つめることによって、「今までどうして見えていなかったのだろう！」と驚くことがあった。

さて、「はじめに」で紹介した「人は、どうあっても書かねばならぬものだけを、書かねばなりません」というカフカのことばを、どのように解釈したらよいか。「書く」ことに対するカフカの「已むにやまれぬ気持ち」とはどのような気持ちだったのか。ここで考え直してみたい。

「世の中の不条理を糾弾するために書いた」と言えば、綺麗に収まるのかもしれない。しかし、一篇一篇を丹念に読み進めてみると、案の定、そのような解釈は当てはまらない。一つひとつの小篇の中に、「カフカエスク」ということばで括りきれない「已むにやまれぬ気持ち」が隠されていたのだ。

第一部の作品群では、「現実こそが超現実的である」という驚きに急き立てられて書き留める著者の姿が垣間見られた。また第二部の小篇からは、「そっと脇に身を置くことによって、ほんの少しだけ余裕が生じ、それがユーモアに繋がる」という気づきが著者に筆を執らせていたようだ。さらに第三部の六篇では、「真実の姿に深く迫るためには、ストーリーとしての完結性を求めず、ありのままを記して終わろう」という著者の意図に気づかされた。

要するに、「已むにやまれぬ気持ち」をひとことで概括的に表現することはできないのだ。それぞれの小品を書くうえでカフカの原動力となった「已むにやまれぬ気持ち」を、読者一人ひとりがそれぞれの作品を読んで、自ら感じ取らなくてはいけない。あるいは、確たる思いがあって書き始めたのでなくとも、カフカの場合、ある言語表現が次の言語表現を呼び覚まし、次から次へとアイデアが連なってきて、ペンの動きが止まらなくなってしまうことがあったのかもしれない。小品十数篇を読んできて、そのような思いが強くなっている。第二部の(3)(「もどり道」)で言及したとおり、三谷研爾は「物語が目の前でみるみる展開していく」という表現でカフカの「書く技法」を説明している(三谷研爾『境界としてのテクスト——カフカ・物語・言説』鳥影社、二〇一四年、七七頁)。
「解釈」に拘泥していた私に天啓のごとく吉田仙太郎のことばが舞い降りてきた。『観察』の末尾に付された「訳者からひとこと」(実際には、かなり長いひとことなのだが・・・)で吉田氏は以下のように述べている。

最後に本当に「ひとこと」、——「要するに作者はこの作品ではなにが言いたかったのか」という妄想から、われわれ読者が——つねに、とは言うまい——ときには免れてありますように。
(フランツ・カフカ(著)吉田仙太郎(訳)『カフカ自撰小品集Ⅰ 観察』グーテンベルク21、一九九三年)

「カフカにとって書かねばならぬこととは何だったのか」とか「已むにやまれぬカフカの気持ちとはどのようなものだったのか」などということは忘れなさい、所詮、「妄想」に過ぎないでしょ、というのだ。吉田氏の「(最後の!)ひとこと」を読んで私は救われた気持ちになった。カフカの小篇の一つひとつを読んで、自分なりにハッと気づくことがあれば、それでよいのだ。——そのように考えることができるようになった。得体の知れない何かをことばで十全に言い尽くすことは無理なのだと私は思い知らされた。

私たち一人ひとりの人生についても同様のことが言えるのではなかろうか。自ら望んだわけでもなく「この世」に放り出され、現実と非現実の狭間で翻弄される人間。脇道に逸れたり、軌道修正を余儀なくされたりする私たち。自ら望んだように終わりを迎えることができない多くの人々。どこから見ても、綺麗な形で死んでいくことなど不可能なのだ。「戦時なおもて惨死す、いわんや平時をや」といったところだろうか。最後は、まさに終わらないように終わってしまう――。こと生死について言えば、予定調和などあり得ない。これが私たち一人ひとりの人生の本質なのであろう。

だからこそカフカは、得体の知れない何かに気づいたその都度、虚実を問わず、ことばとして記しておこうと思ったのである。ところが、ことばで表そうとしても表しきれないものがある。そのものが――少なくとも頭の中に――実在することは分かっているのだが、言語化できない。そのギリギリのところでカフカは書き留めていたのであろう。時には、ストーリーとして完結していなくとも・・・。いや、たいていの場合、私たちの人生と同じように、綺麗な幕引きは出来なくとも、終わらないように終わったのだと思う。

カフカの小篇を三六篇（前著で一七、本書で一九）読んだのだが、創作ノートや日記に書き込まれた多くの作品は未読の状態である。その一つひとつの裏側に、「已むにやまれぬ気持ち」が蠢いていたであろうと推測しながら、今後も味わっていこうと思っている。吉田氏の忠告に従って、「ときには妄想から離れて」――。つまり「解釈、解釈」と自分を追い込まず、虚心坦懐、カフカの筆の運びを楽しみながら。

謝辞

本エッセイ集をまとめるにあたり、多くの既訳を参考にさせていただいた。主たる日本語訳を以下に列挙しておきたい。

『カフカ全集』（新潮社）
『決定版カフカ全集』（新潮社）
『カフカ自撰小品集』（高科書店）
『カフカ小説全集』（白水社）
『筑摩世界文學大系　カフカ』（筑摩書房）
『カフカ・セレクション』（筑摩書房）
『ポケットマスターピース01　カフカ』（集英社）

前著『ことばへの気づき——カフカの小篇を読む』に引き続き、高岡寛治郎さん・成田吉重さんと一緒にカフカの短編集（*Die Erzählungen und andere ausgewählte Prosa*：フィッシャー文庫）を読む機会がなければ、このエッセイ集は生まれなかった。お二人に感謝したい。

春風社の岡田幸一編集長にも謝意を表したい。『英語と開発』（二〇一五年）、『難民支援』（二〇一八年）、『ことばへの気づき』（二〇二一年）と同様に、本著でも細部にわたるご指摘を受けた。有難うございました。

松原好次

二〇二三年三月一日

前著『ことばへの気づき――カフカの小篇を読む』（春風社、二〇一一年）で扱った作品。
＊印はカフカの小篇以外の作品

第一部　小さな／微妙な違いが大きな違い

「ぼんやりと外を眺める」――非連続な時のながれ
「ひとり者の不幸」――ひとり者をつづけるのは、なんとも・・・
「ある注釈／あきらめな」――こっそり独り笑いをする人たち
「ロビンソン・クルーソー」――最も見晴しのきく一点にとどまりつづけていたとしたら・・・
「橋」――橋がふりかえった！
＊『箴言と省察』（ゲーテ）――外国語を知らない者は・・・

第二部　楽しい気づきが語学継続の支え

「樹木」――つまり、われわれは雪のなかの樹木の幹のようだ
「衣服」――鏡に映ったその衣服が・・・
「走り過ぎていく者たち」――少々ワインを飲みすぎはしなかったか
「路地の窓」――思わずすこしばかり頭をそらせたときに

「サンチョ・パンサをめぐる真実」——わが身から悪魔を追い出す

第三部　怖さへの気づきが新たな世界への入り口

「おそらく私は、もっと早くから」——もっと早くから気にかけておくべきだった

「おそらく私は、もっと早くから」——続・もっと早くから気にかけておくべきだった

「隣り村」——幸せに過ぎていく普通の人生の時間

「インディアンになりたい」——だって拍車も手綱も元々なかったんだ

「仲間どうし」——が、新しい仲間づくりは、ごめんだ

「悪党の一味」——悪党の一味、つまり、ふつうの人々・・・

「山への遠足」——誰もぼくを助けてくれないことを除けば・・・

＊『変身《かわりみ》』（カフカ）——他人事《ひとごと》ではない「変身」

＊『武満徹エッセイ選——言葉の海へ』——母親の絶句、そしてイルカのコミュニケーション

＊『般若心経』——色即是空　空即是色

＊『マクベス』（シェイクスピア）——天国と地獄

＊『維《ゆい》摩《ま》経《きょう》』——雄弁は銀、沈黙は金

＊『マクベス』（シェイクスピア）——いいは悪いで悪いはいい

参照した文献（順序は参照・引用順）

はじめに

佐々木幹郎（著）『東北を聴く――民謡の原点を訪ねて』岩波新書、二〇一四年
ノヴァーリス（著）渡邊格司（訳）『断章』岩波文庫、一九四二年
G・ヤノーホ（著）吉田仙太郎（訳）『カフカとの対話――手記と追想（増補版）』筑摩叢書、一九七二年

第一部

フランツ・カフカ（著）川島隆（訳）『訴訟』多和田葉子（編）『ポケットマスターピース01　カフカ』集英社文庫、二〇一五年
ウルリヒ・フュレボルン（著）田ノ岡弘子（訳）「個人と〈精神的世界〉――カフカの長篇小説について」クロード・ダヴィッド（編）『カフカ＝コロキウム』法政大学出版局、一九八四年

（1）「商人」
フランツ・カフカ（著）池内紀（訳）「商人」『カフカ小説全集4　変身ほか』白水社、二〇〇一年

フリードリッヒ・バイスナー（著）粉川哲夫（訳編）『物語作者フランツ・カフカ』せりか書房、一九七六年
Franz Kafka, „Der Kaufmann" *Drucke zu Lebzeiten*. Hrsg. von Wolf Kittler, Hans-Gerd Koch und Gerhard Neumann, Fischer Verlag, 1994（『批判版カフカ全集』の一分冊『生前刊行作品』）
フランツ・カフカ（著）円子修平（訳）「商人」マックス・ブロート（編）『決定版カフカ全集1　変身、流刑地にて』新潮社、一九八〇年
ヴァルター・H・ゾーケル（著）円子修平（訳）「フランツ・カフカの言語理解と詩学に寄せて」クロード・ダヴィッド（編）『カフカ＝コロキウム』法政大学出版局、一九八四年
フランツ・カフカ（著）谷口茂（訳）マックス・ブロート（編）『決定版カフカ全集7　日記』新潮社、一九八一年
フランツ・カフカ（著）平野嘉彦（編訳）「村医者」『カフカ・セレクションI　時空／認知』ちくま文庫、二〇〇八年

（2）「天井桟敷にて」

フランツ・カフカ（著）柴田翔（訳）「天井桟敷にて」平野嘉彦（編）『カフカ・セレクションII　運動／拘束』ちくま文庫、二〇〇八年
細江逸記『動詞叙法の研究』篠崎書林、一九三二（昭和七）年初版／一九七三（昭和四八）年新版
三原弟平『カフカとサーカス』白水社、一九九一年

田中穂積（作曲）武島羽衣（作詞）『美しき天然／天然の美』、一九〇二（明治三五）年

（3）「隣人」
フランツ・カフカ（著）前田敬作（訳）「隣人」マックス・ブロート（編）『決定版カフカ全集2　ある戦いの記録、シナの長城』新潮社、一九八一年
中野孝次『清貧の思想』草思社、一九九二年
池内紀・若林恵（著）『カフカ事典』三省堂、二〇〇三年
池内紀（著）『カフカの生涯』新書館、二〇〇四年
フランツ・カフカ（著）川島隆（訳）「公文書選」多和田葉子（編）『ポケットマスターピース01　カフカ』集英社文庫、二〇一五年
Franz Kafka, *Amtliche Schriften*, Hrsg. von Klaus Hermsdorf und Benno Wagner, Fischer Verlag, 2004（『批判版カフカ全集』の一分冊『公文書』）
フランツ・カフカ（著）谷口茂（訳）マックス・ブロート（編）『決定版カフカ全集7　日記』新潮社、一九八一年
フランツ・カフカ（著）城山良彦（訳）マックス・ブロート（編）『決定版カフカ全集10　フェリーツェへの手紙（I）』新潮社、一九八一年
フランツ・カフカ（著）柴田翔（訳）「流刑地にて」平野嘉彦（編）『カフカ・セレクションII　運動／拘束』ちく

ま文庫、二〇〇八年
フランツ・カフカ（著）浅井健二郎（訳）「変身」平野嘉彦（編）『カフカ・セレクションIII　異形／寓意』）ちくま文庫、二〇〇八年
Franz Kafka, „Die Verwandlung" *Drucke zu Lebzeiten*. Hrsg. von Wolf Kittler, Hans-Gerd Koch und Gerhard Neumann, Fischer Verlag, 1994（『批判版カフカ全集』の一分冊『生前刊行作品』）
フランツ・カフカ（著）長谷川四郎（訳）「隣人」『カフカ傑作短篇集』福武文庫、一九八八年
Franz Kafka, *Nachgelassene Schriften und Fragmente I*. Hrsg. von Malcolm Pasley, Fischer Verlag, 1993（『批判版カフカ全集』の一分冊『遺稿と断章I』）
池内紀（著）『カフカのかなたへ』講談社学術文庫、一九九八年
藤谷浩二「時代築いた当たり役～中村吉右衛門さん　大看板次代担う」『朝日新聞』（二〇二一年一二月二日）
G・ヤノーホ（著）吉田仙太郎（訳）『カフカとの対話――手記と追想』筑摩書房、一九七二年
カレル・チャペック（著）千野栄一（訳）『ロボット（R.U.R.）』岩波文庫、二〇〇三年

（4）「夜に」
フランツ・カフカ（著）池内紀（訳）「夜に」『カフカ小説全集6　掟の問題ほか』白水社、二〇〇二年
Franz Kafka, *Die Erzählungen und andere ausgewählte Prosa*. Hrsg. von Roger Hermes, Fischer Taschenbuch, 1996（フィッシャー文庫

版カフカ短編集）
フランツ・カフカ（著）長谷川四郎（訳）「夜曲」『カフカ傑作短篇集』福武文庫、一九八八年
共同訳聖書実行委員会『聖書　新共同訳　旧約聖書』日本聖書協会、一九八七年
池内紀『カール・クラウス――闇にひとつ炬火あり』講談社学術文庫、二〇一五年
フランツ・カフカ（著）前田敬作（訳）「つぎの夜番」『決定版カフカ全集2　ある戦いの記録、シナの長城』新潮社、一九八一年
明星聖子『新しいカフカ――「編集」が変えるテクスト』慶應義塾大学出版会、二〇〇二年
フランツ・カフカ（著）柴田翔（訳）「夢幻騎行」平野嘉彦（編）『カフカ・セレクションII　運動／拘束』ちくま文庫、二〇〇八年

（5）「雑種」

フランツ・カフカ（著）池内紀（編訳）「雑種」『カフカ短篇集』岩波文庫、一九八七年
フランツ・カフカ（著）浅井健二郎（訳）「雑種」平野嘉彦（編）『カフカ・セレクションIII　異形／寓意』ちくま文庫、二〇〇八年
フランツ・カフカ（著）前田敬作（訳）「雑種」マックス・ブロート（編）『決定版カフカ全集2　ある戦いの記録、シナの長城』新潮社、一九八一年

フランツ・カフカ（著）竹峰義和（訳）「雑種」多和田葉子（編訳）『ポケットマスターピース01　カフカ』）集英社文庫、二〇一五年
明星聖子『新しいカフカ──「編集」が変えるテクスト』慶應義塾大学出版会、二〇〇二年
池内紀（著）『カフカのかなたへ』講談社学術文庫、一九九八年
フランツ・カフカ（著）多和田葉子（編訳）「お父さんは心配なんだよ」『ポケットマスターピース01　カフカ』集英社文庫、二〇一五年
フランツ・カフカ（著）飛鷹節（訳）「父への手紙」マックス・ブロート（編）『決定版カフカ全集3　田舎の婚礼準備、父への手紙』新潮社、一九八一年
フランツ・カフカ（著）池内紀（訳）「父への手紙」『カフカ小説全集5　掟の問題ほか』新潮社、二〇〇二年

（6）「家父の心配」

フランツ・カフカ（著）浅井健二郎（訳）「家父の心配」平野嘉彦（編）『カフカ・セレクションⅢ　異形／寓意』ちくま文庫、二〇〇八年
坂内正『カフカの中短篇』福武書店、一九九二年
フランツ・カフカ（著）池内紀（訳）「雑種」『カフカ短篇集』岩波文庫、一九八七年
フランツ・カフカ（著）浅井健二郎（訳）「雑種」平野嘉彦（編）『カフカ・セレクションⅢ　異形／寓意』ちくま

文庫、二〇〇八年
フランツ・カフカ（著）多和田葉子（編訳）「お父さんは心配なんだよ」『ポケットマスターピース01　カフカ』集英社文庫、二〇一五年
フランツ・カフカ（著）池内紀（編訳）「こうのとり」『カフカ寓話集』岩波文庫、一九九八年
藤子不二雄『ドラえもん　のび太の恐竜（DVD版）』シンエイ動画／小学館／テレビ朝日、二〇一〇年
国木田独歩「春の鳥」『号外・少年の悲哀、他六篇』岩波文庫（第二三刷）、一九六八年
フランツ・カフカ（著）池内紀（編訳）「中年のひとり者ブルームフェルト」『カフカ短篇集』岩波文庫、一九八七年
Franz Kafka, *Die Erzählungen und andere ausgewählte Prosa*. Hrsg. von Roger Hermes, Fischer Taschenbuch, 1996
フランツ・カフカ（著）池内紀（編訳）「父の気がかり」『カフカ短篇集』岩波文庫、一九八七年
宮澤賢治「虔十公園林」『校本　宮澤賢治全集　第九巻』筑摩書房、一九七四年

第二部

三原弟平『カフカ・エッセイ——カフカをめぐる七つの試み』平凡社、一九九〇年
長谷川櫂『古池に蛙は飛びこんだか』花神社、二〇〇五年
長谷川櫂『「奥の細道」をよむ』ちくま新書、二〇〇七年

長谷川櫂『俳句と人間』岩波新書、二〇二二年

（1）「小さな寓話」
フランツ・カフカ（著）池内紀（編訳）「小さな寓話」『カフカ寓話集』岩波文庫、一九九八年
池内紀・若林恵『カフカ事典』三省堂、二〇〇三年
フランツ・カフカ（著）池内紀（訳）『カフカ小説全集6　掟の問題ほか』白水社、二〇〇二年
山尾涼「フランツ・カフカの〈動物物語〉における寓話性について」『愛知大学　言語と文化24』六九～八二頁、二〇一一年
フランツ・カフカ（著）池内紀（訳）『カフカ小説全集6　掟の問題ほか』白水社、二〇〇二年
フランツ・カフカ（著）浅井健二郎（訳）「『ああ』、と鼠が言った」平野嘉彦（編）『カフカ・セレクションIII　異形／寓意』）ちくま文庫、二〇〇八年
H・ツィシュラー（著）瀬川裕司（訳）『カフカ、映画に行く』みすず書房、一九九八年
フランツ・カフカ（著）谷口茂（訳）マックス・ブロート（編）『決定版カフカ全集7　日記』新潮社、一九八一年
フランツ・カフカ（著）吉田仙太郎（訳）マックス・ブロート（編）『決定版カフカ全集9　手紙 1902-1924』新潮社、一九八一年
Franz Kafka, *Briefe April 1914-1917*. Hrsg. von Hans-Gerd Koch, Fischer Verlag, 2005（『批判版カフカ全集』の一分冊『書簡1

九一四年四月－一九一七年）
セルゲイ・エイゼンシュテイン（監督）『戦艦ポチョムキン』一九二五年

（2）「根気だめしのおもちゃ」
フランツ・カフカ（著）池内紀（訳）『カフカ小説全集4　変身ほか』白水社、二〇〇一年
フランツ・カフカ（著）池内紀（訳）『カフカ小説全集5　万里の長城ほか』白水社、二〇〇一年
フランツ・カフカ（著）池内紀（訳）『カフカ小説全集6　掟の問題ほか』白水社、二〇〇二年
フランツ・カフカ（著）飛鷹節（訳）「『彼』の系列への補遺」マックス・ブロート（編）『決定版カフカ全集3　田舎の婚礼準備、父への手紙』新潮社、一九八一年
インゲボルク・C・ヘネル（著）須永恒雄（訳）「思想家カフカ」クロード・ダヴィッド（編）円子修平・須永恒雄・田ノ岡弘子・岡部仁（訳）『カフカ＝コロキウム』法政大学出版局、一九八四年
Franz Kafka, *Nachgelassene Schriften und Fragmente II*. Hrsg. von Jost Schillemeit, Fischer Verlag, 1992（『批判版カフカ全集』の一分冊『遺稿と断章Ⅱ』）
ジョン・レノン＆ポール・マッカトニー（詞・曲）She's Leaving Home『サージェント・ペッパーズ・ロンリー・ハーツ・クラブ』所収、一九六七年
松尾芭蕉（著）潁原退蔵／尾形仂（訳注）『新版　おくのほそ道　現代語訳・曾良随行日記付き』角川ソフィア文庫、

二〇〇三年
粉川哲夫『カフカと情報化社会』未來社、一九九〇年

（3）「もどり道」
フランツ・カフカ（著）池内紀（訳）「もどり道」『カフカ小説全集4　変身ほか』白水社、二〇〇一年
フランツ・カフカ（著）吉田仙太郎（訳）「帰り道」『カフカ自撰小品集』グーテンベルク21、二〇一〇年
ライナー・シュタッハ（著）本田勝也（訳）『この人、カフカ？――ひとりの作家の99の素顔』白水社、二〇一七年
フランツ・カフカ（著）円子修平（訳）「帰路」マックス・ブロート（編）『決定版カフカ全集1　変身、流刑地にて』新潮社、一九八一年
フランツ・カフカ（著）吉田仙太郎（訳）マックス・ブロート（編）『決定版カフカ全集9　手紙 1902-1924』新潮社、一九八一年
明星聖子『カフカらしくないカフカ』慶應義塾大学出版会、二〇一四年
フランツ・カフカ（著）川島隆（訳）「書簡選（ミレナへの手紙）」多和田葉子（編）『ポケットマスターピース01　カフカ』集英社文庫、二〇一五年
粉川哲夫『カフカと情報化社会』未來社、一九九〇年
池田浩士／好村冨士彦／小岸昭／野村修／三原弟平『カフカ解読――徹底討議「カフカ」シンポジウム』駸々堂、

一九八二年
フランツ・カフカ（著）城山良彦（訳）マックス・ブロート（編）『決定版カフカ全集10＆11　フェリーツェへの手紙（I）＆（II）』新潮社、一九八一年
フランツ・カフカ（著）谷口茂（訳）マックス・ブロート（編）『決定版カフカ全集7　日記』新潮社、一九八一年
三谷研爾『境界としてのテクスト――カフカ・物語・言説』鳥影社、二〇一四年
Franz Kafka, *Tagebücher.* Hrsg. von Hans-Gerd Koch, Michael Müller und Malcolm Pasley, Fischer Verlag, 1990（『批判版カフカ全集』の一分冊『日記』）
マルコム・パスリィ（著）円子修平（訳）「書くという行為と書かれたもの――カフカのテクスト成立の問題に寄せて」クロード・ダヴィッド（編）『カフカ＝コロキウム』法政大学出版局、一九八四年
野口広明「『観察』――無との出会い」立花健吾・佐々木博康（編）『カフカ初期作品論集』同学社、二〇〇八年

（4）「乗客」
フランツ・カフカ（著）円子修平（訳）「乗客」（『観察』）マックス・ブロート（編）『決定版カフカ全集1　変身、流刑地にて』新潮社、一九八一年
フランツ・カフカ（著）池内紀（訳）「もどり道」『カフカ小説全集4　変身ほか』白水社、二〇〇一年
フランツ・カフカ（著）円子修平（訳）「走り過ぎて行くひとびと」（『観察』）マックス・ブロート（編）『決定版カ

フカ全集1　変身、流刑地にて』新潮社、一九八一年
リッチー・ロバートソン（著）明星聖子（訳・解説）『一冊でわかるカフカ』岩波書店、二〇〇八年
Franz Kafka, „Der Fahrgast“ *Drucke zu Lebzeiten*. Hrsg. von Wolf Kittler, Hans-Gerd Koch und Gerhard Neumann, Fischer Verlag, 1994（『批判版カフカ全集』の一分冊『生前刊行作品』）
クラウス・ヴァーゲンバッハ（著）中野孝次・高辻知義（訳）『若き日のカフカ』竹内書店、一九六九年、ちくま学芸文庫、一九九五年

（5）「はげたか」
フランツ・カフカ（著）前田敬作（訳）「はげたか」マックス・ブロート（編）『決定版カフカ全集2　ある戦いの記録、シナの長城』新潮社、一九八一年
有村隆広「『ハゲタカ』——結核の発病」上江憲治・野口広明（編）『カフカ後期作品論集』同学社、二〇一六年
池内紀・若林恵『カフカ事典』三省堂、二〇〇三年
フランツ・カフカ（著）吉田仙太郎（訳）マックス・ブロート（編）『決定版カフカ全集9　手紙 1902-1924』新潮社、一九八一年
ヨーゼフ・チェルマーク／マルチン・スヴァトス（編）三原弟平（訳）『カフカ最後の手紙』白水社、一九九三年
Franz Kafka, *Nachgelassene Schriften und Fragmente II*. Hrsg. von Jost Schillemeit, Fischer Verlag, 1992（『批判版カフカ全集』の一分

冊『遺稿と断章Ⅱ』）
フランツ・カフカ（著）浅井健二郎（訳）「それはハゲタカで」平野嘉彦（編）『カフカ・セレクションⅢ　異形／寓意』ちくま文庫、二〇〇八年
Franz Kafka, *Briefe April 1914–1917*. Hrsg. von Hans-Gerd Koch, Fischer Verlag, 2005（『批判版カフカ全集』の一分冊『書簡一九一四年春－一九一七年』）
フランツ・カフカ（著）城山良彦（訳）マックス・ブロート（編）『決定版カフカ全集11　フェリーツェへの手紙Ⅱ』新潮社、一九八一年
フランツ・カフカ（著）柏木素子（訳）H・ビンダー／K・ヴァーゲンバッハ（編）『決定版カフカ全集12　オットラと家族への手紙』新潮社、一九八一年
蓑輪顕量『NHKこころの時代　瞑想でたどる仏教――心と体を観察する』NHK出版、二〇二一年
フランツ・カフカ（著）池内紀（編訳）「禿鷹」『カフカ小説全集6　掟の問題ほか』白水社、二〇〇二年
Franz Kafka, *Der Proceß*. Hrsg. von Malcolm Pasley, Fischer Verlag, 1990（『批判版カフカ全集』の一分冊『訴訟』）
川島隆（訳）「訴訟」多和田葉子（編）『ポケットマスターピース01　カフカ』集英社文庫、二〇一五年
Franz Kafka, *Nachgelassene Schriften und Fragmente II*. Hrsg. von Jost Schillemeit, Fischer Verlag, 1992（『批判版カフカ全集』の一分冊『遺稿と断章Ⅱ』）

（6）「ポセイドン」
フランツ・カフカ（著）平野嘉彦（編訳）「ポセイドンは、自分の仕事机の前にすわって」『カフカ・セレクション
Ⅰ 時空／認知』ちくま文庫、二〇〇八年
『ポセイドン・アドベンチャー』（*The Poseidon Adventure*）（20世紀フォックス、一九七二年封切）
呉茂一（著）『ギリシア神話』新潮社、一九六九年
Franz Kafka, *Nachgelassene Schriften und Fragmente II*. Hrsg. von Jost Schillemeit, Fischer Verlag, 1992（『批判版カフカ全集』の一分
冊『遺稿と断章Ⅱ』）
Franz Kafka, *The Unhappiness of Being a Single Man: Essential Stories*. Edited and translated from German by Alexander Starritt, Pushkin
Press, 2018
フランツ・カフカ（著）池内紀（編訳）「新しい弁護士」『カフカ寓話集』岩波文庫、一九九八年
ヴァルター・ベンヤミン（著）西村龍一（訳）「フランツ・カフカ」浅井健二郎（編）『ベンヤミン・コレクション
2 エッセイの思想』ちくま学芸文庫、一九九六年
池内紀『カフカの生涯』新書館、二〇〇四年
頭木《かしらぎ》弘樹『カフカはなぜ自殺しなかったのか？ 弱いからこそわかること』春秋社、二〇一六年
山村哲二「カフカの作品が語るもの」『立命館経済学』第四三巻第五号、七六二〜七七一頁、一九九四年
佐々木博康「『新しい弁護士』——自由への憧れと諦念」古川昌文・西嶋義憲（編）『カフカ中期作品論集』同学社、

二〇一一年
フランツ・カフカ（著）池内紀（編訳）「サンチョ・パンサをめぐる真実」「新しい弁護士」『カフカ寓話集』岩波文庫、一九九八年

（7）「セイレーンたちの沈黙」
フランツ・カフカ（著）柴田翔（訳）「セイレーンたちの沈黙」平野嘉彦（編）『カフカ・セレクションII 運動／拘束』）ちくま文庫、二〇〇八年
フランツ・カフカ（著）池内紀（編訳）「人魚の沈黙」『カフカ短篇集』岩波文庫、一九八七年
呉茂一『ギリシア神話』新潮社、一九六九年
Franz Kafka, *Die Erzählungen und andere ausgewählte Prosa.* Hrsg. von Roger Hermes, Fischer Taschenbuch, 1996
石光輝子「セイレンの拒絶：カフカにおける声と身体（1）」『慶應義塾大学日吉紀要 ドイツ語・文学』No.53（2016）pp. 1–15
フランツ・カフカ（著）辻瑆（訳）マックス・ブロート（編）『決定版カフカ全集8 ミレナへの手紙』新潮社、一九八一年
池内紀・若林恵（著）『カフカ事典』三省堂、二〇〇三年
フランツ・カフカ（著）城山良彦（訳）マックス・ブロート（編）『決定版カフカ全集10 フェリーツェへの手紙I』

新潮社、一九八一年
フランツ・カフカ（著）城山良彦（訳）『決定版カフカ全集11　フェリーツェへの手紙II』新潮社、一九八一年
Franz Kafka, *Briefe 1913-März 1914*. Hrsg. von Hans-Gerd Koch, Fischer Verlag, 1999（『批判版カフカ全集』の一分冊『書簡一九一三年－一九一四年三月』）
エリアス・カネッティ（著）小松太郎／竹内豊（訳）『もう一つの審判――カフカの「フェリーツェへの手紙」』法政大学出版局、一九七一年
フランツ・カフカ（著）谷口茂（訳）マックス・ブロート（編）『決定版カフカ全集7　日記』新潮社、一九八一年
フランツ・カフカ（著）吉田仙太郎（訳）マックス・ブロート（編）『決定版カフカ全集9　手紙　1902-1924』新潮社、一九八一年
Franz Kafka, *Briefe April 1914-1917*. Hrsg. von Hans-Gerd Koch, Fischer Verlag, 2005（『批判版カフカ全集』の一分冊『書簡一九一四年春－一九一七年）
福山亞希・河崎優子「国軍、沈黙のスト潰し」『朝日新聞』二〇二一年二月二日

第三部

フランツ・カフカ（著）谷口茂（訳）マックス・ブロート（編）『決定版カフカ全集7　日記』新潮社、一九八一年
多和田葉子（編訳）「変身《かわりみ》」『ポケットマスターピース01　カフカ』集英社文庫、二〇一五年

Franz Kafka, *Die Verwandlung*, Suhrkamp Verlag, 1977
ウィリー・ハース（著）原田義人（訳）「カフカ論」辻瑆・原田義人（訳）『筑摩文學大系 65』筑摩書房、一九七二年
フランツ・カフカ（著）前田敬作（訳）マックス・ブロート（編）『決定版カフカ全集6 城』新潮社、一九八一年

（1）「こま」
フランツ・カフカ（著）竹峰義和（訳）「こま」多和田葉子（編）『ポケットマスターピース01 カフカ』集英社文庫、二〇一五年
川島隆「作品解題」多和田葉子（編）『ポケットマスターピース01 カフカ』集英社文庫、二〇一五年

（2）「皇帝の使者」
フランツ・カフカ（著）池内紀（編訳）「皇帝の使者」『カフカ寓話集』岩波文庫、一九九八年
坂内正『カフカの中短篇』福武書店、一九九二年
フランツ・カフカ（著）池内紀（訳）『カフカ小説全集5 万里の長城ほか』白水社、二〇〇一年
フランツ・カフカ（著）長谷川四郎（訳）「皇帝のメッセージ」『カフカ傑作短篇集』集英社文庫、一九八八年
フランツ・カフカ（著）川村二郎（訳）「皇帝の綸旨」マックス・ブロート（編）『決定版カフカ全集1 変身、流

刑地にて』新潮社、一九八〇年

フランツ・カフカ（著）吉田仙太郎（訳）マックス・ブロート（編）『決定版カフカ全集9　手紙 1902-1924』新潮社、一九八一年

フランツ・カフカ（著）大山定一（訳）「支那の長城が築かれたとき」マックス・ブロート（編）『カフカ全集III』新潮社、一九五三年

Franz Kafka, „Eine kaiserliche Botschaft“ *Drucke zu Lebzeiten*. Hrsg. von Wolf Kittler, Hans-Gerd Koch und Gerhard Neumann, Fischer Verlag, 1994（『批判版カフカ全集』の一分冊『生前刊行作品』）

フランツ・カフカ（著）吉田仙太郎（訳）『カフカ自撰小品集』グーテンベルク21、二〇一〇年

西嶋義憲「カフカのテクスト Eine kaiserliche Botschaft の構造——文芸技法の言語学的分析」『言語文化論叢』（金沢大学国際基幹教育院外国語教育系）二二巻、五七〜五八頁、二〇一八年

フランツ・カフカ（著）城山良彦（訳）マックス・ブロート（編）『決定版カフカ全集10＆11　フェリーツェへの手紙（I）＆（II）』新潮社、一九八一年

明星聖子『カフカらしくないカフカ』慶應義塾大学出版会、二〇一四年

Franz Kafka, *Briefe an Felice und andere Korrespondenz aus der Verlobungszeit*. Hrsg. von Erich Heller und Jürgen Born, Fischer Taschenbuch Verlag, 1976

ヴァルター・H・ゾーケル（著）「フランツ・カフカの言語理解と詩学に寄せて」クロード・ダヴィッド（編）円子

修平・須永恒雄・田ノ岡弘子・岡部仁（訳）『カフカ＝コロキウム』法政大学出版局、一九八四年

（3）「出発」

フランツ・カフカ（著）前田敬作（訳）「出発」マックス・ブロート（編）『決定版カフカ全集2　ある戦いの記録、シナの長城』新潮社、一九八一年
フランツ・カフカ（著）平野嘉彦（編訳）「私は、馬を厩から引いてくるように命じた」『カフカ・セレクションⅠ　時空／認知』ちくま文庫、二〇〇八年
Franz Kafka, *Nachgelassene Schriften und Fragmente II*. Hrsg. von Jost Schillemeit, Fischer Verlag, 1992（『批判版カフカ全集』の一分冊『遺稿と断章Ⅱ』）
フランツ・カフカ（著）池内紀（訳）『カフカ小説全集6　掟の問題ほか』白水社、二〇〇二年
村上昭夫「雁の声」『村上昭夫著作集　下巻』コールサック社、二〇二〇年
池内紀・若林恵（著）『カフカ事典』三省堂、二〇〇三年
フランツ・カフカ（著）吉田仙太郎（訳）マックス・ブロート（編）『決定版カフカ全集9　手紙 1902-1924』新潮社、一九八一年
Franz Kafka, „Der Aufbruch" *Die Erzählungen*, Fischer Taschenbuch Verlag, 1996
フランツ・カフカ（著）『変身』中井正文訳（角川文庫）／山下肇訳（岩波文庫）／高安国世訳（講談社文庫）／高

橋義孝訳（新潮文庫）／浅井健二郎訳（ちくま文庫）／多和田葉子訳（集英社文庫）

（4）「新しいランプ」
フランツ・カフカ（著）池内紀（訳）『カフカ小説全集5　万里の長城ほか』白水社、二〇〇一年
フランツ・カフカ（著）飛鷹節（訳）「無題（新しいランプ）」マックス・ブロート（編）『決定版カフカ全集3　田舎の婚礼準備、父への手紙』新潮社、一九八一年
フランツ・カフカ（著）川村二郎（訳）「鉱山の客」マックス・ブロート（編）『決定版カフカ全集1　変身、流刑地にて』新潮社、一九八〇年
坂内正『カフカの中短篇』福武書店、一九九二年
池内紀・若林恵『カフカ事典』三省堂、二〇〇三年
藤崎麻里・南彰「連合新方針　野党は困惑」『朝日新聞』二〇二二年一月二三日
木村裕明「働き手に還元　経団連会長訴え」『朝日新聞』二〇二二年一月一二日
原田晋也「唐突な『資産所得倍増』計画、実現は53年後？　岸田首相の「新しい資本主義」の恩恵は富裕層へ集中か」『東京新聞ウェブ版』二〇二二年五月三一日
斎藤幸平『人新世《ひとしんせい》の「資本論」』集英社新書、二〇二〇年
カール・マルクス（著）大内兵衛・細川嘉六（監訳）マルクス＝エンゲルス全集刊行委員会（訳）『資本論』大月書

店、一九六八年
クラウス・ヴァーゲンバッハ（著）中野孝次・高辻知義（訳）『若き日のカフカ』竹内書店、一九六九年、ちくま学芸文庫、一九九五年（原著の発行は一九五八年）
G・ヤノーホ（著）吉田仙太郎（訳）『カフカとの対話――手記と追想（増補版）』筑摩書房、一九六七年

（5）「中庭の門をたたく」
フランツ・カフカ（著）前田敬作（訳）「中庭の門をたたく」マックス・ブロート（編）『決定版カフカ全集2　ある戦いの記録、シナの長城』新潮社、一九八一年
フランツ・カフカ（著）池内紀（訳）『カフカ小説全集2　審判』白水社、二〇〇一年
明星聖子『新しいカフカ――「編集」が変えるテクスト』慶應義塾大学出版会、二〇〇二年
Franz Kafka, *Die Erzählungen und andere ausgewählte Prosa.* Hrsg. von Roger Hermes, Fischer Taschenbuch, 1996
フランツ・カフカ（著）柴田翔（訳）〔中庭への扉を叩く〕平野嘉彦（編）『カフカ・セレクションⅡ　運動／拘束』ちくま文庫、二〇〇八年
フランツ・カフカ（著）長谷川四郎（訳）「門格一敲」『カフカ傑作短篇集』福武文庫、一九八八年
フランツ・カフカ（著）池内紀（編訳）「中庭の門」『カフカ寓話集』岩波文庫、一九九八年
フランツ・カフカ（著）池内紀（訳）『カフカ小説全集5　万里の長城ほか』白水社、二〇〇一年

Franz Kafka, „Ein Landarzt“ *Drucke zu Lebzeiten.* Hrsg. von Wolf Kittler, Hans-Gerd Koch und Gerhard Neumann, Fischer Verlag, 1994（『批判版カフカ全集』の一分冊『生前刊行作品』）
フランツ・カフカ（著）平野嘉彦（編訳）「村医者」『カフカ・セレクションⅠ　時空／認知』ちくま文庫、二〇〇八年
増山祐史「長女と「ＬＩＮＥできなくなった」19歳少年、甲府の火災で供述」『朝日新聞デジタル』二〇二一年一〇月一五日
鈴木琢磨「落選、辻元清美さん『朝、つらいんよ』『過信』に超反省モード」『毎日新聞』二〇二〇年一一月五日

（6）「掟の門」

フランツ・カフカ（著）池内紀（編訳）「掟の門」『カフカ短篇集』岩波文庫、一九八七年
フランツ・カフカ（著）池内紀（訳）『カフカ小説全集4　変身ほか』白水社、二〇〇一年
フランツ・カフカ（著）中野孝次（訳）『決定版カフカ全集5　審判（第九章「大聖堂にて」）』新潮社、一九八一年
フランツ・カフカ（著）丘沢静也（訳）『訴訟』光文社古典新訳文庫、二〇〇九年
フランツ・カフカ（著）川島隆（訳）「訴訟」多和田葉子（編）『ポケットマスターピース01　カフカ』集英社文庫、二〇一五年
下薗りさ「『掟の前』――代理人たちの世界」古川昌文・西嶋義憲（編）『カフカ中期作品論集』同学社、二〇一一

年
サミュエル・ベケット『ゴドーを待ちながら』（原作 *Waiting for Godot* は一九五四年に出版）＊以下のＵＲＬから英文テクストのダウンロード可能 https://resources.saylor.org/wwwresources/archived/site/wp-content/uploads/2011/01/Waiting-for-Godot.pdf
ジャック・デリダ（著）三浦信孝（訳）『ポストモダン叢書13　カフカ論――「掟の門前をめぐって」』朝日出版社、一九八六年
ヴァルター・ベンヤミン（著）西村龍一（訳）「フランツ・カフカ」浅井健二郎（編）『ベンヤミン・コレクション2　エッセイの思想』ちくま学芸文庫、一九九六年（原著成立は一九三四年）
エリアス・カネッティ（著）小松太郎／竹内豊（訳）『もう一つの審判――カフカの『フェリーツェへの手紙』』法政大学出版局、一九七一年
フランツ・カフカ（著）谷口茂（訳）マックス・ブロート（編）『決定版カフカ全集7　日記』新潮社、一九八一年
Franz Kafka, *Tagebücher.* Hrsg. von Hans-Gerd Koch, Michael Müller und Malcolm Pasley, Fischer Verlag, 1990（『批判版カフカ全集』の一分冊『日記』）
池内紀『カフカのかなたへ』講談社学術文庫、一九九八年
フランツ・カフカ（著）柴田翔（訳）「私は最初の門番の前を」平野嘉彦（編）『カフカ・セレクションII　運動／拘束』ちくま文庫、二〇〇八年

フランツ・カフカ（著）池内紀（編訳）「掟の問題」『カフカ寓話集』岩波文庫、一九九八年
フランツ・カフカ（著）辻瑆（訳）『カフカ――実存と人生』白水社、一九七〇年
粉川哲夫『カフカと情報化社会』未來社、一九九〇年
川島隆『カフカの〈中国〉と同時代言説――黄禍・ユダヤ人・男性同盟』彩流社、二〇一〇年
ジル・ドゥルーズ／フェリックス・ガタリ（著）宇野邦一（訳）『カフカ――マイナー文学のために〈新訳〉』法政大学出版局、二〇一七年

あとがき

三谷研爾『境界としてのテクスト――カフカ・物語・言説』鳥影社、二〇一四年
フランツ・カフカ（著）吉田仙太郎（訳）『カフカ自撰小品集Ⅰ　観察』高科書店、一九九三年／グーテンベルク21、二〇一〇年

【著者】松原好次（まつばら・こうじ）

東京外国語大学外国語学部ドイツ語学科卒業。元電気通信大学教授。専門は言語社会学、言語政策。特に、少数民族言語（先住民族や移民の言語）の衰退・再活性化について研究。

主要著書・訳書：*Indigenous Languages Revitalized?: The Decline and Revitalization of the Indigenous Languages Juxtaposed with the Predominance of English* (Shumpusha, 2000)、『大地にしがみつけ――ハワイ先住民女性の訴え』（ハウナニ＝ケイ・トラスク著、春風社、二〇〇二年）、『ハワイ研究への招待――フィールドワークから見える新しいハワイ像』（共編、関西学院大学出版会、二〇〇四年）、『消滅の危機にあるハワイ語の復権をめざして――先住民族による言語と文化の再活性化運動』（明石書店、二〇一〇年）、『言語と貧困――負の連鎖の中で生きる世界の言語的マイノリティ』（共編、明石書店、二〇一二年）、『英語と開発――グローバル化時代の言語政策と教育』（監訳、春風社、二〇一五年）、『難民支援――ドイツメディアが伝えたこと』（春風社、二〇一八年）、『ことばへの気づき――カフカの小篇を読む』（春風社、二〇二一年）など。

カフカエスクを超えて――カフカの小篇を読む

二〇二三年四月一八日 初版発行

著者 松原好次《まつばら こうじ》

発行者 三浦衛

発行所 春風社 *Shumpusha Publishing Co., Ltd.*

横浜市西区紅葉ヶ丘五三 横浜市教育会館三階

〈電話〉〇四五・二六一・三一六八 〈FAX〉〇四五・二六一・三一六九

〈振替〉〇〇二〇〇・一・三七五二四

http://www.shumpu.com ✉ info@shumpu.com

装丁 難波園子

印刷・製本 シナノ書籍印刷株式会社

乱丁・落丁本は送料小社負担でお取り替えいたします。

ISBN 978-4-86110-846-4 C0095 ¥3100E